# 语言转向视野下的文学理论问题重估研究

汪正龙 张瑜 著

中国社会科学出版社

## 图书在版编目（CIP）数据

语言转向视野下的文学理论问题重估研究/汪正龙，张瑜著 . —北京：中国社会科学出版社，2019.11
　ISBN 978 - 7 - 5203 - 5436 - 3

　Ⅰ.①语… Ⅱ.①汪…②张… Ⅲ.①文学理论—研究 Ⅳ.①I0

中国版本图书馆 CIP 数据核字（2019）第 245511 号

| | |
|---|---|
| 出 版 人 | 赵剑英 |
| 责任编辑 | 张　潜 |
| 责任校对 | 周　昊 |
| 责任印制 | 王　超 |

| | |
|---|---|
| 出　　版 | 中国社会科学出版社 |
| 社　　址 | 北京鼓楼西大街甲 158 号 |
| 邮　　编 | 100720 |
| 网　　址 | http://www.csspw.cn |
| 发 行 部 | 010 - 84083685 |
| 门 市 部 | 010 - 84029450 |
| 经　　销 | 新华书店及其他书店 |
| 印　　刷 | 北京明恒达印务有限公司 |
| 装　　订 | 廊坊市广阳区广增装订厂 |
| 版　　次 | 2019 年 11 月第 1 版 |
| 印　　次 | 2019 年 11 月第 1 次印刷 |
| 开　　本 | 710×1000　1/16 |
| 印　　张 | 18.75 |
| 插　　页 | 2 |
| 字　　数 | 276 千字 |
| 定　　价 | 88.00 元 |

凡购买中国社会科学出版社图书，如有质量问题请与本社营销中心联系调换
电话：010 - 84083683
**版权所有　侵权必究**

# 序

赵宪章

"文学是语言的艺术",这是已经延续了两千多年的文学常识。由此,一切关于文学的研究,就这一意义而言都必然地要关联到语言,无论直接的或间接的、显在的或隐秘的。这也应当成为我们的常识,成为我们理解文学的前提、文学理论研究的前提。就此而言,正龙与张瑜合作的《语言转向视野下的文学理论问题重估研究》,就是要重申和重审这一常识。常识之所以需要"重申",在于我们的文学研究向来无视这一常识,习惯于在"文以载道"的老路上滑行不止;常识之所以需要"重审",在于20世纪的"语言转向"留下了太多的理论遗产,需要我们去总结、去消化、去践行、去生发,以便在新的起点和层面上"关联到语言"。这就是我看到这部书稿后首先想到的它的意义之所在。

需要说明的是,我在这里所说的文学理论与语言问题的关联,不包括研究文学中的语言,或者以文学为例研究语言,否则就游离了我们的对象——文学本身。游离对象或对象不清晰、不明确的状况在今天的学界并不鲜见,就像那些自谓"文化学者"或"文化研究"那样,究竟什么是文化?抑或什么不是文化?已经都著作等身了,都还没有说得清楚,却稀里糊涂地成为"大师"。需要说明的是,我在这里并非是讽刺跨学科研究,真正的跨学科研究是原创的条件,何况"文化"本来就没有学科、也还没有形成过学科,即便起码的学科意识也难说,哪来的"跨"?就"文化"概念之无边无界、无所不包而言,它似乎要上知天文、下知地理,无所不能、包打天下,太可笑了。当然,"文化"这个词本身并没有错,错就错在把一个本来大而无当的概念当作一个真实的对象。

那么,和语言关联的文学理论是什么呢?在我看来,主要是指基于"文学是语言艺术"这一观念,核心在于文学何以成为语言艺术,或者语言的艺术化如何成就了文学,还包括语言艺术与非艺术语言的异同、一般语言转换为艺术语言的机制、艺术语言的指称和修辞、语言艺术与其他艺术的互文等,可以轻易地列出很多有意义的论题。基于"文学是语言艺术"的研究之所以存在很多空白,或者说存在很多至今尚未说深说透的问题,在于这一论域并非我们之所长。如前所述,我们的学术传统是基于"文以载道"的文学观——"文"既然成了承载"道"的工具,它本身便没有了独立现身的理由,只要借"文"弘"道"就可以了。这显然是一种过时且腐朽的文学观,但要改弦更张谈何容易!在我看来,这就是本研究的论敌:向失去生存合法性的文学观提出挑战!

正龙和张瑜先后在南京大学获得博士学位,尽管年龄和资历有别,但是由于师出同校、同门,两位也就有了相互切磋的机会;可以说,"文学理论的语言学视角"就是他们之间的共同兴趣和话题。正龙侧重于从西方现代语言哲学内部的相互关系研究这一问题,张瑜则集中精力专攻言语行为理论、可能世界理论和文学理论的关系。于是,1+1>2的奇迹出现了:这本著作不仅凝结和见证了他们之间的友谊,更重要的是激活了只有他们俩携手才能闪现的学术灵感。例如,正龙本来以西方现代哲学、美学见长,他负责撰写的部分却显露出"形而下转向",即转向艺术物性、隐喻和叙事等相对"形而下"的方面;张瑜在坚守自己所长的同时新生出"虚构与可能"世界这一话题,这一既传统又现代的论域之所以写得很有新意,一方面延续了言语行为理论,一方面溢出了言语行为理论,更多得益于包括言语行为理论在内的整个20世纪的哲学、美学和文论。这都是他们之间互学、互鉴得来的,应当提倡。

其实,正龙和张瑜有着长期的交流与合作。之所以能够如此,我想,应当与他们的共同旨趣密不可分。我这里所说的"共同旨趣",

首先是基于学术，但又不限于学术。例如，在做人做事方面，两位都习惯于低调为之，脚踏实地而不事张扬，身处闹市而能静观处之。我们知道，中国艺术历来讲究"心斋""坐忘""虚静""玄鉴""专一"，认为只有这样才能创作出好的艺术。应该说这些都是古人的至理名言。宋人张敬夫曾经这样调侃过王安石的书艺并被朱熹所续评："平生所见王荆公书，皆如大忙中写，不知公安得有如许忙事？"朱熹引之且续评曰："此虽戏言，然实切中其病。""与荆公之躁扰急迫正相反"者，"盖其胸中安静详密，雍容和豫，故无顷刻忙时，亦无纤芥忙意"。在我看来，艺术创作如此，关于艺术的理论研究何尝不是如此？琐事、俗务缠身，忙里偷闲、心烦意乱，怎能做出好学问？正龙和张瑜的共同旨趣就在这里：静心、专一地读书、治学，两位都是能够抵御各种诱惑而坐得冷板凳者。

此序写到这里似乎有些跑题，但是，由此我又联想到南京大学老校长匡亚明的一席话，以至于此刻仍然难以打住。那是 20 世纪 80 年代初的一次全校教职工大会，他说，现在提倡"双肩挑"，让老师们既搞业务又兼行政，我是很不赞成的，因为这是不可行的；否则，哪位能够用两个肩膀同时挑两副担子？谁能挑给我看看？即便暂时挑起来了，也挑不好、挑不长远，走不了几步就会倒下。匡校长的意思是鼓励教师要专心治学，不要东张西望，摒弃"学而优则仕"的恶习。尽管我国古代许多学者身为仕宦，但是当下境况已使古代的"双肩挑"难以为继，并且越来越显露出它的弊端。至于那些将"双肩挑"变成"双手捞"、西瓜和芝麻都不肯放手者，则属于另外的问题，在此不赘。

现在仍然要回到正龙和张瑜的这部书稿上来。依我看，像他们这样把西方美学和文论史作为研究对象或主要资源者不乏其人，属于当下很多学者惯常的路数。首先，这一路数很重要，它的意义在于将西方的东西弄懂、弄通、弄准确，在此基础上归纳演绎，提出自己的观点或论证自己的问题。现在我要说的是：除这一惯常路数之外，我们的文学理论是否还有其他选择？比如，将侧重点向内转，转向我们自己的学术资源，将西方的东西化开之后用来解读和研究中国。两种路数，不同在于以谁为主、以谁为对象，其中大有讲究。事实是，王国维等先辈们的实践已经证明了后者更有前途。正龙和张瑜已经开始了这方面的尝试，恰如本书后记所言，"适当地融入了中国本土学术视野，做了一些带有比较诗学意味的尝试，特别是关于隐喻、反讽、作为语言与叙事的历史等章节的写作"。这当然是应该肯定的。但在我看来还远远不够，还不能止于"适当地"，而应"更多地"，甚或"全部地"，将西方的、他人的东西化为背影、烟雾，非常明确地将中国的、自己的问题作为研究对象，借鉴前者阐发后者。如果两位作者能在这方面实现转型，那么，我可以肯定地预言，他们的学术前景真实可期！

权为序。

2018 年秋于草场门寓所

# 目 录

**绪论 语言转向与20世纪文学理论的变迁** …………………… (1)
    一 分析与语用 ………………………………………………… (2)
    二 存在与解释 ………………………………………………… (6)
    三 结构与形式 ………………………………………………… (10)
    四 话语与解构 ………………………………………………… (14)

**第一章 重估文学性：现代学科建制中的文学想象** ………… (19)
    一 文学性：文学语言与其他文化形态的区分特征 ……… (19)
    二 文学性的重审与蔓延：人文社会科学的
       "文学转向" ……………………………………………… (26)
    三 从分化到去分化：学科建制中文学角色的变迁 ……… (33)

**第二章 艺术与物性** ……………………………………………… (37)
    一 让栖居的物：走进存在的光亮 ………………………… (37)
    二 作为质料的物？或感觉多样性的统一体的物？ ……… (42)
    三 作为载体的物？抑或情境中的物？ …………………… (47)

**第三章 言语行为理论与文学理论** ……………………………… (51)
    一 作为语言哲学的言语行为理论 ………………………… (52)
    二 虚构与言语行为理论 …………………………………… (64)
    三 新模仿论 ………………………………………………… (69)
    四 作为交往的文学言语行为理论 ………………………… (73)

  五 作为阐释的文学言语行为理论 …………………… (80)
  六 文学言语行为理论的施行与构建 ………………… (86)
  七 德里达的贡献：重复性与引用性 ………………… (90)
  八 解构主义的文学言语行为理论 …………………… (98)
  九 精神分析与文学言语行为理论 …………………… (108)
  十 总结：文学言语行为的观念与方法 ……………… (115)

**第四章 文学虚构与可能世界** ……………………………… (119)
  一 "可能世界"概念的提出与鲍姆加登等人的运用 … (120)
  二 现代"可能世界"理论的形成和发展 ……………… (125)
  三 "可能世界"的内涵、定义及其对文学的适用性 … (132)
  四 文学作为可能世界 ………………………………… (136)
  五 想象是文学作为可能世界的建构途径 …………… (145)
  六 文学虚构作为可能世界的特点 …………………… (151)
  七 文学可能世界的类型 ……………………………… (157)
  八 文学虚构的可能世界与现实世界的关系 ………… (163)

**第五章 文学的指称** ……………………………………………… (176)
  一 对文学语言指称讨论的考察 ……………………… (176)
  二 文学指称链分析 …………………………………… (181)
  三 作为可能世界的文学指称问题 …………………… (186)
  四 文学指称与文本意义解读 ………………………… (191)

**第六章 隐喻** …………………………………………………… (197)
  一 语言转向与隐喻研究的复兴 ……………………… (197)
  二 相似性、语境互动与认知 ………………………… (200)
  三 从常规隐喻到文学隐喻 …………………………… (205)
  四 对隐喻文化与美学功能的重新审视 ……………… (211)

## 第七章 反讽 ……(215)
- 一 反讽：从修辞手法到诗学原则 ……(215)
- 二 作为解构与文化批评的反讽 ……(219)
- 三 中国文学与美学中的"反讽"：戏谑、俳谐、谐隐、滑稽 ……(221)
- 四 反讽与戏谑的美学与文化机理 ……(225)

## 第八章 作为语言与叙事的历史 ……(228)
- 一 普遍性及其跌落：从诗高于史到诗等于史 ……(229)
- 二 叙事学和大文学视野下的历史 ……(234)
- 三 历史的文学性和文学的历史表征 ……(238)
- 四 文学批评中的诗史互证和文学与历史关系的再思考 ……(245)

## 结语 语言转向与对文学的再认知 ……(254)
- 一 模仿、再现论的衰微 ……(254)
- 二 文学游戏论的复兴 ……(258)
- 三 走向大"文学"与大"叙事" ……(262)

## 参考文献 ……(266)

## 人名索引 ……(274)

## 术语索引 ……(282)

## 后记 ……(289)

# 绪论　语言转向与20世纪文学理论的变迁

"语言转向"是由美国哲学家理查德·罗蒂1967年在其所编的《语言转向——哲学方法论文集》(*The Lingustic Turn：Essays in Philosophical Method*, 1967)一书中首先提出而为人们所广泛接受和认同的。"这里所谓的'语言的转向',是指西方哲学从其传统的古代本体论和近代认识论研究转向现代以语言问题为中心的语言哲学研究。"[①] 此处所说的"语言哲学研究"主要指的是分析哲学,代表人物为罗素、维特根斯坦等人。语言转向不仅对20世纪西方哲学影响甚巨,对20世纪西方文学理论与美学也产生了重大影响,所以人们常常把人文科学中的语言转向与康德在哲学领域中开辟的认识论转向相提并论。荷兰哲学家安克斯密特说:"对当代哲学家来说,语言分析的重要性就如同知性范畴分析对康德的《纯粹理性批判》那样。正是由于这种明显的类同,人们经常指出,当代语言哲学可以被看作是两个世纪之前由康德开创的先验论纲领的新的和更富有成果的阶段。"[②] 事实也正是如此。如同在康德那里,知性使感性直观得以可能,语言分析哲学集中关注语言,凸显语言对思想的优先性,凸显语言分析的作用,启发了分析美学以及西方文学理论对意义、指称、虚构、可能世界、言语行为等的讨论,改变了文学理论的知识形态。这

---

① 江怡主编：《现代英美分析哲学》（下），江苏人民出版社2005年版，第558页。
② ［荷兰］安克斯密特：《历史与转义：隐喻的兴衰》，韩震译，文津出版社2005年版，第2页。

股思潮也蔓延到其他的学术派别中，除了分析哲学外，现象学—存在主义—解释学的语言观和索绪尔为代表的结构语言学对20世纪思想史包括文论史也影响很大，它们和分析哲学共同推动了语言转向。我们这里所探讨的就是广义上的语言转向。现象学—存在主义—解释学是20世纪另一哲学主流。现象学的创始人胡塞尔关注语言含义的意识构成，其后继者英伽登把它推衍至文论与美学中，形成现象学美学；另一个后继者海德格尔则把语言与人的生存联系起来，中经伽达默尔、利科等人影响到后来的美学解释学和接受美学，涉及艺术与物性、游戏等问题的讨论。以瑞士语言学家索绪尔为代表的结构语言学把语言学变成了独立的学科，区分能指与所指、语言与言语以及语言的共时性与历时性，主张能指与所指之间关系的任意性，表明了语言的纯关系性、形式性，事实上把语言视为与外界现实并列的系统，对形式主义文论的发展意义重大。这是对文学理论影响最大、最直接的语言学转向，启发和推动了俄国形式主义、布拉格学派、新批评、结构主义叙事学以及怀特的历史诗学等。20世纪60年代之后，社会因素被引入语言讨论中，形成了话语分析和文本分析。上述三股语言转向逐渐合流，改变了文学理论的疆界和讨论问题的方式，"语言转向和文学理论都强调语言不仅仅是'自然之镜'，我们的所有认识及关于实在的语言表现都带有它们由之形成的语言中介的印迹"[①]。下面我们准备对此做一简要分析。

## 一 分析与语用

哲学研究走向语言分析是20世纪影响最为深远的转折。语言不再是传统哲学讨论中涉及的一个工具性的问题，而是成为哲学反思自身传统的一个起点和基础。前期分析哲学如罗素、维特根斯坦的逻辑经验主义把哲学的任务归结为对语言进行逻辑分析，凸显语言

---

[①] [荷兰]安克斯密特：《历史表现》，周建漳译，北京大学出版社2011年版，第66页。

与实在的同构关系，对分析美学以及可能世界和文学虚构理论研究影响颇大。例如，罗素把文学作品归入"幻象"，认为"幻象自身恰如通常的感觉材料一样是这个世界中的一部分，但是幻象缺少通常的相互关系，因此引出错误的结论，并且变成欺骗性的东西"[1]。这个说法推动了奥斯汀关于文学语言"寄生"用法以及塞尔关于文学语言"伪装指称"的说法。后期语言哲学如维特根斯坦的语言游戏理论，反对私人语言，提出的"意义即用法"[2]把意义引向行为和语用，对奥斯汀、塞尔等人的言语行为理论的研究，进而对普拉特等人的文学言语行为理论研究有重要影响。维特根斯坦倡导以理解为交往规则包含了对语言共同体的追求，对话语理论和交往语用学也有启迪价值。

20世纪50年代，英国哲学家奥斯丁提出言语行为理论（speech act theory）。他把语言分为施行话语（performative utterance，又译述行话语）和记叙话语（constative utterance）。记叙话语是陈述事实或描述事态的话语，如"猫在草席上"，"他在跑"等；而大量存在着的如宣布、疑问、祈求、礼貌用语、感叹等话语属于施行话语。施行话语不仅要描述一个动作，而且还要执行这个动作，如一个男子在婚礼中对他准备迎娶的新娘说"我愿意"，一个人在踩到另一个人的脚时说"我道歉"，一个人给另一个人承诺说"我会准时到达"等等。奥斯汀用真假与否和适当与否作为衡量记叙话语和施行话语的标准。当然，奥斯汀也意识到，纯粹的施行话语与记叙话语是不存在的，其实记叙话语也应当包括在施行话语之中。但是奥斯汀在把他的言语行为理论推及文学语言时却发生了一个困难，那就是虚构话语的表意、施行与效果不同于日常语言，"如果一个施为话语是由一个演员在舞台上说出的，或者是被插在一首诗中，或者仅仅是自言自语，那么它

---

[1] ［英］罗素：《逻辑原子主义哲学》，见罗素《逻辑与知识》，苑莉均译，商务印书馆1996年版，第312页。
[2] ［奥］维特根斯坦：《哲学研究》，汤潮、范光棣译，生活·读书·新知三联书店1992年版，第264页。

就会以一种奇特的方式成为空洞的或无效的"①。当奥斯汀把文学语言视为寄生的、空洞的语言时，他其实是在用经验主义的可证实性为标准来衡量文学语言，文学语言因其虚构性而被认为不可证实。然而，奥斯汀对文学语言的排斥仍然给文学批评提供了一个启示，"一方面按照奥斯汀的意见，文学语言被排除在言语行为之外，文学语言不具有施为性功能，言语行为理论用在文学上是有冲突的；另一方面由于言语行为理论关注语境、惯例、语言与社会互动等问题，为许多不能在形式和结构以及语义学框架下解释的文学现象提供了新的阐释思路"②。

奥斯汀的学生塞尔（J. R. Searle）拓展了言语行为理论，表达了"这样一种其本质可以用一句很简短的话来表示的发现：我们借助于语言表达可以完成各种各样的行为"③。塞尔并把它应用到文学中。塞尔虽然也认为虚构话语是不严肃或不认真的话语，但认为虚构话语也是一种特殊的言语行为，文学话语活动作为一种言语行为不是所说语句直接意指某种对象的直接言语行为，而是间接言语行为的一种。在间接言语行为，如暗示、暗讽、反语和隐喻中，"说话者的表述意义与语句意义是以各种各样的方式分离着的。……说话者说出一个语句，意谓他所说出的东西，但同时还意谓更多的东西"④。塞尔认为文学虚构是一种伪装的以言行事行为的言语行为，而一个文本是否是虚构作品则由作者的以言行事的意图来决定。

塞尔进而区分了把日常语言与世界联系起来的"纵向规约"（vertical rules）和将话语从世界中移开的"横向规约"（horizontal conventions）。横向规约打破了语词与世界的对应关系，建立了作者与读者之间的契约关系。虚构话语作为公共想象物有了存在的空间，通

---

① [英]奥斯汀：《如何以言行事》，杨玉成、赵京超译，商务印书馆2012年版，第18页。
② 张瑜：《文学言语行为论研究》，学林出版社2009年版，第53页。
③ [德]施太格缪勒：《当代哲学主流》下卷，王炳文等译，商务印书馆2000年版，第66页。
④ [美]塞尔：《间接言语行为》，见马蒂尼奇编《语言哲学》，牟博等译，商务印书馆1998年版，第317页。

过隐喻、暗示能够表达超出文本的多种信息。由于塞尔将虚构话语视为日常话语的补充甚至对立面，虚构话语所遵循的横向规约仍然寄生在纵向规约之上，虚构之物仍然是实在世界的延伸，文学话语还是被摆在日常经验与日常话语衍生物的地位。

而其后的普拉特正是抓住形式主义和分析哲学所制造的日常语言与文学语言的对立加以抨击，把文学言语行为理论引向交往与语用层面。普拉特称20世纪以来形式主义者致力于把诗的语言从日常语言中区分开来的做法是"诗的语言的谬误"。事实上被归为文学语言特征的韵律、隐喻等手法也可以在日常语言中见得到，虚构话语与非虚构话语并不存在明显的界限。在《通向文学话语的文学言语行为》一书中，普拉特认为："言语行为理论提供了一种谈论话语的方式，它不仅根据表面的语法特征，而且还根据话语所说的语境，即参与者的意图、态度和期望、参与者之间存在的关系，和话语说出和接受时对理解所起作用的无须言表的规则和习俗。用这种方式讨论文学有巨大的优势，因为文学作品如同我们所有的交流活动一样是依靠语境的，文学本身就是一个言语语境。"[①] 文学从创作到阅读，都遵循着一定的文化惯例和规则，文学话语同样具有交流特性。普拉特探讨了文学语境的规则，由于读者对作品抱有阅读期待，他对作品进行预先准备和预先选择，使作者与读者通过文学阅读形成一种特殊的契约关系，因此文学话语便具有日常话语的施行特征。

后来，美国女性主义批评家朱迪丝·巴特勒综合借鉴奥斯汀、拉康、德里达的理论，提出性别不是先天的，而是弥散的、变换的，是依据社会规范反复书写和操演的结果。"性别不应该被解释为一种稳定的身份，或是产生各种行动的一个能动的场域；相反地，性别是在时间的过程中建立的一种脆弱的身份，通过风格/程式化的重复行动在一个表面的空间里建制。"[②] 这标志着言语行为理论与女性主义、

---

① M. L. Pratt, *Towards a Speech Act Theory of Literary Discourse*, Bloomington: Indiana University Press, 1977, p.86.
② [美] 巴特勒：《性别麻烦》，宋素凤译，上海三联书店2009年版，第184页。

解构主义的合流。

正如卡勒所说,"述行语把曾经微不足道的一种语言用途——语言活跃的、可以创造世界的用途,这一点与文学语言非常相似——引上了中心舞台。述行语还帮助我们把文学想象为行为或事件。把文学作为述行语的看法为文学提供了一种辩护:文学不是轻浮、虚假的描述,而是在语言改变世界,及使其列举的事物得以存在的活动中占据自己的一席之地"①。文学言语行为理论试图把文学引入社会实践领域,凸显了文学的交往性,是对形式主义文论的一个突破。

哈贝马斯承认维特根斯坦和奥斯汀发现了语言所具有的集行为与命题于一身的双重结构,使语言学转向由语义学迈向了语用学,而"语用学转向为走出结构主义抽象开辟了道路"②。而从语用学的角度看,文学文本中所出现的有效性要求仅仅适用于文本中的人物形象,而不针对作者与读者。在这个意义上,文学言语行为不具有以言表意的力量。但是,文学文本可能在与日常实践的临界点上对读者(接受者)的角色提出要求,因为一些文学文本本身向读者的有效性提出了要求。文学言语行为因而成为人类交往活动的一种形式。这样,文学言语行为理论便与话语分析关联了起来。

## 二 存在与解释

现象学—存在主义—解释学把语言和人的生存关联起来,代表了语言转向的另外一个方面。如同解释学家伽达默尔所说:"语言不是供我们使用的一种工具、一种作为手段的装置,而是我们赖以生存的要素。"③

以胡塞尔为发端的现象学哲学对语言表达、意义和意向性的讨

---

① [美]卡勒:《文学理论》,李平译,辽宁教育出版社1998年版,第101页。
② [德]哈贝马斯:《后形而上学思想》,曹卫东等译,译林出版社2001年版,第46页。
③ [德]伽达默尔:《科学时代的理性》,薛华等译,国际文化出版公司1988年版,第44页。

论,促进了海德格尔、伽达默尔、英伽登、杜夫海纳、保罗·利科、赫施等人与文学理论及美学有关的研究。胡塞尔既看重意义的观念性,又顾及意义生成的主观条件。对胡塞尔来说,意向性总是对某一客体的指向,也就是客体的被意识到,意义作为意识的本质是一种事先被给予的理想对象,"意指的本质并不在于那赋予意义的体验,而在于这种体验的'内容',相对于说者和思者的现实体验和可能体验的散乱杂多性而言,这个体验内容是一种同一的、意向的统一"[①]。但是意向性体验作为对质料、质性的直观,使我们获得观念意指着的含义,并同时在意向行为中构造着对象的观念相关项。含义又是在直观行为中被构成。它既是客观的,有通过它的声音而显现的相对确定的内涵,也是主观的和机遇的,"根据机遇、根据说者和他的境况来决定它的各个现时含义。只有在观看到实际的陈述状况时,在诸多互属的含义中才能有一个确定的含义形成给听者"[②]。胡塞尔认为美学客体作为意向对象具有自己的特殊性。[③] 胡塞尔的学生英伽登在此基础上区分了两类意向性客体,一类是包括实在对象和观念性对象的认知行为的意向性对象,具有独立自足性,另一类是纯意向性对象如艺术品,没有自足性,需要通过读者的想象来补充其未充分显现的属性,"纯意向性的客体……例如一个语词或者一个语句的意义——它们是由想象的行动所创造的"[④]。他并把文学作品划分为较为确定的语音层、意义单位层、被表现的客体层与很大程度上要靠读者来完成的图式化方面层和形而上学层等意义层次。英伽登的理论对杜夫海纳的现象学美学及新批评(如韦勒克)、接受美学(如伊瑟尔)等关于文学意义层次的研究有很大启发。而胡塞尔的理论又直接导致了赫施对文学含义和意味的区分。胡塞尔晚年关于生活世界的思考涉及个人

---

[①] [德]胡塞尔:《逻辑研究》第2卷第一部分,倪梁康译,上海译文出版社1998年版,第102页。
[②] 同上书,第85—86页。
[③] 参见[德]胡塞尔《逻辑研究》第2卷第一部分,倪梁康译,上海译文出版社1998年版,第410页。
[④] [波兰]英伽登:《论文学作品》,张振辉译,河南大学出版社2008年版,第144页。

的生活经验,与存在主义和解释学相关联。当然,胡塞尔的现象学最后奠基的设想包含了对绝对知识的要求,与解释学把被解释项放在事物中间而不是开端或结尾的做法是对立的。

海德格尔进一步把语言与人的生存关联起来。他说:"语言这一现象在此在的展开状态这一生存论建构中有其根源。"① 话语因为会听就同领会、理解联系在一起,包含生存论的可能性,是此在的现身方式之一。海德格尔主张:"使话语这种现象从原则上具有某种生存论环节的原始性和广度,那么我们就必须把语言科学移植到存在论上更原始的基础之上。"② 那么可以认为文学是利用语言进行筹划的一种方式。海德格尔还把语言的存在与时间关联起来,"只有从话语的时间性出发,亦即从一般此在的时间性出发,才能澄清'含义'的'发生',才能从存在论上使形成概念的可能性得以理解"③。在《关于人道主义的书信》中他还说:"语言是存在之家。人居住在语言的寓所中。思想者和作诗者乃是这个寓所的看护者。""语言既是存在之家又是人之本质的寓所。"④

具体到文学及文学与语言的关系,海德格尔认为诗是一种纯粹的被言说。他说:"语言是:语言。语言说话。"言说即表现,"在纯粹所说中,所说之话独有的说话之完成是一种开端性的完成。纯粹所说乃是诗歌"⑤。是语言在说人,而不是人在说语言。"表达不仅仅意味着发出的语音和印好的文字符号。表达同时即表现(Äußerung)。"⑥ 即表达与生命体验有关。"思与诗的对话旨在把语言的本质召唤出来,以便终有一死的人能重新学会在语言中栖居。""作诗意谓:跟随着道说,也即跟随着道说那孤寂之精神向诗人说出的悦耳之声。在成为

---

① [德]海德格尔:《存在与时间》,陈嘉映等译,生活·读书·新知三联书店1999年版,第188、192页。
② 同上书,第193页。
③ 同上书,第398页。
④ [德]海德格尔:《路标》,孙周兴译,商务印书馆2000年版,第366、425页。
⑤ [德]海德格尔:《在通向语言的途中》,孙周兴译,商务印书馆2004年版,第4、7页。
⑥ 同上书,第124页。

表达（Aussprechen）意义上的道说之前，在极漫长的时间内，作诗只不过是一种倾听。孤寂首先把这种倾听者收集到它的悦耳之声中，借此，这悦耳之声便响彻了它在其中获得回响的那种道说。精灵之夜的神圣蓝光的月亮一般的清冷在一切观看和道说中作响并闪光。观看和道说之语言就成了跟随着道说的语言，即成了诗作（Dichtung）。诗作之所说庇护着本质上未曾说出的那首独一之诗。"①

海德格尔在时间视域中理解存在，对伽达默尔的解释学影响很大。语言、历史和理解都是在一定历史中发生和进行的，"把某某东西作为某某东西加以解释，这在本质上是通过先行具有、先行视见与先行掌握来起作用的。解释从来不是对先行给定的东西所作的无前提的把握"②。海德格尔虽然把人的存在分为依据于成为记忆的在世、一个当下的存在和一个将来的在世能在，他看重的其实是作为此在展开状态的领会。伽达默尔进一步把理解本体论化，创立了哲学解释学，并把"历史性"作为理解的本体论条件，我们是在现在生活的基础上来认识过去，包括前理解、前观点在内的先入之见是理解得以进行的条件。伽达默尔认为，"谁想理解某个文本，谁总是在完成一种筹划。一当某个最初的意义在文本中出现了，那么解释者就为整个本文筹划了某种意义。一种这样的最初意义之所以又出现，只是因为我们带着对某种特殊意义的期待去读文本"③。对文学文本的理解和解释也是如此，"所谓文学其实都与一切时代有一种特有的同时性。所谓理解文学首先不是指推知过去的生活，而是指当代对所讲述的内容的参与"④。

保罗·利科进而认为，诗歌语言把世界当成我们生活于其中的

---

① ［德］海德格尔：《在通向语言的途中》，孙周兴译，商务印书馆2004年版，第31、70—71页。
② ［德］海德格尔：《存在与时间》，陈嘉映、王庆节译，生活·读书·新知三联书店1999年版，第176页。
③ ［德］伽达默尔：《真理与方法》上卷，洪汉鼎译，上海译文出版社1999年版，第343页。
④ ［德］伽达默尔：《真理与方法》下卷，洪汉鼎译，上海译文出版社1999年版，第500页。

世界来谈论，能以不同的方式构造出我们的生活态度，"被诗歌话语带入语言的东西就是前客观的世界，我们生来就是置身于这个世界并在这个世界中构想着最本己的可能性。因此，我们必须动摇对象的支配地位，以便使我们对世界的原始归属关系存在下去并把这种归属关系表达出来，而这个世界是我们居住的世界，也就是说是始终先于我们而存在并且打上了我们劳动印记的世界"[①]。而当语言成为叙事，在利科那里便具有了人类学的意味，成为人们理解他人、自身并采取行动的中介。"语言的传递或游戏属于叙述的秩序，从一开始就具有社会的和公众的本质：当这种语言传授还没有被提升到文学叙述或者历史叙述的地位时，叙述首先出现在相互交往的日常谈话中；此外，这种叙述说使用的语言自始就是大家所通用的语言。最后，我们与叙述的关系首先是一种倾听的关系：别人给我们讲述故事之后，我们才能够获得讲述的能力，更不要说讲述自己的能力。这种语言及叙述的传授要求对个体记忆占优先地位的论点作出重要修正。"[②] 利科的语言和叙事研究对于叙事学由结构语言学所主宰的经典叙事学迈向跨文化、跨学科的后经典叙事学——人文社会科学如历史学、人类学、法学、政治学等致力于叙事研究的叙事转向起到了促进作用。

## 三 结构与形式

索绪尔在《普通语言学教程》中提出的能指与所指、语言与言语以及语言的共时性与历时性的区分为现代语言学奠定了基础，提醒人们注意文学语言的建构潜能，推动了形式主义文论的产生与发展。索绪尔认为语言学应该研究语言的存在状态，这就是共时语言学。共时与历时的区分是索绪尔建立新语言学的初衷，也是他的方法论基础。语言被视为各个组成要素及这些组成要素之间的关系。他将语言活动

---

① ［法］利科：《活的隐喻》，汪堂家译，上海译文出版社2004年版，第425页。
② ［法］利科：《过去之谜》，綦甲福等译，山东大学出版社2009年版，第40页。

分为社会共同体所使用的语言和为个人所使用的言语两个部分。语言的社会性、言语的个人性的认定,确立了看待语言现象的逻辑坐标和语境坐标。① 索绪尔把概念与音响形象的结合叫作符号,把概念叫"所指"(signified),把音响形象叫"能指"(signifier),在一个语言符号系统中能指和所指之间的联系是任意的。在这个过程中,事物或所指物本身被忽视了。所指不是物,而只是一种概念,在其相应的能指被说出来之后,这种概念就进入说话者或听众的思维之中。由于能指和所指关系的任意性,就必须预设一个剥离了全部内容的、由其各个要素组成的差异性的共时性的关系系统,这些要素也是通过与相关要素的差别来构成的,它们需要在与之相应的其他语言要素里获得自身的同一性。共时性把语言视为符号之间的关系系统,与历时性相比更能代表语言的本质。能指与所指之间的关系的任意性,凸显了语言以特有的方式划分概念与范畴的潜能,表明了语言的纯关系性、形式性。其后,叶尔姆斯列夫、本维尼斯特等人继续关注语言的形式性。上述思想奠定了形式主义文论的思想基础与方法论基础。形式主义文论由此出发,关注文学语言系统中各个要素之间的相互关系,而不是文学与社会或文学各个独立本质之间的关系。俄国形式主义者维诺库尔(G. Vinokur)认为,索绪尔对语言与言语的区分,为俄国形式主义对偏离一般语言规范的文学语言的研究奠定了基础。② 布拉格学派的穆卡洛夫斯基也说,"索绪尔对语言符号内部基础的发现,区分了音响'形象'(例如自然音响)与精神过程。这不仅为语言学,也为文学理论未来的发展开辟了新的道路"③。新批评的代表人物之一韦勒克说,"索绪尔和布拉格语言学派的语言学家们对语言与言语做了细致的区别,也就是对语言系统与个人说话的行为作了区别;这种区别正相当于诗本身与对诗的单独体验的区别。语言的系统是一系列惯

---

① 参见陈嘉映《语言哲学》,北京大学出版社2006年版,第71页。
② [俄]维诺库尔:《诗学·语言学·社会学》,见[俄]明茨、切尔诺夫编《俄国形式主义文论选》,王薇生译,郑州大学出版社2005年版,第62—63页。
③ J. Mukarovsky, "On Poetic Language", in *The Word and Verbal Art: selected Essays by Jan Mukalovsky*, J. Burbank and P. Steiner (ed.), New Haven: Yale University Press, 1977, p. 18.

例与标准的集合体……一件文学作品与一个语言系统是完全相同的"①。20 世纪 60 年代兴起的法国结构主义叙事学研究,也遵循索绪尔对"语言"和"言语"的区分,把具体的故事看作由某种共同符号系统支持的具体故事信息。由于索绪尔认为"语言"高于"言语",关注语言符号系统的结构元素和组合原则,因而"叙事学家们同样也将一般叙事置于具体叙事之上,主要关注点是基本结构单位(人物、状态、事件,等等)在组合、排列、转换成具体叙事文本时所依照的跨文本符号系统原则"②。

以索绪尔为代表的语言学把语言视为一个先验的和静止的结构,一个与外部世界并列的符号系统,激发了俄国形式主义、布拉格学派、新批评、结构主义等形式主义文论关注文学文本的陈述形式和语言的创造性力量。当然,20 世纪语言学流派众多,被归入形式主义的各个文论派别接受索绪尔语言学影响的程度各有不同,有的同时还受到其他语言学思想的影响。相对来说,俄国形式主义受之影响较深,它的"主要论题,是有关作为自主符号的艺术的论题。符号在诗歌中的独立性及其独立于所指对象的可能性问题,在最初成为形式论学者的主要关注点"。"在文艺学史上诗语与整个诗作的意义方面首次如此清晰、持久地被理解为符号成分,而非所指现实的成分。"③ 对俄国形式主义来说,形式是把文学语言与日常语言区别开来的特殊技巧,"形式主义者对形式技巧的侧重导致他们把文学看作对语言的特别应用……将文学与'实际'语言区分开来的是文学本身建构的性质"④。其中最重要的表现无疑是俄国形式主义把文学的存在方式以及文学研究的对象界定为文学性(literariness)。文学

---

① [美] 韦勒克、沃伦:《文学理论》,刘象愚等译,生活·读书·新知三联书店 1984 年版,第 159—160 页。译文略有改动。
② [美] 戴维·赫尔曼:《叙事理论的历史》,见 [美] 詹姆斯·费兰等主编《当代叙事理论指南》,申丹等译,北京大学出版社 2007 年版,第 4 页。
③ [俄] 雅克布森:《论形式学派》,李冬梅译,《外国文论与比较诗学》第 1 辑,知识产权出版社 2014 年版,第 100、104 页。
④ [英] 塞尔登:《当代文学理论导读》,刘象愚译,北京大学出版社 2006 年版,第 37 页。

性凸显了文学与非文学、文学语言与其他语言文化形态的区分性特征，所以伊格尔顿指出："对于形式主义者来说，'文学性'（literariness）是由一种话语与另一种话语之间的区别性关系（differential relations）所产生的一种功能。"① 布拉格学派在受到索绪尔影响的同时又受到符号学影响。穆卡洛夫斯基所标举的"审美功能"说暗示了文学系统与其他社会文化系统的关系。新批评还受到美国描写语言学的代表人物布龙菲尔德对语言表达的情境的重视的一些影响，对文学语言的表达过程以及语词之间的相互关系给予了极大的关注，如意象、隐喻、含混、反讽、张力等。结构主义对索绪尔的语言学是既有吸收，也有改造的。从宏观的方面说，它对共时性的语言结构的研究来自于索绪尔，但从中间层面到微观层面说，它重视的是文学语言的陈述（法语 enoncé，英语 enonciation）问题，这方面的思想来源相对复杂。索绪尔原始概念中的语言（langue）的结构是静态的，不能解释复杂的语言动态活动、特别是文学语言的生产过程。法国语言学家本维尼斯特力求把结构分析推进到基本的语言结构单位的思想，以及美国语言学家乔姆斯基关于把语言结构视为产生理解无限话语性向的"潜能"（competence）概念，促使结构主义超越索绪尔的静态结构观，关注索绪尔重视不够的处于言语和语言之间的中间层次即陈述层次，即内在的语言潜能向外在的话语转换的方式，如文学书写中的言语现象。

必须指出的是，索绪尔的语言学也深刻地影响了解构主义。德里达高度评价结构语言学是"面对言语可能性，即一直存在于其自身的能力，及其被承认并得以在世界文化的许多方面展开的重复习演的一种惊异"②。他的解构理论正是从索绪尔的差异性思想出发。但他又指出在索绪尔那里仍然所指决定能指，能指依附于所指，因而是不彻底的，他主张能指和所指的非同一性和意义的延异，"延异……是通

---

① ［英］伊格尔顿：《二十世纪文学理论》，伍晓明译，陕西师范大学出版社1987年版，第7页。
② ［法］德里达：《书写与差异》上册，张宁译，生活·读书·新知三联书店2001年版，第3页。

过迟缓、代理、暂缓、退回、迂回、推迟、保留来实现的"①。这就把语言的自足性推向了极端。

## 四 话语与解构

20世纪下半叶以来，语言分析与社会理论有结合的趋势，即倾向于把语言使用当作社会实践的一种形式，并且与后结构主义及解构批评相结合，从语言分析走向话语分析和言语行为，从作品走向文本，从结构走向解构，从纯文学观走向大文学观，有人称之为第二次语言转向。普拉特等人的文学言语行为理论、怀特的历史诗学、巴特勒的性别述行理论等可以视为代表。

形式主义文论的作品中心主义和纯文学观念受到冲击，作品的封闭性走向文本的开放性，再走向大文本。1962年，艾柯提出了"开放的作品"观念，把读者引入文学阅读和意义生成过程之中，认为作者向欣赏者提供的是有待完成的作品，"一种形式可以按照很多不同的方式来看待和理解时，它在美学上才是有价值的"。② 其后，巴尔特发表了著名论文《从作品到文本》，认为作品具有封闭性，文本是一个网状的弥散空间；"文本是多元的……每个文本都处于互文状态"③。到了80年代，英国社会学家乔纳森·波特认为，语言具有建构和创造社会互动的功能，故而提出"社会文本"（social texts）概念以涵盖小说、肥皂剧、日常对话、新闻故事等，"社会文本不仅仅反映预先存在于社会世界和自然世界中的物体、事件和范畴，而且，它们积极地建构这些事物的面貌。它们不仅仅是描述事情，它们还做事情。由于它们是积极的，因而它们寓有社会和政治意涵"④。显然，

---

① [法] 德里达：《多重立场》，佘碧平译，生活·读书·新知三联书店2004年版，第8页。
② [意] 艾柯：《开放的作品》，刘儒庭译，新星出版社2005年版，第3页。
③ [法] 巴尔特：《从作品到文本》，钱翰译，见《外国文论与比较诗学》第2辑，知识产权出版社2015年版，第156—157页。
④ [英] 乔纳森·波特、玛格丽特·韦斯雷尔：《话语和社会心理学》，肖文明等译，中国人民大学出版社2006年版，《前言》第9页。

"社会文本"的说法有言语行为理论的影子。

在这个过程中,福柯的话语理论和德里达的解构批评成为主要的理论资源。德里达扩大了文学的边界,把文学看作一种讲述机制,"文学是一种允许人们以任何方式讲述任何事情的建制。文学的空间不仅是一种建制的虚构,而且也是一种虚构的建制,它原则上允许人们讲述一切"①。因而形式主义的纯文学观念被扩展成一种与书写及民主联系在一起的大文学观念。至于福柯,有人评论说,"在诸如话语与权力的关系、社会主体和知识的话语建构、话语在社会变化中的功能等领域,福柯的工作对某种社会话语理论做出了重要的贡献"②。福柯视话语为联结日常文化与科学知识的中间区域,具体说来,就是文化史或思想史的领域。他认为文化史是不连续的、断裂的,是由话语事件来描述的。在福柯看来,对象、陈述、概念、主题的形成都是话语关系总体的结果,而不是理性主体的作用。话语体现了社会文化作用于其成员思维、行动和组织的规范,比如关于文学的话语便是特定知识构型与制度建制的产物,"文学是通过选择、神圣化和制度的合法化的交互作用来发挥功能的,大学在此过程中既是操作者,又是接受者"③。在福柯那里,历史也是一种话语,文献不再是了无生气的材料,"历史试图通过它重建前人的所作所言,重建过去所发生而如今仅留下印迹的事情;历史力图在文献自身的构成中确定某些单位、某些整体、某些体系和某些关联"④。这些说法启迪了海登·怀特关于"作为文学制品的历史文本"的构想。"通过成功地把纯粹的编年史编造成故事,历史才获得了部分的解释效果;而故事又是通过在其他地方被我称为'情节编织'的运作过程而从编年史中编造出

---

① [法] 德里达:《文学行动》,赵兴国等译,中国社会科学出版社1998年版,第3页。
② [英] 费尔克拉夫:《话语与社会变迁》,殷晓蓉译,华夏出版社2003年版,第36页。
③ [法] 福柯:《权力的眼睛——福柯访谈录》,严锋译,上海人民出版社1997年版,第88—89页。
④ [法] 福柯:《知识考古学》,谢强、马月译,生活·读书·新知三联书店1998年版,第6页。

来的。"因而历史被视为一种语言模型。① 随着格尔兹的"深描"说、努斯鲍姆"诗性正义"等的出炉,一种突破了形式主义纯文学观念的界限,既质疑现代以来以真理、客观性自居的学科观念,又包含了想象、同情等人文主义元素的大"文学"观念开始在历史学、人类学、政治学、法学等各门人文社会科学中流行开来。

我们需要从多方面审视语言在20世纪文学理论革新过程中的作用。文学是语言的艺术,与语言天然具有亲和性,哲学界、语言学界关于语言的讨论为文学理论研究提供了契机和动力,也体现了文学理论与语言学、哲学及社会文化思潮的深刻互动。语言转向是在20世纪哲学反形而上学思潮、反本质主义这个大的文化背景下发生的,哲学更多地关注人生、艺术,语言成为哲学反思形而上学,进而反思哲学自身、思考生命意义的一个通道。约翰·塞尔说,"当我们体验世界时,我们是通过语言的范畴来体验世界的,而语言又帮助我们形成了经验本身"②。因此语言转向对文学理论的影响主要表现在思维方式方面,即对先前工具论语言观的反叛和对语言建构功能的重视,其次是催生了不少新的文学理论命题,丰富了对文学的理解和解释。

另一方面,语言转向对20世纪文学理论的影响又是复杂的,多重的。首先,20世纪几个主要的哲学流派包括其语言观念互有交叉,因而文学理论探讨所接受到的影响可能是多流派的,不是单一的。比如分析哲学和现象学都把弗雷格视为先驱,达米特甚至认为,"分析哲学的根源……与现象学学派的根源是相通的"③。胡塞尔的现象学主张对呈现物的无条件的开放,与形式主义精神比较契合。表现在文学理论上,形式主义、结构主义除了受到索绪尔语言学的影响,还有现象学的作用;其次,20世纪几个主要哲学派别以及语言学是变化发展的,语言转向本身及其对文学理论的渗透是一个缓慢发生、内涵

---

① [美]海登·怀特:《话语的转义》,董立河译,大象出版社2011年版,第90—91页。
② [英]麦基编:《思想家》,周穗明译,生活·读书·新知三联书店1987年版,第267页。
③ [英]达米特:《分析哲学的起源》,王路译,上海译文出版社2005年版,《序》第3页。

丰富、逐渐变化的过程。现象学—存在主义—解释学从对真确知识的追求到探讨存在意义问题。胡塞尔晚年就已经认识到，主体性有一种唯我论的倾向和理智上的自我封闭，所以他致力于认知的客观性和一种普遍共享的实在性概念的可能性，提出了交互主体性学说。在海德格尔那里，艺术是人或此在对存在意义的理解和领会。伽达默尔也说，"由于一切解释都具有语言性，因此在一切解释中显然包括同他者的可能关系。如果在说话中不同时包括说话者和听说话的人，这就不可能有任何说话"①。而分析哲学原本具有明显的经验主义取向，试图通过语言分析清除形而上学，其对可证实性的追求使得它与文学相关的论述常常与文学真实的存在样态有一定的距离，需要加以变通或改造才能适用于文学。但是分析哲学到后期也关注到交往与人的活动问题，并在一定程度上也重新关注形而上学问题，分析美学后来也关注作品的价值问题。因而语言转向对文学理论所发生的影响也是一个渐进的过程。可以说，从语言到话语，从结构到解构，从纯文学观到大文学观，有一定的必然性。

在此需要说明的是，并不是所有学者都认为语言转向推进了文学理论研究。比如，令人感到奇怪的是，承认语言转向影响了文学理论的荷兰学者安克斯密特却认为，"一个人可以是一个文学理论家而完全用不着接受语言转向"，其理由是，"语言转向将由实在到语言的转换提到了议事日程上，在与文学理论相关的方面则不是这样。因为（1）它所处理的仅仅是语言或文本，（2）文学理论对本身理论与其所探究对象的认识论关系并无特别的看法"②。这个说法无疑是不确切的，因为且不说20世纪文学理论中的俄国形式主义、布拉格学派、新批评、结构主义、解构主义等派别直接就是语言转向所催生出来的，分析美学、文学言语行为理论、新历史主义等也与语言转向密切相关。实际上，20世纪文学理论对语言或文本的关注本身就是语言

---

① [德]伽达默尔：《真理与方法》下卷，洪汉鼎译，上海译文出版社1999年版，第507页。
② [荷兰]安克斯密特：《历史表现》，周建漳译，北京大学出版社2011年版，第69页。

转向在文学理论研究中引发的后果；其次，虽然到了20世纪，在语言转向的背景下，文学与社会（世界）的关系地位明显下降，文学理论在一定程度上仍然要面对和处理文学与其对象的认识论关系，当然是以新的形式来面对和处理的，如文学的指称问题、文学虚构与可能世界的关系问题、作为语言与叙事的历史，等等。这些正是需要我们进一步研究的问题。

语言转向作用于文学理论的情况非常复杂，而且至今还在发展变化的过程之中，对之进行详尽、透彻的研究难以一蹴而就。本书主要选择深刻影响了20世纪以来的文学理论版图、对于文学理论建构具有重要意义的8个基本问题作为切入点，其中文学性、作为语言与叙事的历史基本上是结构语言学脉络下的问题，艺术与物性算得上属于现象学—存在主义—解释学脉络下的问题，文学的指称、文学虚构与可能世界、文学言语行为理论大致属于分析哲学脉络下的问题，而隐喻、反讽则带有综合性，不仅与结构语言学、分析哲学有关联，还涉及西方自古希腊迄今的文化传统。鉴于上述问题的广泛代表性，我们准备清理相关讨论的基本概况，并对其意义进行评估。

# 第一章 重估文学性：现代学科建制中的文学想象

文学性是形式主义文论的核心命题，是语言转向在文学理论与文学批评中的最初回应，推动了独立的文学科学的产生。文学性原本由俄国形式主义提出和倡导，在布拉格学派、新批评、结构主义那里得到了延续与拓展。20世纪下半叶以来，随着人们对语言交往功能的关注、话语陈述机制的重视以及学科交叉的需要，文学性被视为各门人文社会科学的共同特性。

## 一 文学性：文学语言与其他文化形态的区分特征

从文学理论建设方面说，20世纪上半叶兴盛起来的形式主义致力于将文学研究从先前注重文学与社会、政治、道德、宗教、哲学等文学外部关系的研究，转变到对文学自身特点的研究，用俄国形式主义者自己的话说，就是致力于文学"内部规律"的研究。这也标志着现代意义上的文学科学的创立。"直到专门的文学研究建立以后，文学区别于其他文字的特征问题才提出来了。"[①] 俄国形式主义代表人物什克洛夫斯基说，"在文学理论中我从事的是其内部规律的研究。如以工厂生产来类比的话，则我关心的不是世界棉布市场的形势，不

---

① [美]卡勒：《文学性》，见马克·昂热诺等主编《问题与观点》，史忠义、田庆生译，百花文艺出版社2000年版，第30页。

是各托拉斯的政策,而是棉纱的标号及其纺织方法"①。也就是说,文学研究应当关心的是生产技术,而不是供求关系。只有技术才属于内部规律,因此俄国形式主义者将语言形式与表达技术提高到文学研究的核心地位。

俄国形式主义从一开始,就试图使文学理论(诗学)成为语言学的一部分。托马舍夫斯基便认为文学理论(诗学)更接近语言学,"在一系列科学学科中,文学理论更为接近研究语言的科学,即语言学"②。在他眼中,文学作品"全然由固定的表达方式来构成。作品具有独特的表达艺术,特别注重词语的选择和配置。比起日常实用语言来,它更加重视表现本身"③。日尔蒙斯基也说,"诗的材料不是形象,不是激情,而是词。诗便是用词的艺术,诗歌史便是语文史"。"既然诗的材料是词,那就应当把语言学为我们所作的语言事实的分类,作为诗学系统建构的基础。这些事实中的每一种类都从属于艺术任务,同时也就成为诗歌的程序。这样,理论诗学的特别部分须与语言科学的每一部分相对应。"④

在将文学视为一种语言及形式现象时,俄国形式主义提出了著名的"文学性"(literariness)概念,它因此也成为整个形式主义思潮关于文学存在方式的最重要的界说之一。雅克布森说,"文学研究的对象不是整体的文学,而是文学性,即使一部作品成为文学作品的东西"⑤。由于雅克布森将诗学视为语言学的一部分,他认为诗学研究的是文学语言的美学功能(诗学功能)与文学语言的其他功能的相互关系,文学性就是文学语言的美学功能(诗学功能)占据了主导地位的体现。其他俄国形式主义者继续关注文学性问题,只不过具体

---

① [俄]什克洛夫斯基:《散文理论》,刘宗次译,百花洲文艺出版社1994年版,第3页。
② [俄]托马舍夫斯基:《诗学的定义》,见《俄国形式主义文论选》,方珊等译,生活·读书·新知三联书店1989年版,第76页。
③ 同上书,第83页。
④ [俄]日尔蒙斯基:《诗学的任务》,见《俄国形式主义文论选》,方珊等译,生活·读书·新知三联书店1989年版,第217页,第225—226页。
⑤ Victor Erlich, *Russian Formalism*, The Hague: Mouton Publishers, 1980, p.172.

说法稍有差异。日尔蒙斯基认为,文学性在诗歌艺术中就是语言意象的生动性(vividness)。托马舍夫斯基指出,文学性就是裸露手法,"所谓手法的'裸露'","就是一部文学作品文学性的标志"。① 埃亨鲍姆以果戈理写作《外套》为例,说明文学性是作家对材料的使用方式,"在这篇描写公务员的故事里,果戈理很重视各种思想、感情和欲望的闭合的和极度压缩的情结;在这狭窄的范围里,艺术家可以夸张细节,并打破通常世界里的各种比例。《外套》的图样就是在这种原则基础上形成的。这里丝毫不是指阿卡基·阿卡基耶维奇的'无能',也不是劝导对待一个不幸的弟兄要表现出'人道主义'的说教,而是指果戈理得到一种可能,预先把短篇小说的世界与广阔的现实隔离开来,从而使不能连接的东西连接起来,夸大无意义的东西,缩小重要的东西"②。按照卡勒后来的概括,文学性主要体现在3个方面:语言本身的突现方法,文学与惯例及其他文本的关系,文本所用材料在作品结构的前景。③ 从我们对俄国形式主义关于文学性的论述也可以说明。对文学性的探讨使得文学科学和文学理论的建立有了坚实的依据,所以英国学者安纳·杰弗森说,"正是文学性这一观念才使俄国形式主义成为科学的和系统的理论,而不至于去折中关于文学作品的各种不同见解"④。

显然,着眼于文学语言自身的特点,将文学与其他语言文化形态进行区分,是俄国形式主义界定文学性的基本路径,具体来说,就是将文学语言与实用语言、科学语言等进行必要的区分。埃亨鲍姆认为,文学科学应当研究文学作为语言艺术有别于其他语言现象的特殊性,"必须把文学系列和另一种现象系列进行对比,在现有的多种多

---

① Boris Tomashevsky, "Thematics", in *Russian Formalist Criticism: Four Essays*, Lincoln: University of Nebraska Press, 1965, p. 84.
② [俄] 埃亨鲍姆:《果戈理的〈外套〉是怎样写成的》,见托多罗夫编《俄苏形式主义文论选》,蔡鸿滨译,中国社会科学出版社1989年版,第204页。
③ 参见 [加] 马克·昂热诺等主编《问题与观点》,史忠义、田庆生译,百花文艺出版社2000年版,第31页。
④ [英] 安纳·杰弗森、戴维·罗比:《西方现代文学理论概述与比较》,包华富等译,湖南文艺出版社1986年版,第8页。

样的系列中选择一种与文学系列相互重叠但又具有不同功能的系列。把诗歌语言和日常语言相互对照就说明了这种方法论的手段"①。雅库宾斯基建议"从说话人使用语言材料的目的或用途的角度"来对语言现象进行分类，并划分出实用语系统和诗语系统。前者只是交际的工具，没有独立的价值，后者"实用目的退居末尾，语言组合获得自我价值"②。托马舍夫斯基说："在日常生活中，词语通常是传递信息的手段，即具有交流功能，说话的目的是向对方表达我们的思想。"文学语言则不同，"作品具有独特的表达艺术，特别注重词语的选择和配置。比起日常实用语言来，它更加重视表现本身"③。所谓"语言组合获得自我价值""更加重视表现本身"，就是指文学性。

俄国形式主义进一步从风格、修辞、语用等方面对实用语言、科学语言和诗的语言进行辨析，即实用语言简洁、直接，科学语言精确、严密，诗的语言迂回、间接。日尔蒙斯基认为，"实用语从属于尽可能直接和准确地表达思想这样一个任务：实用语的基本原则就是为既定目的节省材料"。实用语有自己的程序，就是事物电报的风格，最典型的例子是现代缩略语。与实用语接近的是科学语，其功能是简要准确地表达逻辑思想，力求最大限度地用概念的抽象符号来取代词。与此相反，"诗语是按照艺术原则构成的。它的成分根据美学标准有机地组合，具有一定的艺术含义"，"任何诗语都讲述某种东西，而任何讲述都有一定的衔接安排，即具有一定的构成状态。实用语的讲述内容包含某种必须告知对方的实际意义；实用语的构成尽可能清楚而简练，在艺术上是缺乏形态的，它的第一原则是，为达到上面的目的而节省语言材料；在思维中它呈直线状态"。④ 而诗的语言则要

---

① [俄]埃亨鲍姆：《"形式方法"的理论》，见托多罗夫编《俄苏形式主义文论选》，蔡鸿滨译，中国社会科学出版社1989年版，第24—25页。

② [俄]雅库宾斯基：《论诗语的音》，转引自日尔蒙斯基《诗学的任务》，见《俄国形式主义文论选》，方珊等译，生活·读书·新知三联书店1989年版，第218—219页。

③ [俄]托马舍夫斯基：《艺术语与实用语》，见《俄国形式主义文论选》，方珊等译，生活·读书·新知三联书店1989年版，第83页。

④ [俄]日尔蒙斯基：《诗学的任务》，见《俄国形式主义文论选》，方珊等译，生活·读书·新知三联书店1989年版，第220—221、229页。

选择具有特征意义的修饰语。同样，俄国形式主义提出的另一个基本主张陌生化（defamiliarization）也是为了对抗日常语言造成的人的感觉的自动化，追求对既有语言规范的扭曲和语言形式的创新。

应当说，俄国形式主义对文学语言与他们所说的实用语言的区别是比较清晰，也是比较合理的。问题是，实用语言范围广泛，而不限于他们所说的电报用语、科学用语等，最需要注意的是人们日常交往中的情感用语也属于一种实用语言，而文学通常被认为与情感表达有关，那么情感语言与文学语言是一种什么关系？这方面俄国形式主义并未做细致的区分，对科学语言的讨论也比较简单化。布拉格学派注意到上述问题，把文学语言与其他语言文化形态的区分推进到一个新的高度。布拉格时期的雅克布森认为，诗的语言不同于一般的情感语言，"将诗的语言与情感语言相等同是一个错误，这样做会把诗歌声音的和谐降低到拟声词的运用"。他承认诗歌话语比认识性话语更接近情感，但是诗歌与一般情感话语又有不同，它负载情感是通过合适的声音的联合达到的。一般情感话语只是表示情感语言，而不问怎样表达，也就是说，仍然服从于交际功能。在诗歌中"交际功能被减少到最低限度，而对于'实用'语言与情感语言来说，交际功能是内在的"。雅克布森认为，诗的语言是一种声音的言说，是为了特别的美学目的而组织起来的。[①] 布拉格学派的代表人物穆卡洛夫斯基说："诗的语言与情感的表达，或者说情感语言不一样。基本的区别是二者的重点不同。情感语言就其本质来说是表达情感以与人沟通，因此其有效性限于说话者此时此刻的精神状态，诗的语言的目标则创造超个人的永久的价值。当然，文学可能运用情感语言的手法达到自己的目的……但是情感表现只是诗人为了自己的目的从丰富的语言库存中所采用的一种手法而已。"[②] 穆卡洛夫斯基认为，诗的语言具有隐喻意义，与科学语言相反，而类似于情感语言。前者"具有一种重视作

---

[①] See Victor Erlich, *Russian Formalism*, The Hague: Mouton Publishers, 1980, pp. 182–183.

[②] J. Mukarovsky, "On Poetic Language", in *The Word and Verbal Art: selected Essays by J. Mukalovsky*, J. Burbank and P. Steiner (ed.), New Haven: Yale University Press, 1977, p. 2.

者作为信息发送者的明显的倾向。而在科学语言中，推理的因素越强，作者对意义的选择能力就越弱，……这就是为什么在科学著作中概念的意义通过定义而一劳永逸地稳定下来的原因。而语言的情感意义和诗学意义则相反，它使作者选择的因素突出出来"。① 虽然在注重隐喻及作者选择方面是相似的，但是穆卡洛夫斯基还是指出了文学语言与一般情感语言决定性的差异：一般情感语言的意义可以根据与当事人心理状态的关系而感受到，人们总是试图分辨对方的感情表达是否是真诚的，对方所传递或暗示的话所包含的意义元素是什么，等等。而在诗的语言中则相反，我们的注意力始终集中在符号自身，至于符号与作者—当事人心理状态的关系变成第二位的，甚至完全不成为问题，"由于对现实的信息传递功能的丧失，诗歌中的情感表达变成了一种艺术手法"②。在《标准语言与诗的语言》中，穆卡洛夫斯基对规范化的科学语言与诗的语言进行了著名的区分，"诗的语言……的使用本身就是目的，而把本来是文字表达的目标的交流挤到了背景上去。它不是用来为交流服务的，而是用来突出表达行为、语言行为本身"③。穆卡洛夫斯基提出的"前景化"（foregrounding，又译为突出）也是着眼于文学语言的区分特征，但是引入了语境的因素，是将"诗的语言"与"标准语言"相比较而提出来的，和俄国形式主义所说的"陌生化"存在一定的继承关系。诗歌语言的特点就是美学功能占据主导地位，而任何给定成分要获得美学效果就必须与其他成分相区分，这就是所谓突出，突出是赋予诗的语言以美学意义的某种东西，"突出是从下列情况下产生的，即一个给定成分以某种方式，或明显或不明显地与流行的用法相偏离"④。穆卡洛夫斯基

---

① J. Mukarovsky, "Poetic Reference", in *Semiotics of Art: Prague School Contributions*, L. Matejka and I. R. Titunik (ed.), London: The Mit Press, 1977, pp. 159 – 160.

② Ibid., p. 160.

③ ［捷克］穆卡洛夫斯基：《标准语言与诗的语言》，邓鹏译，见伍蠡甫、胡经之主编《西方文艺理论名著选编》下，北京大学出版社1987年版，第417页。

④ J. Mukarovsky, "The Esthetics of Language", in *A Prague School Reader on Esthetics, Literary Structure, and Style*, Paul l. Garvin (ed.), Washington: Georgetown University Press, 1964, p. 65.

把诗歌看成是包含了多种成分的复杂而统一的合成物,各种成分处于突出与未突出的交互关系之中,但是由于在诗歌中美学功能占据了主导地位,只有突出的成分才是与美学功能相关的,它使诗歌得以与其他交往性方式及其反应相区别。"正是对标准语的规范的有意触犯,使对于语言的诗意运用成为可能,没有这种可能,也就没有诗。"①"突出"更多地着眼于表达行为、语言行为本身。结构主义沿袭了这一思路。托多罗夫说,"实用语言在自身之外、在思想传达和人际交流中找到它的价值,它是手段不是目的……相反,诗的语言在自身找到证明(及其所有价值);它本身就是它的目的而不再是一个手段"。② 20 多年后,在《语言学与诗学》一文中,雅克布森区分了语言的 6 种功能:指示(referential)功能、意动(conative)功能、诗歌(poetic)功能、情感(emotive)功能、交际(phatic)功能和元语言(metalingual)功能,认为,"纯以话语为目的,为话语本身而集中注意力于话语——这就是语言的诗歌功能"。"诗歌功能加强了符号的可感知性,因此也加深了符号与客体的根本对立。"③

仔细勘察形式主义各派关于文学性的讨论可以发现,与俄国形式主义和结构主义有所不同,布拉格学派和新批评并不满足于在文学科学的建制内通过文学语言来理解文学的特征,而是把文学置于与其他文化形态的关系之中加以考察。比如,布拉格学派对突出或前景化的探讨虽然凸显了文学语言特有的表现力,但却将其置入文学语境与社会文化语境复杂的张力关系中。新批评无疑也将语言看作文学最重要的本质,但是新批评所理解的文学性范围更加广泛,在一定程度上超越了语言。韦勒克认为文学性是"文学的特殊性质"④,这样一来,

---

① [捷克]穆卡洛夫斯基:《标准语言与诗的语言》,邓鹏译,见伍蠡甫、胡经之主编《西方文艺理论名著选编》下,北京大学出版社 1987 年版,第 415 页。
② [法]托多罗夫:《批评的批评》,王东亮、王晨阳译,生活·读书·新知三联书店 1988 年版,第 3 页。
③ Roman Jakobson, "Closing Statement: linguistics and Poetics", in *Style in Language*, Thomas A. Sebeck (ed.), Massachusetts: The M. I. T. Press, 1960, p.356.
④ René Wellek, *The Attack on Literature and Other Essays*, Chapel Hill: The University of North Carolina Press, 1982, p.62.

不仅文学语言的反讽、张力,而且叙事文学的叙事性、虚构性、想象性,抒情文学中的隐喻、含混等,都可以视为文学性的范畴。韦勒克更认为文学性主要是文学的虚构性。并且,韦勒克尽管认可文学的内部规律研究高于外部规律研究,却又认为文学性不是孤立的,它不可避免地会涉及文学的价值判断、文学与其他文化形态的关系、文学对世界的表征等问题。也就是说,在以韦勒克为代表的新批评眼中,文学性不仅指语词的组合方式等形式或技巧,也包括文学的虚构性与超越性等审美的和人文的元素。

可见,关于文学性的讨论通过把文学语言和其他语言文化形态相对比增进了对文学自身特征的认知,催生了现代意义上的"文学科学"。但是对文学性的强调暴露了形式主义的纯文学诉求,和随之而来的将文学研究与其他文化形态相隔离的孤立主义倾向,而形式主义内部对文学性的理解也发生了分歧。另一方面,20世纪下半叶人文社会科学出现了交叉整合的趋势,纯文学观念受到冲击,形式主义风光不再,文学研究重新关注与其他学科及文化系统的关系,对文学性也有了进一步的认知。与此同时,以语言为书写形式的其他学科和文化形态则从语言学革命和文学性的讨论中得到了启示,看到了革新本学科的契机。这就为人们在更高意义上把文学与其他文化形态相融通埋下了伏笔。

## 二 文学性的重审与蔓延:人文社会科学的"文学转向"

20世纪下半叶人文社会科学中出现的文学转向,将文学和文学性引入学科交叉与整合的理论建构过程之中,再次成为现代学科建制的革新力量。19世纪下半叶,随着近代工业资本主义的发展,出现了科学主义(scientism)的说法,把自然客体化。其后,狄尔泰提出精神科学(Geisteswissenschaften)实际即人文科学的概念,突出理解与体验的重要性。索绪尔则在世纪之交讲授普通语言学,以取代先前的历史比较语言学,说明20世纪初自然科学、社会科学和人文科学的学科基础及学科机制已经建立，形式主义对"文学性"的追求可以说是对独立的"文学科学"的追求在文学理论上的表现。但是自20世纪60年代以来，西方社会的急剧变动以及新自由主义的崛起等因素，在原有学科内部出现了一些革新趋势，表现为对旧学科范式的质疑与跨学科知识转型的提出。其原因一方面是学科体制化之后导致的学科内部对后学科学术研究转向的需要，及学科中革新派对整体社会时代特征的主动回应，另一方面实际上与后现代文化对现代社会知识构成模式的反拨有关：启蒙时期奠定的客观性、确定性和决定论模式的消退，整体论方法为地方主义所挑战，不确定性和复杂性认识论地位的凸显，都对现代学科范式的局限性提出了质疑。而文学作为一种语言的、形式的、想象的建构具有冲破各门人文社会科学壁垒进而将其沟通关联的无限潜能。德里达认为，文学作为书写是天然反本质主义的，"没有内在的标准能够担保一个文本实质上的文学性"[①]。德里达否认文学性的独立自在品质，认为文学性与特定时代人们对文学的感知方式有关。按照德里达的说法，文学性不仅仅存在于狭义的美文学之中，它也可以存在于语言符号的其他书写形态之中。在这种情况下，文学成为整合和建构人文社会科学的一种有效的理论资源。哲学、历史学、人类学、法学、政治学等学科的范式转换引入文学研究模式以革新本学科的认识论、方法论和价值论等基础，这一趋势被人们称为"文学转向"。

例如，德里达以"文学行动"理论对文学功能进行了再解读，文学施行话语所代表的写作经验的建构能力，被德里达扩展为文学与现代民主思想间的关联：文学作为"一种允许人们以任何方式讲述任何事情的建制"能够从经验角度"唤起民主、最大程度的民主"[②]。美国哲学家理查德·罗蒂（Richard Rorty）推崇文学文化，将宗教、哲学作为"相对原始的、但显赫的文学类型"通向成熟文学文化的过

---

[①] [法]雅克·德里达：《文学行动》，赵兴国等译，中国社会科学出版社1998年版，第39页。
[②] 同上书，第3—5页。

渡阶段,并且视文学文化为取代哲学的新的救赎方式,以"有意义的问题'对我们人类试图将我们自身塑造成什么样子的,任何人有任何新的观念吗?'取代了诸如'存在是什么?''什么是真正真实的?'以及'人是什么?'之类的坏问题"。① 在描述宗教—哲学—文学文化的进程时,罗蒂追溯到莎士比亚、塞万提斯代表的与柏拉图哲学观念相异的文学知识分子,认为他们所具有的想象力能够更多地思考人类生活方式以扩展自我的观念。同时,罗蒂也阐释了普鲁斯特的《追忆似水年华》、纳博科夫《微暗的火》和《洛丽塔》、狄更斯小说等文学作品中的文学价值和文学功能,对隐喻、反讽等文学语言特征进行了哲学解读,延伸了"文学"观念的边界。朗西埃也说:"民主事实上并不是一个通过权力的不同分配与其他体制区别开来的制度。它被更深层次地定义为有形物的既定分配,其场所(lieux)的特殊再分配。这种再分配的原则,正是孤儿文学无拘无束的体制,我们可以称其为文学性。民主是书写的体制,在该制度中,文学的倒错与集体的规则相统一。"② 巴特勒也曾表示,"文学的世界允许我把重心放在修辞结构、省略以及隐喻的精炼上,并允许我思考文学阅读和政治困境之间有什么可能的联系"③。这些做法试图从文学的施行性特征反思哲学及人文科学与社会现实的关联,以回应后结构主义理论危机中关于理论无法解决现实问题的质疑。

与作为文学类型的哲学论述相似,在人类学研究中也出现了"人类学几乎完全属于'文学'话语"④的说法。克利福德·格尔兹(Clifford Geertz)参照文学对象提出民族志研究中两个重要问题:一是"作者—功能"在文本中如何显现,二是作者创作的"作品"到

---

① [美]理查德·罗蒂:《哲学的场景》,王俊、陆月宏译,上海译文出版社2009年版,第64—65、69页。
② [法]朗西埃:《沉默的言语》,臧小佳译,华东师范大学出版社2016年版,第89页。
③ [美]朱迪斯·巴特勒:《消解性别》,郭劼译,上海三联书店2009年版,第248页。
④ [美]克利福德·格尔兹:《论著与生活:作为作者的人类学家》,方静文等译,中国人民大学出版社2013年版,第11页。

底是什么？他认为第一个问题涉及作家的身份建构，即人类学家作为作者的身份问题，第二个问题则为话语问题，即如何用词汇、修辞、论点在写作中安排材料。① 这些问题都关系民族志研究的核心方法论和知识机制等学科基础。格尔兹特别指出，在回答"民族志学者是干什么的？"这一问题时，"他写作"取代了之前的标准答案"他观察，他记录，他分析"，因为学者自己并非研究的对象——行为者，所直接接触到的也仅是调查合作人所能让研究者理解的那一小部分；同时，学者所登记的（或试图登记的）社会性会话并非是未经加工过的。② 这样一来，人类学分析的主要方法，即概念化处理已发现的事实然后对纯粹现实进行逻辑重建的观点就丧失了合法性基础。相反，作者再现事件背后的自我意识及描述文本的话语特征则成为通过文化符号学方法进行人类学阐释时必须面对的理论建设问题。在具体论述中，格尔兹分析了列维—斯特劳斯《忧郁的热带》里独特的修辞风格和话语模式，视其作品为波德莱尔、马拉美、兰波，特别是普鲁斯特等创立的象征主义传统的文学文本，"列维—斯特劳斯版的《追忆似水年华》和《骰子一掷》"。③ 此外，他采用深描（thick description），即描述特殊社会行为在其行为者眼中的意义的方法，来探索特定地域和具体文化情境中产生的地方性知识（local knowledge）。深描和地方性知识的观念与文学研究对特殊性、具体性和语境的强调及文学文本微观描述、虚构和想象特征一脉相承。

同样，在法学领域，自詹姆斯·怀特（James Boyd White）出版《法律的想象：法律思想与表达的性质之研究》（*Legal Imagination: Studies in the Nature of Legal Thought and Expression*, 1973）以来，法律与文学运动已经持续多年，"法律与文学"甚至从法学院的学术运动

---

① [美] 克利福德·格尔兹：《论著与生活：作为作者的人类学家》，方静文等译，中国人民大学出版社2013年版，第12页。
② [美] 克利福德·格尔兹：《文化的解释》，韩莉译，译林出版社1999年版，第26页。
③ [美] 克利福德·格尔兹：《论著与生活：作为作者的人类学家》，方静文等译，中国人民大学出版社2013年版，第63页。

发展为法学研究的重要领域和学派。其早期内容包括"文学法学"（literary jurisprudence）对文学经典作品中法律问题的研究，其后开始关注"作为文学的法律"，既借文学理论和批评来阐释法律文本、法律现象和法律文化，又通过风格、修辞及结构等文学分析方法来考察司法判决书进而揭示法律运作的"本质"。此外包括"通过文学的法律"，即对文学作品社会功能（尤其是教化作用）和叙事体法律写作的研究，甚至还有对法律规制文学衍生的版权法等法律制度探讨相关的"有关文学的法律"研究。举例来说，玛莎·努斯鲍姆（Martha Nussbaum）在《诗性正义：文学想象与公共生活》中以狄更斯的小说《艰难时世》为纲探讨了文学想象与公共理性建构、公共政策制定间的关系。《艰难时世》中的人物葛擂硬（Gradgrind）身上集聚了政治经济学的功利主义价值观对文学（尤其是小说文类）的仇视：他反对儿女和焦煤镇的人们接触"错误书籍"，"将笛福而不是欧几里得拥在他们的胸前"，视文学和文学想象为威胁民族未来的颠覆性道德争议形式；他自己奉行经济学理性原则，声称身上装着尺子、天平和乘法表随时准备称量人性的任何部分，把一切都看作可以实用主义计算的数字问题，在教育问题上摒弃所有与文学想象相关的畅想（fancy）能力；他教育出的学生毕周完全排除了非理性的情感，把人与人的关系看作买卖关系，无法感受和理解他人的痛苦。葛擂硬式的功利主义价值观，在努斯鲍姆看来，是理查德·波斯纳（Richard Posner）等法律与经济学运动代表人物经济学理性导向下的现代法学理念的先声。为批判这种法学观念，努斯鲍姆从文学想象中追寻塑造充满人性的公共判断的新标准，即一种诗性正义。首先，她提倡葛擂硬们所憎恨的文学"畅想"活动，"关注小说如何包含与一种想象当前不存在的可能性的能力，……以及一种赋予观察到的形体以复杂生命的能力"[1]，也就是以一种具有创造性和真实性的能力去对待功利主义经济学理性，对待被经济分析忽略的人类需求和个体生命的复杂性，并借小说对读者行动的呼吁重申文学

---

[1] [美]努斯鲍姆：《诗性正义》，丁晓东译，北京大学出版社2010年版，第15页。

## 第一章 重估文学性：现代学科建制中的文学想象

"畅想"对公民身份理论和身份实践的重要性。其次，她论证了文学中常见的情感——恐惧、感激及怜悯或同情对公共推理独一无二的向导作用，提出由"明智的旁观者"的理性情感模式推动法律裁判者借文学想象来体会个人特殊情形及其行为动因，通过移情等作用促使其想象他者，从而做出非功利主义的合乎社会正义的审慎判断和选择。最终，她提出"文学裁判"的模式可以超越特殊群体利益和政治立场，拥有畅想和同情、包容人性的能力，更能够实现民主裁判和社会正义。① 而畅想和同情能力则是文学所能提供的"诗性正义"对法学中非文学性工具的补充，是促进公正和正义不可缺少的包容人性的能力。同时，通过读者体验促使现实生活中的我们反思葛擂硬式的经济学功利主义和成本—收益分析对社会的政治生活与智识生活的威胁，小说在此意义上成为"一座同时通向正义图景和实践这幅图景的桥梁"②。另外，法学的姊妹学科—政治学研究中也出现了强调修辞、叙事和语言等文学特征的文学转向，甚至"一些政治科学家为收复失地已经显露出采用文学批评家（如伊格尔顿、斯皮瓦克和赛义德）研究方法的兴趣"。③

在历史研究领域，这种趋势表现得更为突出。海登·怀特的历史诗学理论针对现代知识范式基础上的历史主义危机，把文学修辞（隐喻、转喻、提喻和反讽）和小说情节结构（浪漫剧、悲剧、喜剧和讽刺剧）运用到历史哲学和历史研究作品的分析中，将叙事、虚构、想象、阐释和文体等概念引入标榜科学性和客观性的史学领域，并结合文本和话语理论从方法论上破除了"崇高的"史学迷思。将诗学引入历史，革新史学研究范式，恰好契合了学术界后现代知识转型和重构的趋势，同时又为弥漫在多个人文学科和社会科学中的后现代知识危机或后现代学科危机提供了跨学科理论深度整合的路径。首先，

---

① ［美］玛莎·努斯鲍姆：《诗性正义》，丁晓东译，北京大学出版社 2010 年版，第 171 页。
② 同上书，第 20—26 页。
③ Simon Stow, *Republic of Readers?: the Literary Turn in Political Thought and Analysis*. New York: State University of New York, 2007. p. 2.

他体系化的历史转义理论、叙事理论重新探索了历史学家、历史哲学家，甚或其他作家和人文学者共同的历史认知框架，以多元主义的接受态度打通了人文学科和社会科学间的壁垒；其次，他的理论以历史文本为中心，将历史话语视为类似文学话语的建构性的再现方式，不仅对本体论意义上的历史存在和客观再现模式构成了挑战，而且动摇了19世纪历史学科形成以来的实证主义知识基础；最后，他以当时文学研究中已略显过时的形式主义、结构主义方法介入历史编纂学，将自己的研究纲领视为现代主义的，其历史观也类同于"源自浪漫主义的崇高美学"，[1]却引发了被视为后现代史学特征的语言学转向和叙事转向，造成了史学界对后现代主义史观接受方面的广泛的论争。这一切都与怀特对文学因素的独特借用相关：转义、叙事、虚构、想象等文学特征事实上以理论的形式介入历史话语的建构过程，使历史文本乃至历史本身作为文学制品而存在，而并不局限于强调从叙事史作品的语言修辞色彩来讨论文学对历史的作用。同时，怀特的历史诗学理论与20世纪60年代以来后现代主义文化思潮密切相关。其相关思想发端于60年代大变革的总体社会背景：高等教育大众化为工人阶级出身的怀特提供了更好的教育机会，作为学界新力量的他亲身参与相关课程和教学改革，加之历史学家在两次世界大战预测和阐释中的失利而导致对自身学科存在正当性的反思，促使像怀特这样的历史工作者开始对传统科学史观的学科规范产生怀疑，并由此质疑现代以来的学科观念—真理、客观性和知识的权威，等等。这些思想与反基础主义、反本质主义、反理性主义的后现代哲学立场相近。跨学科研究路径的选取则迎合了后现代主义跨越边界、填平鸿沟的去分化主张，但也因此带来了固守史学传统学科阵地的其他学者对怀特持续而猛烈的攻击和批判。

上述这些学科中出现的"文学转向"，抑或被称为"修辞转向""隐喻转向""叙事转向"，所具有的共同特征体现在以下3方面。

---

[1] ［波兰］埃娃·多曼斯卡：《邂逅：后现代主义之后的历史哲学》，彭刚译，北京大学出版社2007年版，第31页。

（1）社会科学理论家出于对本学科基础理论的调整和革新的目的展开跨学科知识重构，不约而同选择了修辞、叙事、想象、虚构、阐释等文学话语特征，主要从语言（话语）层面介入本学科研究范式的转换，认可了"作为文学的哲学""作为文学的人类学""作为文学的历史学""作为文学的法律"和"作为文学的政治学"等知识类型的可能性。（2）这些转向的出现和发展都与20世纪60年代以来后现代主义哲学思潮有关，体现在具有跨学科性、批判性和自反性的"理论"话语的崛起。后现代主义对启蒙运动以来形成的理性、真理、进步观和宏大叙事等现代性概念的批判以及反基础主义、反本质主义和反形而上学（本体论）的立场，实际上是由"主客体对立的、以实证科学为楷模的认识模式"转向"以语言游戏为类比的知识模式"[①]。而后现代主义思潮显著体现在多个知识领域内"理论"话语的崛起：从文学批评中后结构主义理论的盛行到其他人文社会科学领域作为话语模式的"理论"观念的普及，集中代表了学科知识范式的后现代转向。（3）之所以产生"文学转向"，与对社会科学研究中科学实证主义的流行模式的批判密不可分。在这里，文学，是作为现代学科体制建立之初时"文学科学"对其所做的界定被发掘、重申，又是作为与客观主义的科学研究模式对立的人文思维元素被强调的，如罗蒂的文学文化是对自笛卡尔以来传统科学主义哲学观的矫正，格尔兹的阐释人类学对人类学"科学"学科基质的否定，法律与文学运动对"科学主义"法学的反驳，以及怀特历史诗学对科学史学和历史哲学中的实证主义观念的质疑，等等。

## 三　从分化到去分化：学科建制中
## 　　文学角色的变迁

人文社会科学中的"文学"转向既涉及语言观念的变化，也涉及

---

① 陈嘉明：《人文主义的兴盛及其思维逻辑——20世纪西方哲学的反思》，《厦门大学学报》（哲学社会科学版）2001年第1期。

学科建制从现代到后现代的转型,即从追求学科独立性走向跨学科研究和学科互涉,从分化到去分化。按照知识社会学的研究,启蒙运动以来,随着社会分工的细化和大学学科的设置,人们意识到知识的独立性与纯粹性,从而致力于各门知识分门别类的研究。20世纪上半叶盛行的形式主义思潮及其对文学性的标举推动了现代意义上的文学科学的形成和发展,而以索绪尔为代表的现代语言学把语言视为一个与现实世界相互并列的符号系统则为之提供了动力与范式。福柯指出,形式主义"涉及西方文化依据自己在19世纪赋予自身的必然性而进行的严格的展开。在我们可称为'形式主义'的我们经验的这个一般标志中,看到那不能重新把握丰富内容的思想有干涸和稀疏的迹象,这是虚假的;一上来就把这个标志置于一种新思想和一种新知识的境遇中,这同样也是虚假的。这个当代体验正是在现代认识型非常严格、非常融贯的构型的内部发现其可能性的"。① 从理论生成的语境看,形式主义对文学性的诉求既是近代以来学科分化的产物,也是近代以来偏重唯美的现代主义文艺思潮在理论上的沉淀与表现。我们看到,形式主义兴起与繁盛的20世纪上半期,仍然处于人文社会科学的区分与分化期。形式主义对独立的文学学科(诗学)及文学性的追求,应和了使各门知识分门别类得到研究的学术发展大的趋势与潮流。

人文社会科学中的"文学"转向既是对形式主义文学研究的一个继承,也是一个反动,即从分化到去分化,从语言到话语,从寻求文学知识的纯粹性到语言与社会实践相结合的话语分析。对于这个现象需要进行审慎的分析。巴赫金、福柯等人的话语理论对20世纪下半叶以来的人文社会科学研究包括其中的文学转向产生了深远的影响。通常认为,话语"是把语言使用当作社会实践的一种形式……话语既是一种表现形式,也是一个行为形式……在话语和社会结构之间存在着一种辩证的关系"。② 巴赫金认为,文学活动与各种社会交往活动

---

① [法] 福柯:《词与物》,莫伟民译,上海三联书店2001年版,第502页。
② [英] 费尔克拉夫:《话语与社会变迁》,殷晓蓉译,华夏出版社2003年版,第59页。

融汇在一起，使文学不可避免地带有杂语共生性质。巴赫金在《文学作品中的语言》一文中称之为"全语体性"："在文学作品中我们可以找到一切可能有的语言语体、言语语体、功能语体，社会的和职业的语言等等。（与其他语体相比）它没有语体的局限性和相对封闭性。但文学语言的这种多语体性和——极而言之——'全语体性'正是文学基本特性所然。"① 这说明文学自身暗含了其他各种语言文化形态的因素，文学语言具有混杂性，与其他话语形态具有兼容性。美国学者普拉特（M. L Pratt）认为，形式主义过于突出了文学语言与日常语言的区分，其实日常语言与虚构的文学语言之间并没有明显的界限，日常生活中的想象、假设、梦境、希望和幻想也包含了虚构。此外，文学包含了对自身的反思，"文学作品无疑是言语和陈述，它自然承载着信息，无疑也蕴涵着理解。只有当作品拆解阻止言语成为展现的因素时，它才成为明显的展现，把信息、陈述和理解结合在一起。它使信息和陈述成为某种二元性，并在两者的悖论性差异的标志下建构它们"②。现代主义文学对语言表现功能的开掘，后现代主义文学、历史元小说、网络超文本文学等，打破了文学的单向性，营造了多元世界的图景。而福柯视话语为连接日常文化与科学知识的中间区域，具体说来，就是文化史或思想史的领域。福柯所谓的知识型作为"科学的历史、未来、插曲和偶然事件"背后的"法则和规定性"③，本身就是与话语陈述相关联的知识生成图式。如果说语言分析推动人文社会科学关注自身的陈述形式，话语分析则推动了人文社会科学探究自身的阐释效力，即反思知识本身形成的历史条件，因而在这一轮学科去分化并走向交叉与综合时，"文学"无论从叙述层面还是阐释层面都成为其无可替代的灵感源泉。

因此，从形式主义诗学中的"文学性"到新近人文社会科学中话

---

① ［俄］巴赫金：《文学作品中的语言》，潘月琴译，见钱中文主编《巴赫金全集》第4卷，河北教育出版社1999年版，第276页。
② ［法］贝西埃：《文学理论的原理》，史忠义译，暨南大学出版社2011年版，第16页。
③ ［法］福柯：《福柯答复萨特》，莫伟民译，《世界哲学》2002年第5期。

语的文学特征,"文学"概念本身的内涵和外延得到了扩展和深化。文学性和文学价值更新了传统的"文学"概念,丰富了以往对文学范围的想象。雅各布森等俄国形式主义者对"文学语言"独特性的强调,被罗蒂、格尔兹、努斯鲍姆和怀特等人文社会科学研究者置换为作为叙事性散文话语形式的文学再现模式,能够通过主体性建构作用于社会生活的实践动力,或一种弥补现代学科建制的科学主义缺陷并培养人性的人文伦理的可能性。非本质主义的文学和文学性观念,已经超出了文学学科自身的范畴,体现了认知、审美和伦理相统一的大文学观。从中我们可以发现,人文社会科学的文学转向,从表层看,借鉴了形式主义对文学叙事和语言建构潜能的研究,内在是对"文学"所包含的想象性和超越性等人文质素的重新审视和汲取。因而也可以说,人文社会科学中的文学转向实际是对形式主义孜孜以求地把文学与其他文化形态相隔离的孤立、封闭做法的一种反拨,也是人文社会科学研究的一种自我反思和自我调整的尝试。这种去分化的尝试由非文学学科的理论家开始,借引入文学作为认识论、方法论和价值论工具,以寻求本学科理论的新建构。以文学重构学科认识传统的跨学科路径,已经呈现出对学科原知识结构的批评性反思和转向学科外部驱动标准的"认识论漂移"现象,[1]体现了纵深层面学科互融、理论革新的"学科互涉",寄托了学界对现代学科建制中的文学存在的美好希望和想象,也是对文学死亡论和理论终结论之后的文学研究状况的一个回应。这种情况反过来又被文学理论家所关注,促进了文学理论对社会、道德、政治、哲学等元素的重估与吸纳,文学理论在更高的层面上成为包容了多种学科和社会文化元素的理论形态,重建了文学研究领域的理论自信。

---

[1] [美]朱丽·汤普森·克莱恩:《跨越边界——知识 学科 学科互涉》,姜智芹译,南京大学出版社2005年版,第18页。

# 第二章　艺术与物性

20 世纪 30 年代中期，海德格尔在《艺术作品的本源》中批评了传统上关于艺术物性的 3 种规定方式：特性的载体、感觉多样性的统一体、具有形式的质料，认为这 3 种规定都不能把握物之物性，或者说物之物因素。在此基础上海德格尔表达了他的艺术存在论。此后，艺术与物性的关系乃成为海德格尔中后期一个十分重要的理论问题，并对 20 世纪的美学讨论产生了深远的影响。耐人寻味的是，其他美学家或思想家大多不是沿着海德格尔本人的思路，而似乎是将其批评过的三种思路加以改造进行探讨，但是在反模仿论、反形而上学方面却与海氏异曲同工。艺术与物性的关系不仅构成现象学—存在主义美学中的一个重要问题，也体现了现代主义思潮及语言转向在美学与文论领域中的一个曲折回响。我们试图就此做一个简要的考察。

## 一　让栖居的物：走进存在的光亮

在《艺术作品的本源》中，海德格尔从艺术与物性的关系入手，探讨艺术作品的本源。艺术作品建立一个世界并制造大地，物是作品中的大地因素，创作是让某物作为一个被生产的东西而出现，作品把物因素置入敞开的领域中加以显现。

海德格尔首先以挂在墙上的梵·高画作《农鞋》和被士兵放在背包里的荷尔德林诗集为例，指出"所有艺术作品都有物的因素"，紧接着对作品与物进行了区分，"艺术作品远不只是物的因素，它还是某种别的什么。这种别的什么就是使艺术家成其为艺术家的东西"①。进一步说,物可以分为纯然物、器具和艺术作品。纯然物指的是纯粹为物的石头、土块、木头等;器具则是人工制品,如一双农鞋;而艺术作品则是艺术家创作的作品如梵·高的画《农鞋》。按照一般的理解,一切存在者都可以被视为物,器具中也有物的因素,而作品更是兼具物因素和人工性。因而,海德格尔认为,需要澄清物之物因素、器具之器具因素、作品之作品因素,才能使作品区别于纯然物和器具。他选择的不是纯然物,而是器具之物——农鞋。在海德格尔看来,器具(如一双农鞋)的器具因素存在于它的有用性,但"有用性本身又植根于器具之本质存在的充实之中,我们称之为可靠性(Verlässlichkeit)。凭借可靠性,这器具把农妇置入大地的无声的召唤之中,凭借可靠性,农妇才把握了她的世界……器具的有用性只不过是可靠性的本质后果。有用性在可靠性中漂浮。"② 显然,指出器具的有用性和可靠性并不足以推出作品区别于一般器具。海德格尔的关键步骤在于将日常生活中人们对器具的使用视为器具可靠性的消亡。在日常生活中,器具的实用性凸显,其原始的可靠性反而被遮蔽了。只有当器具的有用性消耗殆尽时,我们才有可能知道其可靠性。也正是在这个意义上,他认为梵·高这幅画了"用处和所属只能归于无"的农鞋的油画《农鞋》"揭开了这个器具即一双农鞋真正是什么。这个存在者进入它存在之无蔽之中。……一个存在者,一双农鞋,在作品中走进了它的存在的光亮里。存在者之存在进入其显现的恒定中了"。由此我们就可以理解何以海德格尔接下来说,"艺术作品以自己的方式开启存在者之存在。这种开启,也即解蔽(Entbergen),亦即存在之真理,是在作品中发生的。在艺术作品中,存在者之真理自行设置入作品。艺术就是自行设置入作品的真理"③。我们知道,詹明信也曾对梵·高的这幅《农鞋》做了解读:"我的看法是,在凡·

---

① [德]海德格尔:《林中路》,孙周兴译,上海译文出版社1997年版,第3页。
② 同上书,第18页。
③ 同上书,第17、19、23页。

高的画作里，倘若辛酸的农民生活可算是作品的原始素材，则那一贫如洗的乡土人间，也就自然成为作品的原始内容了。这是再显然不过的历史境况了。农民在这里熬过了人类最基本的生存经验、体现了劳动生活的种种辛酸；在这里，汗流浃背的劳动者，因被生产力夜以继日地不断磨炼、不断鞭策，而得终生陷入一种极端野蛮残酷、险恶可怖、最荒凉、最原始、最远离文明的边缘地域和历史境况。这，也就是我为《农民的鞋》所重构的农民世界了。"① 这个解读显然是从马克思主义立场做出的。在海德格尔那里，农鞋作为器具之物归属于大地，泥土、谷物、分娩等则归属于农妇的世界。而作品作为物，为真理的发生和保存提供了栖居之所。

《艺术作品的本源》对艺术的分析路径是由物到作品，解决方案则是由作品到物，艺术作品是世界和大地的建立，世界世界化与物物化同时发生。艺术作品把我们带入这种敞开性中，同时把我们移出寻常平庸。海德格尔在此强调了艺术作品的自足性，作品既是让栖居的物，又把某物带入存在之中。虽然海德格尔对《农鞋》的解读难免有误读的成分，但他以梵·高的绘画为例证讨论艺术的物性体现了对现代艺术敏锐的洞察力：因为传统绘画比较重视再现性内容，只是到了莫奈、高更、塞尚、梵·高等以来的现代主义绘画才注重色彩、质料与物感。

我们注意到，在写作《艺术作品的本源》同一时期，即1935—1936年，海德格尔还有一个系列讲座，后来以《物的追问》为名出版。在此书中，他又谈到物性，"我们追问的不是随便什么种类的某物，而是追问物之物性。……我们甚至还想要超越这些东西，超越那种物而达到非—有条件的东西，到达不再是物的东西那里，它形成某种根据或基础。"他的结论是，"'物是什么？'的问题就是'人是谁？'的问题，这并不是说，物成了人的拙劣创造物，相反它意味着：人被理解为那种总已经越向了物的东西，以至于这种跳跃只有通过与物照面的方式才得以可能，而物恰恰通过它们回送到我们本身或我们

---

① [美]詹明信：《晚期资本主义的文化逻辑》，张旭东编，生活·读书·新知三联书店1997年版，第434—435页。

外部的方式而保持着自身"①。这个说法表明，海德格尔对物性的探讨还有着更大的旨趣：他是以物来探讨此在或人的生存的。

而我们知道，海德格尔1950年在巴伐利亚艺术协会还有一个演讲名字就叫《物》，其中提出了著名的"四方"即天地神人，"物居留统一的四方，即大地与天空，诸神与终有一死者，让它们居留于它们从自身而来统一的四重整体的纯一性中。""四方中的每一方都以它自己的方式映射着其余三方的现身本质。同时，每一方又都以它自己的方式映射自身，进入它在四方的纯一性之内的本己之中。"② 天地神人的映射游戏，称之为世界，世界通过世界化成其本质。

其实，海德格尔还有不少论著涉及物的问题。在《诗人何为》等文中，海德格尔注意到，由于技术在我们这个时代的统治，物变成了可供计算的市场价值。由是观之，如何"把物从单纯的对象性中拯救出来……让物能够在整体牵引的最宽广之轨道范围内居于自身之中"③，这是海德格尔中后期思考的焦点之一。我们以《筑·居·思》中所举的茅屋和《物》中所举的壶为例：

> 让我们想一想两百年前由农民的栖居所筑造起来的黑森林里的一座农家院落。在那里，使天、地、神、人纯一地进入物中的迫切能力把这座房屋安置起来了。它把院落安排在朝南避风的山坡上，在牧场之间靠近泉水的地方。它给院落一个宽阔地伸展的木板屋顶，这个屋顶以适当的倾斜度足以承荷冬日积雪的重压，并且深深地下伸，保护着房屋使之免受漫漫冬夜的狂风的损害。④
>
> 壶之壶性在倾注之馈品中成其本质。……倾注之馈赠可以是一种饮料。它给出水和酒供我们饮用。在赠品之水中有泉。在泉

---

① ［德］海德格尔：《物的追问》，赵卫国译，上海译文出版社2010年版，第8、216页。
② ［德］海德格尔：《演讲与论文集》，孙周兴译，生活·读书·新知三联书店2005年版，第186、187页。
③ ［德］海德格尔：《林中路》，孙周兴译，上海译文出版社1997年版，第314页。
④ ［德］海德格尔：《演讲与论文集》，孙周兴译，生活·读书·新知三联书店2005年版，第169页。

中有岩石，在岩石中有大地的浑然蛰伏。这大地又受着天空的雨露。在泉水中，天空与大地联姻。在酒中也有这种联姻。酒由葡萄的果实酿成。果实由大地的滋养与天空的阳光所玉成。在水之赠品中，在酒之赠品中，总是栖留着天空与大地。①

这两个例子说明：物是对天、地、神、人四重整体的聚集。以壶为例，壶是一个物，壶之虚空实现了壶之壶性，因为虚空可容纳和倾注，而倾注即馈赠。由此，壶的在场才得以发生和规定。茅屋也是一物，它聚集着四重整体，是可栖居之物。而栖居把四重整体保存在物之中，既是人本真意义上的存在，也是一种筑造。壶、茅屋分别以各自的方式物化着，物之所是已经展现出来，无限可亲，我们身陷其中，却一味地将之对象化。海德格尔认为，只有在我们使物自由的时候，即以栖居的方式把物及聚集在物中的四方整体的本质保护下来，才能拯救大地、接受天空、期待诸神、护送终有一死者。因而我们需要以艺术的方式来理解物，物与人在此相互占用，相互照亮。

让我们再回到海德格尔关于艺术的论述。在海德格尔那里，艺术的创作便是真理的发生，即存在之无蔽。他把艺术创作视为一种生产（hervorbringen）。② 根据他的考证，生产在希腊文中的意思是"这样或那样地让某物或彼物进入在场者之中而显现出来"③。即艺术是一种让物其所是的去蔽，是物的最本真的显现。海德格尔又说过，唯有语言才使存在者作为存在者进入敞开领域之中，纯粹所说即道说使物归隐于四重整体之宁静，"关键在于学会在语言之说中栖居"④。作诗即创造，也即是在语言之说中栖居。这样，艺术、物性与人的生存三

---

① [德] 海德格尔：《演讲与论文集》，孙周兴译，生活·读书·新知三联书店 2005 年版，第 179—180 页。
② 参见 [德] 海德格尔《林中路》，孙周兴译，上海译文出版社 1997 年版，第 42—44 页。
③ [德] 海德格尔：《演讲与论文集》，孙周兴译，生活·读书·新知三联书店 2005 年版，第 168 页。
④ [德] 海德格尔：《在通向语言的途中》，孙周兴译，商务印书馆 2004 年版，第 27 页。

者就被关联了起来。

从中可见，海德格尔提出艺术与物性的问题，主要是为了反对古老的艺术模仿论，重新思考艺术是什么，以及与此有关的人是什么的问题。

## 二 作为质料的物？或感觉多样性的统一体的物？

海德格尔提出的艺术与物性的关系问题在20世纪美学史上引起了多种回应，这些争论主要由艺术存在方式的多重性引起的。在《艺术作品的本源》中，海德格尔对此有一段提示："作品因素固然不能根据物因素来得到规定，但是对作品之作品因素的认识，却能把我们对物之物因素的追问引入正轨。"[①] 哪些是海德格尔所说的能把我们引入对物之物因素的追问正轨的作品之作品的因素？詹明信在解读梵·高的画作《农鞋》时曾提出艺术作品的双重质性问题，或许能给我们提供一些启发："我们还可以对艺术品的双重质性加以强调，进一步阐明第一种物质性（即'大地'本身、大自然的林间小径、实体实物等）将如何转化成第二种物质性（油画本身、即透过油彩而凝结于画本之上、展露在观者之前、并诉诸其视觉官能的画感及质感）。"[②] 詹明信在这里所归纳的艺术作品的双重质性涉及构成艺术作品的质料、载体以及读者观众对之的感知。众所周知，海德格尔恰恰批评了特性的载体、感觉多样性的统一体、具有形式的质料三种关于艺术物性的规定：前者把艺术归之于某些内在的属性，带有实体论色彩，中者属于现象学反对的心理主义，海德格尔对这两种观点表示反对是自然的。至于后者，海德格尔的态度就有一些矛盾：一方面，海德格尔批评这一亚里士多德以来的形式—质料二分主要适用于器具，

---

① [德]海德格尔：《林中路》，孙周兴译，上海译文出版社1997年版，第53页。
② [美]詹明信：《晚期资本主义的文化逻辑》，张旭东编，生活·读书·新知三联书店1997年版，第437页。

并且过于看重形式,另一方面,海德格尔其实又很看重质料在艺术作品中的作用。

从一般意义上来看,物是艺术作品的质料。在《艺术作品的本源》中,海德格尔指出,具有形式的质料曾经是关于艺术作品物性的流行见解,"作品中的物因素显然就是构成作品的质料。质料是艺术家创造活动的基底和领域。……质料与形式的区分……是所有艺术理论和美学的概念图式"①。而且海德格尔也承认,质料在作品中是一个"稳固"的、显而易见的事实,"建筑物存在于石头里,木刻存在于木头里,油画在色彩里存在,语言作品在话音里存在,音乐作品在音响里存在"②。虽然海德格尔反对将艺术作品的物性归结为质料,但是其《艺术作品的本源》中所说的大地,有时指的是与世界的敞开相对的一切存在者,有时就是指艺术作品中的"质料","一件作品从这种或那种作品材料那里,诸如从石头、木料、铁块、颜料、语言、声音等那里,被创作出来,我们也说,它由此被制造(herstellen)出来。……建立一个世界,它并没有使质料消失,倒是使质料出现,而且使它出现在作品的世界的敞开领域之中:岩石能够承载和持守,并因而才成其为岩石;金属闪耀,颜色发光,声音朗朗可听,词语得以言说。""在被当作对象的作品中,那个看来像是流行的物的概念意义上的物因素的东西,从作品方面来了解,实际上就是作品中的大地因素(das Erdhafte)。……我们只有通过作品本身才能体验器具之器具因素。这一点不仅适用于器具,而且也适用于物之物因素。"③ 这质料,这大地因素,海德格尔有时候径直称之为"媒介","因为作品是被创作的,而创作需要一种它借以创造的媒介物,那种物因素也就进入了作品之中"④。

在海德格尔那里,质料的重要性要高于形式。在一件作品中,所有物都有自己的快慢、远近、大小。作品开放敞开领域之自由并且在

---

① [德]海德格尔:《林中路》,孙周兴译,上海译文出版社1997年版,第11页。
② 同上书,第3页。
③ 同上书,第29—30、53页。
④ 同上书,第40页。

其结构中设置这种自由。每一件作品的生产，都是如是存在的呈现。我们发现，萨特在一定程度上正是这样理解质料的。在《什么是文学？》中，萨特也谈到艺术作品的物性问题。为什么他认为艺术的介入主要限于小说这种散文艺术？而音乐、绘画、诗歌等艺术形式，则无须介入？就是因为音乐、绘画、诗歌等艺术形式所使用的媒介是"物"，"对于艺术家来说，颜色、花束、匙子磕碰托盘的叮当声，都是最高程度上的物；他停下来打量声音或形式的性质，他流连再三，满心喜悦；他要把这个颜色—客体搬到画布上去，他让它受到的唯一改变是把它变成想象的客体。所以他距离把颜色和声音看成一种语言的人最远。这一适用于艺术创作者要素的原理同样适用于各要素的组合：画家无意在画布上描下一些符号，他要创造一件物"。① 在艺术家眼中，颜色、花束、声音等等，都是最高程度上的物，浸透了艺术家的愤怒、忧虑或快乐，"各各他上空中那一道黄色的裂痕，丁托列托选用它不是为了表示忧虑，也不是为了激起忧虑；它本身就是忧虑，同时也是黄色的天空。不是满布忧虑的天空，也不是带忧虑情绪的天空；它整个儿就是物化了的忧虑，它在变成天上一道黄色裂痕的同时又被万物特有的属性，它们的不容渗透性，它们的延伸性、盲目的恒久性、外在性以及它们与其他物保持的无穷联系所掩没，掩埋"。② 诗歌也是如此。诗人摆脱了语言的工具性，把词看作物，而不是符号。"词的发音，它的长度，它以开音节或闭音节结尾，它的视觉形态合在一起为诗人组成一张有血有肉的脸，这张脸与其说是表达意义，不如说它表现意义。反过来，由于意义被实现了，词的物质面貌就反映在意义上，于是意义作为语言实体的形象发挥作用，它也作为语言实体的符号起作用，因为它已失去了自己的优越地位，而且，既然词语与物一样不是被创造出来的东西，诗人不去决定究竟是物为词语而存在，还是词语为物而存在。于是在词与所指的物

---

① [法]萨特：《什么是文学？》，见《萨特文论选》，施康强选编，人民文学出版社1991年版，第92页。
② 同上书，第92—93页。

之间建立起一种双重的相互关系，彼此既神奇地相似，又是能指和所指关系。"① 萨特在这里以语词当物，因为它们具有不透明性，不是对外物的模仿。同样，列维纳斯也重视艺术的质料因素。他认为艺术的基本功能在于提供一个客体的形象以取代客体本身，这就需要声响、色彩与文字。本来"声响、色彩和文字都反映出那些被它们以某种形式遮掩起来的客体。声响来自一个客体的嘈杂，色彩黏附在固态物体的表面，词语包含着一个意思，指称着一个物体。……在艺术中，那些构成了客体的可感的质既不通向任何客体，又是自在的。艺术的这种方式就是感觉本身的事件，也就是美学事件。……一个词语不能离开其意义而存在。但它首先包含着被它填满的声音的物质内容，这让我们可以把它归纳为感觉和音乐性"②。词语本身摆脱了客观意义，回归了可感的要素形态。"这里的物质性意味着厚实的、粗鲁的、庞大的、悲惨的，一切具有持久性、重量、荒诞性的事物，一种暴烈却又漠无表情的在场，但它也包含着谦卑、赤裸、丑陋。"③ 列维纳斯所说的"物质性"是感觉所呈现的"事件"，让主体通过异域感通向自身的外部。对于萨特或者列维纳斯这类看法，斯皮瓦克并不赞同，她认为，"如果海德格尔关于大地和世界的概念隐喻，被用来描绘帝国主义的任务，那么，从裂缝的暴力中出现的，是地图展现的世界的各种各样的事物性（Dinglichkeit），而非像哲学家和文学批评家不断点评的一些欧洲艺术杰作所展现的那样，纯粹是'油画凭其本身所肯定和凸显的物质性'"。④

在德勒兹眼中，质料无疑也是艺术作品的有机构成。他在《什么是哲学》中指出，艺术作品总是在"物"的基础上形成的，绘画依赖于颜料、画布等物质手段，雕塑需要借助于各种物质材料如大理

---

① [法]萨特：《什么是文学？》，见《萨特文论选》，施康强选编，人民文学出版社1991年版，第96—97页。
② [法]列维纳斯：《从存在到存在者》，吴蕙仪译，江苏教育出版社2006年版，第56—57页。
③ 同上书，第60—61页。
④ [美]斯皮瓦克：《后殖民理性批判》，严蓓雯译，江苏人民出版社2014年版，第222页。译文略有改动。

石、金属等。但是德勒兹又认为,艺术作品又不能归结为物质的存在,因为它是在这个基础上的"感觉"和"表现","无论绘画、雕刻还是写作都离不开感觉(sensations)。人们描绘、雕塑和书写出感觉。作为感知物的感觉不同于涉及一个客体(参照系)的知觉:因为,如果说感觉跟什么东西相似的话,这一相似性产生于感觉自身所拥有的手段,画布上面的微笑不过是用颜色、线条、阴影和光线造成的"①。材料保存的持久是保存感觉的前提。感觉在材料中实现,"整个质料变得富于表达力。感受成了金属的、晶莹剔透、坚硬如石……艺术的目的,连同其材料手段,是从对客体的各种知觉当中和主体的各种状态当中提取感知物,从作为此状态到彼状态的过渡的情感当中提取感受……在这方面,作家所处的境况跟画家、音乐家和建筑师没有什么不同。作家使用的特殊材料是词语和句法,他们创制的句法不可逆转地上升到他们的作品里,进入感觉"②。

实际上,德勒兹更为看重的是感觉组合体,例如雕塑艺术的凸出与凹陷,以及造成它们相互交错的强有力的贴身肉搏。小说往往上升到感知物:哈代笔下的荒野,麦尔维尔的海洋,伍尔夫的都市或镜子。在这个意义上,德勒兹所说的感觉组合体好像接近海德格尔所概括的第二种意义上的物——感官上被给予的多样性之统一体,即"在感性的感官中通过感觉可以感知的东西"③。然而,我们与其说德勒兹反对海德格尔,不如说,他改造了感觉多样性的统一体的说法:因为德勒兹眼中的感觉已经不是传统意义上主体的感觉,而"是同一身体给予感觉,又接受感觉,既是客体,又是主体"。对于绘画来说,"感觉,就是被画出的东西。在画中被画出的东西,是身体,并非作为客体而被再现的东西,而是作为感受到如此感觉而被体验到的东西"。④

---

① [法]德勒兹、迦塔利:《什么是哲学?》,张祖建译,湖南文艺出版社2007年版,第437页。
② 同上书,第439—440页。
③ [德]海德格尔:《林中路》,孙周兴译,上海译文出版社1997年版,第9页。
④ [法]德勒兹:《弗兰西斯·培根:感觉的逻辑》,董强译,广西师范大学出版社2011年版,第47页。

这样看来，无论是海德格尔、萨特，还是列维纳斯、德勒兹，虽然关于艺术物性的具体主张不尽相同，但是他们还是有明显的共同之处：反对模仿论，反对形而上学的主客二分和形式—质料的二分。

## 三 作为载体的物？抑或情境中的物？

有学者指出，"艺术中的物性出场是视觉现代性品质的基本内容"①。现代艺术的发展彰显了物性，并给艺术与物性的讨论提出了新的难题。19世纪末、20世纪初以来，莫奈、高更、塞尚、梵·高等现代主义画家减弱绘画的深度，注重色彩、质料与物感，架上画走向衰败，绘画有一种"接近于装饰……通向'复调'绘画的趋势"②。先锋派艺术的崛起，技术与载体因素凸显。杜尚1917年以现成物小便器《泉》颠覆了"制成品"的艺术观念，因为这是"选择了一件生活中极为普通的物品，将它放置在了一个新的环境当中，重新命名并为它设置了一个崭新的观看角度，它原先的实用性消失殆尽，取而代之的是一种全新的思想"③。达达主义将废弃物和画面拼贴在一起。以"物品"充当艺术品摧毁了本雅明所说的传统艺术品的韵味，消除了艺术品与生活的距离，以及观众的静观态度。在这种情况下，关于艺术与物性的讨论蔓延到现代艺术特别是视觉艺术领域，并出现了情境主义倾向。"要想感知一事物，就得将该事物当作整个情境的一部分来加以感知。每一种东西都起作用——不是作为物品的一部分，而是作为情境的一部分，而它的物性正是在这一情境中得以确立的，至少也是部分地建立在这一情境之上的。"④

---

① 吴兴明：《论前卫艺术的哲学感——以"物"为核心》，《文艺研究》2014年第1期。
② [美]格林伯格：《艺术与文化》，沈语冰译，广西师范大学出版社2009年版，第194—195页。
③ [美]卡尔文·汤姆金斯：《杜尚》，李星明等译，湖南美术出版社1991年版，第43页。
④ [美]迈克尔·弗雷德：《艺术与物性》，张晓剑、沈语冰译，江苏美术出版社2013年版，第163页。

究其原因，首先是技术在艺术中的地位或比重增大了。一方面是技术的审美化，另一方面是第一次世界大战带来的对技术的恐惧，"1910年后先锋派成功地表达了资产阶级这种两极化的技术体验，才在艺术生产中把技术和技术想象融合了起来"①。技术侵入艺术作品的结构，拼贴、装置等克服了艺术与生活的二分；其次，视觉艺术自身的特征彰显出来。相比而言，音乐和文学有一种相对稳定的结构类型，因而可以进行结构的探讨。绘画、雕塑等视觉艺术则不然，它的创作背景属性有时候对于作品也是构成性的，也就是说，影响到作品可感知属性的起源。

乍一看，先锋艺术的发展使载体因素凸显，似乎很接近艺术物性的载体论（实体论），但是即便诸如杜尚的小便器也还需要拿出去展览并命名为《泉》才能成为艺术品。在一定程度上可以说，无论是先前的架上画、语言艺术，还是后来的行为艺术、装置艺术都需要通过载体来立意，即精神化，但是载体的形态发生了变化。加拿大的大卫·戴维斯说，"在毕加索的《格尔尼卡》中，载体可以是一个物质对象；在柯尔律治的《忽必烈汗》中，载体是一种语言结构类型；在杜尚的《泉》中，载体是一种特殊的行动"②。也就是说，质料或载体和立意甚至读者观众的参与等共同成就作品，所以戴维斯反对把艺术视为静态的、固定的"物"或载体，认为它是一种动态的、由创造性的施行活动体现出来的"过程"。20世纪以来，审美经验与生活经验的逐步合一打破了康德的审美静观在审美经验与日常经验之间所建立的壁垒，更使得情境主义的艺术观念大行其道。例如，杜威说，"当艺术物品与产生时的条件和在经验中的运作分离开来时，就在其自身的周围筑起了一座墙，从而这些物品的、由审美理论所处理的一般意义变得几乎不可理解了"③。丹托也反对把艺术归结为具有

---

① ［美］胡伊森：《先锋派、技术、大众文化》，见周韵主编《先锋派理论读本》，南京大学出版社2014年版，第384页。
② ［加］大卫·戴维斯：《作为施行的艺术》，方军译，江苏美术出版社2008年版，第74页。
③ ［美］杜威：《艺术即经验》，高建平译，商务印书馆2013年版，第1页。

某种属性的物品，主张在艺术品与寻常物的关系中看待艺术，"假如某物和其他某种东西构成了某种特定的关系，它就能成为一件艺术品"①。在《物的追问》中，海德格尔也写道："墙上的东西——油画——我们同样可以称之为一物。"② 就此而言，海德格尔本人并不完全排斥艺术情境主义乃至载体论的物性观念。海德格尔在人的存在、艺术生产及其情境等多重维度中思考艺术及其物性，还是给我们颇多启示。

毫无疑问，海德格尔本人关于艺术与物性的思考奠基于其艺术存在论，或者说语言存在论，语言被视为存在的家园。按照海德格尔的说法，诗人在语词上获得经验，并把一种关系赋予一物："诗人经验到：唯有词语才让一物作为它所是的物显现出来，并因此让它在场。词语把自身允诺给诗人，作为这样一个词语，它持有并保持一物在其存在中。……诗人把诗人的天职经验为对作为存在之渊源的词语的召集。"③ 诗人进入词与物的关系，命名存在之物。艺术生产既是艺术家总体性筹划的一种实现，免不了涉及质料、语词，也是一种存在者的显现，因而也涉及语境、与他者的关系，摆脱不了作品本身被整合的系统。艺术的物性这种悖论性，令海德格尔本人也颇费踌躇，也是形成关于艺术物性理解的分歧所在。"世界要将大地中的涌现者去蔽，使其作为某物呈现，大地则要将那被世界之光照亮的物收回到它的黑暗之中……于是，艺术作品中的物一会儿作为有某种确定意义的存在者而呈现，一会儿作为毫无意义而隐匿自身的存在者而凸显。"④ 这就不难理解，为什么一方面海德格尔的观点得到部分美学家和艺术批评家的响应。比如德国当代美学家马丁·泽尔认为，审美对象更多是一种事态。审美对象可通过概念来区分的感性特征，称之为显象，

---

① [美]丹托：《寻常物的嬗变》，陈岸瑛译，江苏人民出版社2012年版，第76页。
② [德]海德格尔：《物的追问》，赵卫国译，上海译文出版社2010年版，第4页。
③ [德]海德格尔：《在通向语言的途中》，孙周兴译，商务印书馆2004年版，第158页。
④ 余虹：《艺术与归家——尼采·海德格尔·福柯》，中国人民大学出版社2005年版，第160页。

"显现是诸显象展开的过程",审美不是对静态属性,而是对当下事态显象间游戏的关注。审美直观只有在以名称和普遍概念为工具的感知语境中才能实现。[①] 但是另一方面,质料论、感觉论改换了门庭和包装重新登场,而情境主义又大行其道:它们共同体现了从实体主义到关系主义、从主体性到主体间性思维方式的转变。

关于艺术与物性问题的讨论已经逾出了海德格尔当初所预设的范围和现象学的框架,聚讼纷纭,可谓当代艺术危机的一个理论表征,也表达了人们对艺术是什么乃至人是什么的持续的追问。这个问题是在语言转向和现代主义思潮兴起这个大的学术背景下发生与展开的,在现象学—存在主义—解释学语言观的深化及当代艺术理论研究中成为一个核心问题。

---

① [德]泽尔:《显现美学》,杨震译,中国社会科学出版社2016年版,第66页。

# 第三章　言语行为理论与文学理论

20世纪中叶出现的言语行为理论将人类行为与实践引入语言论视角，直接促使了语用学的形成，并推动语言哲学从逻辑领域转向了人类日常生活领域。言语行为理论对文学研究领域也产生了非常重大的影响，依据言语行为理论提供的视角和方法，不仅对文学理论的许多传统重大问题，如虚构、创造、意义、文学与现实世界的关系等提供了新的解答思路和思维空间，而且也为文学理论提供了诸如交往、语境、规约、施行等新的研究课题。更为重要的是，建立在言语行为理论基础上的文学观念和文学理论，完全扭转了20世纪上半叶形成的以俄国形式主义、新批评和结构主义为代表的形式主义文论发展趋势，打破了封闭的文学研究格局，促使文学研究和文学观念重新"向外转"，回归日常生活和人类实践，促进了当代文学观念及文学理论向实践论方向的发展趋势。

由于言语行为理论主要把语言理解为人类一系列的行为和实践，作为现实的人的话语行为和实践活动要涉及超出语言范围之外的各种实际因素，因而言语行为理论呈现出相当复杂的一面，也由于不同的研究者对言语行为的施行条件各有侧重，同时对言语行为理论的定位和解读也各有不同，因而就在运用言语行为理论于文学研究的过程中形成了各具特色和差异的理论观点和形态，至今还没有形成完全统一的理论形态，反过来，这也正表明言语行为理论具有很强的包容性。言语行为理论应用于文学研究的潜力巨大，需要深入挖掘。本章将就言语行为理论已涉及的种种主要文学问题做一系统的评述，并在结尾对言语行为理论应用于文学研究所形成的文学观念和方法论模式做一个整体评估。

## 一 作为语言哲学的言语行为理论

言语行为理论的核心思想是"言就是行""说话就是做事",即人们在说话时不仅仅只在说话,同时也在做事,是通过说话在做事,即以言行事、言中有行。这个观点与人们习惯于把言与行、说话与做事分离开来并对立起来的通常看法是相悖的,如汉语中提到的"言行不一"等情况。理解这个理论应该注意到,言语行为理论的立足点首先是建立在"说话"(或者称"表述")这一行为基础上的,而不是建立在对语言静观的基础上的,也就是说它关注的是人们在日常生活中对语言的动态使用,是活生生的语言,而不是如索绪尔的语言学传统那样,把语言从各种纷繁复杂的生活环境中分离出来,作为一个孤立的系统进行观察。从这个意义上看,说话本身无疑就是人的一种行为,人要发出声音,组成连贯的词句,表达意义,这本身就是人在做一件事情。因而就是从最为通常的"说话"层面上看,说话也是做事,言当然也就是行。但言语行为理论关注的不仅仅只是人的发声行为,而是从更高层面,即说话的内容上,通过人的说话同时涉及或完成的行为。例如在大街上不小心踩到别人脚时,说"对不起!"你通过说这句话完成了一个道歉的行为,说话内容显然就是在实施这类活动或履行其中的一部分,甚至是主导部分。实际上只要仔细观察,就可以发现,以言行事是日常生活中常见的现象,几乎每时每刻人们都在用语言做事。但是最深刻的往往是最简单的,也往往最被人所忽略。在西方,从 19 世纪晚期开始,已有不少哲学家、语言学家和人类学家开始陆续注意这一现象。[1] 但是最为明确提出,并集中论述这一现象的则是英美日常语言学派哲学家奥斯汀(J. L. Austin)。这位生前仅发表过 7 篇论文的哲学家是牛津学派公认的领袖。他于 1955

---

[1] 参见[美]迈克尔·格洛登等主编《霍普金斯文学理论与批评指南》第 2 版,王逢振等译,外语教学与研究出版社 2011 年版,第 1357 页。

年受邀到美国哈佛大学威廉·詹姆斯讲座发表了题为"如何以言行事"的系列讲演，正式提出了言语行为理论的思想和研究框架。

奥斯汀在这12个讲座中，首先瞄准西方传统的语言功能观开火，西方人习惯认为，说出一句话，其任务只能是描述某一事态或者陈述某一事实，因而有真假的衡量标准。但奥斯汀却把这种看法称之为"描述性谬误"①，他指出有很大一部分语言根本不是在描述或报道、记述任何东西，而是"说出这个句子就是实施一种行为，或者是实施一种行为的一部分，而该行为通常并不被描述为或仅仅被'描述'为说些什么"②。他一口气举出了4个例子：例1 "我愿意（娶那个女人为妻）"——在西方婚礼仪式上新郎说出此话的同时，也在做一个郑重的承诺，唯有做出了这个承诺，才算正式完成结婚的行为；例2 "我把这艘船命名为'伊丽莎白号'"——大会主席在轮船命名仪式中如是说时，在完成一个命名的行为；例3 "我把我的表遗赠给我的兄弟"——当事人在遗嘱中立下这样的字句，即完成了一个遗赠的行为；例4 "明天准会下雨，我敢赌六便士"——你在通过说话施加一个打赌的行为。③

奥斯汀指出："在这些例子中，说出句子（当然，是在适当的情境中）显然并不是要描述我在做我说这句话时我应做的事情，也不是要陈述我正在做它，说出句子本身就是做我应做或在做的事情。这里所引用的话语都无真假可言。"④ 由此，奥斯汀把语言从功能上分为两大类型的句子或话语：一类"记叙句"或"记叙话语"（constative utterance），是用来述说和报道世界中的事实和事件，可以通过考察它们与事实是否相符合而有真假之分；与之对照的另一类则是"施行句"或"施行话语"（performative utterance），简称"施行式"（per-

---

① ［英］奥斯汀：《如何以言行事》，杨玉成、赵京超译，商务印书馆2012年版，第2页。
② 同上。
③ 参见［英］奥斯汀《如何以言行事》，杨玉成、赵京超译，商务印书馆2012年版，第4页。
④ ［英］奥斯汀：《如何以言行事》，杨玉成、赵京超译，商务印书馆2012年版，第5页。

formative)，它表明发出话语就是实施一个行为，即做事。这样言就是行或成为行的一部分，言行合一、言中有行，这两者不可分离。

奥斯汀关于"施行式"话语的论述是对语言使用特征的一个重大发现，它使人的语言与行为联系起来。施太格缪勒（Wolfgang Stegmuller）这样评价施行性概念的发现："说起来这真是荒唐，而且对于过去2500年间所有那些比任何一种方式研究语言的人来说这也是一件令他人感到羞耻的荒唐事，即他们竟然没有在奥斯汀之前就提出这样一种本质可以用一句很简短的话来表示的发现：我们借助语言表达可以完成各种各样的行为，特别值得注意的是，到有一位哲学家发现存在着像语言行为这样的东西时，甚至可能已经是现代哲学中'语言学'转向几十年以后的事了"。[①] 的确，人们很少意识到使用语言也在做事和完成行为。当然，在许多情形下，实施一个行为，不是靠通过讲几个词或句子就可以办到的，还需要人的物理行为和动作。这是许多人对行为的理解，也是对言行可否合一的重大疑惑之处，但奥斯汀指出在这些行为中有一个明显的事实是，"即讲出几个词在（打赌等）行为的实施中的确通常是一个主导事件，甚至是唯一主导事件，而这种行为的实施也是话语的目标"[②]。说话本身就是在实施这类活动或履行其中的一部分，甚至是关键部分，缺少说话，这个行为就无法完成或者至少受到重要的影响。这是理解施行话语的关键。

施行话语既然不是为了描述和陈述，而是实施和完成一定行为，那么它的实施条件如何呢？奥斯汀认为，一个言语行为要顺利地完成，达到"言"有所"为"，必须满足一定的条件。因为言语行为不是描述和陈述事实，因此不能以真假来评价，只能以"是否适当"（得体）这个标准来评价，奥斯汀初步总结了6条必不可少的规则：

（A1）必须存在一个被接受又具有一定效果的约定程序，这

---

[①] ［德］施太格缪勒：《当代哲学主流》下卷，王炳文等译，商务印书馆1992年版，第66页。

[②] ［英］奥斯汀：《如何以言行事》，杨玉成、赵京超译，商务印书馆2012年版，第7页。

个程序包括在一定的语境中,由一定的人说出一定的话。

(A2)在某一场合,特定的人和特定的情境必须适合所诉求的特定程序的要求。

(B1)这个程序必须为所有参加者正确地实施,并且

(B2)完全地实施。

(Γ1)这个程序通常是设计给具有一定思想或感情的人使用,或者设计给任何参加者去启发一定相因而生的行为,那么,参加并求用这个程序的人,必须事实上具有这些思想和情感,并且

(Γ2)随后亲自这样做。①

这些规则和条件显然不是指语言语法规则,而是人的行为规则和社会规则,这说明,奥斯汀所说的言语行为是指在特定语境下,符合社会规约发生的行为。语言的施行性功能要依赖多方面的参与才能顺利完成,既有对外在语境的要求,也有对人的主体和意图的要求,还有对合适程序的规约,例如婚礼上的新郎新娘必须是未婚的,单身的,否则说"我愿意"是失效的。要保证用词做事的成功,就要接受集体规约的制约,共同确认。从本质上说,言语行为是一个规约行为,一个要遵守规约才能行事的行为,是一种社会行为话语和规约话语。由此对说话行为的考察势必要超出和跨越纯语言学的范围,扩展到人的行为这个广阔的背景中加以考察。

但同时也可以看出,奥斯汀设立的条件是非常"理想化"和"标准化"的,说话人必须具有"正常"的思维和情感,必须在"正常"的语境下,说出符合程序的话才能言有所为。而现实生活中大量的话语可能并不如此标准、严格。那些违反规则和言未所为的话语情况,奥斯汀把它们称为"未成"和"滥用"两种。诗和戏剧的文学话语在这里也被提及,奥斯汀指出:"作为话语,我们的施为式也会遭遇'感染'所有话语的某些其他种类的不适。同样,尽管我们可

---

① 参见[英]奥斯汀《如何以言行事》,杨玉成、赵京超译,商务印书馆2012年版,第12页。

以给予这些'不适'以一种更为普遍的解释,但目前我们有意不这样做。例如,如果一个施为话语是由一个演员在舞台上说出的,或者是被插在一首诗中,或者仅仅是自言自语,那么它就会以一种奇特的方式成为空洞的或无效的。……在这样的情境中,语言以一种特殊的方式被不严肃地使用,这种不严肃的使用寄生于语言的标准用法,可将其归入有关语言之退化(etiolation)的原则。所有这类情形都被我们排除在考虑范围之外。我们的施行话语,无论是否恰当,都被理解为是在正常的情境中讲出的。"① 奥斯汀在这里不自觉地涉及对文学话语的定位和态度,他显然认为文学话语是一种不标准、不规范的、"病变"的施行话语,因为文学语言不能在真正的实际生活中立刻发生作用,收不到真正的言后之果,当一个演员在舞台上宣读婚姻誓言,显然仅仅是台词而已,并不意味他真的结婚。奥斯汀理所当然把文学话语排除在正常的言语行为之外,视为一种"寄生"在日常标准和规范的话语基础上的非严肃的话语。

奥斯汀随后探讨了施行式话语的可能标准,以区分记叙话语。他首先是从语言形式,即语法和词汇标准上探讨施行话语的特征,总结出一些标志特征,例如要使用第一人称单数以及使用现在时直陈主动语态,具有第二或第三人称单数或多数现在时直陈式被动语态形式等等,如"警告乘客只能经由该桥跨过铁轨"这个句子,但是他又发现这两条标准只适合"显性施行话语",对"隐性施行话语",如"关上门"这类句子不适用。他又转而通过特别的词汇来标示施行话语,但仍然失败,最终他发现无论是从词汇还是语法标准上识别施行话语都上是失败的。这就促使奥斯汀做出一个戏剧性的举动,他推翻了自己最初提出的施行话语与记叙话语区分的两分法观点,开始尝试完全改从行为的角度提出一个更具普遍意义的理论来解释"说话就是做事"的这个问题。奥斯汀由此提出的著名的言语行为三分论。即认为,一个人在说话的时候,在大多数情况下可以看作是同时实施了3

---

① [英]奥斯汀:《如何以言行事》,杨玉成、赵京超译,商务印书馆2012年版,第18—19页。

种行为：即以言表意行为（locutionary act）、以言行事行为（illocutionary act）和以言取效行为（perlocutionary act）。

以言表意行为，即"说话行为"，它包含发音、发语和发言3种行为，它着眼于人们按照语言本身的规则运作，如发出声音，说出的内容要合乎语法和词序等，并进行描述和报道的行为。也就是通常意义上"说些什么的行为"，具有与世界中事实是否相符的真假问题。这也是传统语言学家历来关注和研究的一种行为。

以言行事行为，即在"说话"当中所实施的一种行为，也叫话语施行行为。从它的英文 illocutionary 可以看出，它是由 il + locutionary 构成的，词缀 il - 是 in，恰恰是"内"而不是 not 的意思，即语内表现的行为。也就是人们通过说话来履行或完成的诸如命令、威胁、承诺、约定、描述、批评、赞美、传递信息、宣布开会、问候致意等行为。它表明了说话人说话的实际意图和企图达到的对他人的影响。奥斯汀在这里引入了"言语行为力量"概念，又称"语力"（force），来说明这种行为。他认为，我们在关注语言实施行为时，我们所关注的不是话语的意义，而是关注说话人为表达其意图而在话语中显示出来的力量。当然这个意图能否达到目的和效果还需要联系表意是否符合语言规则以及语言环境的条件等等。

以言取效行为是指说出某事后可能对听话人在感情、思想和行为方面产生一定的影响。在一定的语境中，说话人的意图一旦被听话人所领会，就可能带来后果变化，当然这种变化不一定受说话人意图的控制，因为它不是说话人在说话中所实施的行为，而是听话人的行为。它可能与说话人的意图相符，也可能相悖。听话人如果不领会说话人意图或是领会却不按之行事，言后的取效行为就不一定发生。[1]

这三个行为实际上是一个完整的言语行为的组合，是从不同的角度对同一言语行为不同的抽象，它们不存在高低先后之分。当然奥斯汀最感兴趣的还是以言行事行为，它是如何施行的，如何达到对他人

---

[1] 参见［英］奥斯汀《如何以言行事》，杨玉成、赵京超译，商务印书馆2012年版，第81—93页。

的影响和作用的，因此，话语的施行行为是言语行为理论的重心。他还对以言行事行为做了细密的研究，具体分为五大类。

奥斯汀在提出言语行为三分法后，又在这一理论框架下重新思考和检讨了记叙话语与施行话语的区分问题。最终他的结论是：两者之间不存在对立，也没有严格的界限可分。在考察记叙话语的典范陈述时，奥斯汀指出我们说出的陈述话语既有真假，也是在做某件事情，如"我警告你它就要冲过来了"这个句子，既是一个警告行为，同时又有真假。同样，施行话语也会受到真假概念的影响和制约，例如"我打赌明天下雨"，不论这句话表达何种意图，仍然要受到真实情况的衡量和制约。奥斯汀最终承认没有纯粹的语言标准可以把施行性话语和记叙性话语区分开，"因为陈述仅仅是为数众多的话语施事类型的言语行为中的一种，更进一步说，话语行为与话语施事行为通常都仅仅是一种抽象：每一个真正的言语行为都同时是这两种行为"①。这就是说，同一个句子在不同的言说语境下既是施行的又是描述性的，光从语言自身形式上进行区分显然是不够的。于是，奥斯汀逐渐形成这样的认识，即所有记叙性话语实际上都可以视为一种隐蔽的施行性话语，例如"猫在草席上"这个描述性话语实际上是"我确信猫在草席上"这种形式的省略，在描述猫的状态的同时其实说话人也在实施一种陈述行为，这样记叙话语也可以看成是一种施行话语。

对奥斯汀这个观点的变化，后来的学者争议性极大，有赞成的，更有反对的，尤其是许多语言学家，典型的如法国著名的语言学家本维尼斯特（Emile Benveniste），他就坚持认为仍有必要保持施行与记叙语的区分，"我们相信这是合理的和必要的，如果人们不坚持一个正式的和语言的秩序的精确标准，特别是如果人们不仔细区分意义和指称，那么人们就会危及分析哲学的对象，那些特殊语言，人们在某个特定环境下选择研究的语言形式是有效的"②。本维尼斯特是站在

---

① [英]奥斯汀：《如何以言行事》，杨玉成、赵京超译，商务印书馆2012版，第125页。

② Emile Benveniste, "Analytical Philosophy and Language", *Problems in general linguistics*, translated by Mary Elizabeth Meek, Coral Gable：University of Miami, 1971, p.238.

语言学家本位立场上看待奥斯汀观点的，他不希望超出语言学范围讨论施行问题。但奥斯汀是哲学家，语言哲学家，他与本维尼斯特的视野是不同的。奥斯汀的观点至少表明，语言的施行性功能特征不再是属于某一种语言类型的特征，而是所有现实实际使用的语言，即言语都具有的一种重要的功能，并且具有超语言性特征。它突出了人们使用语言的行为特征和实践特征。

以上即是奥斯汀提出的言语行为理论的基本轮廓。在奥斯汀之后，言语行为理论得到许多学者的青睐和发展，在英美哲学领域，塞尔、格赖斯（H. P. Grice）、齐硕姆（R. M. Chisholm）、万德勒（Z. Vendler）等人对言语行为理论做了更为系统的研究和发展，其中以塞尔的影响最大，塞尔是奥斯汀和斯特劳森（P. F. Strawson）的学生，1969年他出版的《言语行为：语言哲学论》是奥斯汀之后关于言语行为理论最系统的著作。可以说正是在他手中，言语行为理论从奥斯汀演讲性的、随机的风格发展成一套严密的、系统的、逻辑性很强的理论形态。塞尔认为所有的语言交流中都包含有言语行为，他把言语行为定义为"语言交流的单位，是人们在完成言语行为时说出或构造出指号、词或语句，它既不是人们通常认为的是指号、词或语句，也不是它们的标记。换句话说，语言交流中基本的单位是言语行为，它是在一定条件下说出或构造出一个语句标记"[1]。他还修订了奥斯汀对言语行为的三分法，把言语行为扩展为四类："发话行为""命题行为""以言行事的行为"和"以言取效的行为"。突出了命题与以言行事的紧密联系，进一步提出对言语行为的构成分析，他还在以言行事行为的分类、间接言语行为和意义及意向性联系等的研究方面做出了重要的贡献。

在欧洲大陆哲学中，言语行为理论也受到极大的关注，尤其是上面提到的法国著名的语言学家本维尼斯特，他是索绪尔的再传弟子。在对索绪尔结构语言学进行反思的过程中，他独立发展了与奥斯汀相

---

[1] John R. Searle, *Speech Acts: An Essay in the Philosophy of Language*，外语教学与研究出版社2001年版，第16页。

类似的言语行为理论。他曾这样描述道："几年前，在描述语言话语的主观形式时，我们给出了如下两者之间的简明区分，我发誓，这是一个行为，他发誓，这只是对一个事实的描述，虽然'施行语'和'记叙语'的术语没有出现，但是这就是它们定义的实质。"[1] 当然，我们已经指出，本维尼斯特反对奥斯汀取消施行语与记叙语的区分。为了从严格的语言学角度对施行语提供更精确的描述，本维尼斯特对奥斯汀的理论做了批判性的重新评估。首先，他排除了奥斯汀理论中的以言行事语力的观点，以保护记叙话语与施行话语区分的形式的纯粹性；其次，他也排除了奥斯汀对施行话语确定的恰当或得体理论，认为我们不应把逻辑上的不恰当考虑在内，因为不恰当可以取代或使任何一种话语失效。在讨论未实现的施行话语的不恰当时，本维尼斯特解释说，这种施行根本不是作为施行话语存在的，因此，它被排除在这一范畴之外，例如，一个人可以在公共广场上大喊大叫，"我颁布了一项全面的法令"，由于缺乏必要的权威，这一的言论只不过是无用的吵闹而已，就属于行为不存在的言语行为；最后，他也将陈词滥调排除在施行类别之外，因为"我们根本不能确定这些话（我欢迎你、我道歉、我告诉你这么做）能作为施行话语的概念的结论性证据。至少，它们不能在今天证明，因为社会生活使它们如此陈腐。由于它们已经沦为简单公式级别，必须使它们恢复到原初的意义，以便重新获得它们的施行功能"[2]。

在此基础上，本维尼斯特对施行话语的特征做了丰富的研究，补充了4个特征：首先，施行话语始终是权威行为，总是由那些有权力的人说出来的，这样的有效性条件与人的话语和话语环境有关；其次，施行话语具有唯一性。一个施行话语是不能被重复的，每一个重复都是一个新的行为；再次，施行话语是具有自我回指功能的话语，它既然一种语言表达，也是一种现实事实，它构成一个自身的现实。

---

[1] Emile Benveniste, "Analytical Philosophy and Language", *Problems in general linguistics*, translated by Mary Elizabeth Meek, Coral Gable: University of Miami, 1971, p.234.

[2] Emile Benveniste, "Analytical Philosophy and Language", *Problems in general linguistics*, translated by Mary Elizabeth Meek, Coral Gable: University of Miami, 1971, p.234.

"行为由此与行为话语是同一的,所指与指称是同一的……那些把自身作为指称的话语确实是具有自我指称性的"①;最后,施行话语是一个对其行为和它的主体的命名的行为,"一个话语之所以是施行话语是因为它命名了执行中的行为……因此,一个施行话语必须命名所说的行为和它的行为者……话语是行为,发出这个行为的人以命名的方式履行它的行为"②。

通过以上对奥斯汀观点的增删,本维尼斯特极大地丰富了对施行话语特征的认识,这对罗兰·巴尔特等法国叙事学学者影响至深。此外德里达从解构主义角度修正言语行为理论,利科对言语行为与诠释学关系的阐述,哈贝马斯运用言语行为理论构建一门"普遍语用学"和交往行为理论都对言语行为理论的发展产生了影响。

对言语行为理论的评价有许多不同的视角,其中尤以从20世纪哲学领域的语言学转向的角度评价最为流行。由于言语行为理论立足于"说话",而不是对语言符号的静观,侧重的是语言在日常生活中的动态使用,因而奥斯汀延续了后期维特根斯坦的路线,扭转了20世纪上半叶以弗雷格、罗素和前期维特根斯坦开创的逻辑实证主义方向,纠正了语言极端的逻辑化和形式化倾向,言语行为理论强调语言的使用是人类日常生活中最重要的一种行为和活动,直接关注日常生活实践中人们说话所涉及的行为或是通过说话而履行或达成的行为,它的出现促进了20世纪语言哲学的第二次转向。这一思路是与20世纪现代哲学回归生活世界的总体气质和基本走向是一致的,即20世纪西方哲学的现代转型,其总体气质和基本走向是从抽象思辨回归日常生活世界,而言语行为理论是合乎这一发展趋势的,因而对语言哲学乃至各类学科都带来了革命性的影响。

值得注意的是越来越多的西方学者开始从整个西方哲学和思想史的高度来评价言语行为理论,例如伊斯特尔哈默与鲁滨逊就认为"言

---

① Emile Benveniste, "Analytical Philosophy and Language", *Problems in general linguistics*, translated by Mary Elizabeth Meek, Coral Gable: University of Miami, 1971, p. 236.

② Ibid., p. 237.

语行为理论的意识形态和方法论的根基在西方思想界却可以追溯到苏格拉底之前的哲学家和希伯来语圣典",并认为现行关于言语行为理论的争辩在于对语言本质的认识,即把语言的本质看作是一种结构和意义的体系,还是一系列的行为和实践这种争辩事实上再现了古代西方关于逻辑和修辞学、超验与内验、描述与说教之间的争辩,再现了柏拉图和诡辩家以及古希腊诗人之间的争辩,甚至可总结为希腊语词logos与希伯来词语davhar之间的冲突与联系,前者与静态的视觉结构相关联,后者则与动态的人类行为相联系。从这一角度看,他们对言语行为理论的定位是很准确的,即"居于柏拉图—基督教—科学—理智这一支配性体制之外而被边缘化"[1],是偏离西方主流传统的,但影响依然巨大。如此看来,奥斯汀提出施行式概念是对西方主导的以记叙性语言为主流思想的反叛,最终以行为框架推翻记叙与施行的两分法,建立言语行为理论,这也是对西方主流语言思想的反叛。

但是西方主流传统的影响是巨大的,这也使奥斯汀的理论呈现出复杂和矛盾的一面,例如,奥斯汀的言语行为理论只谈"标准的"的和"严肃的"话语,而排除了诗歌和戏剧以及玩笑等不严肃的话语,这其实只是从实际言语行为中抽象出来的理想化的言语行为。对于奥斯汀这个做法,不少学者,如塞尔、戈曼(D. Gorman)都做出了辩护,认为很大程度还是出于研究策略上的考虑,即奥斯汀首先要从最"标准"的日常规范的普通话语出发,考察其施行性的特征和功能,至于文学或其他特殊方式使用的语言只有暂时排除在外了。正如戈曼指出的,"奥斯汀这十二讲的目标非常大,即去理解语言运作中的一些东西。为建立任何一种这类的理论,你不得不从某处开始,你也不得不做一些最初的排除。每个研究者都认同语言是一个极为复杂的现象,因此当初次提出一个理论时就企图把所有的因素和功能都考虑在内是不可能的,至少也是致命的"[2]。这是所有科学研究都不

---

[1] [美]迈克尔·格洛登等主编:《霍普金斯文学理论与批评指南》第2版,王逢振等译,外语教学与研究出版社2011年版,第1357页。

[2] David Gorman, "The Use and Abuse of Speech-Act Theory in Criticism", *Poetic Today* 20, No.1, 1999, p.96.

## 第三章 言语行为理论与文学理论

得不采用的一种策略与方法,这种做法本身表明奥斯汀的思想仍然受到西方主流传统,即逻辑学—理性传统的影响,力图把言语行为理论中革命性的发现纳入这个传统中。这就导致了言语行为理论具有大量的矛盾和争议之处。例如在西方主流传统中,文学及文学话语被视为虚构,与现实世界和现实话语相比,是不真实的,虚假的。因此奥斯汀把文学语言看作是"空洞的""病变的"和"寄生的"的观点,仍然遵循着柏拉图以来的传统。而塞尔的做法则更明确地体现出这一趋势,塞尔在将奥斯汀的讲演用分析法进行系统化的时候,非常担心他关于言语行为的著作会被看作是在讨论索绪尔的言语,即实际的话语,这是西方主流语言学禁忌的边缘,所以塞尔写道:"我要强调的是,充分的言语行为研究就是语言研究。"① 换言之,也就是西方主流语言学的意义与结构的研究。在《言语行为:语言哲学论》和《表述和意义:言语行为研究》两书中,到处可以看到塞尔用逻辑分析方法来讨论言语行为问题。他还明确指出充分的言语行为研究应该包括哪些内容才能被称为语言研究:"但是我们不应该由于深刻认识到我们概念的松散性以及'家族相似性'这一相应的术语就全然拒绝哲学分析方法。相反,我们应得出这样的结论:某些分析形式、特别是必需的、充分的条件的分析,有可能不同程度地将所分析的概念理想化。目前,我们的分析将指向承诺这一概念的核心,而不必考虑边缘的、外围的以及有部分缺陷的承诺。"② 很明显塞尔的这一方法也与奥斯汀一样,是从实际话语中抽象出理想型的话语,而现实实际的话语不可能都是理想、标准的类型。此外塞尔尽管也探讨奥斯汀提出的语力问题,但特别重视对意义问题的研究,传统主流语言哲学是特别重视意义和指称问题的。这些都表明塞尔对奥斯汀言语行为理论的系统化是朝向西方主流传统方向发展的,力图将言语行为理论纳入到柏拉图以来的逻辑传统中去。同样还有许多后续学者这样做,例如

---

① John R. Searle, *Speech Acts: An Essay in the Philosophy of Language*,外语教学与研究出版社2001年版,第17页。
② Ibid., p. 55.

哈贝马斯试图运用言语行为理论构建一门"普遍语用学"。所以西方学界评论"这些对奥斯汀理论所作的形式上的修改有力地证明逻辑学在西方思想中一以贯之的意识上的支配地位。塞尔、科茨、哈贝马斯等人以不同方式发现了奥斯汀理论的逻辑内核或中心,以此来试图挽救他在语言哲学方面提出的真知灼见"①。

作为一种语言哲学的言语行为理论,它既具有对西方传统语言观革命性和颠覆性的一面,又具有不断被主流化、理论化的修正趋势,甚至言语行为理论这一名称都体现这一矛盾,而这种矛盾势必也影响了其在文学领域中的运用和讨论。

## 二 虚构与言语行为理论

虚构问题是言语行为理论涉及文学研究领域初试锋芒的一个理论问题。

虚构一直被认为是文学最重要的性质和特征之一。柏拉图因虚构而视文学为"谎言",因而诗歌要被贬斥,诗人要被驱逐。这也代表了虚构一直被排斥在西方传统哲学之外,直到20世纪,虚构开始成为哲学论题。玛丽-劳尔·瑞恩称"这一发现……归功于分析哲学,亦称牛津学派"。虚构问题成为语言哲学的前沿课题。值得注意的是,语言哲学对虚构问题的研究不同于文学研究,认为虚构问题普遍存在于日常生活之中,而不仅仅只存在于文学作品中。此外,"分析学派的核心思路是真实与指涉问题"②,也就是说虚构话语及其指称、真值、意义、命名等问题是语言哲学关于虚构探讨的主要问题,而不是文学的创作、阅读和想象等问题。但是,尽管存在差别,哲学的虚构研究仍然对文学研究重要的启发意义,而言语行为理论对虚构问题的探讨尤其体现了这一点。

---

① [美]迈克尔·格洛登等主编:《霍普金斯文学理论与批评指南》第2版,王逢振等译,外语教学与研究出版社2011年版,第1359页。
② [美]玛丽-劳尔·瑞恩:《故事的变身》,张新军译,译林出版社2014年版,第31页。

## 第三章 言语行为理论与文学理论

在言语行为理论出现之前，在20世纪上半叶的分析哲学中，虚构问题主要集中在语句和陈述的真值和意义问题上。受罗素和弗雷格的影响，哲学界普遍认为关于独角兽和小说里的陈述既没有指称，也没有真值。言语行为理论的出现为虚构问题提供了新的思路。在这方面做出最大贡献的是塞尔。

我们已经看到，奥斯汀正因为虚构问题，将文学话语排斥在言语行为理论之外，在他看来，在戏剧舞台上一个演员宣读婚姻誓言，并不意味他真的结婚，惠特曼的诗句也不能真的使自由之鹰高翔，文学话语是虚构话语，不能在现实发生真正的行为，因而是不规范、"空洞的"、"病变的"非严肃的话语。而塞尔则不同于奥斯汀，他意识到虚构话语是不能排斥在言语行为理论的视界之外的，因此试图把虚构话语也纳入到言语行为理论的研究范围进行探讨。1975年发表的《虚构话语的逻辑地位》[①]是他在这方面最有影响的论文。

值得注意的是，塞尔在文章开篇就对虚构与文学做了区分，他指出大多数文学作品是虚构的，但不是所有的文学作品都是虚构的，因此不能把对虚构的定义与文学的定义混为一谈。他对文学的理解是，（1）文学是一个家族相似性的概念，不存在构成文学作品之为文学作品的共有的、充分必要的特征；（2）文学不具有话语的内在属性，而是取决我们对一段话语的态度，即一部作品是否是文学由读者说了算，而是不是虚构只有作者才能决定；（3）文学与非文学不存在清晰的边界。可见塞尔的文学观是非本质主义，而且是在话语之外确定的。塞尔这样区分是想说明虚构是可以从话语特征上进行探讨的，文学似乎不行。当然许多文学学者并不这样认为，尤其深受形式主义影响的学者，更由于虚构是文学的基本特征，许多人并不像塞尔这样做精密的语言分析。

塞尔随意选择了纽约时报一篇新闻和艾里斯·莫多克（Iris Murdoch）的小说《红与绿》做对比。通过与非虚构话语的对比，塞尔发

---

[①] J. R. Searle, "The logical status of fictional discourse", *New Literary history* 6 (1975), pp. 319–332.

现，从字面上来看，虚构话语在用词、句子结构、句法等方面与实际话语并没有什么不同，但是虚构话语不具备正常陈述断言的以言行事行为所必需的基本原则、准备原则和真诚原则，虚构话语遵循一套存在于一系列语言学之外的、非语义学的"横向规则"（horizontal）惯例，它打破和悬置了日常规范话语所遵循的一套把语句与现实世界联系起来的"纵向规则"（vertical），因而虚构话语不能像日常规范话语一样在现实世界发生实际的作用。塞尔推论莫多克是在假装或者模仿地做出一个陈述和断言，也就是说从隐含在句子后面的作者的意向来看则与实际话语完全不同，并非真正的以言行事行为，因此，塞尔提出了一个假装的理论，即虚构话语的作者是在假装做断言，或者似乎（as if）在实施一系列好像正常的言语行为，是一种"伪装的"以言行事行为。从假装是个意向动词出发，塞尔认为，判断一部作品是不是虚构作品不是从文本性质上，从句形和语义方面考虑，而应该从作者的意图来考虑。在塞尔的言语行为理论中，由于语词的施行性功能来自主体的意向性，这就是说，文学虚构话语的施行性功能实际上来自作者模仿和假装意图。虚构话语与真实实际话语的根本区别是隐含在话语背后的作者意向。但是作者假装描述事实的意向并不意味着有意欺骗或说谎，而是类似演员演戏一样的非欺骗性表演一样。用维特根斯坦的话说，那就是，在塞尔看来，虚构话语是一种特别的语言游戏，虚构话语所玩的语言游戏规则不同于人们在日常语言中的语言游戏规则，这种语言游戏并不能涵盖所有的以言行事的语言游戏，而只是对后者的一种寄生。

所以我们看到，相对奥斯汀和以往的分析哲学而言，塞尔的观点是有突破性。塞尔承认虚构话语也属于一种言语行为，由此脱离了文本语义学范围，并主要从影响言语行为的作者意图或意向性因素考虑，这极大地扩展了文学虚构的研究范围，这是一方面。但另一方面，塞尔虽然承认虚构是一种言语行为，但还是一种假装的、模仿的特殊的言语行为，是作者在假装做出一系列好像正常的言语行为。塞尔在这一点上还是继承了奥斯汀的看法，仍然把文学虚构话语视为不规范的，"不严肃或不认真"的话语，但他解释说这里的"不严肃或不认真"不是指一个作家写虚构的小说或诗歌是件不严肃不认真的事情,而是说当他(在作品中)告诉我们现在外面正在下雨,这不是说他在写这句话的时候外面正在下雨,他并不在做一个严肃认真的承诺,这就是说这句话没有施行性功能。在这个意义上,虚构话语是不严肃不认真的,是"寄生性"话语,仍然不是真正的言语行为。

塞尔得出这样的结论,从思想根源上看,在于他与奥斯汀还是深受西方传统思想的影响。他们一方面发现了言语行为理论偏离和颠覆西方传统的激动人心的一面,另一方面却又自觉不自觉地试图把言语行为理论拉回到西方传统的轨道,使其融入在语言哲学中占支配地位的西方逻辑学传统。因而他对虚构话语得出如此结论也是必然的。

应该说,塞尔的这个看法意识到了虚构话语在人类生活中是普遍存在的,虚构与非虚构话语并不存在明显的界限与鸿沟,两者是连续性的。塞尔不仅承认虚构在生活中合理存在,而且还提出为什么我们需要大量的虚构话语存在的问题,塞尔认为答案不是单纯和单一的,部分答案将不得不考虑想象力在人类社会生活中所扮演的重要角色,这正是虚构作品存在的价值所在。但是另一方面,塞尔断言虚构与非虚构共存在文本中的情况将很难协调虚构的故事世界给读者所造成的同质印象。这涉及如何看待虚构世界的指称物与现实世界的指称物的关系问题。我们看到,以后兴起的可能世界理论将虚构世界里的指称全部划为可能世界中,这才解决了塞尔的这个难题。

塞尔关于虚构的假装言语行为的观点影响很大,得到许多哲学学者的认同和发展,例如约克大学澳大利亚籍哲学家格雷格瑞·科里(Gregory Currie),他在认同塞尔观点同时,在《虚构的本质》一书提出了另一套"假装"理论,按照塞尔的观点,虚构话语是作者假装做出的言语行为,那么作者究竟是在假装什么?这方面引起许多争议。科里认为,虚构话语的作者交际意向是真实的,作者在描述和赋予人物性格等言语为都是真实的,是在实施真正的以言行事行为,只是对于描述和断言的事实的真实性,作者采取一种假装相信的态度,目的是为了让读者对描述的内容采取假装相信的态度。科里在这里特别引入了"假装相信"(make-believe)这个重要的概念,所以,科里认为作者并不是在假装实施言语行为，而是在实施一种真正的言语行为，这种言语行为是一种不同于事实性言语行为的新的言语行为，他称之为"虚构性言语行为"（fictive speech act）[1]。

显然，科里极大地发展了塞尔的假装言语行为理论，对于虚构，两人都一样通过作者希望在读者身上产生的某种效果来界定虚构性。不同的是，这种效果在塞尔那里是希望读者能认识到虚构话语的作者的意图和以言行事行为是假装的，而对科里，他认为作者的意图是希望读者对其所表达的内容采取假装的态度。塞尔明显认为不存在独立的虚构的言语行为，它只是对真实话语的模仿，是一种模拟的交际行为。而科里则认为存在一种独立的虚构言语行为，虚构的作者是在实施一种不同于事实性话语以言行事的真实的交际行为。"直截了当地说，非虚构是要让人相信的，虚构是让人假装相信。"[2]

美国学者肯达尔·沃尔顿（Kendall Walton）也认同和发展了塞尔的假装言语行为观点，他还依靠假装相信这个概念发展出一套"扮假作真"的虚构理论。在《扮假作真的模仿》一书中，沃尔顿提出，作者在描述虚构人物的同时，实际上在玩一种使人信以为真的"假装"游戏，他称"扮假作真的模仿"，并指出"扮假作真（或者想象、或者假装）一定程度上是'虚构作品'的核心，这是毋庸置疑的"[3]，这就像演员在舞台上的表演一样，他所说的台词都似乎是真的，观众虽然沉浸在表演中，但是并不会相信这些会在真实生活中发生，虚构言语行为就类似这种演戏行为，作者和谈论虚构人物及事件得到言说者都是像演戏一样，用认真的态度来说一些虚假的东西。他们本身并不相信这些内容，目的是希望读者加入他们这种扮假作真的游戏里。

需要指出的是，虽然在言语行为理论初涉虚构问题时，塞尔的

---

[1] Gregory Currie, *The Nature of Fiction*, Cambridge: Cambridge University Press, 1990, pp. 47 – 49.

[2] ［美］玛丽－劳尔·瑞恩：《故事的变身》，张新军译，译林出版社2014年版，第34页。

[3] ［美］肯达尔·沃尔顿：《扮假作真的模仿》，赵新宇等译，商务印书馆2013年版，第9页。

"假装"理论影响最大，但并不意味这条思路就完全代表了言语行为理论对虚构问题的唯一思路，除了上述这些哲学家们，运用言语行为理论探讨虚构还包括许多文学理论家，例如热奈特（Gérard Genette）、卡勒（J. Culler）、米勒（J. H. Miller）等，其观点和思路也完全不同于语言哲学家们提出"假装"理论，他们是从构建的角度来阐释虚构问题的，这些我们将在后面探讨创作问题时再详述。应该指出，语言哲学学者对虚构的研究的确不同于文学专业的学者，这表现在，其一，他们的视野相当广阔，虚构涉及的不仅是文学，还有电影、电视、广告、绘画等人类生活的各个领域；其二，他们虽然非常关心虚构与现实的关系，但立足点似乎都在现实世界中，一直似乎都在为虚构辩护，论述虚构的合法性问题，而文学学者承认虚构的合法性，这在文学中是理所当然的事情，文学学者似乎更能立足在虚构世界里看问题；其三，哲学家更关注虚构话语的真值和意义问题，而文论家则更关注虚构话语在创造和读者效果方面的问题。尽管存在这些差异，哲学对虚构问题的探讨仍然对文学研究具有重要的启发意义。

## 三　新模仿论

真正在文学领域内运用言语行为理论讨论文学问题的文学专业学者是美国文体学家理查德·奥曼（R. Ohmann），他于1971年发表的《言语行为和文学的定义》被公认为第一篇运用言语行为理论于文学研究的论文。其后，他又继续发表了《言语、行为与文体》《言语、文学及二者的空间》和《作为行为的文学》等系列论文，深入探讨了言语行为理论介入文学理论带来的富有创造性和启发性的视角和问题。奥曼的目标是通过言语行为理论去努力发展出一个普遍化的文学定义。从奥曼的观点中，我们也可以发现最初文学学者是如何运用言语行为理论于文学研究的基本思路。

在《言语行为和文学的定义》一文中，奥曼首先排除了历史学和心理学的影响，从文学作品是由语言制作而成的这个最朴实的事实出发，依次讨论了文论史上文学与语言形式相关形成的6种文学定义类型：其一，从文学与指称方面定义，即一部文学作品没有指称，或不以常态方式指称；其二，从文学断言的真实性方面定义，即文学是谎言或文学不断言什么，无关真实；其三，从文学的意义或语义学方面定义，即文学是话语含有重要的言外之意；其四，从文学的效果方面定义，文学作品是唤起读者感情的；其五，从雅各布森式的功能分析的信息方面定义，文学是语言的诗性功能；其六，从结构的方面而论，即雅各布森所说的诗歌的功能就是将对等原则从选择轴转向组合轴。奥曼指出这6种定义都集中在不是"以言表意行为"就是"以言取效行为"这两个方面，没有一个从"以言行事行为"方面讨论文学，因此忽略了文学话语的规约性和以言行事特征。他本人则试图填补这项空白，尝试从"以言行事行为"方面给文学下定义。①

奥曼是如何运用言语行为理论给文学下定义的呢？他的思路就是——对照奥斯汀为一个言语行为成功设置的6个条件，并接受了奥斯汀的思想和观点，即把文学话语看成是非严肃的"寄生性"话语，由此他给文学下了一个定义，文学是一种"准言语行为"或"类似言语行为"（quasi-speech act）。"准"（quasi-）被认定用来区别文学话语和日常话语，奥曼认为这两者的不同在于文学语言缺乏日常语言所具有的施行性功能，因为"一部文学作品就是一种从产生以言行事行为可能所必需的环境和条件中抽离出来的话语，因此也是一种缺乏施行语力的话语"②。由于言语行为力量是言语行为理论的核心，事实上是和言语行为一体的，因而在正常意义上，文学话语不是日常世界里的正常得体的言语行为，所以奥曼断言："文学作品是由这样一种话语（组成的），它的句子缺乏正常依附于它的言语行为力量，它的言语行为力量是模仿性的。"③

模仿是奥曼给予文学定义的关键论点。奥曼认为文学作品的话语

---

① See R. Ohmann, "Speech Acts and the Definition of Literature", in *Philosophy and Rhetoric* 4, 1971, pp. 1 – 8.
② Ibid., p. 13.
③ R. Ohmann, "Speech Acts and the Definition of Literature", in *Philosophy and Rhetoric* 4, 1971, p. 14.

只是模仿，事实上没有效用，不是正常意义上的言语行为，但是读者对这类准言语行为的反应是正常的，就是说文学话语仍可以看作是一种类似正常的言语行为而在想象世界中发挥作用的话语。这里，他特别突出了读者在文学话语这个准言语行为活动中的重要性，正是由于读者在阅读活动中对文学话语的反应是与对日常话语行为的反应一致的，即在阅读过程中，读者自己会按照日常话语的言语行为的惯例来适应，看待文学话语，其后果则是在读者构建的想象世界里，文学话语如同正常的日常言语行为一样仍然具有施行性功能，仍然与社会现实的语境规则和规约习俗发生相互作用。所以这里的"准"也表明文学话语对读者只是提供了一个未完成的言语行为，读者会本能地运用话语的社会规约，提供适当的情景来完成言语行为，文学作品在召唤读者解码言语行为的能力，需要读者去给出文学话语所缺乏的实质性的言语行为的规约。这就是说文学言语所做的只是引导或"邀请"读者自己去建构言语行为，叫读者去参与想象文学中建立起来的世界。

读者为什么会对文学话语产生这样的反应呢？奥曼认为，主要是读者在日常生活里接触的日常话语都具有施行性功能，都是"言中有行""以言行事"的，言语行为的"言"和"行"是有同一性的，这就影响了他们也习惯性地在文学话语中寻找同一性，为了成功达到这一点，读者在阅读中会主动补充文学话语所缺乏的语言力量。因此，模仿不是文学作品对外部世界的反映的方式，而是读者对文学话语反应的产物，是读者对言语与社会存在和规约相互作用的本能认识的产物。

在随后发表的一系列文章中，奥曼进一步突出和发展了他的文学是准言语行为的观点以及读者在阅读活动中对文学话语的主动参与作用，在《作为行为的文学》等论文中，他给予读者在阅读中的体验所产生的效果以更突出的地位，只有依靠读者的主动创造力作用，主动地参与与构建，文学话语才能在阅读中成为"准言语行为"。没有读者的参与，文学话语就不能成为一种言语行为，文学建构的想象世界是直接来自于读者对文学话语施行性功能的补充和反应，或者更加确切地说，是直接来自读者本能对话语在社会中如何发挥功用的知识来构建的。奥曼甚至提出"模仿引导并扮演了读者的社会自我"的看法。由于读者的社会自我明显存在种族、性别和阶级差异，因此，读者在模仿中参与的情况和体验也完全不同。读者主观补充的能力是完成文学话语施行性功能和作用的关键。

可以看到，在奥曼的"准言语行为"理论中有两个突出的特点：第一，他接受了奥斯汀的立场，认为文学（话语）不是正常的言语行为，而是"模仿"的"准言语行为"，由此，他把文学言语行为与传统的模仿论文学观联系起来；第二，他虽然从模仿论的角度运用言语行为理论研究文学，但与传统模仿论不同的是，他突出的不是作者使用语言来模仿和反映现实世界，而是从读者阅读的效果出发，这可以说是对传统模仿论文学观的一个重要发展，也是对文学话语的言语行为理论做了一个创造性的发展。关注读者因素原是言语行为理论的题中之意，完整的言语行为是包括以言取效行为这个方面的。但是熟悉言语行为理论的人可以发现，奥斯汀和塞尔阐述的言语行为理论实际上都侧重从说话者的角度出发，因而有人称言语行为理论具有单向性，听者或读者则处于被动、从属的地位。而奥曼则改变了这种单向性，特别突出了读者主动参与和构建的创造性作用，使读者处于主动的地位。

此后，马丁·斯坦曼（M. Steinman）和芭芭拉·史密斯（B. Smith）也都持与奥曼相近的观点，认为文学话语是一种模仿的言语行为，这就形成了早期运用言语行为理论进行文学研究的一个重要方向，即将文学言语行为理论纳入到模仿论的轨道，正如艾布拉姆斯所评论的："一些言语行为理论家间或也提倡一种新的摹仿论学说。传统摹仿论理论家曾宣称：文学依靠语言媒介表现人类的情景、行动、言谈和相互作用来摹仿现实。与之相反，言语行为的摹仿理论认为：所有的文学只不过是'摹仿式述说'。譬如，一首抒情诗是对那种我们用于表达自己对某事物的情感的一般性述说的一种摹仿；一部小说是对某一特殊的书面述说形式的摹仿，例如传记（菲尔丁的《汤姆·琼斯》）、自传（狄更斯的《大卫·科波菲尔》），甚至某一学者对某一诗体作品所作的注释版（纳博科夫的《微暗的火》）都属于摹仿式述说。"① 当然这是一种新的模仿论。它体现了早期文学学者运用言语行为理论于文学研究的特征。这种早期的文学言语行为理论其构建很明显是受到奥斯汀和塞尔的立场和观点的影响。不过，应该说，摹仿论与言语行为理论的观点实际上是根本抵触的，因为言语行为论首先强调的是言语对社会生活的施行性、构建性、实践性和创造性，而不是反映性、摹仿性和认识性。奥曼等人把文学话语定位为模仿、假装的言语行为，仍然回到了传统的摹仿论、反映论的范围，这恰恰是违反了言语行为理论建立的初衷，放弃了言语行为理论最为革命最有价值的方面，即语言的首要功能是施行性功能而不是反映和记叙的功能。从更深的思想根源上说，奥曼等人则是深受西方主流传统的影响，尤其是柏拉图—亚里士多德的逻辑学传统在语言学和文学研究中的体现。对西方主流传统而言，言语行为理论实际上是个颠覆，由动态行为颠覆了静观的知识体系，这个一直被压制在西方主流传统边缘的观念一旦重新挖掘出来，人们很容易自觉或不自觉地力图将其纳入到主流传统中，新模仿论的出现，正体现了这一心态和意图。

## 四 作为交往的文学言语行为理论

对奥曼、斯坦曼等人的新模仿论、塞尔的"假装"理论，甚至从更深层面是对奥斯汀的观点最早提出异议的是美国学者玛丽·普拉特（M. L Pratt），她于1977年出版的很有影响的博士论文《通向文学话语的言语行为理论》是最早运用言语行为理论于文学理论研究的一本专著。普拉特的观点，可以概括为交往（交流）的文学言语行为理论。

虽然奥斯汀没有像本维尼斯特或巴赫金一样，明确提及交往性（交流性），但交往性却是言语行为理论的题中应有之义。因为言语行为理论关注的是人们在日常生活中使用的活生生的语言，这种使用

---

① M. H. Abrams, *A Glossary of Literary Terms*, 外语教学与研究出版社2004年版，第294页。

语言的方式一般都发生在人们的日常交往中，以言表意和以言取效行为是必然涉及说话人与听话人的。塞尔在系统发展言语行为理论时，就比较明确地突出了其交往性（交流性）特征，认为所有的语言交流中都包含有言语行为，他并把言语行为视为语言交流的基本单位，给言语行为下了个非常有名的定义，即"语言交流的单位，是人们在完成言语行为时说出或构造出指号、词或语句，它既不是人们通常认为的是指号、词或语句，也不是它们的标记。换句话说，语言交流中基本的单位是言语行为，它是在一定条件下说出或构造出一个语句标记"①。另一位著名的言语行为理论家格赖斯在对会话进行细致的考察后于20世纪60年代提出了一条重要的人们交往会话的原则——"合作原则"，格赖斯认为在语言交往过程中，说话人与听话人之间有一种默契的合作，使整个交谈过程中所说的话都符合交流的目标和方向，这是会话中参加交谈的人们共同要遵守的原则，即合作原则。格赖斯仿造康德对美的分析，又具体把它分为4条对话准则：（1）量的原则：说出的话尽可能多地包含所需要的信息；（2）质的原则：努力使说出的话是真的；（3）关系原则：说出的话要同话题相关联；（4）方式准则：说出的话要意思明白，清楚简明，要避免晦涩和产生歧义。② 格赖斯的合作原则和会话理论更是凸显了言语行为中的交往性特征。

在文学研究领域，无论是20世纪以前的审美主义，还是20世纪流行的形式主义文论和结构主义文论中，都是把文学理解为一种审美观照的物品或语言物品，"对文学作为词语行为和交际活动的形式缺乏注意或根本没有认识"③。而普拉特阐述的文学言语行为理论则弥补了这一缺陷。

---

① John R. Searle, *Speech Acts: An Essay in the Philosophy of Language*, 外语教学与研究出版社2001年版，第16页。
② H. P. Grice, "Logic and Conversation", P. Cole (ed.), *Synatax and Semantics*, Vol. 9, New York: Academic press, 1975, pp. 45–46.
③ ［英］罗里·赖安等编著：《当代西方文学理论导引》，李敏儒等译，四川文艺出版社1986年版，第149页。

## 第三章　言语行为理论与文学理论

普拉特在《通向文学话语的言语行为理论》一书中并没有直接针对奥斯汀、塞尔和奥曼等人开火，她最感兴趣的靶子是由俄国形式主义、布拉格学派和结构主义提出的文学话语的"文学性"观点，即认为文学语言拥有其他话语所没有的内在属性和独一无二的特性，普拉特称其为"诗的语言的谬误"。她认为文学话语与日常话语和其他话语本质上都是一致的。

普拉特主要从理论和经验两个层面细致分析和批判了形式主义的这个观点，她指出，什克洛夫斯基和艾亨鲍姆等形式主义者提出的文学语言是自治的，是与日常语言对立、分离的观点，从来没有在文学范围之外被认真地考察过，"非文学话语被预先假设不拥有文学的特性"[1]。而普拉特则指出一个最简单的否定的证据就是文本并不总是一眼就能被识别为文学，无论在形式上还是功能上，被形式主义归于文学话语的特征都没有真实的基础。没有一个形式主义者对文学范围之外的话语是否具有所谓的独特的文学性特征和手法（如韵律、节奏、隐喻、修辞等）进行过严肃的考察。普拉特经过认真的思考认为形式主义建立起文学语言/日常语言二元论的真实动机，正如艾亨鲍姆所回答的，实用语言的引入是为了建立一种不借助思辨美学的特殊原则，这种原则把诗的语言与日常实用语言进行比较对照，这样可以使形式主义者声称他们得出的观点是建立在"可敬"的经验基础之上的观察而不是仅仅是借助于"思辨"的方式。由于形式主义者认为日常语言、实用语言的概念来自语言学，语言学提供了有关非文学语言的事实。因此，诗的语言/日常语言的比较模式实际上变成了诗学/语言学的比较模式，她并总结了形式主义建立的四条特殊原则：即首先把文学定义为语言学范畴；再假设一个对立的语言学范畴，包含全部且仅有的非文学范畴；再以这样的方式重新定义语法，使其范围涵盖全部且仅有的非文学范畴；最后用结构主义语法描述这些归于非文学的全部且仅有的性质。普拉特认为这些原则实际上只是形式主

---

[1] M. L. Pratt, *Towards a Speech Act Theory of Literary Discourse*, Bloomington: Indiana University Press, 1977, p. 3.

义提出的假设，很多只是一种态度。那么诗学与语言学这种关系在形式主义那里究竟是如何产生的呢？普拉特的探究表明，诗学与语言学的关系实际上都借用了索绪尔的语言/言语二分法做类比，而这种类比有利于突出文学的独特性，诗的语言本质上是不同于其他语言"部落"的。普拉特显然认为这种类比是错误的，因为其他话语类型也可以满足这个类比模式。这种类比方式，不仅使"只有一种真实的语言被文学和非文学同样分担的事实被忽视了"①，而且也导致了诗学研究与语言学研究的长期分裂和相互排斥，文学与语言学的关系被扭曲。②

从经验层面上看，普拉特主要引用了美国社会语言学家威廉·拉博伍（W. Labov）的研究成果。拉博伍长期从事关于"个人经历口头叙述"的实证研究，收集和提供了大量的口头叙述的详尽材料，从这些材料中可以发现，那些传统上被视为文学话语的全部特征，如修辞性语言、强调的重复、文雅变体和语音类型都能在人的日常的自然叙述中找到，而且，自然叙述的结构特征非常接近于叙事文学。普拉特列举了大量文学作品说明文学与自然叙述无论在形式上还是功能上都是非常相似的，如按时间排列事件、因果关系、突出部分、善辩、细节选择、时态、视点、感情强度，这些存在于自然叙述中的技法都能运用在小说上。那些自然叙述情境经常轻易地被复制和模仿到叙事文学中，自然叙述为无数文学作品提供了叙事框架，所以普拉特指出，"文学叙述者不得不解决的不是诗的语言发明的修辞问题，而是那些能容易从口头改换到书面话语的问题"③。

正是从理论和经验两个层面上分析，普拉特提出文学语言与日常语言本质上是一致的，形式主义发明"诗的语言"的错误在于他们

---

① M. L. Pratt, *Towards a Speech Act Theory of Literary Discourse*, Bloomington: Indiana University Press, 1977, p. 10.
② See M. L. Pratt, *Towards a Speech Act Theory of Literary Discourse*, Bloomington: Indiana University Press, 1977, pp. 3–10.
③ M. L. Pratt, *Towards a Speech Act Theory of Literary Discourse*, Bloomington: Indiana University Press, 1977, p. 67.

总是在强调或暗示文学话语能够超越社会语境拥有自己独一无二的性质，而不承认这些特征也存在于其他言语类型中。普拉特由此恢复了文学的交往特征，文学作为有效的交际模式，与为人类服务的其他模式是联系在一起的。在恢复了文学的这一权利之后，下一步就需要考虑在丰富的社会背景下如何揭示文学的独特性质问题。

普拉特进一步指出，文学作为一种语言活动，是不能脱离人参与其中的语境来理解的，正是对语境的重视，促使了普拉特转向从言语行为的角度来考虑文学语言的使用，"我认为言语行为理论提供了一个有用和有趣的看待语境信息的方法"[1]。"大体上说，言语行为理论提供了一种谈论话语的方式，它不仅根据表面的语法特征，而且也根据说话的语境、参与者的意图、态度和期望，参与者之间的关系以及说话和接受时起作用的普遍存在的沉默的规则和惯例来进行谈论。"[2] 普拉特认为这在讨论文学方面具有很大的优势，因为文学也像所有的交流活动一样是依靠语境的，文学本身就是一种言语语境，人们在理解和创造文学时也依靠这些不说话的，分享文化的规则、惯例和期望的知识。从语境的观点看，文学性或诗性的本质能够存在，不是在于语言信息本身，而是说者与听者之间一种对语言信息的特殊部署[3]。"最后也许最重要的一点，言语行为方法对文学能够使我们在描述和定义文学的同时，也用同样的术语描述和定义其他话语，这驱逐了诗的语言与日常语言对立的概念。"[4] 言语行为理论提供了一种重要的可能，让我们在交流的过程中把文学话语与其他语言基本模式合为一体。

在《通向文学话语的言语行为理论》后半部分，普拉特转而从实际的交往环境中探讨了文学的特征，她认为文学作品本身就是一个言语语境，她称之为"文学言语情境"。她认为我们对文学文本的"文学性"理解，至少部分地来自对围绕着文学作品产生的特殊语境的认

---

[1] M. L. Pratt, *Towards a Speech Act Theory of Literary Discourse*, Bloomington: Indiana University Press, 1977, p. 79.
[2] Ibid., p. 86.
[3] Ibid., p. 87.
[4] Ibid., p. 88.

识。因而她在全书最重要的第四部分着重探讨了"文学言语情境"的种种特征。她特别借重了格赖斯的理论——合作原则来探讨文学话语在实际交往环境中的特征，格赖斯认为在语言交往过程中，说话人与听话人之间有一种默契的合作，使整个交谈过程中所说的话都符合交流的目标和方向，这是会话中参加交谈的人们共同要遵守的原则，即合作原则。普拉特将这一理论应用于文学交往中，得出的结论是，文学作品是事前经过充分准备、考虑与选择的"言语作品"，作者和读者在接触文学作品时，心里都知道并遵循合作原则和言语语境原则。在这里，作者和读者达成了一种特殊的合作契约，即假定作者保证能够提供一件有价值的语言产品，这部作品中的任何错误都会被编辑和出版商的审查加以改正；而读者则自觉地对这样有价值的作品给予认真特殊的关注。正是这些预先计划好的性质以及读者对这种计划的了解，影响了我们判断一部作品是不是文学作品及其文学的价值。格赖斯还指出在实际的交往会话过程中，这些会话原则也有可能为了某种特定的交流目的被故意地违反和打破，产生弦外之音和言外之意。普拉特指出这一点对文学批评家尤为重要。合作原则是文学话语的重要特征。由于文学被看作是作家精心创作出来的以言行事的方式，因此，文学作品中所有违反合作原则的现象，无论是人物的对话，还是作者提供的信息都必须看作是有意的，是作家在故意违反合作原则，其目的就是要达到含蓄、反讽、幽默、俏皮、双关的言外之意。[1] 普拉特最终从交往的角度概括了文学言语情境的特征："文学作品属于那些讲给听众听的一类话语，它们又属于一个在交往传递之前预先假定了一个准备和选择过程的话语的亚类，属于一个有可传达性的、以展现经验为目标的话语的亚类。"[2]

普拉特最重视的显然是文学交往（交流）这个重要特征，她力图论证文学话语与日常话语从语言自身的角度上看没有本质区别，文学

---

[1] M. L. Pratt, *Towards a Speech Act Theory of Literary Discourse*, Bloomington: Indiana University Press, 1977, p. 178.
[2] Ibid., p. 152.

话语与日常话语本质上一致，由此提出，言语行为理论也适用于文学话语，让文学话语回归了日常生活，推论出文学话语具有日常话语的施行性功能。显然，她理解的文学话语的施行性主要体现在交往交流的特征上。而在形式主义文论中，语言的交往交流特征通常被认为是日常语言最基本的功能，而与日常语言相对立的文学语言则被视为不是为交流服务的，而是为了突出自身，展现自足自治的"文学性"服务。而普拉特强调了文学话语也承担着日常话语最基本的交往的功能，其施行性功能体现在交流交往特征上。

正是持上述看法，普拉特对奥曼和塞尔的文学言语行为观点进行了彻底的批判。她批评奥曼叫文学为"准言语行为"，忽略了日常语言中也经常显示出证明是"准"的特征。普拉特指出奥曼的文学准言语行为定义建立在文学是虚构的传统观点上，而忽略了我们日常话语中也充满了虚构的言语行为，例如日常言语中的夸张、戏弄、开玩笑、模仿和其他言语游戏，数学和哲学论点上的假设，设想为讨论所做的推论"他下一步做什么"或"如果这样……，将会发生什么？"日常生活中的计划、想象、假设、梦、希望和幻想也都是虚构。这样，如果我们把虚构当作文学的区别性特征，那么我们就会陷入窘境。实际上，虚构与非虚构之间的界限经常是模糊的。由此，普拉特指出，那些奥曼归之于准言语行为的文学言语行为特征，也是真实的言语行为。文学话语并不悬置什么，它根本就不需要悬置什么，这一观点也直接塞尔的观点相对立，"不是准性（模仿性）给了文学创造世界的能力，同样，那些非虚构的叙述也如同文学记叙梦的意义上一样在创造世界，毕竟，真实世界只是全部可能世界中的一员"[1]。"虚构的或模仿的言语行为，很容易在几乎任何话语领域中找到；我们产生和统一这些行为的能力，必须被看作是我们正常的语言和认知能力的一部分。"[2] 普拉特的这一观点同样也是对奥斯汀观点的反驳和批判。

---

[1] M. L. Pratt, *Towards a Speech Act Theory of Literary Discourse*, Bloomington: Indiana University Press, 1977, p. 95.

[2] Ibid., p. 199.

普拉特所阐述的文学言语行为理论，是一种交往（交流）的文学言语行为理论。它恢复了文学话语的交流性特性，与日常话语一样，文学话语也承担了交流的功能，所谓文学话语与日常话语的区分只是一个语言系统内部两种言语行为类型的关系。这一观点突破了20世纪上半叶形式主义和结构主义文论局限于封闭的语言内部的范围，将文学纳入到人们的日常生活和现实实践这个更广阔的空间进行考察，使文学研究从对作品静观的传统思维转向了施行行为的动态研究，体现了言语行为理论革命性的一面。

## 五　作为阐释的文学言语行为理论

奥斯汀、塞尔阐述的言语行为理论给人的印象似乎主要是从说话人的角度出发，作为听众似乎只处于被动的受话人角色，并没有多少主动的作为。与此对比的是，文学学者在将言语行为理论运用于文学研究时，读者和阐释的因素则获得了极大的重视。如前所述，第一个将言语行为理论运用于文学研究的奥曼，虽然主要观点继承了奥斯汀和塞尔看法，将文学视为一种模仿的、准言语行为，并不是真正的言语行为，但正是由于读者因素，由于读者对这类准言语行为的反应如同对正常的言语行为的反应一样，使文学话语仍然能够发挥作用，具有与正常言语行为一样的施行性功能，仍然能与社会现实的语境规则和规约习俗发生相互作用，也就是说需要读者去给出文学话语所缺乏的实质性的施行功能完成言语行为。读者因素在文学言语行为阐释中获得了空前的重视，围绕这一因素逐步形成了一种文学言语行为理论的思路，可称之为"作为阐释的文学言语行为理论"。这方面的代表主要有美国学者斯坦利·费什（Stanley Fish）和德国学者伊瑟尔（Wolfgang Iser）。

一般认为，斯坦利·费什的主要成就是读者反应批评，事实上，费什的读者反应批评大量吸收了言语行为理论的资源，所使用的术语和观点也能明显发现言语行为理论影响的痕迹。例如在他的代表作《这门课里有文本吗？》一书中，费什认为："阅读是读者的一种活动，是读者所做的事情。"① 从读者反应的角度去进行文本阅读，阅读的结果必然不是追问"文本的意义是什么？"而是"文本做了什么？"或"读者做了什么？"这些观点针对的是形式主义文论和结构主义文论以文本为中心的文学观，很明显依托的是言语行为理论的做事观点和施行功能。

  费什在《这门课里有文本吗？》②第十四章里描述了在大学课堂中所做的一个实验：将几个语言学家和文学理论家的名字随意竖行排列在黑板上，告知学生"这是一首宗教诗"。结果导致学生从"该诗"的结构到语词的宗教含义做出了详尽的解释。费什发现，在碰到一首诗时，人们不是"先去注意足以识别这首诗的那些显著特征；相反，从一开始便是识别行为——他们事先知道他们所面对的是一首诗——接着才去注意（这首诗）到底具有哪些显著特点"③，"换言之，识别行为本身，而不是受制于形态上的那些特点，才是我的学生们能够完成上述识别判断的根源，诗歌特点本身并不足以能够使它具有某种吸引力；对于（诗歌）给予某种关注反倒可以最终发现诗歌特点本身"④。费什由此得出结论："解释作为一种艺术意味着重新去构建意义。解释者并不将诗歌视为代码，并将其破译；解释者制造了诗歌本身。"⑤ 这就是说，文学文本和语言不是阐释的对象，而是阐释的结果。费什对比了诗歌和作业，进一步解释了他的观点，两者绝不是同一件事，"我的观点是，这一差异是由于我们作出了不同解释的结构，而并非是诗歌或作业中所固有的某些东西所决定的。作业同诗歌一样都无须强求它自身得到认可，相反，以一首诗而言，当某位读者能以对待作业那样的眼力（或理解）去观察被认为是诗歌的那一文本时，作业的形态或者说体现作业的样式便会显露出来，……作

---

  ① Fish Stanley, *Is There a Text in This in This Class: The Authority of Interpretive Communities*, Cambridge: Harvard University Press, 1980, p. 22.
  ② Ibid., pp. 323–332.
  ③ Ibid., p. 326.
  ④ Ibid.
  ⑤ Ibid., p. 327.

业和诗歌都是被创造出的人工制品——是阐释的成品而不是阐释的制造者，一旦两者的差异业已证实，它们便可以成为解释的无须去寻求客观性的某些根本标准"①。这就是费什的读者反应批评的核心观点，是读者的眼力—理解和阐释创造了文学（文本）。

当然，这种读者"创造"文学的观点带来了一个问题，即千变万化的读者，对一部作品的阐释和反应也是千变万化的，这将最终陷入相对主义和无政府主义的泥淖。费什断然拒绝这样的指责，他指出："由此得出的结论是，所有的客体是制作的，而不是发现的，它们是我们所实施的解释策略的制成品。然而，这并不是说，我认为它们是主观（解释）的结果，因为使它们生成的手段或方式具有社会性和习惯性。这就是说，'你'——进行解释性行为，使诗歌和作业以及名单为世人所认可的人是集体意义的'你'，而不是一个单独的人。"② 费什并不认为，主体可以随心所欲对文本进行阐释，相反，其阐释策略是受到严格限制的，这种受限和约束机制就是"阐释共同体"，一套共享的公共规约性标准和准则。而对一部作品的每次阐释行为都只能在这一规约下进行。"虽然我们承认，我们创造了诗歌（作业以及名单之类），但是归根到底，我们得以创造它们的阐释策略的根源并不在我们个人，而是存在一个适用于公众的知识系统。"③ 费什的"阐释共同体"实质是奥斯汀言语行为理论中的规约在文学理论中的翻版。伊瑟尔也因此称费什的读者概念是"知识读者"。④

费什在1976年发表的长篇论文《如何用奥斯汀和塞尔观点做事：言语行为理论与文学批评》⑤ 中，以莎士比亚戏剧《科利奥兰纳斯》（*Coriolanus*）为例，不仅成功地做了一个如何把言语行为理论用于文学作品分析的示范，而且还对他的上述理论观点做了最好的诠释。

---

① Fish Stanley, *Is There a Text in This in This Class: The Authority of Interpretive Communities*, Cambridge: Harvard University Press, 1980, pp. 330 – 331.
② Ibid., p. 331.
③ Ibid., p. 332.
④ [德]伊瑟尔:《阅读行为》，金惠敏等译，湖南文艺出版社1991年版，第39页。
⑤ Fish Stanley, "How to do Things with Austin and Searle: Speech Act Theory and Literary Criticism", *MLN* 91.5, 1976, pp. 983 – 1025.

## 第三章 言语行为理论与文学理论

《科利奥兰纳斯》讲述获得了"科利奥兰纳斯"封号的罗马贵族马歇斯的故事。作为一位英勇高傲的将军,马歇斯认为凭借自己的战功无须征求民众的意见就应该成为执政官,因此他睥睨蔑视所有市民,不屑于开口请求罗马市民推举他为执政官。虽然马歇斯正直谦虚,不屑于权术,不喜夸耀自己的战功,拒绝当众展示他在战争中留下的伤疤以获取平民的支持,尤其忌讳别人的赞美和夸奖,甚至于拒绝礼貌上的请安问候。但是由于他拒绝交往沟通行为,按照罗马规约制度行事,最终被罗马市民拒绝,在两个护民官小人的挑唆下,马歇斯被宣称为"叛徒"而被放逐,被宿敌奥菲迪阿斯杀害。科利奥兰纳斯的悲剧完全就是违背社会规约的结果。费什认为整个世界都是一个规约的世界,无人能够立身于规约之外,科利奥兰纳斯死前终于默认了个人与社会群体的必然联系,个人只存在于与他人交往沟通的行为中。由此费什指出此剧也阐释了"言语行为"含义的另一个问题——在实践或拒绝实践某些"言行"时,一个人所必须承受的责任与后果。费什认为该剧是一部关于言语行为理论的戏剧,是一部讨论规约行为的戏剧,剧中角色在讨论事情时,好像他们就是牛津或日常语言哲学学派的实践者一样,他们每一句话几乎都是言语行为理论的应用和实践。而科利奥兰纳斯的性格表现在他的言语行为里,剧情的发展和结局,几乎都完全建立在言语行为的基础上。费什认为自我不是一个独立的实体,而是一种社会建构,其行为要受到他所提供知识的知识系统,即阐释共同体的限制。因此读者绝不是一个自由自在的无政府主义状态下的主体,而是一个被阐释共同体普遍认可的、受控的主体,其阅读文学的行为不是受限于文本中某些东西,也不是出自其独立的、武断的意愿,而是要受到集体的决定,服从由读者集体共同遵守的文学观念的影响,也就是说,读者对文学的创造是受到阐释共同体的规约限制的。

伊瑟尔是以德国接受美学的创始人之一而闻名文论界的,接受美学以读者为中心,扭转了以往文学研究中以作者或文本为中心的视点。伊瑟尔在20世纪70年代也受到言语行为理论的影响,在1976年出版的《阅读行为》一书中第三章内有专门一节讨论奥斯汀的言语行为理论。他认为言语行为理论能够作为我们研究文学文本的语用性质的出发点,"从这种意义上来看,虚构阅读是一种言语行为。我们的任务是考察这些因素,同时通过语言方式来创造现实这一过程"①,伊瑟尔正确地理解到要研究文学文本的语用特性,需要关注其以言行事和以言取效行为。他批驳了奥斯汀的观点,"当哈姆雷特辱骂奥菲利亚时,奥斯汀会称这种表述是寄生的。扮演哈姆雷特的演员只是模仿一个言语行为,这个言语行为无论如何是空洞的,因为哈姆雷特根本不是要骂奥菲利亚,而是表达与他的言语不一致的其他意思。然而没有一个观众认为这是一个寄生的、即一个空洞的言语行为。相反,哈姆雷特的台词'引用'了戏剧的整个语境,它反过来引起了观众对有关人类关系、动机和环境问题的认识。一个言语行为能够引起如此有分量的事态,它当然不是'空洞的',尽管它在一个真正的语境中并未带来一个真正的行动。事实上,观众很可能会超越一个虚构的言语语境,他们发现自己在默想一个真实的世界,或正在感受真实的情感、或真实的顿悟。在这种情况下,'空洞的'或'寄生的'这类术语便再次变得令人怀疑"②。

伊瑟尔认为文学语言与日常语言在模式上是大致相同的,只是功能不同。日常语言行为的成功需要通过规约和程序,需要一个特定的参照框架,而虚构作品不存在这样一个特定的参照框架,"相反,读者必须首先为自己找到隐藏于文本深层结构中的信码,这与意义的提出是相同的。只要它包括可以使读者与文本进行交流的手段,那么发现过程本身就是一个语言行为"③。伊瑟尔认为,虽然虚构语言在一个实际的语境中并不导致实际行为,但这不能否定它在任何实际语境中的效果。他还指出,虚构语言实际上并非没有任何规约,只是它与普通的言语行为在对待规约的方式上有所不同。奥斯汀所说的规约和公认的程序实际上是一种规范的稳定性,可成为一种"垂直的结

---

① [德]伊瑟尔:《阅读行为》,金惠敏等译,湖南文艺出版社1991年版,第69页。
② 同上书,第76页。
③ 同上书,第77页。

构",而文学语言并非缺乏规约,而是由于它分裂了垂直结构,并开始从横向来认识规约,虚构文本对现实中种种规约做出选择,并出乎意料地把它们集合起来,呈现在我们面前,使这些规约失去了原来的确定性,从原有的社会环境中脱离出来,失去了它们的调节功能,本身成为研究的课题,虚构语言正是在此发挥了作用。伊瑟尔在这里的分析明显带有塞尔所阐释的纵向规约和横向规约的影子。伊瑟尔的结论是:虚构话语具有言语行为的以言行事特征,"它与自身所带有的规约相关联,它同时承担程序,这些程序以策略的形式帮助读者理解隐藏于文本深层的选择方法。它具备行为语言的特征,因为它使读者生产出信码,这种信码又将这一选择支配为文本的现实意义。由于虚构语言横向地组合着不同的规约,并限制既定的期望,它便获得了'方式表达力量'(即以言行事语力),这一潜在的效果不仅吸引了读者的注意力,而且引导读者研究文本并对文本作出反应"[1]。

伊瑟尔后期虽然转向了文学人类学研究,但是言语行为理论对他的影响犹在。在20世纪90年代出版的《虚构与想象——文学人类学疆界》一书中,伊瑟尔把文学虚构定义为"一种跨越疆界的行为"[2],并运用"文本游戏"和"表演"(performance)来阐释文学虚构活动。这里依然可以看到言语行为理论的影子。

伊瑟尔与费什在运用言语行为理论于文学研究中的观点有许多接近之处,都强调和突出读者因素和阐释的作用,都将文学阅读视为一种行为,强调重要的不是看文本的意思是什么,而是看文本做了什么。但是区别也是很明显的,伊瑟尔的接受美学背景更多地是以欧洲大陆现象学理论为资源,而费什则更多依托于言语行为理论,伊瑟尔非常强调文本语言的规约作用,而费什则更明确地强调是读者在创造,也就是说伊瑟尔仍强调有个客观和纯粹的文本为前提,而费什则只突出读者的阐释作用。尽管如此,文学言语行为理论突出了读者的

---

[1] [德]伊瑟尔:《阅读行为》,金惠敏等译,湖南文艺出版社1991年版,第79—80页。
[2] [德]伊瑟尔:《虚构与想象——文学人类学疆界》,陈定家等译,吉林人民出版社2003年版,第8页。

阐释作用，应该说这不仅符合文学实际的情况，而且还在某种程度上弥补了言语行为理论忽视读者的缺憾。这也说明，文学言语行为理论并非完全照搬言语行为理论的资源，在某种程度上，它填补了言语行为理论的某些空白。

## 六 文学言语行为理论的施行与构建

言语行为理论的核心部分是以言行事行为，也就是言语行为的施行性功能。奥斯汀认为文学语言是虚构的，不能在真正的实际生活中发生作用，对读者产生不了真正的言后之果，所以没有真实的语言力量。针对这一点，我们已经看到不少文学学者做了批驳，力图证明文学语言与日常语言一样，是具有施行性功能的。但无论是交流还是阐释的文学言语行为理论，在文学虚构话语如何施行，怎样施行这个问题上似乎缺少正面的推进，如果不能论述和解决这个问题，文学言语行为的成立就要大打折扣了。法国著名的叙事学家热奈特在这个问题上做了重要的推进，解决了文学语言施行的论述问题。

热奈特在1991年发表了论著《虚构与行文》，其中收录了4篇有关虚构问题的长篇论文，其中第2篇《虚构作品的语言行为》就是论述文学言语行为的施行问题的，文章开门见山就指出"我这里所谓的'虚构行为'是指把虚构叙事的陈述句视为语言行为"[1]，因此，就需要回到虚构叙事的以言行事形态问题上。热奈特随即提出，"我觉得约翰·塞尔在一篇从多方面看来皆具有关键作用的文章里过快地否定了这一问题"[2]，他指的就是塞尔1975年发表的那篇著名的论文《虚构话语的逻辑地位》，塞尔的观点是认为虚构话语是一种假装的、模仿的特殊的言语行为，不具有实际效用。热奈特显然对此是反对的。

---

[1] ［法］热奈特：《热奈特论文集》，史忠义译，百花文艺出版社2001年版，第109页。
[2] 同上。

## 第三章 言语行为理论与文学理论

热奈特从叙事的语用形态方面入手，细致分析了文学作品的几种言语行为情况。他首先指出，"一部小说人物间的对话显然是在该小说的虚构世界里发生的严肃的语言行为"，"除了背景的虚构性之外，戏剧虚构或叙事虚构的人物的语言行为是货真价实的行为，完全具有话语的施行特征"①。的确，文学作品和文学世界中的人物之间对话语言是带有施行性，即以言行事功能和语言力量的，这些对话直接影响其他人物的行为和动作，推动故事情节的发展。

其次，他分析了第一人称叙事类型，即叙事文的陈述者本人又是故事中的人物，热奈特指出："他作为叙述者的语言行为与他的故事中的人物的语言行为以及他个人作为故事人物的语言行为，在虚构范围内，具有同样的严肃性：《追忆似水年华》的叙述者'马塞尔'面对潜在读者时，与小说人物马塞尔面对盖尔芒特公爵夫人时，具有同样的严肃性。"②

再次，就是第三人称非个人叙事的叙事类型，即"由真实作者产生在真实世界中的叙事"③，这也是最常见的叙事类型，塞尔认为这是一种作者假装的叙述，不是真正的言语行为，热奈特对此做了细致的分析。他指出，"我的意见如下：承认虚构作品之陈述句是一些假装的论断句并非像塞尔那样，排除它们同时又是其他东西的可能性"④，他理解"假装的定义就是：假装做一件事，人们其实在做另一件事"⑤。因而用在文学虚构上，则是"生产虚假的论断句（或假装生产论断句），不能顺理成章地排除下述可能性：在生产论断句的同时（或假装生产论断句的同时），人们其实完成了另一行为，即生产虚构作品的行为"⑥。这就是说，虚构话语表面上是作者在假装下断言，做陈述的同时，其实可能是在完成另一个行为，即生产虚构作

---

① [法]热奈特：《热奈特论文集》，史忠义译，百花文艺出版社2001年版，第111页。
② 同上书，第111—112页。
③ 同上书，第112页。
④ 同上书，第114页。
⑤ 同上书，第115页。
⑥ 同上。

品的行为。热奈特的这个思路极有创造性。热奈特进一步分析,那么"唯一的问题,大概是一点修辞问题,即弄清该行为是否技术意义上的'语言行为',或者更准确地说,弄清两个行为(假装生产论断句以期生产一部虚构作品)之关系是否属于典型的以言行事性质。换言之,虚构作品的陈述句是否应纳入'不忠实字面意义'即取其转义的陈述句之列……或者取其间接意义"①,也就是说应该弄清生产虚构话语行为究竟是属于转义的言语行为还是间接的言语行为。热奈特指出,塞尔并没有考虑到这两类言语行为类型运用于虚构作品的陈述句。而热奈特不仅细致地考察了进入虚构行为的两种方式,请求和宣告,或命令式和宣告式,前者如在说出"从前,一个姑娘等等"这样的话中,其实意味着这样的思想:"请跟我一起展开想象的翅膀吧,从前有一个小姑娘"等等②;后者则已经假定获得读者的合作许诺为前提,这时虚构行为已经不是一种要求,而是通过宣布这类语言行为影响现实,如"我给你取名'皮埃尔'"等,③而且还细致分析了虚构陈述句与转移和间接言语行为两种类型的差别。最后他认为,这两类言语行为的共同特征要比差别更重要,那就是,以另一言语行为的形式完成了一项以言行事行为。"我们应该把这些宣告(或请求)视为非措辞行为(即以言行事行为),至于作者所瞄准的超措辞效果,显然属于美学范畴,或者更准确地说,属于亚里士多德式的'制作'的艺术范畴:生产一部虚构作品。"④ 显然热奈特认为,文学虚构话语仍然是有施行作用的,它的施行性就体现在"生产"虚构作品的行为上。文学语言的施行性功能体现在表面不起作用,实际上是在生产和创造一部虚构作品。应该说,这个观点很好地解决了从正面阐释文学虚构话语的施行性问题。

热奈特的这一观点得到后来许多文学学者的认同和发展,例如希

---

① [法]热奈特:《热奈特论文集》,史忠义译,百花文艺出版社2001年版,第115页。
② 同上书,第116页。
③ 同上书,第116—117页。
④ 同上书,第123页。

利斯·米勒就指出,"既然文学指称一个想象的现实,那么它就是在施行而非记叙意义上使用词语","'施行'的话则是用词语来做事,它不指出事物的状态,而是让它指出事情发生……文学中的每句话,都是一个施行语言链条中的一部分,逐步打开在第一句话后开始的想象域。词语让读者能到达那个想象域"。[①] 乔纳森·卡勒则将虚构话语的施行性与文学的创造性联系起来,他分析指出:"从几个不同方面来说,文学言语也是创造它所指的事态的。比如首先也是最清楚的一点,它创造角色和他们的行为。乔伊斯的《尤利西斯》一开头写道:'仪表堂堂、富态结实的牡鹿马利根从楼梯口走了上来,手里端着一碗肥皂水,碗上十字交叉地架着一面小镜子和一把剃须刀。'它不是指先前的事态,而是创造了眼前这个角色和这个场景。第二点,文学作品使思想、观念得以产生。拉·罗舍福科认为,假如出来没有从书本中读到过恋爱这件事情,人就从来不会有恋爱的念头,并且浪漫爱情这个观念(以及它在个人生活中的中心地位)照理说是大众文学的发明。"他总结说:"总之,述行语(即施行性——作者注)把曾经被认为是微不足道的一种语言用途——语言活跃的,可以创造世界的用途,这一点与文学语言非常相似——引上了中心舞台。述行语还帮助我们把文学想象为行为或事件。把文学作为述行语的看法为文学提供了一种辩护:文学不是轻浮、虚假的描述,而是在用语言改变世界,及使其列举的事物得以存在的活动中占据自己的一席之地。"[②]

众所周知,虽然奥斯汀的言语行为理论最终把说话扩展为一个多方面的组成的行为系统,但只有"以言行事行为"是言语行为理论的核心,是奥斯汀和塞尔等最关注的问题。同样,文学言语行为理论的关键也就在于对文学话语的以言行事行为做出正确的阐释,热奈特、米勒等人将文学语言的施行功能阐释为一种构建功能,这是一个重要的突破,它突破了早期文学言语行为理论仅仅把文学话语的以言

---

① [美]希利斯·米勒:《文学死了吗》,秦立彦译,广西师范大学出版社2007年版,第57页。
② [美]乔纳森·卡勒:《文学理论》,李平译,辽宁教育出版社1998年版,第101页。

行事解释为"模仿"的功能,将语言的构建功能与文学的创造性等特征结合起来,很好地阐释了文学创作的问题。这不仅由此突破了传统文学理论的局限,而且也体现了言语行为理论对文学理论的最大贡献之一。

## 七 德里达的贡献:重复性与引用性

在言语行为理论发展的历史上,德里达的贡献是不可忽视的。奇特的是,他的贡献是以与言语行为理论辩驳的方式提出来的,而解构主义的介入,形成了影响深远的文学言语行为理论中的解构主义路线,成为文学言语行为发展中最有活力的一支力量,以至于《剑桥文学批评史》中这样认为,言语行为理论被记起主要是因为德里达的解构主义。[1] 德里达对言语行为理论的最初思考是他1971年在蒙特利尔的一次会议上发表的长篇论文《签名事件语境》,该文对奥斯汀的言语行为理论进行了集中批判,结果引发了奥斯汀的学生塞尔的反击。塞尔于1977年发表了《重申差异:答复德里达》一文,为奥斯汀的言语行为理论进行辩护,同年该杂志发表了德里达的长篇回应文章《有限公司a b c》,对塞尔的观点进行反驳,双方形成了论战。西方学术界视这一论战为欧陆解构主义与英美分析哲学的首次正面交锋,虽然结果不了了之,但是这场论战对言语行为理论和解构主义的发展都产生了重大的影响。事实证明,在美国批评界,德里达与言语行为理论的关系已经成为长久关注的课题,而保罗·德曼(Paul de Man)、希利斯·米勒等人则用解构主义立场来解读和修正言语行为理论,发展出文学言语行为理论中影响深远的解构主义派别。

德里达注意到言语行为理论并写作《签名事件语境》时,正是奥斯汀的言语行为理论盛行的时代,德里达敏锐地发现了言语行为理论

---

[1] See Peter Rabinowitz, "Speech-Act Theory and Literary Studies", in Raman Selden, (ed.), *The Cambridge History of Literary Criticism*, Vol. 8, *From Formalism to Poststructuralism*, Cambridge: Cambridge University Press, 1995, p. 347.

具有与其学术立场相一致的反"逻各斯中心主义"成分。我们在第一部分已经指出,言语行为理论实际上是偏离西方主流的逻辑学—理性传统的。但是由于西方主流传统的强大影响,奥斯汀、塞尔以及后续的许多学者都自觉或不自觉地力图把言语行为理论中革命性的发现纳入和融入主流的逻辑学和理性传统中。而德里达则要否定和解构整个西方主流传统哲学中的"逻各斯中心主义"和"在场的形而上学"。正是从这一立场出发,德里达对奥斯汀的言语行为理论进行了系统的评述。

一方面,德里达高度评价奥斯汀在言语行为理论中提出的施行句概念,大力赞赏奥斯汀对这个边缘课题的开发,因为奥斯汀不仅提出施行句概念,并且,他将一向处于中心、正宗和规范的记叙句也并入到施行句的做法,完全颠倒了西方语言哲学森严的等级模式,突破了传统。在西方传统语言哲学中,唯有能进行真假判定的陈述句位于正统地位,而奥斯汀的做法则表明施行句不仅不是一种失败的、边缘的话语,记叙句反倒成为行为话语的一种特殊形式。德里达从这里读出了以"边缘"置换"中心"的解构主义策略,他非常赞赏奥斯汀的做法,并称自己"在许多方面与奥斯汀非常接近"[1]。

但是在另一方面,德里达认为奥斯汀的突破是有局限性的,并不彻底,他的理论仍然受到西方逻各斯中心主义传统的影响,因而仍存在一些漏洞。例如奥斯汀的言语行为理论重视有效交流,言有所为问题,而德里达在《签名事件语境》开篇处就质疑"交流"概念,"与交流这个字相符的唯一的、清晰的概念,这概念能严格地把握和传送,真的有这样一种可交流的概念吗?"[2] 德里达认为造成交流这个概念模棱两可性在于其语境问题。奥斯汀认为,言语行为能够做到言有所为,是因为有一个确定的语境,但是德里达则质疑这一观点。他说:"我的立足点就是,语境之外不可能有确定的意义,但没有任何语境是饱和的,我这里指的不是意义的丰富性或语义的多产性,而是

---

[1] Jacques Derrida, *Limited. Inc*, Evanston: Northwestern University Press, 1988, p. 38.
[2] Ibid., p. 1.

结构，是剩余物或复述的结构。"① 也就是说德里达认为语境是不可把握的，不可穷尽的。语境为什么是不可把握的？德里达认为存在两个方面的原因。第一，任何给定的语境都为进一步描述敞开大门，语境的结构是开放性的。德里达把这归因于无意识所许可的移位的作用，他把无意识的欲望也归为语境考虑的一个因素，这样一来许多言语行为的意义就将发生改变。例如一段话语应允对方表面上想做，但无意识却畏惧不及，便不复是一个诺言而成为一个威胁。由于无意识因素是流变的，不可把握和穷尽的，所以语境也是不可穷尽的。第二，任何给语境的编码，以限制其任意的扩散性的做法，总是将自己嫁接到这一语境上，从而产生了一个逃逸出编码的新的语境。卡勒举过一例加以说明，他说机场的安检处有一个告示——"所有关于炸弹与武器的言语将被严肃对待"，其目的显然是强行划分语境范围，防止有人在这种场合里讲"我鞋子里有一枚炸弹"之类玩笑话，但是这样的语境编码仍然不能阻止意义的游戏，因为语言结构同时将编码嫁接到原有的语境中，从而产生了一个不受编码限制的新的语境。在这新语境中，"我鞋子里有一枚炸弹"就很难被严肃对待，例如有人反问："如果我说'我鞋子里有一枚炸弹'，就要被严肃处理，是吗？"这句话的意义显然逃逸出原先语境编码的企图。德里达认为靠语境的编码来保证言语行为的成功显然是不可能的。②

　　语境的不饱和性带来的后果之一是书写问题，德里达把书写与交流的关系与传统习惯的看法倒了过来，不是因为交流才需要书写，而是人类需要书写。而奥斯汀的言语行为理论忽略和排除书写的话语，奥斯汀重视的是"在场"，他理解的标准的言语行为理论是一个人说出话的即刻，就做了某事，但德里达指出，交流并不局限于面对面。这表明奥斯汀仍然停留在传统的"语音中心主义"立场上，忽视书写的文字情况。在奥斯汀《如何以言行事》第一讲所举的四个例子

---

① Jacques Derrida, *Limited. Inc*, Evanston: Northwestern University Press, 1988, p.162.
② [美]乔纳森·卡勒：《论解构》，陆扬译，中国社会科学出版社1998年版，第105—109页。

中，其中遗嘱一例"我把我的表遗赠给我的兄弟"，是不在场的，是书面语，这就必须附上他的签名才算有效的述行。德里达由此细致分析了签名问题，指出签名事件本身就是一个典型的言语行为，而不只是口头话语言语行为的替补和恰当条件，其有效性依赖同一性和重复性这两个看似矛盾的两方面的共同作用。他说："签名的效果是这世界上最平常不过的东西。但是这些效果的可能性条件再一次同时也是它们的不可能性条件，即它们不可能达到纯而又纯的形态。即是说，为了发挥功能，为了取得合法性，签名必须有一个可予重复、再现和模仿的形式。它必须能够使自身同它生成时候在场的单一意向分离开来。正是这个同一性，在其身份和特性的转化之中，分裂了鉴印。"[1]这就是说，签名要取得效果必须基于某种人们已经认可的规则和程序之上，具有可重复性和普遍性的特征，这种效果不是出自原发性的意图，由此，德里达为言语行为理论提出了两个重要的特征，"重复性"和"引用性"，指出它们是言语运行的基本条件。人类一切言语，包括施行性话语都离不开言语符号的重复使用，只有重复性才是一个话语成为可能的先决条件。

德里达认为，奥斯汀的失败在于他忽视了对文字的重视，忽视了"不在场"问题，排除了一个最显著的文字的范围：文学文本，他在把施行话语从边缘推向到中心地位的同时，却把文学话语边缘化了。奥斯汀把文学看作是寄生的语言，声称只考虑正常环境中的严肃认真的语言，寄生的语言是不严肃认真的语言，事实上不起作用。德里达批评指出，尽管奥斯汀拆解了真与假、施行性话语与记叙性话语的等级对立，但是他又设立了认真和不认真这一新的对立。这一不彻底的行为，使奥斯汀重新回到在场形而上学的立场，更重要的是，语词有认真不认真、严肃不严肃之分，就使得语句的意义有源于原生性、在场的要求。而德里达则表明他的明确立场，认为语句的意义的产生不在于它的原生性语境，相反在于它的可重复性。这里德里达对施行性话语，可以说也是对所有人类言语或言语行为运用方式提出了一个重

---

[1] Jacques Derrida, *Limited. Inc*, Evanston: Northwestern University Press, 1988, p. 11.

要的观点，即人类语言离不开言语符号的重复使用，人类语言是一套"可重复性的符号"，重复性才是使一个施行性话语成为可能的先决条件。"如果施行话语不重复某个'被编码的'可复述的句子，换言之，我讲出一句套话，从而宣布会议开幕、轮船下水或婚礼开始——如果这句套话不遵从于一个可复述的模式，或以某种方式被当作'引用'，那么一个施行话语能够完成其言语行为吗？"①

德里达的这个观点其实也非独创，而是奥斯汀言语行为理论的题中之意，因为奥斯汀在为施行话语设立条件时就指出，一个施行话语如果要完成其言语行为，就必须遵从一套"规约性程式"，这个规约性程式当然是可以在不同场合和语境中可复述的。言语符号只有无数次地被人反复使用，它的意义及行为效果才能达到。因此皮特里评价指出，德里达的"普遍重复性观点与其说是要废除或质疑奥斯汀的观点和术语，还不如说是从另一个角度确认了奥斯汀选择的词汇及其运用它们所形成的观点的正确性"②。德里达就这样以其人之道还治其人之身，对奥斯汀的认真和不认真这一等级对立进行了解构。按照德里达的话语重复性观点，所有的话语，无论是开玩笑、诗歌里的独白、舞台上演员的台词，还是日常所谓的"认真严肃"的话语和各种场合日常交流的话语一样，都可以被看成是一种"引用"。没有一种话语"寄生"到另一种话语的说法，只有同一话语在不同的语境中被"引用"的说法，"引用"所体现的正是重复性机制。因此，文学话语也是一种在特殊语境中被引用的话语，而不是一种寄生在日常话语基础上的"病态"话语。

面对德里达的指责，塞尔为其老师辩护说："奥斯汀的意思不过是这样：如果我们想知道是什么促成了一个诺言或陈述，最好别从戏文中演员在舞台上的许诺，或小说中有关小说人物的陈述入手，因为显而易见，这类话语不是许诺和陈述的规范例子……在回答一组关于

---

① Jacques Derrida, *Limited. Inc*, Evanston: Northwestern University Press, 1988, p. 20, p. 18.
② Sandy Petrey, *Speech Acts and Literary Theory*, New York: Routledge, 1990, pp. 141-142.

## 第三章 言语行为理论与文学理论

'认真'话语的、处于逻辑先在性问题之前,有必要将那些关乎寄生性话语的问题暂时悬置起来。"① 塞尔的意思是说,舞台上演员所作出的承诺只是一种佯装,从逻辑上考虑,如果现实生活里没有真实的承诺,那么舞台上演员就不可能讲出承诺的话语。塞尔在这里实际上遵循的一种传统的观念,即文学话语是模仿日常话语的。德里达对此仍从他的重复性观点出发,断然否定了塞尔这种所谓的"逻辑在先性"。他指出,这种逻辑在先性考虑的只是一种习惯性的思维方式,需要"求助于一种单向运动的权威",是一种"理论暴力"。我们为何不可以逆向思维,认为舞台上的承诺在先,而生活中的承诺则是衍生的?德里达认为这不仅是可能的,而且是必需的。原因就是重复性,规约性机制,因为任何话语要产生意义,就必须要具有某种可复述性,在于它能在各种真实或虚假的语境中被重复、引用和戏拟。他针对塞尔认为的"没有严肃规范的话语,就没有虚构的话语"的看法,提出"不参照不严肃的话语,又怎么能定义或假定严肃话语呢?",② 同样,"如果文学仅仅是模仿非文学语言,那么每一个指意形式的重复也意味着非文学语言也模仿一些非常像文学的东西"③。乔纳森·卡勒在《论解构》评价指出,这是一条意义深远的原则。如果这个理论能够成立,那么传统观念中许多顺理成章的次序实际上都要颠倒过来,"模仿不是落在客观存在的摹本之上的意外,而是它的先决条件。之所以有一种所谓独创性的海明威风格,必须要有可予辨认的特征来赋予它的个性,促生它独特的效果;为特征能被辨认,我们必须能够把它们作为可予重现的要素隔离出来,因此,显现在无权威的、衍生的、模仿的和戏拟的话语中的可重复性,就成了原生和权威之物为可能的东西"④。这就意味着,文学话语这种传统被视为

---

① J. R. Searle, "Reiterating the Difference: A Reply to Derrida", *Glyph*: *Johns Hopkins Textual Studies*, Vol. 1, 1977, p. 199.
② Jacques Derrida, *Limited. Inc*, Evanston: Northwestern University Press, 1988, p. 104.
③ Sandy Petrey, *Speech Acts and Literary Theory*, New York: Routledge, 1990, p. 137.
④ [美] 乔纳森·卡勒:《论解构》,陆扬译,中国社会科学出版社1998年版,第104页。

不认真的话语,将反客为主,它绝不是一种日常生活中正常话语的模仿派生之物,相反,文学话语将成为日常话语的先决条件,因为它可能暴露出一种元话语程序或规范,把人们用语言建构世界的实践行为凸显出来。这个看法对理解文学话语的独创性也很有意义,人们已经发现许多独特新颖的语言使用和修辞表达都首先是在文学中出现的,然后才被人们在日常生活中普遍地使用,正如王尔德所说的,不是艺术模仿生活,而是生活在模仿艺术。实际上,重复性的观点表明,日常生活中,文学语言与日常语言、虚构话语与真实话语都是相互对照,相互依赖,缺失任何一方,那么另一方也难以存在,至于把谁定为第一和规范,主要来自人们的规约和惯例,并非真正的寄生和模仿关系。理解这一点,就能承认,文学话语与日常话语一样都会对人和社会产生重要的影响。

需要提及的是,德里达的话语重复性观点不等同于一般人所理解的原样的复制和引用,德里达指出他的重复性范畴是"对相同的理想事物在某一特定事件中(如某个言语行为)的改变,它需要同时考虑规约、事件和单一性"①,这就是说话语的重复,不是简单的原样的引用与复制,而是每一次都要考虑到语境和规约的制约和影响,因此它更接近解构主义所说的"补充"。每一次话语的重复,都"补充"某些新东西,它不再是完全重复原先的话语,而是在不同的语境和规约下形成了一种新的话语,从这个角度看,它与语言的独创性又是密切相关的。话语的使用,既是对规约的重复,同时也是一次创新的行为。如同德里达在文中常用的"签名"例子一样,每一次的签名既具有重复性,又具有唯一性,是重复与创始的矛盾统一。因此,文学话语的创新性并不因为重复性而淹没,这是需要特别指出的。德里达的这个看法是由解构主义强调文字的不断延异和发展,以及后面要提到的语境不饱和的特征决定的。所以,我们可以看到德里达的话语重复性与解构主义的其他观点一样都是突出不断发展变化的特征的。

---

① Jacques Derrida, *Limited. Inc*, Evanston: Northwestern University Press, 1988, p.119.

总之，德里达以话语的重复性和引用性特征解构了奥斯汀把文学话语与日常话语对立的观点，不仅使文学话语没有如奥斯汀所说的那样被排除在言语行为理论之外，而且还使所有的言语行为都似乎带上了文学性的特征，极大地扩展了文学性的影响。德里达的这一看法是其解构主义的立场决定的，解构主义消除一切传统话语类型的区分。德里达曾经解构了哲学话语与文学话语的界限，认为从根本而言，哲学等一切非文学话语都与文学话语无异，都是一种彻头彻尾的隐喻性话语，都可以叫作文学性话语，或者说文学性是一切话语的共性。

德里达的批评对言语行为理论的发展具有重要的意义，他所提出和论证的重复性和引用性特征是对言语行为理论的重大理论贡献，有人甚至认为奥斯汀之后，德里达对言语行为理论的贡献是最大的。用瓦维克·斯林（E. Warwick Slinn）的话说，它导致了3个重要的后果："其一是它使我们看到了话语的连续性，其中，虚构和真实是相互共处的……虚构的言语行为和真实的文化实践是不可分离的活动"；"第二个结果是它使我们注意到，与其他符号一样，重复性也是施行式所必须依赖的条件：施行式与符号，因而也是文化复述（或引录）的可能性和实践是密不可分的，其作用的成功与否是建立在它们是否采用了恰当的语言形式（或程式）"；第三"它涉及对主体—表述身份的解构和对个人主体和权威的重新定位等问题"[1]，也就是说就主体角色而言，施行者与说话者并不是相同的。言说者并不天然拥有那种赋予行为以合法性的权威或权利，因为言说者根本上还要受到外在于他的某种结构的控制，包括言说形式、语境、程序和个人意志等等因素的影响。主体不再是先天同一性的，而是受到后天各种因素的建构。这些都是德里达带给言语行为理论的贡献。

德里达与奥斯汀的冲突，或者说解构主义与言语行为理论的根本冲突实际上是对语言以及语言活动认知上的差异，是对语言确定性和不确定性的理解导致的。奥斯汀显然认为语言是确定的，他关注语言

---

[1] E. Warwick Slinn, "Poetry and Culture: Performativity and Cultural Critique", *New Literary History*, Vol. 30, 1999, p. 62.

的施行性功能，注重从"行为"角度来理解语言和言语活动，人类的言语行为主要包括言和行两个基本环节。究竟哪一个环节是决定人类语言活动的根本？奥斯汀显然强调的是超越语言自身之外决定"行"的因素，即主体意向意图和语境，从其思想中看，他显然认为语言能够被人所控制和使用。而德里达则认为语言是不可确定的，强调"语言"自身的运作规则的作用，强调语言自身的不可控制性，认为人永远不能控制语言，反而要受到语言规则的主宰。从根本上看，实质是对西方主流传统与非主流传统斗争的体现。正如我们前面所指出的，现行关于言语行为理论的争辩在于对语言本质的认识，即把语言的本质看作是一种结构和意义的体系，还是一系列的行为和实践，这种争辩事实上再现了古代西方关于逻辑和修辞学、超验与内验、描述与说教之间的争辩，再现了柏拉图和诡辩家以及古希腊诗人之间的争辩，甚至可总结为希腊语词 logos 与希伯来词语 davhar 之间的冲突与联系，言语行为理论重视"行"，这是偏离西方以静观知识为主流的传统的，是居于柏拉图—基督教—科学—理智这一支配性体制之外的。德里达正确地看到了这一理论的反逻各斯主义性质，强调了"反叛"的一面，而奥斯汀等人则在西方传统逻辑学和理性思想的影响下，力图把言语行为理论纳入到主流轨道中，强调的是"归顺"的一面，这种冲突自然是不可避免的。

## 八　解构主义的文学言语行为理论

德里达虽然对言语行为理论做出了重要的贡献，产生了广泛的影响，但是却没有构建一种将解构主义与言语行为理论相结合的文学理论，这个工作是后来由保罗·德曼、希利斯·米勒、乔纳森·卡勒等完成的。尽管他们回应德里达的方式大相径庭，但正是他们的努力，形成了文学言语行为理论解构主义的路线，对美国文学批评界影响巨大。

保罗·德曼是美国著名的批评家，从 20 世纪 70 年代开始就通过与解构的关联，以冠以"修辞性阅读"的著作，极大地影响了文学理论和文学批评的发展。德曼的兴趣是修辞比喻的作用,他的著作也着重从所有的文本的修辞特色出发进行解构性解读,作为拓展文本达到"寓言式阅读"的手段。所谓"寓言式阅读",德曼指的是文本自视为修辞比喻系统的自反意识。修辞是德曼的关键词,德曼如何理解修辞的呢?德曼认为,修辞既属于一个转义系统,又属于劝说和言语行为,"修辞被认为是一种说服,是一种行为"。① 这就是说德曼也把修辞看作是一种言语行为,他把修辞与言语行为结合了起来。我们知道,在德曼的思想中,他把修辞性视为语言的本质特征,修辞本身就是语言构成中不可或缺的基本形态和基本特征,并进而论证认为文学性就是文学语言的独特性,就在于它本身就是一种有意识地强调修辞的语言运用方法,因此文学性就是语言的修辞性。这样一来,言语行为,或者说文学语言的施行性就成为文学性。德曼显然在他的理论体系中把言语行为提到了一个非常高的地位。事实也如此,德曼曾认为,所有的说话,写作甚至思考都是"泛施行行为",都是行为,不能以真假值来衡量。

需要指出的是,德曼没有像奥斯汀一样,否定记叙语与施行语的区分,他不仅保留了这个区分,并且还创造性地把尼采提出的具有逻辑确定性认知功能与人类假定行为之间的对立与言语行为理论中的记叙话语与施行话语功能之间的对立联系起来。记叙话语与人类的逻辑推理和认识论相联系,施行话语显然与修辞、说服相关,是非认知性的维度,语言的施行性功能是一种设定和安置功能。在《阅读的寓言》第六章"说服的修辞学",德曼从尼采分析有关逻辑推理和认识论确定无疑的原则,如矛盾律、同一性原则的讨论入手,提出语言系统的主要功能不是在指涉,而是在施行,他借用尼采的话说,是一种"对我们来说应该是真实世界的置定或安排(positing)"②,他甚至认为语言的施行功能是一切实体或存在的基础。

表述与行为,或者用言语行为的术语,即记叙语与施行语之间的

---

① Paul de Man, *Allegories of Reading*, New Haven: Yale University Press, 1979, p. 131.
② Ibid., p. 130.

关系，是德曼的文学理论需要处理的一个关键问题，德曼对此的看法是两者既紧密联系，又相互冲突。"描述话语与施行话语的区别是不可确定的"①，德曼解构批评的重点就在于仔细刻画的是文本之所说与它用来说话的修辞不相符合的时刻，这些时刻德曼称为"不确定性"和"不连续性"。认识论问题在修辞内部被搁置，认知方法由说话的方式来确定。考察这两大系统之间的分歧，他的修辞阅读是一种阅读实践，它注重语言的表述与行为这两个系统之间的分歧，"注重文本的比喻与'语法'之间、陈述与过程或发生之间的张力，从最广义上说，就是注重'意义'与生产'意义'的手段之间的一种非聚合性"②。也就是说他的批评重点就是分析文本的认知或陈述与施行之间的分歧和冲突。

德曼经过复杂的论述推论出人们确定无疑的清晰的逻辑推理实际上是建构在一种虚幻、盲目的施行性假设行为上，"同一性的和逻辑的语言以命令的方式表明自己，从而认识到它自己的假定实体的能动性。逻辑由假定的言语行为构成"③。由此德曼解构了西方形而上学的逻辑基础，古典认识论确立起来的逻辑原则实际上是人类假定的言语行为构建的，以真理、理性自居的哲学话语实际如文学话语一样都是修辞性的，诚如米勒所评述的，"整个说话、思考和写作领域都变成了一种泛施行性行为"④。德曼对形而上学的批判显然是从言语行为理论中施行话语与记叙话语之间的疑难结构入手的。

既然人类的逻辑推理是建构在言语行为的施行性行为基础之上的，既然"所有的文本都是修辞的建构物"，那么作为虚构的文学作品，当然更是具有施行功能，而且不应再被视为边缘的、寄生性的话语，文学语言与其他语言的区别不能再简化为虚构与现实之间的二元

---

① Paul de Man, *Allegories of Reading*, New Haven: Yale University Press, 1979, p. 130.
② [美]迈克尔·格洛登等主编：《霍普金斯文学理论与批评指南》第 2 版，王逢振等译，外语教学与研究出版社 2011 年版，第 397 页。
③ Paul de Man, *Allegories of Reading*, New Haven: Yale University Press, 1979, p. 124.
④ J. Hillis Miller, *Speech act in Literature*, Stanford: Stanford University Press, 2001, p. 142.

对立。在德曼看来，文学作品本身是施行的，它知道并命名自身为虚构，它"发明虚构的主体、并创造出其他主体的现实幻象"，也发明虚构的情感，创造回忆的幻象等等，这就是语言的施行性功能，也就是文学的施行性功能。德曼还指出，文学施行功能的关键是语言或文学在生产了自己指涉的对象同时也解构了它。德曼特别强调语言具有物质性的特征，这不是指语言的声音这类物质性，而是指语言具有一种语力，它可以使某些事情发生。他提出了一个重要的概念"指称异变"（referential aberration），即一方面文学语言的施行性形成了文本内外之间的指涉断裂，作品内部的许多指称是无法指向现实的，另一方面文学语言的施行性还生产出一部分超出该陈述纯粹的语言意义之外的剩余的指涉意义，并以此进入社会语境，参与社会生产，构建观众、证据或意识形态，使文学话语与物质性生产之间产生紧密的联系。这就是说由于文学语言的施行功能、述行性，使语言和文学作品具有了能产生社会效果的物质性现实以及陈述的物质性行为。也就是奥斯汀曾经提出的施行性或述行性概念是一个物质性的概念，会"像小偷一样潜入（或闯入）现实的大厦进行偷窃活动"①。

由于修辞性既属于记叙系统，也属于施行系统，即修辞具有转义和劝说两种属性，因此，语言的记叙功能与施行功能是密不可分，也是不确定的。德曼特别详细地分析和阐述了修辞内部这两者之间的冲突和矛盾：在作"劝说"时，修辞是施行性的，而被看作转义系统时，它又解构了自己的施行。"修辞是一个文本，它允许两种互不相容、相互自我摧毁的观点共存其中，因此给任何阅读或理解都放置了难以逾越的障碍。转义与劝说既生成修辞，又使得修辞处于瘫痪状态，施行话语和记叙话语之间的两难困境正是这种困境内的翻版。"②乔纳森·卡勒受到德曼的启发，更加明确地把施行语言和记叙语言之间的复杂关系称之为"创造的矛盾"，并指出它们在文学中的功用：

---

① E. Warwick Slinn, "Poetry and Culture: Performativity and Cultural Critique", *New Literary History*, Vol. 30, 1999, p. 64.

② Paul de Man, *Allegories of Reading*, New Haven: Yale University Press, 1979, p. 131.

"述行语和述愿语（按：即施行话语和记叙话语）之间的紧张状态在文学中也清楚地表现出来。奥斯汀在这里遇到的把述行语和述愿语区分开来的困难可以看作语言功能一个非常重要的特点。如果每一句话既是述行的，也是述愿的，包括了至少对一个事态的明确断言和一个语言行为，那么一句话所说的和所做的关系就不必一定要和谐一致。"[1] 因此，对文学作品中的话语，我们可以如本尼特和罗伊尔所言的："所有的语言都可以从述行和记叙的角度进行思考。一方面，语言是描述性的，表示某事与某事有关。另一方面，语言是述行的，不仅表示某种意义，同时还要实施和执行这一意义。"[2] 同时从这一对立矛盾的结构思考同一文学话语，我们可能得出矛盾的、彼此削弱的力量，"述愿语（记叙语）声明是如实再现事物的语言，是命名已经存在事物的语言；述行语（行为语）是修辞的过程，是语言的行为，它运用语言学的范畴削弱这种声明、创造事物、组织世界，而不仅仅是重复再现世界"[3]。得出这样矛盾的结论，对解构主义而言恰是证明了文本的自我解构性。从这个角度来看，德曼的文本分析方法也和德里达类似，就是不断努力揭示文本中的等级制对立，揭示这些等级得以建立的语言和哲学基础，这样的方法被称为"批判"，旨在阐明文本中含蓄的、假定的、被压抑的或矛盾的东西，抓住文本自身矛盾又摧毁文本整体性。

德曼对语言的施行性还有一个重要的看法，那就是一方面认为所有语言，包括文学话语都具有施行性，另一方面却又认为语言永远无法完全达到施行的目的。这个看法是针对奥斯汀的，奥斯汀认为只要达到恰当条件，就能成功施行，言有所为。而德曼在解读尼采思想时发现，事情并非如此简单。他曾指出一种言语行为确实可以使某事发生，但是它绝不是所意料的那件事，你也许对准的是熊，而某只无辜

---

[1] ［美］乔纳森·卡勒：《文学理论》，李平译，辽宁教育出版社1998年版，第104页。
[2] ［英］安德鲁·本尼特、尼古拉·罗伊尔：《关键词：文学、批评与理论导论》，汪正龙、李永新译，广西师范大学出版社2007年版，第227页。
[3] 同上。

的鸟儿却从空中掉落下来了。这个观点同样体现了解构主义反逻各斯中心主义的看法，解构理性，强调不确定性。

德曼运用言语行为理论的目标既是针对形式主义文论，也是针对审美主义文学观的。"德曼著作拒绝把文本简约到语码、结构与语法，同时又通过揭示其隐藏在假定意图背后的比喻结构（如隐喻或交错法）来'解构'文本的修辞，在这个意义上，他的著作是后结构主义的。"① 德曼显然是反对形式主义和结构主义的，他运用言语行为理论还是强调文学有影响现实的一面，会使某事发生。另一方面"它脱离了把文学包含在美学的范畴之下，将其理解为意义的现象化或合理呈现的哲学传统；相反，他把语言非认知的、物质的维度看作对现象认知习惯的介入。对德曼来说，文学或文本——作为指意结构而需要解读的作品或构型——推翻了关于权威的种种主张，这些主张的基本设想包括：形式与意义的相承性，对一个结构加以总体化的可能性，以及在一个主导的哲学传统中，审美范畴或假定由艺术品所保证和示范的感知与知识之间的传承性。作为对这些设想及其他设想的破坏和批判，即他的后期著述所说的'审美意识形态'，德曼的著作确立了这样的前提：'人们只能在批评和语言分析的基础上解决意识形态问题，并由此引申开来解决政治问题，而这种批评和语言分析又必须按其自身条件在语言的媒介内部进行'"②。

希利斯·米勒是美国著名的文学理论家，其学术兴趣发生过多次转向，从20世纪80年代出版《阅读伦理学》开始他转向了文学言语行为理论研究，在这一领域取得了丰硕的成果，相继出版了《文学作为行动：亨利·詹姆斯的言语行为》《比喻、寓言和述行》《文学中的言语行为》《论文学》（中译本名为《文学死了吗》）等一系列著作。就其这方面的著作数量和影响程度而言，都可以被誉为文学言语行为理论的集大成者。米勒吸收了前人对文学言语行为理论的贡献，

---

① ［美］迈克尔·格洛登等主编：《霍普金斯文学理论与批评指南》第2版，王逢振等译，外语教学与研究出版社2011年版，第396页。
② 同上。

并形成了自己完整的思路,不仅对文学言语行为理论做出了新的突破,而且还对文学言语行为理论涉及的各个成分也都做出了新的阐释。

我们谈文学言语行为理论,却发现很少有学者明确给文学言语行为下个定义,而希利斯·米勒则是明确给"文学言语行为"这个概念下过清晰定义的学者,在《文学中的言语行为》里,他写道:"'文学言语行为'可以指文学作品中的言语行为话语,即小说中的人物或叙事者所说的、所写的言语行为,如许诺、撒谎、找借口、宣称、祈求,请求宽恕、辩解、原谅别人等等。它也可以指作为整体的文学作品的施行性。写小说本身可能就是一种以言行事的方式"。[①] 这个定义相当全面,既包括了文学作品虚构世界内的人物对话,也包括整部文学作品的施行性,还认定写作也具有施行的品性。值得注意的是,在奥斯汀的言语行为理论中,虚构的文学作品其言语行为的有效性和恰当性是被否定的,被归为"滥用"和"无效"范围,而米勒则论述这两种不恰当的言语行为仍然是合理和可行的,他通过分析小说实例指出语言似乎有一种可怕的力量,可以推动人做某事,只要人说出话语,不管说话人是否愿意行动,话语都会自动行动,自动施行,也就是说一切话语都具有施行性。

米勒不仅清晰地给文学言语行为下了定义,还清晰地阐述了自己的文学言语行为观,在《论文学》一书中他指出文学作为言语行为,就是用语言生产出一个虚拟现实,每一部文学作品从第一个字开始就为我们营造了一个世界,"在我引述的每一个例子中,开篇都马上把我带到一个崭新的世界。每一作品中后来的所有词语,不过是为我已进入的这个新王国,提供更多信息。这些开篇有极大的创造性。它们每次都创造了一个崭新的、不一样的世界"[②]。文学使用语言的施行功能创造一个新的虚拟现实,这是一方面。另一方面,米勒又指出,

---

① J. Hillis Miller, *Speech act in Literature*, Stanford: Stanford University Press, 2001, p. 1.
② [美] 希利斯·米勒:《文学死了吗》,秦立彦译,广西师范大学出版社2007年版,第40页。

这个虚拟现实同样对现实会产生影响，能够对社会产生现实效果。米勒的这个文学言语行为观是相当全面的。至于文学语言的述行功能如何创造一个新世界的，米勒提出了"活现法"（prosopopoeia）概念，认为言说者通过一个命名或者声音，将幽灵施行地召回现实，而且谁唤醒来了幽灵，谁就要对他或她的行为负责。不仅作者在运用言语行为创造新世界，米勒还提出读者与批评家的阅读也是一种既复述又创造的施行行为。由此，在文学言语行为理论的框架下，作者、文本和读者形成了一种更为复杂的互动关系，这大大深化了对文学活动的理解。

米勒还吸收德曼的修辞观点，认为文学是用修辞来表现施行的，文学的作者用语言将头脑中的形象和场景通过活现法转化为文字，创造了一个虚拟现实，米勒认为这就是一个隐喻的过程，这个隐喻概念在米勒这里还包括转喻、反讽、寓言和移位等等。文学以施行的方式使用语言，语言的创造力依赖于修辞，这些修辞说明了一个事物与另一个事物的类似性，这种类似性并不是事物本身存在的一种特性，而是语言构建的结果。文学使用语言施行地构建虚拟现实的过程，也就是运用修辞的过程，文学的本质在米勒看来就具有一种隐喻性。

米勒还对整个文学言语行为过程中作者、文本和读者各自扮演的角色进行了重新的思考和反思，成为目前对文学言语行为理论阐述最全面的学者之一。对于作者，米勒虽然认为在文学创作过程中，语言本身具有自动述行的特性，但是他没有像罗兰·巴尔特那样认为作者死了而完全忽视作者的作用，相反，米勒认为作者仍然能够通过操纵词语将自己的主体意识渗透进文本，通过制作文学这个虚拟现实引诱读者信任，让读者入迷。米勒《文学作为行动：亨利·詹姆斯的言语行为》一书通过分析詹姆斯的创作情况指出，作者的创作可以看成是一种用语言"唤醒幽灵"的行动，而所有的故事都可以看作是一种有关于幽灵复活的故事。这些幽灵在作品中复活，其意识必须通过作者的意识和语言呈现出来，作者甚至比人物知道得更多，这就是故事中的人物做出不恰当的言语行为的原因之一。但是由于语言具有自动施行的功能，所以作者有时并不能自由操控文本。人物的行为也可能脱离作者的控制。因此我们看到米勒对作者的看法，是既不同于传统的作者中心论，也不同于后结构主义的作者消亡论。他认为作者占有重要的地位，能够通过语言创造新事物和新的虚拟现实，但是一旦新的事物创造出来便有可能脱离作者的掌控，作者的身份是既具有至高无上的权力又同时被剥夺权力的矛盾体。米勒不仅强调了作者与文本的关系，而且还论述了作者与读者之间的关系，他认为作者就是通过操控词语，设计出一个精妙无比的文本来诱骗读者去相信一个与现实不对应的虚构世界。为了达到这个目的，作者就必须对读者作出各种虚假的承诺，或者在文本中设置许多空白，留给读者诸多想象的空间，促使读者按照作者的布置去阅读和填补。由此也可以明了，作者写作的目的不是要让读者通过文本去了解一些事情，而是通过文本去做一些事情。

文本是米勒最重视的环节，米勒在《文学作为行动》和《论文学》两部专著中集中阐述了文学言语行为所创造的虚拟现实的特征和意义。他认为，"既然文学指称一个想象的现实，那么它就是在施行而非记叙意义上使用词语"[1]，"'施行'的话则是用词语来做事，它不指出事物的状态，而是让它指出事情发生"[2]。米勒还深入探讨这个虚拟现实的主要特征：其一是暴力性，作品的开头对读者而言带有一种突然性或侵入性，它中断了读者在现实世界里正在做的事或思考的事，吸引读者进入到一个语言创造的新世界里；其二是陌生性，文学作品创造的世界每个都是特别的、自成一体的、陌生的和异质性的。这种陌生性导致文学作品之间不具有可比性，处于一种相互疏离的状态。米勒这一观点是反对传统的模仿论的，是尊重文学作品的自治性和自主性的。当然这一陌生性也不同于俄国形式主义提出的陌生化概念，形式主义的陌生化强调的是对现实的扭曲、疏离，而米勒的陌生性虽然也体现与现实的关系方面，但更多强调的是作品与作品之

---

[1] [美] 希利斯·米勒：《文学死了吗》，秦立彦译，广西师范大学出版社2007年版，第57页。
[2] 同上书，第29页。

间的独立性；其三是施行性，米勒认为这是文学最主要的特征，文学以施行而非记叙的方式使用语言，创造了一个新的世界，"文学中的每句话，都是一个施行语言链条的一部分，逐步打开在第一句话后开始的想象域。词语让读者能到达那个想象域。这些词语以不断重复、不断延伸的话语姿势，瞬间发明了同时也发现了那个世界"。[①] 这种施行性就是文学的创造力的语言体现，它依赖于修辞，文学作品从开篇起就是一个运用修辞的过程。对于文本的施行性特征，米勒还特别强调作品的施行效果与作者的初衷以及相关知识无关，也就是说文本由于自动施行和自我指涉而实现了一种文本的自治。正是在这个意义上，米勒认为文学以其开创性而具有一种独立宣言式的权威，他把文学看作是一种"独立宣言"，有自我运作的权力。这种文本的自我赋权特征，既削弱了作者的权威，从而实现了自我运作和相对独立性，同时也削弱了与读者的联系，读者也不能随意赋予作品世界里自己的意志，只能通过词语进入这个陌生的新世界，他们不一定能够完全了解作品中的人物思想，也不一定完全知晓作品中人物发生的全部故事，由此文学作品实现了自治。

米勒从言语行为的角度出发，认为读者也具有施行地使用语言的权力，而不是被动地接受。与前述作者创作文学作品是一种唤醒"幽灵"的行为一样，读者阅读作品则是唤醒"幽灵"的最后一个环节，没有读者的参与，他们还只是停留在书本这样一个中转站，只有读者的阅读，幽灵复活的最后一步才得以实现。米勒区分了两种阅读方式，一种是天真的阅读，一种为去神秘的阅读。天真的阅读就是要求读者毫无保留地交出自己全部的身心、情感和想象，悬置一切怀疑和不信任，去按照作者的设想阅读作品。在这一过程中读者只需要关注文学创造了一个怎样的虚拟现实，而无须关注文学怎样创造它，读者也无须担当某种责任，只需享受阅读带来的审美愉悦；去神秘的阅读则是缓慢的、批判性的阅读。这意味着读者要处处怀疑，质疑作品的

---

[①] [美]希利斯·米勒：《文学死了吗》，秦立彦译，广西师范大学出版社2007年版，第57页。

每一个细节，力图弄清它是如何运作，如何构建的，显然这一阅读方式突显了读者阅读活动的施行品性。去神秘的阅读又具体分为两种方式，一种是修辞性阅读，即阅读时要密切关注文本的语言技巧，关注比喻是如何使用的，视角是如何变化以及反讽是如何运作的。米勒指出阅读本身也具有修辞性特征，这种修辞性给读者极大的再创作空间，同时也赋予了读者的一种责任；另一种则是批评性阅读，这种阅读就是文化研究方式，即阅读时要不断质疑文学作品是如何灌输关于阶级、种族或性别关系的观念，这些被表现为客观真实的东西实际上却是意识形态。米勒认为这种阅读的批判性实际上体现了文学言语行为理论的观点，阅读作品不是要知道一些事情，而是要去做一些事情。

综上所述，米勒的理论吸收了前辈及同辈学者的研究成果，将它们综合在自己的文学言语行为理论中，这使米勒的文学言语行为理论完整、多样，体现了其集大成者的特征。这也使解构主义路线成为文学言语行为理论中最具活力的一个方向。

## 九　精神分析与文学言语行为理论

言语行为也涉及人的心理因素，奥斯汀在谈到言有所为的条件时，对说话人主体自身意图提出的要求，即必须真诚，守诺。奥斯汀特别强调了说话人的真诚条件。他所提出"语力"概念也是来说明语言的施行性特征直接来自说话人的意图。这表明奥斯汀意识到言语行为与主体心理和意向存在着密切的关系，只是他没有来得及系统地讨论这些问题。

奥斯汀的学生塞尔在这个问题上做了深入的探讨并做出重大的贡献。他明确提出，言语行为一个重要特征是它具有意向性，在这种行为中，不仅使用语言符号，而且还表达了说话人的意向。语言符号在这里用作表达意向的手段。塞尔说："我口中发出的声音，我写在纸上的文字或符号，画布上的色彩或颜料，这些都是纯然物理性的东西，它们本身无所谓意义的，但是这些物理现象确实又具有惊人的表现世界的能力，这是为什么呢？原因在于，讲话者，符号的使用者把自己的意向强加给了对象。"① 塞尔的意思是说，白纸黑字自身是毫无意义的，是无法表现事物的，它们只是语言的物质形式，把这些白纸黑字的物理现象转化成表现世界的意义现象，关键是语言使用者的交往意图和意向。换句话说，语言施行性功能来自主体意向，是主体通过语言实施了行为。塞尔认为意向性属于心灵，心灵则通过意向，意向通过言语行为与人类和外部世界联系在一起。塞尔对言语行为理论的一大发展就是把意向性与言语行为理论紧密联系起来，使之成为言语行为理论的基础，以此建立起语言与心智的联系，不仅开创了言语行为理论研究的心智主义和认知主义路线，而且还把语言哲学纳入到心灵哲学这个大系统内。不过塞尔的意向性概念既不同于欧洲大陆流行的现象学的意向性概念，现象学的意向性概念具有先验纯粹意识性质，而塞尔的意向性概念则具有生物自然主义性质，也不太能适用于文学研究领域。但在文学学者中，仍然有人将心理因素，特别是精神分析学说与言语行为理论结合，为文学言语行为理论发展出一系列新的观点，并在实用批评领域示范了一种出色的文学言语行为分析。做到这一点的就是美国女学者苏珊娜·费尔曼（Shoshana Felman）。

费尔曼是美国著名批评家，专业是法国文学，1970年在法国格勒诺布尔大学获得博士学位。她深受法国理论尤其是德里达的解构主义和拉康的后精神分析学说的影响。费尔曼在精神分析批评、文学言语行为理论和女性主义批评方面都做出了杰出的贡献。尤其是1980年出版的《文学言语行为——唐璜与奥斯汀，或两种语言中的诱惑》，将奥斯汀的言语行为理论与欧陆哲学，特别是解构主义和拉康的后精神分析学说结合起来，不仅对莫里哀的戏剧《唐璜》做了极为精彩的文学言语行为分析，而且还通过唐璜与奥斯汀的互动与互证，对言语行为理论和精神分析学说都做出了推进。西方学者盛赞"费尔曼的著作是精神分析和解构的卓越结合"，做到了"把后结构主义的精神

---

① J. R. Searle, *Intentionality, An Essay in the Philosophy of Mind*, Cambridge: Cambridge University Press, 1983, p. vii.

分析学阅读应用到文学和非文学的文本上来"。① 甚至有人认为此书也助推了20世纪80年代拉康研究的发展。

费尔曼这本著作篇幅不长，除了开篇对奥斯汀和本维尼斯特的言语行为理论做了简短的介绍以外，重点就是对莫里哀的《唐璜》和奥斯汀理论的解读，其副标题是"唐璜与奥斯汀，或两种语言的引诱"，把莫里哀戏剧中的虚构人物与真实的言语行为理论提出者联系在一起，这种写法思路本身就很新颖。费尔曼这样做的目的就是想用莫里哀笔下的唐璜来阐明奥斯汀的理论，同时也用奥斯汀理论来解释唐璜引诱女人的话语，由此形成了一个在文学作品阐释与语言理论阐释两方面的互动和互证模式。

那么费尔曼是如何入手将两个领域结合的呢？换言之，她选择的突破口在哪呢？在此书的前言部分，费尔曼开篇就引用尼采在《道德的谱系》中的名言"驯养一只动物，让他可以做出许诺——这岂不正是大自然在涉及人的问题上给自己提出的那个自相矛盾的任务吗？这难道不是人的真正问题之所在吗？"② 将许诺与人的本质问题联系起来，把人看作是许诺的动物，这不仅用尼采改写了亚里士多德给的人的定义"人是理性的动物"和"人是政治的动物"，显示了费尔曼此书的立场，而且由此把言语行为引入到人的问题中。众所周知，许诺是言语行为理论讨论施行行为最典型的一种行为，在20世纪70年代施行理论盛行时，许诺行为是一个讨论的热点。说人是许诺的动物，其实就是说人是言语行为的动物，费尔曼由此引入施行问题，并将其提高到人性的高度。费尔曼这样做的原因，很大可能是她看到"精神分析学说和施行理论都事实上把重新思考人类行为作为它们的目标"，③ 以此寻求精神分析学说与言语行为理论的结合处。由讨论许诺行为问题出发，费尔曼对莫里哀的戏剧《唐璜》中的话语进行了

---

① [美]迈克尔·格洛登等主编：《霍普金斯文学理论与批评指南》第2版，王逢振等译，外语教学与研究出版社2011年版，第378页。

② Shoshana Felman, *The Literary Speech Act—Don Juan with J. L. Austin, or Seduction in Two Language*, trans by Catherine Porter, New York: Cornell University Press, 1983, p. 9.

③ Ibid., p. 92.

精妙的分析。我们知道，唐璜是西方传说中著名花花公子，他的一生就是不断地引诱、玩弄和征服一个又一个女人，在这个引诱女性的过程中，唐璜不断地向她们许下诺言，承诺爱、婚姻和金钱等她们喜爱的事物，皮特里说"没有一个虚构人物像唐璜一样在历史上用语言做了这么多壮观的事"[1]。当然唐璜的许诺是永远不能兑现的，他的话以一种完全自由的状态脱离了所有指称物的束缚，其指称是空的，唐璜根本没有想去信守承诺，他的话语只是他欲望的体现。"唐璜的欲望就是对语言的欲望，渴望自己，渴望自己的语言。言语是情欲的真正境界，而不仅仅是进入这一境界的途径。勾引是创造一种享受的语言，一种以'无语可说'为乐的语言。因此，引诱就是在欲望的言语中，延长那种言语生产所带来的愉悦"[2]。费尔曼详细分析了莫里哀戏剧中的各色人物，把戏中的人物分成了两个敌对的阵营，一方是唐璜自己构成的阵营，他说出的话是施行语言，不是为了表达真实，表达认知，他的话不是通向真理而只是为了得到快乐和享受，属于一个游戏的领地。另一阵营包括唐璜的对手和其受害者们，他们主要使用记叙语言，不约而同地都坚信"语言是传播真理的工具，是知识的工具，是认识现实的工具。真理是一种完全一致的关系，存在于话语和所指之间"，[3] 是具有认知性的，是有真假之别的。因此从言语行为的角度看，唐璜戏剧性的行为实际上显示的是两个阵营中两种语言行为的冲突：一种语言是认知性的，是记叙话语，一种则是述行性的，是施行话语。这不正是言语行为理论中记叙话语与施行话语的区分吗？按照认知性观点，唐璜的对手和受害者认为，语言是反映真理的手段，是知识的工具，是描述现实的方式，唐璜许下的诺言应该信守才对；而唐璜则从施行性角度使用语言，按照施行性观点，唐璜知道，语言只单单指向自身，如许诺，说出"我许诺"这句话，不是在描述，而是在做出一件事，许诺仅仅就是说出一句话而已，它并不

---

[1] Sandy Petrey, *Speech Acts and Literary Theory*, New York: Routledge, 1990, p. 104.
[2] Shoshana Felman, *The Literary Speech Act—Don Juan with J. L. Austin, or Seduction in Two Language*, trans by Catherine Porter, New York: Cornell University Press, 1983, p. 28.
[3] Ibid., p. 27.

受真实的束缚，而只需符合当时语境，说出时感到快乐和享受，做到满足欲望而已。唐璜的语言操作是在真实领域之外的。唐璜引诱女人的话语策略实际上是一种许诺的修辞，它导致了一系列错误的结果，最后打破诺言。简言之，这两种语言，一种是使词指称，另一种让词兴奋。费尔曼认为《唐璜》实际上已经阐明了奥斯汀的言语行为理论中的问题，是预示言语行为理论出现的先驱。

　　费尔曼此书的另一半内容是对奥斯汀言语行为理论的长篇解读，费尔曼将其和心理分析以及唐璜式的欲望联系起来，对奥斯汀的理论做出了不同寻常的解读。费尔曼以一种迷人的说服力探讨了奥斯汀的言语行为理论中被人忽视的一面，即《如何以言行事》一书并不像通常严肃的哲学著作，由于它原是一个系列的演讲结集，因此奥斯汀的文体风格体现的是一种幽默和松散的哲学话语。费尔曼详细研究了奥斯汀的文体风格和含义，认为阅读奥斯汀的文本，读者会体会到一种有感染力的快乐，类似罗兰·巴尔特所提到文本的快乐那样，奥斯汀不是在陈述一个严肃的重大的哲学问题，"值得注意的是，奥斯汀的基本姿态，就像唐璜的姿态一样，是用语言的表达来替代满足标准。'真理和虚假……不少关系、性质……从评估角度看，而是——这些词在满足事实方面的立场'，因此，像唐璜一样，奥斯汀对语言的思考也引入一种快乐的维度，这与知识的维度是截然不同的"[1]，事实上奥斯汀很可能在玩一场不同的游戏。奥斯汀像唐璜一样使用语言，同样也没有信守诺言，他出乎意料地推翻了自己原先提出的记叙语和施行语的两分法，他的话也引起了耸人听闻的效果。从字里行间可以看出，奥斯汀实际上是一个有趣的人，是个爱开玩笑的人，即使是在工作时也是如此，极其严肃的哲学问题也能隐藏在活泼的玩笑中。例如《如何以言行事》这个题目，在西方出版界的图书分类中，例如《纽约时报》把最佳畅销书单区分为3类：虚构、非虚构和忠

---

[1] Shoshana Felman, *The Literary Speech Act—Don Juan with J. L. Austin, or Seduction in Two Language*, trans by Catherine Porter, New York: Cornell University Press, 1983, pp. 61 - 62.

告、如何以及其他各种不好归类的种类。奥斯汀的书应该属于严肃的哲学著作，但是奥斯汀却使用如何这个标题来阐述最严肃的哲学问题，而通常如何这类题目适用于忠告做某事和如何学习某种技能之类的图书，题目超出了严肃作品的界限，"奥斯汀的书名通过幽默方式所做的，就是中止它们自己的权利——它们自己的权威"[1]，这本身就具有颠覆性。又如书中喜欢用结婚来作为言语行为的事例，而奥斯汀又多次采用开玩笑的口吻来谈论这个例子，例如他这样说："对于（基督教式的）结婚仪式来说，必不可少的是，我不能已结过婚，而且妻子现在还活着，精神健全，没有离异等等。"[2] 这样的语句出现在严肃论证的哲学著作中，似乎是以一种自我颠覆的方式表明，作品并不要求被严肃地对待，这些暗示渗透到论文的主体和各处，费尔曼还提供了一系列长长的例子，相信奥斯汀的许多读者包括德里达在内都没有注意到他在严肃的哲学作品中插入这些玩笑的效果。费尔曼强调不应该只关注奥斯汀说了什么，更要关注奥斯汀这样说事实上做了什么。从言语行为的角度看，奥斯汀所作的恰恰是颠覆自己所说的，因而，费尔曼并不认同德里达的观点，德里达仍然认为奥斯汀的著作是严肃的，是深受逻各斯中心主义的影响的，而费尔曼则认为德里达受到奥斯汀的诱骗，成功地掉入了奥斯汀布置的陷阱。事实上，奥斯汀远比表面显示出来的复杂。从言语行为的做事的角度看，奥斯汀像唐璜一样，很可能在玩一个游戏，一个颠覆自己所说的语言游戏，在这一方面，奥斯汀是"现代的唐璜"。由此我们看到费尔曼把唐璜与奥斯汀联系了起来，两者进行了互动和互证。

费尔曼发现法国心理学家拉康在把许多不雅的辞藻结合到严肃著作中这方面也是个老手：拉康和奥斯汀都有一种不可抵挡的诱人的能力能使读者认同他们的观点。由此费尔曼认为，尽管精神分析学说与言语行为理论有许多重大的不同，但是两者仍有共同之处，即都参与

---

[1] Shoshana Felman, *The Literary Speech Act—Don Juan with J. L. Austin, or Seduction in Two Language*, p. 126.
[2] Ibid., p. 109.

了一个共同的事情,审视人们用他们的象征符号去做事情。言语行为理论与精神分析学说一样,都认为我们知道,我们所说的不在于语言的结果而在于语言的构建的过程,两个领域同样都意识到语言中最重要的不是精确与否,而是是否得体恰当。费尔曼力图将拉康的精神分析与奥斯汀的言语行为理论结合起来,"精神分析学说和施行理论都事实上把重新思考人类行为作为他们的目标","我们可以说,精神分析学说和施行理论,像现代理论一样,都以它们各自特殊的方式重新思考了从亚里士多德到尼采(关于行为)的论述的含义"。[①] 在费尔曼看来,拉康对当代文化的伟大贡献就在于他有关修辞"施行"与"认知",亦即做与知的教诲。奥斯汀将语言的使用与它所传达的东西脱离开来,因而是一种纯粹的"做"。"记叙"或认知是修辞创造出来的东西,因而表示的是脱离了它的产生方式的、被传达出的纯粹的意义。对费尔曼而言,施行和记叙在实践中既相互破坏解构又彼此渗透,呈现出意识和无意识经验之间的辩证互动。

总之,费尔曼在《文学言语行为》一书中,从双重角度呈现了言语行为理论中的施行话语与记叙话语的冲突和斗争。一方面用唐璜的许诺行为与其受害者的语言行为对比,来说明语言的诱惑有能力摆脱真实的标准来印证两种话语的冲突与斗争,另一方面,通过对奥斯汀理论从所说的和所做的两方面不同的解读,呈现出严肃的奥斯汀和现代唐璜似的奥斯汀两种相互颠覆的形象,凸显出两种语言的冲突与斗争。费尔曼还深入挖掘和显示出这一斗争是如何发生在知识与享受动机之间,两种话语之间的冲突和斗争不仅存在于文学作品中,而且还存在于语言理论的冲突之间(如奥斯汀和他的同事,包括本维尼斯特和塞尔),心理学和精神分析学说之间(弗洛伊德的本我的精神分析学说与拉康的后精神分析学说),哲学部门之间(认识论与形而上学),历史思想之间(意识形态与唯物主义——马

---

① Shoshana Felman, *The Literary Speech Act—Don Juan with J. L. Austin, or Seduction in Two Language*, trans by Catherine Porter, New York: Cornell University Press, 1983, pp. 92 – 93.

克思与罗素）。可见在费尔曼看来，言语行为理论远远超出了文学范围，其触角可以深入到多种跨文化领域。费尔曼甚至认为言语行为理论由于其实践性的特征，涉及一种新型的唯物主义，这种新型的唯物主义不同于传统的唯物主义，传统唯物主义把物质概念理解为一种"自在的个体"，费尔曼认为这已过时。现代物理学发现，物质并不独自存在，而是与精神相联系的，物质不是绝对的存在，而是一个相对的存在，存在于一个物质与精神相互作用的关系中。费尔曼认为现代物理学最合适于解释奥斯汀的言语行为理论构建的唯物主义，奥斯汀分析的是语言的"原子"即非常小的语言物质。在传统唯物主义中，受唯心主义的影响，语言物质是个矛盾的术语，而通过言语行为概念，奥斯汀推翻了以往在物质（包括身体）和语言（精神）之间的对立和分裂，物质，就是行为，没有可以简化为语言的物质，也没有与语言完全分离开的物质。言语行为表明物质存在于语言物质（句子、短语、所指）和精神（以言行事）语力之间，处于一个关系之中。历史的物质是由言语行为组成的。费尔曼甚至提出奥斯汀的唯物主义存在于精神分析的唯物主义和原子物理学之间，"因为像精神分析学说一样，它关注身体的言说，而且像相对论物理学改变了物质概念一样，它也改变了行为的概念"。[1] 因此，费尔曼认为奥斯汀的言语行为理论所涉及的新型唯物主义像语力、欲望和颠覆思想一样，是一种琐碎的唯物主义、一种剩余的唯物主义、一种谈论身体的唯物主义。

费尔曼以其涉猎广泛，思考深刻，思维独到，加之写法创新，表述清晰，使其在文学言语行为理论中独具一格，不可忽视。

## 十 总结：文学言语行为的观念与方法

综合上述，我们可以看到，没有任何一种单独将言语行为理论用

---

[1] Shoshana Felman, *The Literary Speech Act—Don Juan with J. L. Austin, or Seduction in Two Language*, trans by Catherine Porter, New York: Cornell University Press, 1983, p.148.

于文学研究的方式，这是言语行为理论不同于其他理论的地方。言语行为理论至今还没有形成完全统一的理论形态，但是言语行为理论引人关注的那些概念和问题为文学理论和文学批评提供了众多的新视角，言语行为理论将批评家的关注点从"文本"本身转移到我们如何处理"文本"这一问题上。

言语行为理论实质上是一种语言实践论，因此以言语行为理论为基础建立的文学言语行为理论体现的是一种实践论文学观，即把文学视为一种言语行为，从实践的视角和观念来理解和把握文学的性质和特征。这种实践论文学观是以现实实际使用的语言作为建构的逻辑起点，将文学和语言纳入到人类广阔的实践行为范围，试图从人类社会生活和实践的角度来理解文学的特征。

由于作为现实的人的话语行为和实践活动要涉及超出语言范围之外的各种实际因素，因而这种实践的文学观强调了文学与现实的多种因素之间的广泛联系，所涉及的研究方法众多，甚至是对以往各种方法的综合运用（见图3-1）。如同伊斯特尔哈默与鲁滨逊所写到的："广义地说，每一个文学文本都是一个言语行为，一种在持续言语语境中的表达（对话的'文学传统'），它不仅为实实在在隐藏在文本内的某个角落的静态的作者意图所决定，而且还取决于一系列后续的解读行为，包括作者对于解读的导向性、读者对这种导向性的预测以及各种影响言语的背景因素，例如意图（是什么促使作者去写作和读者去阅读，又是什么把两者联系到了一起？）、媒介（语音、印刷、数字存储和传播技术，获得、生产和销售的经济）以及所处的历史年代。由此看来，对文学进行言语行为的分析方法已逐渐涉足社会学和文化批评领域。另一方面，文本的每一种解读就是一个语境，在这一语境中读者将文本构建成一个言语行为并用自己的言语行为做出回答，这里的言语行为就过渡到心理学、现象学和读者反应理论与批评。从更狭隘的角度看，文学文本中的每一个语句都是一个言语行为，用巴赫金的术语来分析，就包括谁与谁对话（角色与角色、叙述者与受述者、隐含作者与隐含读者等），以及有多少种（和谁的）通过多声部转换的声音；这就使言语行为理论退回到形式主义。这些方法中的最后一种已被证实对戏剧的阐释者和叙事学批评家特别有效。"①

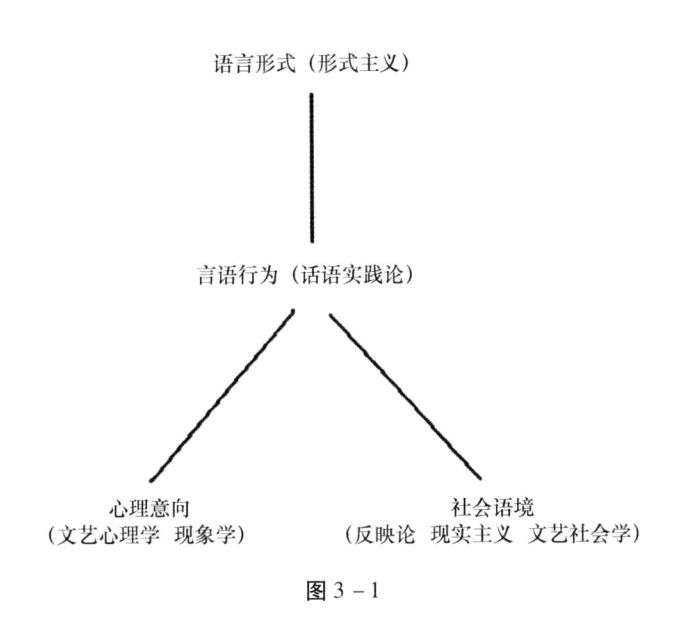

```
              语言形式（形式主义）
                     |
                     |
              言语行为（话语实践论）
                   /     \
                  /       \
           心理意向         社会语境
        （文艺心理学 现象学）  （反映论 现实主义 文艺社会学）
```

图 3-1

正如我们所指出的，"言语行为理论不仅突出了文学是一种语言交往实践特征，而且强调了文学与现实多种因素的广泛联系。从言语行为理论中，我们可以归纳出现时实际使用的语言主要要受到语言自身形式、主体心理意向和现实社会文化语境这三大因素的制约和影响。由此出发，我们建立的文学言语行为理论这种新型的实践论文学观也是一种开放的文学观，它能够以文学言语行为为中介，将文学语言与社会文化语境、主体心理意向三方面融为一体对文学进行整体的考察和研究。这种考察模式对文学的研究要更为复杂也更为合理，它能把以往在各自的轨道发展的形式主义研究、文艺心理学和文艺社会学研究结合起来对文学进行综合的研究（它们的关系如图 3-1），符合当前文学研究逐渐走向复杂、综合和整体研究的趋势和要求。因而

---

① ［美］迈克尔·格洛登等主编：《霍普金斯文学理论与批评指南》第 2 版，王逢振等译，外语教学与研究出版社 2011 年版，第 1362 页。

相比较以往的本体论和认识论等文学研究模式,这种以言语行为为基础和中介建立的新型文学实践论要更为准确、更为全面和更加合理地考察和把握文学现象和问题"。①

可以看到文学言语行为理论所建构的实践文学观和方法论包容性极大,这正是文学言语行为理论的重要特征。

---

① 张瑜:《文学言语行为理论研究》,学林出版社2009年版,第28—29页。

# 第四章 文学虚构与可能世界

虚构一直被认为是文学最重要的特征之一，是区分文学与非文学最显著的标志。因此，虚构问题一直是文学理论研究最基本的问题之一。中外文学理论史表明，长期以来人们一直尝试从不同理论视角出发对虚构问题做出各种阐释和理解。进入 20 世纪后期，文学虚构研究最引人注目的进展之一是越来越多地把文学虚构问题与"可能性""可能世界"概念联系起来，例如伊瑟尔从文学人类学的立场出发，明确提出虚构是人类的一种越界行为，其目的就是要创造一个与现实交织的"可能性世界"以呈现并超越自身；[1]再如希利斯·米勒从文学言语行为理论立场出发，提出文学的"每一作品都虚拟地实现了'真实世界'中未实现的一种可能性。对真实世界而言，每一作品都是无法取代的、有益的补充"。[2]当然最显著、最系统的是 20 世纪 70 年代以来，以多利泽尔（Lubomir Dolezel）、玛丽－劳尔·瑞恩（Marie-Laure Ryan）、帕维尔（Thomas G. Pavel）等为代表的一些文学理论家，将语言哲学、逻辑哲学中的"可能世界"概念和理论借鉴和引入到文学研究领域中，将文学看作是一种可能世界，并从可能世界理论的立场来探讨文学虚构和叙事学问题，由于这一学派往往侧重于叙事学的研究，所以他们的研究也常被称为"可能世界叙事学"，并

---

[1] 参见［德］沃尔夫冈·伊瑟尔《虚构与想象——文学人类学的疆界》，陈定家等译，吉林人民出版社 2003 年版。
[2] ［美］希利斯·米勒：《文学死了吗》，秦立彦译，广西师范大学出版社 2007 年版，第 51 页。

在20世纪90年代成为一个很有影响的"后经典叙事学派"[①],在西方学界产生了一定的影响,而对我国文论界而言则还属于新鲜事物。由于可能世界理论主要来源于逻辑哲学、语言哲学,它过于逻辑化、专业化,甚至数理符号化,常常令文学研究者望而生畏。本章试图探讨从"可能世界"理论立场如何对文学虚构问题展开研究,目的是讨论这一理论究竟对文学虚构研究提供了哪些新的视角、影响和贡献。

## 一 "可能世界"概念的提出与鲍姆加登等人的运用

"可能世界"作为一个概念和术语最早是由德国哲学家莱布尼茨(G. W. Leibniz)在1710年的著作《神义论》中提出的,莱布尼茨创造这个概念是为了解决神义论问题,即为上帝正义辩护问题而在论证过程中提出的。简单地说,莱布尼茨为了论证上帝的正义性,对基督教上帝创世观点做了重要的发挥。他认为上帝心目中其实存在着无数的可能世界,而现实世界则是上帝从无数可能世界中选择并创造的,这个选择出来的世界是所有可能世界中最好的世界。由此凸显上帝对人类和我们居住世界的仁慈和正义。由此可见,"可能世界"概念首先是个神学概念,它在上帝创世过程中充当了重要的角色,没有无数的可能世界,上帝就没有对象可选择,也就无法创造现实世界。现实世界来自于可能世界,是一个"准可能世界",它最后的根据和充足理由也来自上帝的神性。从这个意义上说,可能世界是莱布尼茨神学的最原初的本体论(存在论)。

但"可能世界"概念不仅只是神学概念,它还是一个哲学和理性概念。这是因为莱布尼茨还是一位伟大和彻底的理性主义者,他与笛卡尔(R. Descartes)、斯宾诺莎(B. Spinoza)并称为17世纪大陆三

---

① Marie-Laure Ryan, "Possible Worlds in Recent Literary Theory", in *Style*, Vol. 26, No. 4 (Winter 1992), p. 528.

## 第四章 文学虚构与可能世界

大唯理主义者。他一直坚信信仰和理性是协调一致的，能够运用理性和逻辑来论证上帝的知识。他写作《神义论》的目的和起因，就是与法国启蒙主义学者皮埃尔·培尔（Pierre Bayle）展开论战，力图通过理性证明，为上帝的正义辩护。这从《神义论》绪论的标题——"论信仰与理性的一致"就鲜明体现了这一特点。所以《神义论》的内容和论证都具有双重性，它既是神学的，也是理性和哲学的。莱布尼茨在其中提出了大量的理性观点和逻辑原则，如真理观点、矛盾律、充足理由律，必然性和偶然性、完善性等原则。甚至一些西方学者宁愿把《神义论》看作是莱布尼茨的哲学著作。因此，"可能世界"概念也具有这种双重性，它既是一个神学的概念，又是一个理性和哲学的概念。

我们看到，作为一个理性和哲学的概念，莱布尼茨对"可能世界"概念的界定是从逻辑角度给出的，只要事物的情况或事物的情况组合推不出逻辑矛盾，该事物情况或事物的情况组合就是可能的，而可能事物的组合就构成可能世界。"可能世界"概念必须符合矛盾律，不仅如此，他还规定了可能世界内部各个存在物之间的关系必须符合在一个特殊系统中共存的逻辑规律，即莱布尼茨提出的"充足理由律"。罗素对此有清楚的表述："根据莱布尼茨的见解，有无数个可能的世界，亦即有无数个其内部不自相矛盾的世界。这些世界在某些方面（亦即在永恒真理方面）是完全一致的，而在别的方面却不尽相同。一个存在物的概念，当其不包含矛盾时，便是可能的。任何一个这样的概念都构成某个可能世界的概念的一部分。当几个可能存在物的概念构成同一个可能世界的概念的一部分时，它们就是可共存的。因为在这种情况下，它们可能全部存在。当它们不可共存时，尽管每一个概念分别地看都是可能的，然而它们的共存却是不可能的。"[①] 每一个可能世界内部都自成一体，遵循相应的法则，内部事物之间能够共存并具有因果性。用莱布尼茨自己话说，"存在无限的

---

① [英]罗素：《对莱布尼茨哲学的批评性解释》，段德智等译，商务印书馆2000年版，第77—78页。

可能世界,也存在无限的法则,每一个世界都拥有与其相对应的一部分法则;另一部分对应另一世界,任何一个世界中的每一个个体都服从其所在世界的法则"[1]。由此可见,作为理性概念,可能世界不仅必须遵循矛盾律、充足理由律、因果律等逻辑基本规律,而且与神学观点类似,可能世界也是莱布尼茨现实世界原初或潜在的本体论(存在论)。正是由于"可能世界"概念的双重性,使得后来20世纪的克里普克(S. A. Kripke)等哲学家能够重新启用和改造这个概念,完全抛弃了它的神学色彩,专注发展于它的逻辑方面,终于在模态逻辑领域做出了出色的成绩。

莱布尼茨提出的"可能世界"概念后很快就被人直接运用到文学研究中了,这一点是许多人都没有了解到的。令人惊讶的是,比较早这样做的,就是大名鼎鼎的"美学之父"鲍姆加登(A. G. Baumgarten)。1735年,年仅20岁的鲍姆加登发表了他的学位论文《关于诗的哲学默想录》[2],其中运用到大量的莱布尼茨的哲学概念和思想,包括用可能世界思想来探讨和制定诗歌的特征和标准。鲍姆加登这样做是很正常的,因为他和他的老师克里斯蒂安·沃尔夫(Christian Wolff)都是莱布尼茨的忠实信徒,在哲学立场上都接受莱布尼茨理性主义哲学思想,他的老师沃尔夫还因为进一步发展了莱布尼茨哲学,被称为莱布尼茨—沃尔夫哲学,这种理性主义哲学在康德之前一直在德国占统治地位。鲍姆加登不仅完全相信和接受莱布尼茨—沃尔夫哲学体系,这从他后来发表的《形而上学》(1739)、《哲学伦理学》(1751)、《实践哲学》(1760)、《自然法》(1765)、《哲学概论》(1770)这些著作可以看出,而且还发现和意识到这个哲学体系存在的一个重大的漏洞,即莱布尼茨和沃尔夫虽然都给出感性一个位置,但对这个低级认识能

---

[1] G. W. Leibniz, "Correspondence with Arnauld" (1686), *philosophical Papers and Letters*, Trans and Edit by Leroy Loemker, Dordrecht: Kluwer Academic Publishers, 1989, p. 333.

[2] 鲍姆加登的该书目前有两个中译本,一是简明、王旭晓的译本《诗的哲学默想录》,见《美学》,文化艺术出版社1987年版;二是缪灵珠先生译本《诗的感想:关于诗的哲学默想录》,见《缪灵珠美学译文集》第2卷,中国人民大学出版社1998年版。本书引文参照这两个译本,根据需要,分别引用。

## 第四章 文学虚构与可能世界

力部分，即感性认识方面并没有深究和探索，这促使他要建立一门感性学（Aesthtic）科学，来弥补这个哲学体系的缺陷。这使得鲍姆加登最终成为"美学之父"，他的诗学和美学成就也是建立在这个哲学体系的基础上发展起来的，他的思想观念、思维方法，甚至术语名词大多都来自于莱布尼茨，"可能世界"理论就是其中的一个重要方面。

在《关于诗的哲学默想录》中，鲍姆加登显然是把诗歌看作是探索感性认识一种重要方式来加以系统研究的。虚构是诗歌必然要涉及的重要问题，但鲍姆加登并没有把虚构看作是所有诗歌都具有的本质特征，而是把诗的虚构划分为3种类型：真实的虚构、异界的虚构（事物）和乌有的事物（乌托邦）[1]。所谓真实的虚构，虽然不是历史事件，但却可能发生在我们的现实世界；而异界的虚构，是幻想的世界，是与现实世界（自然）相对的，在现实世界中是找不到的，只有在可能世界中存在；乌托邦，即"乌有的事物"，是在一切可能世界中也"绝对不可能的事物"[2]。显然，鲍姆加登在这里运用到了可能世界理论来作为对虚构的划分根据和标准。真实与异界虚构的区别是看其事物存在于现实世界还是可能世界。而可能世界概念必须符合矛盾律，他对乌托邦与异界的虚构所做的区分，就是根据矛盾律而来的，如果虚构中存在许多自相矛盾那就是乌托邦，而不是异界，即可能世界的虚构。诗的异界虚构的事物是合理存在的，它们之间绝无自相矛盾的事情，诗的异界有不同于现实的自身的规则。这表明，他试图用"可能世界"理论为文学虚构找到合法性，文学虚构的事物虽然不存在于现实世界，但是却存在于别的"可能世界"中。鲍姆加登还明确地把"世界"这个隐喻直接引申到诗歌中，用以解释所有诗歌中各种元素的"彼此关联"，提出"诗人宛如一个制造者或创造者，所以，一首诗应该像一个世界。由此类推，凡是哲学家关于现实

---

[1] "异界的事物"（虚构）、"乌有的事物"是缪灵珠的译法，简明和王旭晓将其翻译为"混杂世界"和"乌托邦"。本书综合采用现在译名。

[2] 参见［德］鲍姆加登《诗的哲学默想录》，《美学》，简明、王旭晓译，文化艺术出版社1987年版，第146—150页。

世界所能了然若观的，也就是一首诗所应该掌握的"①。

除了鲍姆加登外，同时代的瑞士—德国批评家波德默尔（J. J. Bodmer）和布赖丁格（J. J. Breitinger）也直接运用莱布尼茨的"可能世界"理论于文学研究，得出了与鲍姆加登类似的结论。前者在1740年的《论诗中的奇迹——为失乐园辩护》中提出将非自然的创造物看作是"一个新的创造品"，"并创造了一个新的世界"的观点；后者在《批判的诗学》中也提出，诗歌想象发现其根源"并非出自实际世界，而是在其他某种可能的世界结构之中。所以每首创造得很好的诗都应该被看作另一可能世界的历史。在这一方面，诗人本人就堪称制造者或造物主"。②

实际上，在鲍姆加登等人把"可能世界"概念运用于文学研究领域之前，在西方，将"世界"概念运用到文学领域，把文学作品看作是一个世界的隐喻已有悠久的历史。据艾布拉姆斯考证，从文艺复兴时开始，就出现把诗歌看作世界的类比。这种类比最初来自中世纪人们把造物主与人类工匠的类比，到15世纪时，人们大胆地置换了这一传统类比，把文学艺术家的创作比作上帝的创世，到16世纪，这种类比就必然导致了把文学作品与上帝创造的世界相类比。但是这种类比当时大多一闪而过，并没有形成系统的观点，目的只是针对贬损诗人或批评诗歌虚构是谎言的论调，换言之，是在为诗辩护。例如意大利文艺复兴时期的恺撒·斯卡利格（Julius Caesar Scaliger）和塔索（Torquato Tasso），英国文艺复兴时期的锡德尼爵士（Philip Sidney）和乔治·普特汉姆（George Puttenham）都运用过这种把文学作品与世界类比的隐喻来为诗做辩护。对比亚里士多德在希腊时代为诗辩护的策略，亚氏是通过论证诗比历史更靠近哲学来抬高诗的地位，而文艺复兴时代的人们则在把诗人与上帝、诗歌与世界的类比中，意在给诗一个仅次于神的创造的崇高地位，来反对那些贬损诗歌的人，

---

① ［德］鲍姆加登：《诗的感想：关于诗的哲学默想录》，《缪灵珠美学译文集》第2卷，中国人民大学出版社1998年版，第109页。
② 转引自［美］艾布拉姆斯《批评理论的类型与取向》，《以文行事：艾布拉姆斯精选集》，赵毅衡等译，译林出版社2010年版，第16页。

显然后者更多地具有基督教神学的色彩。应该说，直到18世纪莱布尼茨"可能世界"概念的提出以及鲍姆加登在文学中的应用，以诗歌类比世界才获得真正强有力的理论支撑，并开始转变为一种重要的批评理论原则。它不仅强调文学创造了一个可能世界，而且这个世界具有自身独立的价值和法则，划分了与现实世界的界限。因而，艾布拉姆斯对鲍姆加登对"可能世界"理论的运用大加赞赏，认为这构成了他概括的西方批评理论范式客观说中的一种模式。

在《镜与灯》第一章中，艾布拉姆斯提出了著名的"文学四要素"并由此概括和总结了西方四大批评范式模仿说、实用说、表现说和客观说，受到西方文论界的普遍承认和采用。客观说"在原则上把艺术品从所有这些外界参照物中孤立出来看待，把它当作一个由各部分按其内在联系而构成的自足体来分析，并只根据作品存在方式的内在标准来评判它"[①]。艾布拉姆斯指出，这是一种对文学作品进行静观的模式，它包含两种类型，一种是沉思模式，即认为每件作品都是自足的客体，排除外部功利的影响成为人们沉思静观的对象；另一种是异世界模式，即认为每件作品都构成一个独特、连贯而自主的世界。前者即有我们熟悉的受康德美学思想影响形成的唯美主义和20世纪盛行的形式主义、结构主义等流派。而后者即包含有鲍姆加登在内的把文学看作是世界的一脉传统，倡导的也是一种"为艺术而艺术"的批评范式。

## 二 现代"可能世界"理论的形成和发展

"可能世界"概念在鲍姆加登等人运用之后，并没有在文学研究领域持续发展下去，它再次进入到文学研究领域是到20世纪70年代，而且20世纪的文学学者一开始并不是直接采用莱布尼茨的概念和理论，而是借鉴和挪用模态逻辑领域中的可能世界语义学理论。因此我

---

① [美]艾布拉姆斯：《镜与灯——浪漫主义文论及批评传统》，郦稚牛等译，北京大学出版社2004年版，第31页。

们首先了解一下作为模态逻辑理论的可能世界语义学是怎么回事。

在西方哲学中，继莱布尼茨之后，"可能世界"问题时断时续地被许多哲学家所注意和讨论，康德、罗素、维特根斯坦、怀特海（A. N. Whitehead）、卡尔纳普（P. R. Carnap）等人都涉及这个问题，有的甚至对此做出了十分突出的贡献，如维特根斯坦。但是大多数哲学家都没有明确地使用"可能世界"这一术语，这就显得可能世界理论在莱布尼茨之后似乎逐渐被忘却和淹没了。直到进入20世纪中叶，随着模态逻辑的迅速发展，美国逻辑学家克里普克从莱布尼茨的可能世界思想出发，为模态逻辑建立了一套严格的语义理论，被称为"可能世界语义学"，才使"可能世界"这一术语和理论广为人知，重新焕发生命力。

所谓模态逻辑，是20世纪现代逻辑学的一个新兴的分支。"模态"，是对英语modal的音译，即样式、程式、样态，因此"模态"一词含有事物的存在方式或命题样式的意思。在哲学上，模态是指客观事物或主观认识的存在、运动、发展、变化、联系、情状、趋势等等的性质或状态。模态反映在人们的思维中，就表现为模态概念。在语言中，用以表示模态的语词就叫模态词，如"必然""可能""偶然"等。模态词的引入使传统标准的命题推理会发生变化。陈嘉映举过一个简单的例子来说明这种情况：

9大于7

太阳系行星的个数是9

结论：太阳系行星的个数大于7

这是个正常的推论。然而加入了必然就会出现问题：

9必然大于7

太阳系行星的个数是9

结论：太阳系行星的个数必然大于7

这个结论看来是错的。[①]

---

[①] 陈嘉映：《语言哲学》，北京大学出版社2003年版，第347—348页。

# 第四章 文学虚构与可能世界

也就是说一个传统命题在经典逻辑推理中能够成立,但是在引入了"必然"和"可能"之后,在其逻辑推理中就可能成立,也可能不成立。研究包含模态词的命题的逻辑就是"模态逻辑",它主要处理引进"可能"和"必然"这些概念之后所出现的逻辑问题。

事实上,早在古希腊,亚里士多德就在《解释篇》和《前分析篇》中讨论过模态逻辑问题。他对必然性、可能性和偶然性等模态词做过深刻细致的分析,并提出过模态三段论,对实然、偶然和必然三种命题进行过详细的讨论。亚氏的模态逻辑毕竟属于传统逻辑,而现代逻辑则由于应用了一套严密的表意符号语言和形式化方法,其突出的优点使逻辑的推演过程转化为代数演算,不仅表述严谨、直观,而且使逻辑学家能够借以进行量化和混合量化,创建大量新的逻辑演算系统,这是传统逻辑做不到的。现代模态逻辑是由美国哲学家、逻辑学家刘易斯(C. I. Lewis)于20世纪初创立的,他先后构造了多种模态命题演算系统,其中著名的有S1、S2、S3、S4、S5。其后,美国哲学家克里普克于1963年发表了《模态逻辑的语义学思考》,运用和改造了莱布尼茨的"可能世界"概念,为描述非实际事态和事件系统建立了一套严格的语义学理论,即"可能世界语义学",来满足对模态逻辑发展的迫切需求。由于这一语义学的创立,模态逻辑成为一个成熟的逻辑分支,甚至在当代逻辑学科体系中取得了某种"新经典逻辑"的地位。1970年克里普克在普林斯顿大学发表了三次系列讲演,后结集为《命名与必然性》出版。在该书中,他不仅使用"可能世界"概念作为他的逻辑系统的基础,而且还在此基础上提出了一种新的历史的因果命名理论,引起了极大的反响。克里普克建立的描述模态系统的结构可以用一个逻辑构成的有序的三元组(G,K,R)来表述,其中K表示一个非空集合,G是这个集合的成员,R表示集合之间的关系。克里普克应用"可能世界"概念,将K看作一系列可能世界,G作为K集合中的特殊的成员,可描述为实际世界,R代表了实际世界G与K集合中其他可能世界之间的可通达关系。有了K、G和R的一般概念,就可以构造各种不同的表述必要性和可能性的模态命题演算系统。① 显然，可能世界语义学为描述非实际事态和事件提供了一套可以直观形象地描述它们的语义工具。

相对经典语义学，可能世界语义学有许多重大改进的地方。我国著名的逻辑学者陈波对此将其主要概括为三个方面：

其一，它使命题的真假相对化。经典语义学是相对现实世界而言的，其真假只是现实世界中的真假，故而没必要特别指明在现实世界里，可以抽象地、一般地谈论命题真假。而在模态逻辑中，人们面对的是各种各样的可能世界，它们之间是存在某些差异的，一个个体或事件可以在一个可能世界中存在，但并不在另一个可能世界中存在。这样，我们就不能一般地、抽象地谈论命题的真假，命题的真假只是相对于特定的可能世界而言的，给命题赋值必须注明是在哪个可能世界之中。

其二，由此造成的后果是使必然性、可能性概念相对化。由于必然性、可能性概念是由命题的真假来定义的，既然后者是相对于特定的可能世界而言的，那么，前者也只能相对特定的可能世界而言。因此，我们不能再抽象地、一般地谈论必然性、可能性，而只能在某一特定的可能世界中谈论必然性和可能性。我们不能一般地说某一命题是必然的或可能的，而只能说，某一命题在某一特定的可能世界中是必然的或可能的。

其三，它使可能世界之间具有一定的关系。某一个命题在某一可能世界中是必然的，它不再要求在所有可能世界里都是真的，只要求它在与该世界有关的所有可能世界中成立。如果某些可能世界与该世界没有关系，即使该命题在那些可能世界里为假，则该命题在该世界中仍然可以是必然的。但是，假如该命题在某个与该世界有关的可能世界里为假，那么该命题在该世界中就不再是必然的了，也就是说，一个命题在某一可能世界中的必然性、可能性，都是相对于与该

---

① See Saul Kripke, "Semantical Considerations on Modal Logic", in *Reference and Modality*, ed. by Leonard Linsky, Oxford: Oxford University Press, 1971, pp. 63–72.

## 第四章 文学虚构与可能世界

可能世界有关的所有可能世界而言的。①

很明显，经典语义学命题的真值与意义是以现实世界为本原和依据的，它可以抽象地进行讨论，而可能世界语义学则取消了现实世界的本原性地位，它使命题的真值和意义与特定的可能世界联系起来。"这里的核心想法就是，把绝对的真（或假）概念用相对的真（假）代替，所谓相对的真就是在（或相对于）某个可能世界的真。"② 简而言之，要了解一句话的意思，不是简单地求助于外部现实，而在于知道这句话为真或为假的可能世界是什么样子的，这显然使命题的意义和真值呈现出相对化、复杂化和语境化的特点。

可以看出，可能世界语义学由于应用了形式化的符号进行推演，不仅解决了语言表达的歧义、模态概念不清的问题，而且演算过程直观、严谨，为模态逻辑提供了十分适用的语义工具，但对文学学者而言，则显得过于形式化、专业化和逻辑化。

但是模态逻辑和可能世界语义学所包含的哲学观念，特别是它提供的在可能世界框架内讨论问题的思想方法，其影响则远远超出了模态逻辑以及逻辑哲学领域，波及同哲学相关的语言学、心理学、数学、物理学、伦理学、宗教学、美学和文学艺术以及人工智能等极为宽广的学科和思想文化领域。事实上，由于模态逻辑和可能世界语义学研究的是必然性、可能性、应当等概念，这些都与哲学的本体论和认识论问题密切相关，因而都具有深刻的哲学意义。

因此，在有关"可能世界"理论的研究中，目前有一种越来越明显的倾向和趋势，即将"可能世界"概念理解为广义和狭义的两种。狭义的"可能世界"概念局限于模态逻辑领域，即可能世界语义学的概念，是一个纯粹的逻辑学概念。而广义的"可能世界"概念则超越了模态逻辑，提升到一般的哲学层面，是一个哲学范畴。它既包括人类理性建构起来的形形色色的各种哲学理论、自然哲学和自然科

---

① 陈波：《逻辑哲学》，北京大学出版社2005年版，第317—318页。
② ［美］R. M. 赛恩斯伯里：《虚构与虚构主义》，万美文译，华夏出版社2015年版，第82页。

学理论所描述的世界图景，也包括人类通过想象建构起来的文学艺术世界。显然，广义的"可能世界"概念力图涵盖人类广泛而又丰富多彩的所有思想文化领域，其含义显然也要超越模态逻辑的可能世界含义。事实上，模态逻辑中所说的可能世界，实际上是事物、事态、事件、事实的"设若""假定"情况，严格而言，还构不成真正的"世界"。而一般哲学层面的可能世界含义，则不仅要包括模态逻辑的"假定"意义，而且还要包含所有超越现实世界，甚至超越逻辑的"世界"，因而也更容易为其他学科领域借鉴和挪用。

在20世纪的西方文论界，最早系统采用"可能世界"理论尝试讨论文学虚构性问题的是托马斯·帕维尔。他在1975年发表的论文《文学语义学中的可能的世界》中，主要运用了克里普克的模态模型及其可能世界语义学对文学虚构世界与现实世界的关系及专名问题、文学话语的真值等问题进行了重新的讨论。帕维尔的目标是把文学的虚构世界吸收到可能世界模态系统中，强调在可能世界的模态系统内，现实世界和虚构世界都是其平等的成员，由此摆脱以往的现实主义（他称之为"天真的现实主义"）中文学处于现实附庸的被动角色。同时，通过强调读者的作用，指出文学虚构的可能世界仍与现实世界相关，由此避免了被结构主义封闭的文本学说所强加的孤立主义困境。[①]

另一位重要的先驱者是加拿大籍的捷克裔学者多利泽尔，他在1976年发表的影响深远的《叙事模态》[②]一文中，将可能世界语义学最早引入文学叙事学研究，把小说叙事世界界定为一种故事发生于其间的可能世界，并提出和创建了"叙事模态"概念，他将叙事模态区分为四个模态子系统，即存在逻辑子系统、涉及行为的义务系统、涉及价值判断的价值论系统和认识论系统，不同的模态限制产生不同的小说叙事世界。例如存在逻辑子系统包括可能、不可能和必然3个

---

[①] See Thomas G. Pavel, "Possible Worlds in Literary Semantics", in *The Journal of Aesthetics and Art Criticism* 2 (winter, 1975), pp. 165–176.

[②] Lubomir Dolezel, "Narrative Modalities", *Journal of Literary Semantics*, Vol. 5, No. 1, 1976, pp. 5–14.

算子，它们对小说叙事的模态限制产生了现实的、幻想的和荒诞的世界。自然的可能世界遵循现实世界相同的规律，而超自然世界则充斥不可能的事物，例如无所不能的神、不死的精灵和不可思议的变形等，在现实世界里不可能存在的事物在超自然的世界里却可能存在。在1998年出版的《异宇宙：小说虚构与可能世界》一书中，多利泽尔又对叙事模态概念及其模态子系统做了详细的补充和更新，为文学文本的描述、分析、解释提供了一整套严格、缜密而富有创见的概念系统。很显然，多利泽尔的叙事模态概念和理论直接借鉴了模态逻辑语义学，也即可能世界语义学的思想和方法。多利泽尔的工作是开创性的，他通过"可能世界"这一概念的引入，把小说的虚构世界看作是凭借语言建构起来的可能世界，不仅由此摆脱了将小说虚构世界视为现实世界的模仿和再现的传统观点，而且也让人们认识到，小说的语言并不需要进入与现实世界的模仿关系才能实现其指称性使用，他的看法是，指称一个对象或实体并不需要预设有独立于语言的存在。

在帕维尔、多利泽尔之后，玛丽-劳尔·瑞恩、迈特尔（D. Maitre）、罗依（R. Ronen）等文学研究者也先后借鉴和挪用了"可能世界"理论，从20世纪80年代到90年代，先后出版了《虚构世界》《文学与可能世界》《文学理论中的可能世界》《可能世界、人工智能、叙事理论》等专著，他们从各自不同的视角，借鉴可能世界语义学理论，探讨了"可能世界"理论进入文学研究领域后对文学研究的影响和作用。他们被公认为是基于可能世界理论的文学理论界的代表。"可能世界"理论在文学研究领域的应用集中在文学虚构和叙事学两个方面，这两个方面也是最容易与可能世界发生联系的领域。首先，文学虚构世界与可能世界一样都是超越于现实世界之上的，存在天然的亲缘性；其次，叙事学是文学研究领域中最能被形式化的一个分支，可能世界语义学对叙事语义学有明显的借鉴作用，因而这两个领域也是应用"可能世界"理论最广泛最集中的地方。"可能世界"理论的介入，为文学虚构和叙事学研究提供了新的思路和空间。本章主要侧重于文学虚构问题，将从内涵、性质、特征、形成、种类和与现实世界的关系几个方面具体探讨可能世界进入文学研究后，对文学虚构研究的影响和贡献。

## 三 "可能世界"的内涵、定义及其对文学的适用性

在文学研究领域谈论可能世界的一个重要前提问题是，"可能世界"概念能否引入文学研究中？对许多文学研究者而言，这是不言而喻的事情，他们感觉文学虚构世界与可能世界有天然的共通性，两者都是超越现实世界的，具有非现实性特征。但是，感觉还需要理论的阐释和证明。正如博胡米尔·福特（B. Fort）所指出的，"问题是，是否直觉上感到可能世界与虚构世界之间的相似性就值得将逻辑话语调整到虚构中为了获得一个探究虚构世界及其结构的有效是分析工具，尽管这样做会导致各种困难和问题"[1]。

美国学者罗依的《文学理论中的可能世界》一书比较过"可能世界"术语在哲学中的定义与文学学者的挪用之间的差异，进而提出哲学所谈的"可能世界"概念与文学虚构世界概念存在许多不相容性，主要包含以下几个方面：其一，"可能世界"概念非常复杂，即使在哲学中也是理解各异，没有一种权威的阐释，因此，文学理论引入的也是各不相同的含义，这就很可能对"可能世界"概念产生各种歪曲的理解；其二，在哲学中，可能世界首先是一种某些类型的逻辑话语的解释工具，主要作为模态逻辑的工具，是假想出来的一种逻辑抽象，具有抽象的假说性质。相比之下，虚构世界是作为建基在虚构文本之中的实体的一种指称框架，本身并不是为分析虚构文本中的逻辑模态，相反，他们显示出由具体的虚构个体组成的特殊结构，两者性质显然不同；其三，在哲学中，逻辑上的可能性主要是指发生的抽象概率，不包括必然性和不可能性，也就是说，在理论上它还是有

---

[1] Bohumil Fort, *An Introduction to Fictional Worlds Theory*, Frankfurt am Main: The Deutsche Nationalbibliothek, 2016, p. 45.

可能实现的。而不可能世界则是在可能世界范围内，在逻辑上，任何世界都是不可能的。而文学虚构世界是建立在直觉假设上而不是逻辑概率上，它既包括可能世界也包括不可能的世界，它将可能性和不可能性作为替代的世界应用在具体世界中，正如卡夫卡的小说《变形记》所描写的一天早晨醒来，格力高里发现自己变成一只巨大的昆虫，并与仍具人形的父母、妹妹进行交流，这样荒诞的情节是违反逻辑规定的；其四，虚构世界不能像哲学中的"可能世界"概念一样与现实世界藕断丝连，甚至如克里普克版本那样成为现实世界的放大或缩小的可能性状态。这是哲学可能世界中一个有趣的观点，也是文学理论家经常忽略的一点；其五，哲学使用"可能世界"概念把世界描述为一个复杂的模态结构，是由不同程度的可能世界子系统构成的，各个不同的可能世界之间有可以跨界的可通达关系。但文学理论家利用"可能世界"概念是因为可能性和替代性概念使他们能够研究虚构世界与现实世界的可通达关系，即文学虚构世界与现实之间的关系，换言之，可通达关系的哲学概念在文学理论中被解释为虚构与现实世界之间专有的关系。这是哲学与文学理论在运用可能世界概念时不同的一个重要方面。[1]

罗依的观点显然是严格地从作为逻辑哲学的可能世界语义学理论出发推理的，她的观点当然引起很大争议，也遭到许多学者的批评。批评的理由主要有两方面，一是任何的概念和理论的跨领域、跨学科借用都不能苛求前后完全一致，而是要根据本学科的目标和要求灵活地加以创造性地改造和使用；二是可能世界既然没有统一的解释，应用于文学虚构世界上也不是一种歪曲使用，反而是对可能世界的一种潜在的维护。显然，讨论可能世界概念能否介入文学虚构问题的前提，就是如何理解和把握可能世界的定义。

如何理解和定义"可能世界"概念确实是一个争议非常大的问题。即使在模态逻辑领域内，即狭义的"可能世界"概念中，逻辑

---

[1] See Ruth Ronen, *Possible Worlds in Literary Theory*, Cambridge: Cambridge University Press, 1994, pp. 28–51.

学家对此也是意见纷纭，存在着两种截然相反的观点，一种以著名逻辑哲学家 D. 刘易斯为代表的意见认为，可能世界是不能被定义的，因为可能世界是可能世界语义学的初始概念，因而不能用其他更为基本的概念进行定义，如果我们要向别人说清和解释可能世界，"只能先请他们弄清楚他们所认识的现实世界属于哪一类事物，然而向他解释说，其他可能世界就是那类事物的增加或减少，它和现实世界的区别并不在于其种类，而在于内部发生的事情不同"[①]。显然，刘易斯是以现实世界为标准，现实世界之外的部分就是可能世界，它不能被定义，只能通过举例来说明。另一种则是绝大多数学者的观点，他们认为可能世界并不是初始概念，它是可以定义的，即可以通过比它更根本的概念来定义。许多人都从不同的角度给出了自己的定义，有的把可能世界定义为命题的集合、属性、关系或者事态等的一种集合，或是满足一定条件的语句集合。从总体上看，这些关于可能世界的种种定义大都是从逻辑学的角度出发给出的，都局限在模态逻辑领域内部。可以看出，模态逻辑中所说的可能世界，讨论的实际上主要还是事物、事态、事件、事实等，它只是一种抽象的逻辑实体，而不是人们直观意义上的真正的"世界"。事实上，我们认为"可能世界"概念涉及人类广阔的思想文化和科学领域，不仅是逻辑学、哲学，而且还涉及语言、文学、艺术、数学、物理、心理、伦理、宗教和历史等各个领域。这就要求我们不是局限于某一学科领域，而是从一般哲学的高度来概括和提炼一个具有更加广泛的适应性定义，所以我们倾向于超越纯粹逻辑学，从更为宏观的广义的角度来定义"可能世界"概念。

事实上，20 世纪现代科学的深入发展，在相对论、量子力学和多元宇宙理论中逐步孕育了一种多元世界可能存在的观念，这为从哲学的高度定义可能世界提供了科学的基础。在西方学界，一些哲学家也不再从逻辑领域出发，把可能世界定义为一种抽象的集合论模型，

---

[①] D. K. Lewis, *The Possible and the Actual：Readings in the Metaphycis of Modality*, Ithaca：Cornell University Press, 1979, p. 184.

而是从日常的、通俗的，甚至字面意义上来定义可能世界，例如美国学者诺尔特（J. E. Nolt）就从字面上来理解可能世界，认为世界就是宇宙，最有趣的地方是其时空流行，人们生活于其中。① 英国哲学家格雷林（A. C. Grayling）在《逻辑哲学引论》中就提出，"可能世界包括我们能想象到的任何世界，也就是我们能想象到的任何一个世界都是可能世界，我们的现实世界只是可能世界中的一个"②，另一位杰出的逻辑学家阿尔文·普兰丁格（A. Plantinga）也直截了当地提出一个可能世界就是"可能发生的事情"③，他虽然没有提到想象这个词，但却包含了这样的意思。这个定义比较符合日常语言的用法，比较直观地理解什么是可能世界。

对"可能世界"定义的问题，相信学界还将一直争论下去。但是无论怎么定义，其发展的趋势应该是从模态逻辑领域走向更广阔的人类思想文化领域，从"逻辑"走向"想象"，这是与可能世界思想应用于人类众多领域而不断取得巨大发展的趋势是一致的。可能世界思想对于扩展人类的视野，深化人类对于现实世界的认识和改造都具有极为重要的价值和意义，它显然能够和应该适用文学研究领域。文学是人类通过想象超越现实世界构建的，这与可能世界的哲学含义是一致的，文学是人类建构的形形色色的可能世界中最古老、最基本的一种。与自然科学、哲学和各种理论相比，文学构建的可能世界也许是最具体、最生动、最复杂，也是最接近我们现实生活的一种可能的"生活世界"。应用"可能世界"理论，不仅能为文学虚构问题提供一个新的视角和思路，而且反过来，对文学可能世界的研究也能对可能世界理论的发展提供新的发现，作出新的贡献。

早期西方学者引入和使用"可能世界"概念时，主要是从模态逻辑领域的可能世界语义学出发，由于文学艺术创造的虚构世界并非抽

---

① J. E. Nolt, "What Are Possible Worlds?", in *Mind*, Vol. 95, No. 380 (Oct. 1986), p. 432.
② A. C. Grayling, *An Introduction to Philosophical Logic*, Wagstaff: Harvester Press, 1982, p. 70.
③ A. Plantinga, *The Nature of Necessity*, London: Oxford Univeraity Press, 1974, p. 44.

象的逻辑建构，而是能被感知和体验的具体感性的世界，这是文学虚构世界与模态逻辑的可能世界本质的区别。因此，这样的应用，难免带来了许多的困扰和生硬之处，因而出现罗依等人的否定意见是可以理解的。但是正如许多学者所指出的，任何理论跨界的借用都需要根据本学科领域的特点加以灵活的甚至创造性的改造。多利泽尔、玛丽-劳尔·瑞恩等人在文学理论中对可能世界语义学都有着创造性的改造和发展，不仅如此，我们还需要超越可能世界语义学，从广义的"可能世界"概念出发去研究文学问题。

## 四 文学作为可能世界

把"可能世界"概念引入文学，就是把文学的虚构世界看作是一种凭借语言构建起来的可能世界，这究竟意味什么？如何理解文学的可能世界？可能世界又能为理解文学虚构世界带来哪些新意？这些问题都要涉及对可能世界的本体论问题，也就是可能世界的存在问题。

自"可能世界"这一概念提出之后，哲学家、逻辑学家们对于可能世界是否存在和如何理解一直有不同的看法，主要存在着三种有代表性的看法：第一种是以刘易斯为代表的可能世界现实存在论，他们认为可能世界就像我们的现实世界一样是具体存在的。刘易斯非常明确地写道："我相信存在着不同于我们碰巧所居住的这个世界的其他一些可能世界"，他还担心人们会误解他的意思，"当我表示自己相信关于可能世界的实在论时，我希望别人不是在比喻的意义上理解我的意思……我们的现实世界只是其他可能世界中的一个，我们仅仅把这个世界称之为现实世界，并不是因为它在性质上和其他所有的世界不同，而是因为它是我们所居住的世界"。[①] 这派观点可以概括为：存在着跟我们现实世界一样平行独立的无数可能世界，每个可能世界都是由无数可能个体构成的一个孤立的时空体，它并不依附于现实世

---

① D. Lewis, *On the plurality of Worlds*, Oxford: Basil Blackwell, 1987, p. vii, p. 2.

## 第四章 文学虚构与可能世界

界,现实世界只是相对于可能世界的居民来讲的,并不具有优先性和绝对性。值得注意的是,刘易斯的这个观点还得到研究现代物理学和现代宇宙学的一些学者支持。随着相对论、量子力学和多元宇宙学的发展,一种多元世界观在自然科学中逐步兴起,它们呼应了可能世界的这一存在观点。

第二种则是以克里普克作为代表的可能世界温和存在论。克里普克反对刘易斯的观点,并把它讥讽为可能世界的"望远镜"理论。克里普克明确指出:"我反对对这个概念的误用,即把可能的世界看成遥远的行星,看成在另一个空间里存在的,与我们周围的景物相似的东西"[1],"一个可能世界不是我们所遇见的或者通过望远镜所看到的某个国家。一般来说,一个可能世界距离我们是非常遥远的。即使我们以比光速还快的速度旅行,也到不了那里。一个可能的世界是由我们赋予它的描述条件来给出的……'可能的世界'是被规定的,而不是被高倍望远镜发现的"[2]。克里普克这派的观点认为只存在着一个现实世界,而可能世界只不过是现实世界各种可能的状态和情况,它是人的思维抽象活动的结果,是一种纯粹抽象的可能性,是一种我们的现实世界可能如此的抽象状态或方式,它并不具有现实的具体的存在性,可能世界并不是和现实世界并列存在的。这是绝大多数人能够接受的一种温和看法。

第三种则是以卡尔纳普作为代表的可能世界工具论。他们认为可能世界只是逻辑学家用来处理模态命题的真值问题的一种技术手段,可能世界没有自己独立的本体论地位,只不过是逻辑—语言的构造物。这种观点事实上否定了可能世界的存在,因此也被称为语言替代论。

上述三种观点在可能世界理论中争论非常激烈,目前仍在不断争执中。它们相互批评否定,但是从文学的虚构世界的经验来看,文学

---

[1] [美]克里普克:《命名与必然性》,梅文译,上海译文出版社 2001 年版,第 15 页。
[2] 同上书,第 23 页。

虚构世界与这三种观点都有不同的交集之处，即使是卡尔纳普否定可能世界的观点中，也能找到与文学的交集处。卡尔纳普突出了语言的建构作用，强调可能世界是语言的构造物，这点与文学创造的特征是相通的，文学创造的虚构世界中的个体和事件也是依靠语言建构的。20世纪的俄国形式主义、法国结构主义等形式主义派别特别强调和突出了语言的建构功能，它们不讨论文学虚构世界的内容，把内容悬置起来，而把文学性等都还原为语言的建构问题，解构主义更是将语言的建构作用推到极端，强调"文本之外一无所有"。就这方面而言，文学与卡尔纳普的观点倒是一致的。只是文学的可能世界是依靠扮假作真的语言游戏构建的，它们并不是与实存实体一样存在的，但却是具有语义意义的实体。因此，文学虚构世界中的个体不是完全的空无和虚无，不像卡尔纳普完全否定了虚构实体的存在。

文学的虚构世界与刘易斯、克里普克的可能世界观点也有相通之处，这呈现出比较复杂的特点。

例如第一种刘易斯的观点被称为极端的现实主义版本，许多人由于无法体验到另一世界的存在对之是持怀疑态度的。但是，在文学活动中，我们却能真实地体验到在现实世界之外另外一种独立的、具体存在的可能世界，无论是作者还是读者，在创作和阅读文学作品的过程中，在思想意识和心灵中都能真切地体验到文学创造的虚构世界是鲜活地存在着的。许多作家对此也有真切的认识，例如王安忆就指出过"小说世界不是现实"，"这个世界有着另一种规律、原则、起源与归宿"[①]，它"和我们真实的世界没有明显的关系，它不是我们这个世界的对应，或者说翻版。不是这样的，它是一个另外存在的、一个独立的、完全是由它自己来决定的，由它自己的规定、原则去推动、发展、构造的"[②]，也就是说，这是一个不同于现实世界的独立存在的世界。王安忆体验和描述的文学的虚构世界是与刘易斯的可能世界观点一致的。在我们居住的现实世界之外仍有可能存在着许多可

---

[①] 王安忆：《心灵世界》，复旦大学出版社1998年版，第13页。
[②] 同上书，第10页。

## 第四章 文学虚构与可能世界

能世界,它的存在并不依附于我们的现实世界。但是,细而察之,两者仍是有本质差别的。刘易斯认为可能世界是另一种现实的、真实的物质性存在,文学的虚构世界不是现实的物质性存在,它只是作家和读者通过想象在意识中构建起来的,是人们心灵中构建的精神性存在。刘易斯的看法,不仅目前是存疑的,科学界还无法证实的,而且还忽视了"可能"概念的本来意义,因为"可能"的基本含义就是相对于现实而言的,是不能实现的。

克里普克的可能世界观点倒是从对象出发,他真实地把握了"可能"概念的基本含义,即可能是相对现实而言的,一旦实现就不能称为可能,所以他强调可能世界只是一个抽象的实体,是现实世界的一些可能性存在方式,但并不是真正的存在。这个看法也符合文学建构虚构世界的特点。王安忆从创作角度提出,文学的虚构世界虽然不是现实,而是个人心灵世界,是个人独立创造的,但是筑造这个世界的材料确是来自现实世界的,因而是真实的。她借用了纳博科夫的话,说这些材料"根本不是一般所公认的整体,而是一摊杂乱无章的东西,作家对这摊杂乱无章的东西大喝一声'开始',刹时只见整个世界在开始发光、融化、又重新组合,不仅仅是外表,就连每一粒原子都经过重新组合,作家是第一个为这个奇妙的天地绘制地图的人,其间一草一木都得由他定名"[①]。也就是说,构建文学虚构世界的材料虽然来自现实世界,是真实的,但是却是杂乱无章、凌乱孤立的无序的东西,是由作家的组合重新构造,才构建了一个逻辑世界。这不正是说,文学的虚构世界是克里普克所说的现实世界的一种可能事态,可能性存在吗?文学的虚构世界是在超越现实世界的基础上建立起来,是无法与现实世界截然分开的。但是克里普克的观点虽然强调了"可能"概念的含义,却无视"世界"的核心地位。有学者认为,刘易斯的可能世界观点是从"世界"出发,但却忽视了"可能"。而克里普克的可能世界观点中却只有"可能"而没有"世界",他忽视了一个世界要具有的具体性和独立性,从而还不能够称为一个真正的

---

① 王安忆:《心灵世界》,复旦大学出版社1998年版,第16页。

"可能世界"。克里普克讲得非常明确:"'世界'这个词常常可以用'是可能的',这种模态的说法所代替。"① 如此一来,就违背了"世界"的日常用法和直观含义。这表明,克里普克似乎是在概率论意义上讨论可能世界的,用概率大小来衡量现实与超越现实成分的多少,由此来判断可能世界,这样的"可能世界"就只能是局限于现实世界的某种"可能事态",它无法摆脱与现实世界的纠缠。这就很难概括到人们体验的文学虚构世界所拥有的那种独立性和完整性。但是,从创作的角度看,克里普克的可能世界与文学创作的规律也是相通的,文学虚构世界的建构离不开现实世界,它与现实世界存在着千丝万缕的关系。

刘易斯和克里普克的两种可能世界本体论的争论表面看起来主要是围绕与现实世界的关系发生的分歧,其实背后是与真实问题纠缠在一起的。刘易斯的观点实际上认为在现实世界之外的可能世界是真实存在的,而克里普克的观点事实上是不承认这一点的,他只承认现实世界是真实的。这样有关真实性的争论容易让我们想到哲学上关于实在论的争论。我们知道,对真实和真理的追求,是人类的一种理性和形而上的追求,人类一直在追求对世界的真实的把握,这是推动人类文明发展的重要动力和源泉,实在概念的提出可以说就是满足这一需求的。所谓实在,从字面语义上看,可以理解为"真实的存在"。在各种不同的哲学中,关于实在世界的解释和理解是各不相同的。接受实在世界的概念,承认有真实实在世界存在的有两种看法:一种认为真实的实在世界是存在的,但是它不是指现实世界,现实世界是变动的,本质上不是真实的,真实的世界是在现实世界之前就独立存在的。柏拉图的理念论就是这样一种理论。他认为理念世界是真实的存在,现实世界则是虚假的,是模仿和分有理念世界而存在的,这个观点曾广泛地存在于宗教神学和思辨哲学。另一种观点认为真实的实在世界就是在现实世界之中客观存在的,亚里士多德就持这样一种观

---

① [美]克里普克:《命名与必然性》,梅文译,上海译文出版社2001年版,第16—17页。

点。他认为现实世界是唯一的真实存在,是个别性与普遍性的统一,所谓真实的实在就是其中普遍性的规律。这种解释主要是存在于各种自然哲学和自然科学理论以及朴素的生活经验中。刘易斯和克里普克的观点多少就有这其中的影子。说到底,他们争论的焦点其实就是指在现实中不存在的,超越现实世界之外的事物是否有真实性的问题。

事实上,无论是柏拉图,还是亚里士多德,无论是刘易斯,还是克里普克,他们提出的理论都是无法证实的。尽管他们都认为自己的理论是真实的,无论我们选择哪一种立场,都可能会陷入独断论的陷阱中。但是,换一种思路看,这不正凸显了可能世界的特征吗?也就是说,一方面,可能世界是超越现实世界形成的,它是与现实世界不同性质的存在;另一方面,可能世界又未必真的把握了真实的实在世界,因为人们没有充分的理由能够证明它所描述的就是真实的实在世界,最多只能认为它是一种可能的真实。由此我们可以认识到:可能世界是介于现实世界与实在世界之间的存在,它既不同于现实世界,是超越现实世界的,也不能证明它就是真实的实在世界,它的存在为现实世界与实在世界之间广大的存在提供了合法性。

这一定位对于探讨文学虚构问题有重要的意义。众所周知,对文学虚构的研究思路长期以来一直纠缠于真假标准,是以现实世界为依据和本原,对文学虚构的褒贬都是从这一思路出发的。一方面,由于文学的虚构世界描述了现实世界中不存在的个体事件,而被柏拉图等斥责为"谎言"。这一价值判断显然是依附于现实世界做出的。千百年来,模仿论、再现论和反映论,都使文学的虚构世界失去了自身独立的价值,成为现实世界的附庸和虚假的代名词;另一方面,由亚里士多德开创的"为诗辩护"的思路则强调,诗歌是对真实世界的模仿,比历史要接近哲学和真理。而可能世界的引入,为现实世界到真实世界之间的广大存在提供了合法性地位,将文学虚构世界看作是可能世界则明确摆脱了这一传统的思路:一方面,文学虚构世界不同于现实世界,是通过想象超越现实世界的;另一方面,它也不能视为对真实实在世界的掌握,获得像亚里士多德所认为的比历史更接近哲学的真实价值,因为它无法证实自己的真理价值。而是介于两者之间,有自身独立存在的价值,文学创造的虚构世界不依附于现实世界,也不依附于真实世界,它是可能世界,自身就有合法性和独立存在的意义。它不需要强调自己就是真实世界,它的存在就是意义。这使文学虚构世界从现实世界与真实世界的对立中走向介乎于现实世界与真实实在世界之间,获得了自己独立的存在价值。

由此,我们对把文学看作是可能世界的观点将有更深刻的理解,文学的虚构世界是一种比较独特、复杂的可能世界,对这一可能世界的理解要远比其他可能世界的更复杂。需要掌握如下几点。

第一,文学创造的虚构世界首先必须像刘易斯的可能世界观点一样,看作是一种独立于现实的另一个具体存在的可能世界。这个世界里的虚构的个体和行为事件必须看作是在虚构这个世界中真实存在的,它们不依赖于我们居住的现实世界而独立存在的,不能认为它们是对现实世界的摹仿和再现,更不能以现实世界为依据来理解和评判文学虚构世界的人物事件真假,其存在的意义、价值和真实性都来源于自身。这里要特别注意克服传统文论中流传甚广的模仿论、再现论和反映论的思维习惯和影响,动辄把虚构世界里的个体和事件都还原到现实世界中来把握。要把可能世界像刘易斯那样当作一个平行于现实世界的、独立、自足的可能世界来看待。

第二,需要注意的是,我们强调"当作",那就意味是从认识论的角度,而不是从存在论的角度来理解这个世界的。从存在论角度看,这个虚构世界不是现实实体的存在,只是被我们"当作"独立存在,是被视为一种可能。这就意味着,我们不能把文学这个可能世界与现实世界截然对立起来。事实上,这个可能世界与现实世界存在着千丝万缕的关系,尤其在涉及构建与理解方面时,这时,克里普克的可能世界观点将对我们产生重要的启迪。他把可能世界看作是现实世界的可能情况,也把现实世界看作是可能世界的一种,这就使可能世界与现实世界之间建立起密切的联系。就文学而言,这一联系远远超出了传统单一的模仿和依附关系,而是相互参照、相互影响、相互作用的关系。具体地说,在建构文学虚构世界的过程中,由于其建构的材料和信息来自现实世界,文学虚构是对来自现实世界材料和信息的重新组合、缩减、扩充和加工以产生新的意义，而不是传统意义上的模仿和再现，但是，这种加工仍然不可避免地会"反映"出现实世界的诸多信息，是对现实世界不确定的、可能情况的揭示和呈现，因此，反过来它能成为现实世界一种可能的对照，从而为加深对现实世界的认识和理解提供帮助。同样，在理解文学虚构世界方面，由于现实世界也可以看作是可能世界的一种，所以这一理解也可以借用"可能世界"理论中的"跨界"、"可通达关系"来阐释。读者也是要用现实经验，特别是要将现实经验的因果性联系等原则投射到文本的虚构世界中，才能达到对文学文本的有效理解。因而现实世界与虚构世界之间存在着错综的关系，不是谁依附于谁，谁模仿谁的关系。

以上两点显然需要辩证地把握，既要把可能世界看作是独立于现实与实在的世界，也不要隔断它与现实世界和真实世界的联系。事实上，正是因为它是"可能"的，所以它才被称为"可能世界"。

众所周知，在人类历史上，最早运用可能性，并在现实、可能与真实之间来探讨文学虚构问题的人是亚里士多德。在《诗学》第九章中，亚氏指出诗与史的区别主要在于，"诗人的职责不在于描述已发生的事，而在于描述可能发生的事，即按照可然或必然律可能发生的事"。[1] 显然，他把文学虚构理解为可能发生的事，是用可能性来解释虚构性，并由此与已经发生的事，即现实世界区分开来。但是亚里士多德没有把可能性作为一个既独立于现实世界，又独立于真实世界的存在来把握，而是强调"诗所描述的事带有普遍性"，由此，他把可能性又与普遍性加以联系，而"所谓'有普遍性的事'，指某一种人，按照可然律或必然律，会说的话，会行的事"[2]。亚里士多德的"普遍性"概念是与他的真实性观念联系在一起的。

我们知道，亚里士多德的真实观不同于他的老师柏拉图。柏拉图

---

[1] ［古希腊］亚里士多德：《诗学》，罗念生译，人民文学出版社2002年版，第24页。

[2] 同上书，第25页。

将自己构建的理念世界认为是真实的实在世界,他在现实的经验世界之外设立了一个先验的理念世界,它与现实世界相分离,但却是决定现实世界存在的依据,是现实世界的本质和本源,现实世界是模仿这一真实的本质世界而存在的,而诗和艺术则是模仿现实世界的,是"摹本的摹本","影子的影子",因此"和真理隔了三层",由此柏拉图认为诗人"没有真知识",不曾"抓住真理"。例如他对荷马等诗人的指责。他认为,荷马虽然摹仿了将军指挥战争,医生给人治病,但是他并不真正具有这些知识。所以他得出结论:诗是欺骗,诗人必然说谎。显然,在柏氏看来,除了理念世界是真实的以外,其他都是虚假的。即使现实世界也是流变的,并不永恒存在,诗歌创造的虚构世界那就更等而下之了。柏拉图的理念论事实上是无法证实的,所以它是被误读为真实的实在世界,用可能世界的观点看,柏拉图的理念论只是一种可能世界理论。

亚里士多德质疑柏拉图的观点,不承认有他所说的那样一个先验世界存在,他认为只存在一个真实的现实世界,即我们生活于其中的这个世界。但是现实世界的事物是普遍性与个别性相结合产生的,普遍性才是真实的,是根本,由此他把可能性拉到普遍性上,并进而拉到真实性上,为诗歌辩护,寻求文学的合法性。但他这样做仍然回到了以真假对立、现实世界与真实的实在世界对立的思路上为文学辩护。他的失误在于,他没有让可能性再向前走一步,成为一个独立的世界,而是使可能性依附于普遍性和真实性,由此失去了自身独立存在的意义。由此我们可以更深刻地理解到,可能世界既不同于现实世界,也不同于真实的实在世界,而是介于两者之间的,谈可能世界必须既相对于现实世界,也必须相对于实在世界而言,它本身就是一个世界。

多利泽尔在20世纪70年代引入可能世界时认为,小说的虚构世界正是藉语言的力量建构起的可能世界。小说的虚构世界不是真实世界的摹仿或再现,而是有其自身意义的独立存在。他看到了可能世界理论的精髓所在,将文学虚构世界定义为可能世界将彻底改变纠缠于真假标准的虚构研究思路,用多利泽尔的话说,就是摆脱了"单一世界模型框架",即以现实(真实)世界为依据的思维框架,让我们意识到,文学虚构世界并不需要进入到与现实世界或真实世界的模仿关系中去评定,它自身就是独立存在的。这就是引入可能世界对文学虚构的意义,也是对文学虚构研究的重要贡献。它为文学虚构世界真正找到了自己独立存在的价值和意义,其意义不可低估。

## 五 想象是文学作为可能世界的建构途径

文学虚构世界是一种可能世界,与现实世界一样,具有独立存在的意义。这个世界究竟是如何构建或者说创造出来的?传统文论一般将其归结为对现实世界的模仿和再现,近代浪漫主义发现了人类心灵,于是认为是对心灵的表现,实质仍是对心灵的模仿,其中当然加入了更多的想象、幻想等因素,并从心理学角度加以阐释。从可能世界的立场出发,文学虚构世界如同其他可能世界一样首先是在人类超越现实世界后建构起来的,是对现实世界的否定和超越。超越是建构可能世界的关键词。所谓超越,就是从表面的、当前的东西追究其背后的东西,这是人类存在的本质特征之一,因为人是有限的生存物,首先得适应现实的外部的条件,只有适应了现实条件才能够生存下去。但是适应的目的不仅仅只是为了生存,人的生存的意义更主要的是为了发展。人与动物的不同就在于他不甘心停止在有限的范围内生存,他总想超越有限,向更好的方向去发展和完善。这种超越的意识就是构建可能世界的成因和原动力。

可能世界是超越现实世界形成的,超越的方式不仅是通过理性,也需要通过想象的方式。即使如柏拉图的理念论或爱因斯坦的相对论这样的现代科学理论,都不仅仅只靠理性就能建构的,其中的想象成分也不可或缺的。同样,文学艺术世界的建构主要依靠想象方式,当然其中也离不开理性和逻辑的成分。虽然18世纪的鲍姆加登、波德默尔与布莱丁格都注意到诗的可能世界建构与诗人想象力、创造力之间的密切关系,但是由于时代限制,他们的阐释已显陈旧。这里我们用当代理论成果对文学可能世界的建构特征做一些探讨。

按照张世英的说法，人对现实世界的超越有两种方式，一种是纵向的超越，一种是横向的超越。纵向的超越是一种追根究底的追问，是从表面的、直接的、感性的、现实的和个体的事物追究到背后本质的、抽象的、不变的、同一的和普遍性的东西，目的是为了达到对外在的客观事物的根底的把握，这种追问往往形成的是抽象的普遍性概念和理论，是从具体到抽象的纵深超越路线。而横向的超越，则是从在场的东西超越到不在场的东西，目的是将不在场的东西显现出来，这些东西往往不是概念，而是具体的事物，所以横向的超越是从具体到具体的超越路线。当然横向超越绝不是完全摒弃概念性和普遍性的东西，而是认为普遍性、概念性的东西是不能离开具体事物而存在的。因此，这里所谈的横向超越中的在场和不在场的事物并不只是指简单的个别的东西，而是指包括概念性、普遍性在内的复杂事物。这种超越往往是艺术和文学的超越方式。① 张世英还将这两种超越方式的途径概括为人的两种主要的意识活动，即思维和想象活动。思维活动是通过逻辑推理，对感性材料进行由表及里、由浅入深的分析和综合的加工制作，从多样性、个别性中抽取同一性和普遍性，从具体到抽象抓住事物的根底活动，其目的是以把握事物间的相同性、同一性和普遍性为己任。想象活动则是以直觉方式从具体到具体，它所追求的是隐蔽于在场的当前事物背后的不在场的，然而又具体的事物，是以把握各种事物之间，即在场的显现事物与不在场的隐蔽事物间的相通性为目标。②

张世英所谈的两种超越方式与思维和想象两种途径，同时也是人类构建各种形形色色的可能世界的两种基本方式和途径，历史上各种哲学理论、自然哲学、自然科学理论所建立的世界图景——共相的、数学、物理和哲学的各种可能世界，主要是运用纵向的超越方式，通过逻辑抽象的思维方式建构起来的，这也就是为什么首先是在逻辑学、逻辑哲学领域探讨可能世界理论的原因所在。而文学艺术中的虚

---

① 参见张世英《新哲学讲演录》，广西师范大学出版社2008年版，第56—64页。
② 同上书，第77—81页。

构世界，是人类建构的可能世界中最古老的，也是最基本的一种形式，从古希腊神话、荷马史诗到卡夫卡的《变形记》等现代主义文学，从中国古代的神话传说到古典小说《西游记》《红楼梦》，再到当前流行的侦探小说、武侠小说和言情小说等，各种文学作品都曾经为人类建构了许多引人入胜而又独具民族特色的可能世界，它们丰富了人类的精神世界，为人类构建起各色各样的精神家园。文学的虚构世界不像上述的哲学和科学理论主要依靠理性构建起来的，而主要是依靠人类的想象活动建构起来的，这是文学建构可能世界的根本特点。因此，想象是把握文学可能世界建构的另一个关键词。

关于想象，我们已经指出，它属于横向超越，其基本含义则是飞离在场，是以在场的东西显现无限的不在场的东西，其作用不仅能够使在场的东西与不在场的东西融为一体，使人们对其有整体的认知和把握，而且也能使人们超越有限的生存，通过领悟"言外之意""弦外之音"，驰骋于无限的想象空间里，玩味无穷。而后者往往就是文学想象的重要目的。这里应该指出的是，想象活动是人类超越现实、构建可能世界的一种基本途径，那么它也就不仅仅只属于文学艺术，科学技术和哲学等抽象理论也都需要想象，爱因斯坦就认为想象力比知识更重要。事实上，从柏拉图的理念论到牛顿力学、再到爱因斯坦的相对论以及当代的量子物理学，多元宇宙理论，想象在哲学和科学的研究中都起到了重要的作用。正如逻辑也不仅仅属于科学技术和哲学一样，文学艺术的虚构世界中也需要逻辑，想象对科学、哲学可能世界的构建也是不可或缺的。

那么，如何区分文学想象与科学想象呢？从可能世界建构的角度看，文学想象和科学想象的区分主要有如下几个方面：其一，如上所述，科学想象的目的主要是为了对事物能达到整体的认知和把握，力求追究的是某种条件下某种抽象、理性的科学规律和定律；而文学想象，虽然也含有认知的因素，但它们不是孤立存在的，而是更多地与文学创造的"思接千载"与"视通万里"的无穷境界紧密联系在一起的，而文学想象的目的主要就是追求这种在可能世界中体验和玩味"言外之意"的审美境界；其二，科学想象力求采取一种客观、理性、不渗透情感因素的态度，而文学想象中总渗透着强烈的情感因素。文学虚构世界的建构离不开情感因素的参与，甚至许多文学可能世界的建构质量也主要是情感因素决定的，这一点已经由人们阅读的许多文学作品所证实；其三，科学想象要合乎逻辑，其可能世界的构建要遵照逻辑规律的推理，其存在于可能世界的事物也要接受逻辑推理的验证，在科学构建的可能世界中可以存在还没有得到事实验证的东西，但是绝不允许在逻辑上不可能成立的原理、模型和事物的存在。而文学想象则不同，文学想象除了以眼前在场的事物显现不在场的事物外，还具有一种使本身不出场的东西出场的能力。所谓本身不出场的东西是指在现实世界、感性直观和知觉中从未出现过或者根本不可能出现的东西，如神话世界中腾云驾雾的神仙和妖魔鬼怪，也包括孙悟空一个筋斗十万八千里，武侠小说中威力无穷的降龙十八掌这类在现实世界和感性直观中根本不可能出现和看见的事物，它们往往也被称为幻想，是想象的一个基本形式。文学建构的虚构世界里包含大量违反逻辑，或逻辑上不可能出现的事物。这就是说，文学想象比科学想象要更宽广，它所构建的可能世界中不仅包括逻辑上可能的事物，也包括逻辑上不可能的事物，这是文学想象区别于科学想象最显著突出的一面。

　　文学虚构世界是通过想象超越现实世界建构起来的可能世界，这个可能世界的建构还离不开语言因素，换言之，这个可能世界只能是人类使用语言创造、构建和实现的。语言何以具有描述和建构可能世界的功能？众所周知，人们对语言的理解，长期以来，大多以"事物—思想（或观念）—语言"的模式为主流，即"认为思想或观念反映事物，而语言是思想或观念的外在表达符号或工具，语言的优缺点就在于它们是否准确地表达了思想或观念"。[1] 这种观点把语言看作是对外部现实世界的反映，着眼与强调的是语言与现实世界的紧密联系，让人容易产生语词与现实世界的事物是一一对应的印象。但是

---

[1] 徐友渔、周国平等：《语言与哲学——当代英美与德法传统比较研究》，生活·读书·新知三联书店1996年版，第2页。

## 第四章 文学虚构与可能世界

进入 20 世纪,索绪尔的结构语言学理论彻底扭转了语言的这一传统观点,索绪尔反对语词和现成事物一一对应的关系。他认为语言是用声音表达思想的符号系统,是一个自足的符号系统,语言符号是由能指和所指两部分结合组成的,能指指声音,所指是概念。需要特别强调的是,索绪尔的所指不是指外部世界里的实物,而是概念。如果我们把所指理解为外部的事物,那就错过了索绪尔的本意,所指不是外部指称,它只指概念,而不是外部事物。如此一来,索绪尔事实上切断了语言与外部现实事物的对应关系,也就切断了以往语言与外部世界的必然性联系。索绪尔进而提出能指和所指的结合是任意性的,这种任意性的结合其实就意味着种种可能性,他并认为语言的意义来自符号内部概念之间的差异,而非外部事物。这就让语言不再依附于现实,不再成为反映现实的工具,而是依附于符号内部能指与所指的任意性结合关系,即可能性的组合和差异。从这个意义上说,语言从外部联系走向内部关系的过程是从必然性走向了可能性,语言就是描述可能性的符号,而语言符号系统则是一种可能符号系统。

不仅如此,如果我们追问,在索绪尔的语言符号理论中,声音的所指是概念,概念的所指是现实,为什么要多此一举?为什么不让能指直接指称现实世界中的事物,而非要经过所指这个中介。事实上,索绪尔在这里要表达的一个基本思想,或者说其更深一层意思是说,没有所指代表的概念出场,现实世界中的事物就难以显现出来,也就是说,我们面对的不是一个已经划分清楚、结构明晰的世界,用语言给这些现成的事物贴上标签即可,而是依靠语言才把现实世界进行明确的区分和识别,"若不是通过语词表达,我们的思想只是一团不定型的、模糊不清的浑然之物……在语言出现之前,一切都是模糊不清的"[①]。索绪尔的任意性原则的深意就是,概念是对浑然未分的连续现实任意划分的结果,因此,可以说,正是依靠作为可能性符号的语言,才使浑然不分的现实得以切分,成为一个由各种因素构成的世界

---

[①] [瑞士]索绪尔:《普通语言学教程:1910—1911 年第三度讲授》,张绍杰译,湖南教育出版社 2001 年版,第 84 页。

呈现出来，我们才能分析其中各种因素的组合和分解，以及各种各样的可能联系。可以说，每种语言都以特有的、任意的方式把世界呈现出来，正如陈嘉映所指出的："我们能够谈论的只是可能而非现实的事物，这一点属于语言的本质。在语言的成象层面上，并非现实的事物不是对现实的单纯否定，而是一种可能的构造。现实世界本身就是作为这样一种可能构造现象的。"① 这就是说语言本质上只能谈论和描述一个可能的事态，"即使它所描述的是事实，它也是把这事实作为一种可能性呈现出来的"②，因此，"我们的现实世界只是种种可能世界之中的一个"，"现实世界只有作为诸种可能世界之一才能得到理解"。③ 由此可见，与人们的习惯看法相反，语言并不必然依附于现实世界，而是属于可能世界的。值得注意的是，在当代西方文论界，也有人提出了类似的观点。如美国学者托马斯·马丁指出："可能世界语义学认为，我们语言的概念框架以可能世界为前提"，"我认为不仅是虚构的和文学的话语，而且我们的大部分普通语言的使用，都以可能世界为前提"。④ 这就是说，现实世界也必须依靠这种可能符号成为可能世界的一员才能被我们所理解和把握，我们是从可能性来理解现实性的。因此，我们看到，语言正是因为是一种可能性符号，所以才具有构建或创造可能世界的能力。

如果人们想进一步追问，构建文学虚构世界的语言与构建其他理性可能世界的语言是否有什么区别，也就是传统理论的提问，文学语言有什么特征？我们认为并没有什么根本的区别，也就是说文学语言与哲学语言、科学语言实质都是一套语言，并不存在本质的区别，所谓文学语言、科学语言、哲学语言、法律语言等，只是根据它们的用途不同而相对区分的。不同的可能世界的建构不单只是取决于语言的特征，而且还取决于建构者（主体）的意向性因素以及构建语境的

---

① 陈嘉映：《语言哲学》，北京大学出版社2003年版，第399页。
② 同上书，第401页。
③ 同上书，第399—400页。
④ Thomas Martin, *Poiesis and Possible Worlds: A Study in Modality and Literary Theory*, Toronto Buffalo London: University of Toronto Press, 2004, p. 85, p. 87.

因素，事实上，是由多种因素共同作用的结果。就语言而言，如果一定要谈其"诗性"，那正如张世英所说的，所有的语言都具有诗性，他所说的诗性是指语言都具有暗指未说出的东西。[①] 事实上，我们认为，把语言归属于可能性符号，本身就是语言的"诗性"或"文学性"的体现，语言的"文学性"表现就是"可能性"，因为这最体现文学的创造性特征。传统文学研究归纳出的文学语言具有的形象性、生动性、凝练性、暗示性、多义性、贴切性、模糊性、独创性、丰富性等特征都是语言可能性的种种表现，这些特点实际上也都或多或少地适用于日常语言或其他类型的语言，并不专属于文学语言的特征，很难做明确的划界，只是文学语言类型要比其他类型语言的表现要更显著、更强烈，建构文学虚构世界的语言要更注意从语言的音位、韵律、节奏、音乐、变异、修辞、隐喻等方面进行可能性的组合、变化和试验，因而为人类创造了丰富多彩的可能世界。

掌握了超越、想象和语言3个关键词，我们才能对文学的可能世界建构有真正的理解和把握。

## 六　文学虚构作为可能世界的特点

文学虚构世界是人类主要通过想象超越现实世界，凭借语言构建起来的一种可能世界。那么，这个可能世界有什么特征呢？首先，把文学虚构世界理解为一种可能世界，也就是为虚构世界提供一个可能世界的框架，在一个多元世界框架内来考虑虚构世界的地位问题，它针对的是人们以往习惯于从单一世界思维框架来思考文学虚构的缺陷。把虚构世界纳入到可能世界框架内思考，虚构世界则不仅摆脱了对现实世界的依赖，而且获得了独立存在的依据，也使虚构世界内的实体、事态获得了真实的地位，而描述虚构世界实体和事态的虚构话语也具有了指称性，并可以进行真值的判断。

其次，文学虚构世界是一种特殊的可能世界，这个核心思想更重

---

[①] 张世英：《新哲学讲演录》，广西师范大学出版社2008年版，第295页。

要的是强调它是一种"特殊"的可能世界,所谓"特殊",正如多利泽尔所说,"它们只为文学虚构世界提供特征,就是说,那些特征不是来自于可能世界模态的。这些特征引进了一种基于可能世界语义学启发的虚构理论"。① 这就是说,虚构世界的许多特征不是从可能世界语义学机械地推论过来的,而是在受到可能世界语义学的启发产生的,是文学虚构世界所独有的。对于这些特征,不同的文学学者总结了许多看法,可以综合概括如下六点。

第一,文学的虚构世界是"具体的或'装饰'的世界,在这个意义上它们处理的是特殊的实体和情形"②。这与逻辑和哲学的可能世界是不同的,逻辑和哲学的可能世界处理的主要是抽象的逻辑实体和假想的各种逻辑事态及其推理,而虚构世界指称和处理的是具体可感的虚构实体和事件。无论是奥赛罗、哈姆莱特、于连还是拉斯柯尔尼科夫这些虚构人物,还是福克纳笔下虚构的美国南方的约克纳帕塔法郡、狄更斯笔下的伦敦、福楼拜笔下的巴黎,还有发生在这些地方的爱恨情仇的事件都是具体可感的,对读者而言,就如同发生在现实世界里的所见所闻一样,它们是真实存在于各自的作品虚构世界里的。当然它们与现实世界的实体和事情有本质的区别。在本体论上,虚构世界的人物和成分都被赋予了有限的本体论地位。即使是取材现实世界的题材,例如历史小说中的现实真实事物,如拿破仑、伦敦等,在进入虚构世界时,也不得不改变本体论位置,如同托尔斯泰笔下的拿破仑和狄更斯笔下的伦敦都与历史上真实的人物与地理上实际的地点并不完全一致,这种具体可感性只存在于虚构作品世界中。

第二,文学的虚构世界是"不完整""未完成"的,也就是说,虚构世界只在文本或其他对象中被部分地描述。而逻辑语义学的可能世界是"总体的"或"最大程度的综合事态",逻辑要求世界的完整性和确定性。在逻辑语义学中,判断一个命题的真假要考虑其在所有

---

① Lubomir Dolezel, *Heterocosmica: Fiction Possible Worlds*, Baltimore and London: The Johns Hopkins University Press, 1998, p. 16.
② Elena Semino, *Language and World Creation in Poems and Otheer Text*, p. 63.

可能世界中的情况，也就是说判定某一命题是必然真理，必须是在所有可能世界中都为真的命题，而偶然（可能）真理则是至少在其中一个可能世界中为真的，因而逻辑命题描述的内容必须是完成的，并有完整的、确定的结构。而虚构世界所描述的虚构实体和虚构事件的信息都是不完整的和未完成的，也就是说只有一些可以想象的关于虚构实体的陈述是可以判定的，而有些则不是，例如多利泽尔指出包法利夫人是自杀这是可以确定的，但是包法利夫人的左肩上是否有胎记，我们则永远无法确认，事实上也是毫无意义的。沃尔特斯塔夫指出，"我们永远不会知道在麦克白的世界里麦克白夫人有多少个孩子，这不是因为要知道这些需要有超出人类能力的知识，而是因为没有什么这方面的知识需要知道"[①]。只有那些被描述的虚构实体的特征是可以确立的，它不是从现实世界中获取的，而是取决于虚构世界的创造者，即作者愿意描述多少虚构实体的信息决定的。显然，完整性和非完整性、完成和非完成之间的对立实际上反映的是现实和虚构之间的对立。

第三，文学虚构世界是"无限的"，"包含最大的种类变化"。如果把虚构世界纳入可能世界轨道，文学就不局限于模仿现实世界。我们知道逻辑语义学的可能世界要比现实世界更广泛，是无限数量的，那么文学的虚构世界要比逻辑语义学的可能世界更广泛，这是因为逻辑语义学的可能世界要受到逻辑限制。克里普克遵循的仍然是莱布尼茨给可能世界施加的限制，即认为只要不违反逻辑规律，不导致逻辑矛盾，能够为人们所想象的各种情况、场合，才是可能世界，而文学虚构世界则还包括逻辑上不可能的世界，甚至矛盾的世界。多利泽尔提到的法国新小说派代表罗伯—格里耶（Alain Robbe-Grillet）在1965年创作的小说《幽会的房子》即是一个由许多内部矛盾所无法实现的虚构世界的例子。此外，许多文学作品描绘了以不同的方式发生的同样一个事件，这种不连贯性，甚至不一致性，是逻辑所不允许的。逻辑语义学的可能世界，尽管存在多元思维，但是在某一个可能世界

---

① Nicholas Wolterstorff, *Works and Worlds of Art*, Oxford: Clarendon Press, 1980, p. 133.

内部，则是要求逻辑的一致性和连贯性，不允许出现矛盾性的，所以文学的虚构世界要比逻辑语义学的可能世界宽泛得多。

文学的虚构世界还包括大量的"小世界"（微型世界）的存在。小世界这个概念是为了将逻辑语义学抽象、整体的可能世界调整到适应日常生活经验领域的需要而提出的一种范畴，指的是"由有限数量的元素组成的，以有限的参数为特征"[1]组成的可能世界。这个概念后来被意大利文艺理论家艾柯接过去加以发展，它意识到在逻辑外部，我们也需要由"被赋予属性的个体们"所组成的有"装饰性"的可能世界来补充逻辑语义学的可能世界，即由数字和命题构成的抽象实体。我们每一部文学作品的虚构世界就是这样一个微型世界，由有限的虚构实体和事件构成，不仅如此，按照瑞恩的理解，"在每个文本投射的虚构世界中，位于中心的世界是'文本真实世界'"[2]，即只有作者才有权威决定的独立完整的可能世界外，还有大量"文本中的其他可能世界"的存在，即虚构人物的"私人世界"，包括他们各自的梦想、假设、预想、幻想、愿望、意图、信仰和知识等各种类型，瑞恩将它们看成是虚构世界的内部特性，通常都是嵌套在文本世界当中的，并且常与之产生矛盾冲突，例如虚构人物麦克白的野心与现实的矛盾，并在冲突当中促进叙事世界的发展。这些大大小小的小世界数目繁多，在每部作品中甚至数不胜数，远远超过了逻辑语义学的抽象可能世界，成为绚丽多彩的文学虚构世界的组成部分。

第四，文学虚构世界的宏观结构具有复杂性和异质性，是由多种混杂成分组成的。我们知道，一个世界的构成除了人物、实体、状态、事件、行为等各种成分和元素外，最重要的是它的结构。世界是一个宏观结构，它的秩序是由一系列总体限制和一般规则构成的，这些规则和限制是人在世界中的行为需要直接面对的，是不可避免的、基本的约束，因而对人的行为和事件能产生直接的影响。逻辑语义学

---

[1] Lubomir Dolezel, *Heterocosmica: Fiction Possible Worlds*, p. 15.
[2] Marie-Laure Ryan, *Possible Worlds, Artificial Intelligence and Narrative Theory*, Bloomington: Indiana University Press, 1991, p. 24.

的可能世界没有虚构世界那么复杂，因为它的可能世界只是个隐喻，只是用来形象直观地刻画了各种模态逻辑范畴及命题所设想的抽象情况和场合，它的结构和组合没有文学虚构世界复杂，只能是初级的，而且它所受到的规则限制和约束都是单一的，同质性的，主要是逻辑的真值模态。即从语义学角度对模态词可能性、必然性等构建起来的一切假想的、非实际情况命题进行描述、分类和判断其真假问题。

而文学虚构世界的结构通常非常复杂，正如多利泽尔所指出的，"在它的宏观结构上包含了多种混杂的成分"①，它所受到的规则制约和总体约束也不只局限在逻辑真值约束上，而是超出了模态逻辑的范围，多利泽尔就从叙事虚构世界中总结出四种模态：真值约束、道义约束、价值约束和认知约束。瑞恩评价说，"多利泽尔发展了模态程序的种类，不仅包括可能性与必然性的模态，而且还有与虚构叙事直接相关的其他种类，诸如好/坏，禁止/义务和知道/无知等认知种类"②。这些规则在许多复杂的虚构世界的宏观结构中构成了混合的异质成分，最基本的例子则表现为一个二分世界，即世界分裂为两个领域被相互矛盾的一般规则支配。对叙事学而言，混合成分的虚构世界是典型的，必需的，因为它是由许多领域共生的成分，多层以及领域之间的张力构成的，这些异质的语义成分为多样丰富的人物行为、故事情节和环境背景提供了舞台。

第五，文学虚构世界是"由文本制作构建的"，只能"通过语义学通道进入的"③。克里普克消除了莱布尼茨的神学色彩，将所有的可能世界都转换为由人类创造活动所建构的，而文学虚构世界则是文本制作的产物，它是审美制品，是在虚构文本的媒介中被建构、保存和流通的。文本制作，是通过语言符号，经由特殊的言语行为的语力，使可能性转变成虚构存在。不过可能世界主要是语义学的目标，独角兽、仙女、奥德修斯、拉斯柯尔尼科夫、大人国等等都是虚构语

---

① Lubomir Dolezel, *Heterocosmica*: *Fiction Possible Worlds*, p. 23.
② Marie-Laure Ryan, *Possible Worlds*, *Artificial Intelligence and Narrative Theory*, p. 4.
③ Lubomir Dolezel, *Heterocosmica*: *Fiction Possible Worlds*, p. 23, p. 20.

义学的目标,现实世界的作者和读者可以通过语义通道及其信息加工过程,才能接近他们,可能世界运用通达性概念来描述这种从现实世界进入到可能世界的跨界联系。多利泽尔等人指出作者要借助现实世界的许多方式来创造文学的可能世界,也就是说创造可能世界的材料,包括成分、种类、结构、事实、历史事件、文化价值等都是来自现实世界的,但是这些材料都要受到虚构世界本体论的限制,不得不改变性质,成非实际的可能性,才能进入到虚构世界里。同样,读者要进入到虚构世界也不得不通过阅读和处理文学文本的方式,这种文本处理活动包括了许多不同的技巧和类型。可能世界理论坚持虚构世界是由作者建构的,读者的角色则是重建,读者通过作者在文本中的指示,进行世界的重建过程。这其中读者也能挪用他在现实世界里的经验帮助重建。这一语义通道是双向的,多层面的。

第六,对文学虚构世界的重建,即对文本的认识和理解是寄生性的。由于虚构世界是由作者创建的,由于作者写作时有所选择,虚构文本提供的信息是不全面的,所以虚构世界也是不完整的,因此虚构文本和虚构世界不可避免会产生空白和间隙,这对阅读者是一个挑战。读者通过阅读虚构文本重建虚构世界,不仅要用想象力主动填充文本剩余的部分和空白,而且要通过自己在现实世界积累的知识和生活经验的指导来重建虚构世界。例如福尔摩斯居住的伦敦是英国首都,不管柯南·道尔是否明确告诉我们,"在这个意义上,虚构世界是对现实世界的寄生"。[1] 但这并不意味着被抛弃的模仿论又回来了,并不是说虚构世界是在模仿和再现现实世界,而是读者的重建活动依据特勒曼所提出的"同构原则"[2] 或瑞恩所提出的"最小偏离度原则"[3] 以及多利泽尔提到的"百科知识"[4] 进行,即读者在重建虚构

---

[1] Elena Semino, *Language and World Creation in Poems and Otheer Text*, p. 64.
[2] See U. Teleman, "The World of Words-and Pictures", in Stature Allen, (ed.) *Possible Worlds in Humanities, Arts and Sciences: Proceeding of Nobel Symposium* 65, New York and Berlin: de Gruyter, 1989, p. 200.
[3] Marie-Laure Ryan, *Possible Worlds, Artificial Intelligence and Narrative Theory*, p. 48ff.
[4] Lubomir Dolezel, *Heterocosmica: Fiction Possible Worlds*, p. 177ff.

世界中，会假定虚构世界与现实世界是同构的，具有共享的属性，除非读者被明确告知需要做必要的调整，否则读者仍然会认为重建的虚构世界中的一切都与我们的现实世界是匹配的，会根据现实世界的经验和百科知识以最小的偏离度来推理和理解虚构世界。

## 七 文学可能世界的类型

文学虚构世界作为一种可能世界也包含了丰富的内容与类型，文学可能世界的种类也是一个值得研究的问题。在传统文论中，这是文类与体裁的问题，如流行的"三分法"，这是根据文学摹仿现实，或反映现实生活不同的方式将文学作品分为叙事、抒情和戏剧类。可以看出传统文论的"三分法"仍然是以现实世界为本源，以摹仿和反映现实世界为依归来做的划分，其缺陷在于忽略了文学世界的独立性，使其依附于现实世界。如果以文学构建的可能世界为中心出发，那就有可能突破传统文论的这种划分法。也正由于此原因，许多文学学者都做了尝试，这里关键的问题是分类的标准问题，有的主要从虚构世界与现实世界的可通达关系入手，有的直接对虚构世界本身的模态进行描述。我们这里选择几个主要的观点进行评述，对文学可能世界的类型学的概貌做一概览。

多琳·迈特尔在1983年出版的《文学与可能世界》被瑞恩誉为"一本最彻底运用可能世界理论于文学批评的书"[1]，该书对虚构世界提供了一个分类。迈特尔划分了4个一般性范畴，她指出："有四种非常普遍的类别，其中虚构作品，根据它们对现实世界近似值或虚构世界反面看起来在下降，即我从那些最接近真实世界的作品，特别是与真实的历史事件相关的作品中移除了，也从那些显然不可能成为现实世界的事情的人中移除了。"[2]

---

[1] Marie-Laure Ryan, "Possible Worlds in Recent Literary Theory", in *Style* 4 (Winter 1992), pp. 528–553.

[2] D. Maitre, *Literature and Possible Worlds*, London: Middlesex Polytechnic Press, 1983, p. 79.

1. 叙述现实历史事件或指涉非常具体的这类事件的作品。此类别包括多种类型的作品：如描写实际历史事件的历史小说，例如托尔斯泰的《战争与和平》；纪实小说，如诺曼·梅勒的《刽子手之歌》，这类作品包括对真实事件的描述和虚构创造的人物描述，主要要受到文本外现实世界的制约和认证，用迈特尔的话说，"它们所表现的东西未必有历史认证，但同时与已知的历史事实兼容"[①]。这些作品接受了现实世界和虚构世界之间一致的关系，它们挑战了虚构和纪实之间的界限。

2. 描述可能成为现实的想象事态的作品。它们不包含就我们所理解的现实世界而言不可能的事物。这类作品即传统文论所说的现实主义的作品，这类作品中没有超自然的人物以及魔法道具，作品的世界接近我们现实世界的描写，并像现实世界一样被感知，也被像现实世界同样的物质规律所支配，它们成员也具有与现实世界的人物相类似的行为与心理。虚构世界中的存在，包括个体、地点和对象就像现实世界中的存在那样。迈特尔在这里的标准似乎是一种普遍的高于逼真性的观念，它不仅包括自然的规律，也包括了人们对什么是正常，什么是变态行为的判断的心理概括。

3. 在可能成为现实世界和永远不可能成为现实世界之间摇摆的作品。托多罗夫所说的奇幻作品类型就属于此类。在这类作品中，世界是通过疯狂的叙事人的视角看到的，因此，即使虚构世界被认为属于上述第二种客观类型，但它在叙事人心中反映的也永远不能成为现实。这些作品的效果，例如以纳博科夫的绝望为例证，就是要去帮助我们在可接受的偏离度、艺术观念、防御性的疯狂之间体察难以捉摸的边界和两个世界之间的相互转化，表现了关于故事事件的自然与超自然原因的含混态度，也就是说，这类作品好像存在两个叠加的世界：在一个世界里被描述的蹊跷事件是感官幻觉，并不违反物理世界的规律，而在另一个世界里该事件的确发生，但未被某种超自然的规

---

① D. Maitre, *Literature and Possible Worlds*, London: Middlesex Polytechnic Press, 1983, p. 88.

## 第四章 文学虚构与可能世界

律所控制。亨利·詹姆斯的著名小说《螺丝钉在拧紧》就是例子。

4. 描述永远不可能成为现实的事态的作品。包括童话、说话的动物、鬼故事和科幻小说类型。这里与现实世界相关的虚构世界中的实际世界是最好的隐喻，例如"有些人喜欢的狐狸和其他人喜欢的乌鸦"[①]，但是这类世界很大可能要比前述的类型更有享受自己的缘故。在物质可能的领域内，一个以可能性为基础的更广的分割可以做出来。

迈特尔的分类是以虚构世界超越现实世界的程度来划分的，也就是说，迈特尔的分类是以可能世界超越现实世界的程度为依据的。这对文学可能世界的类型学划分具有很重要的启迪意义。在1988年，克劳迪·雅克诺（Claudine Jacquenod）借鉴这个标准，根据不断增加的与现实世界的距离把语义宇宙类型重新划分为5个基本种类：现实的、奇怪的、奇幻的、惊异的、荒诞的，进一步发展了迈特尔的分类方法。[②] 这在另一个意义上说明了迈特尔的分类在文学可能世界研究的地位和价值。

玛丽-劳尔·瑞恩对虚构世界类型的划分是文学可能世界研究中最引人注目的贡献之一，她建立起迄今最精细、最复杂的一种文学可能世界的类型或文类划分。瑞恩首先认为"使用可能世界概念来描述虚构的现实系统领域需要对可能性的本质进行探究"[③]，也就是说要划分虚构世界的类型和文类时，需要重新思考一下可能性概念。瑞恩从克里普克的观点出发，"根据克里普克，可能性是可通达的同义词：如果一个世界能够从一个系统中心的现实世界通达，那它在这个系统中就是有可能的"[④]。所谓通达性，也就是指跨界关系，不过哲学家通常把通达概念解释为逻辑的，也就是说通达关系必须满足逻辑规律

---

① D. Maitre, *Literature and Possible World*, London: Middlesex Polytechnic Press, 1983, p. 79.
② See Marie-Laure Ryan, "Possible Worlds in Recent Literary Theory", in *Style*, Vol. 26, No. 4 (Winter, 1992), p. 537.
③ Marie-Laure Ryan, *Possible Worlds*, *Artificial Intelligence and Narrative Theory*, p. 31.
④ Ibid..

的限制，即矛盾律和排中律的限制，一个命题必须是真或假，而不是两者同时发生。例如拿破仑死于圣赫勒拿并成功逃到新奥尔良的世界是不可能的，但在虚构的可能世界中，两者是可以独立成立的。例如后者就出现在德国表现主义剧作家乔治·凯瑟的戏剧中。所以瑞恩认为通达关系的逻辑解释对于虚构题材理论来说是远远不够的，诸如那些无意义的韵律、超现实主义的诗歌、荒诞派戏剧和后现代主义小说、戏剧都从矛盾律的限制中获得解放。因此，为了适应虚构作品中不可能世界的存在，瑞恩在移植通达概念到文学虚构世界里时，作了适当的调整，一方面比逻辑定律更宽松，另一方面则更受限制，例如对历史小说，文本的现实世界与真实的现实世界关系要比童话或科幻小说的逻辑兼容性更密切。

通过大规模的扩展，瑞恩移植并依据可能世界的通达概念，确切地说是依据文本现实世界与涉及来自现实世界的通达关系建立起一个文学的分类系统，瑞恩把它们非常细致地列为9类。

A. 属性同一性（A/属性）：文本现实世界可从现实世界通达，如果它们的共同客体具有同样的属性。

B. 存品同一性（B/相同存品）：文本现实世界可从现实世界通达，如果它们为同样的客体所装备。

C. 存品兼容性（C/扩充存品）：文本现实世界可从现实世界通达，如果文本现实世界包含所有现实世界成员，以及某些本土成员。

D. 编年兼容性（D/编年）：文本现实世界可从现实世界通达，如果现实世界的成员不需要时间迁移而思考文本现实世界的整个历史。

E. 物理兼容性（E/自然规律）：文本现实世界可从现实世界通达，如果它们共享自然规律。

F. 分类兼容性（F/分类）：文本现实世界可从现实世界通达，如果二者包含同样物种，且这些物种具有同样的属性特征。

G. 逻辑兼容性（G/逻辑）：文本现实世界可从现实世界通

达，如果二者遵循矛盾律和排中律原则。

H. 分析兼容性（H/分析）：文本现实世界可从现实世界通达，如果它们共享分析真理，即如果同样语词指示的客体具有同样的本质属性。

I. 语言兼容性（I/语言）：文本现实世界可从现实世界通达，如果用以描述文本现实世界的语言能够在现实世界里被理解。①

玛丽-劳尔·瑞恩设立的这9类通达关系的类型，是严格地呈上升顺序排列的，也就是说，自上而下地违背这些关系要求，意味着文本世界从现实世界逐渐偏离。这9条可以大致分为三组。

前三种通达关系类型（A、B、C）是说明虚构世界与现实世界在何种程度上共享有相同的客体居住，以及这些共享的客体是否拥有相同属性及兼容性问题所导致的文类。它们实际上解释了非虚构的文类，也就是说，非虚构文类的世界必须依据A/属性和B/相同存品两个原则，反过来，违背或解除这两个原则，又将包含了其他所有关系。在这种情况下，文本实际世界与现实世界一致。另一方面，在"真实虚构"的类型中，要么A/属性，要么B/相同存品，这种二选一的关系是解除的。例如在柏拉图对话中，人物是历史人物，但他们参与的对话是虚构的。在历史小说和现实主义小说中，A/相同属性成立，但C/扩充存品取代了B/相同存品。例如托尔斯泰的《战争与和平》和柯南·道尔的福尔摩斯故事都是对历史事件和地理位置给出准确的描述，但它们也包括虚构的实体和场景。而解除或违反C/扩充存品将导致了像卡夫卡的《城堡》那样的世界出现，它们也像实际世界那样有同样的自然规律、物种和对象存在为特征，但没有共享的个体、地点或事件。所以瑞恩认为，这种类型在文本实际世界与现实世界的人和地点之间，没有交叉参照的可能性，这些世界被描述为

---

① Marie-Laure Ryan, *Possible Worlds, Artificial Intelligence and Narrative Theory*, pp. 32–33.

"位于地理和历史上的无人地带"。①

中间三种通达关系类型（D、E、F）是说明虚构世界在哪些更一般和更基本的方面偏离现实世界所导致的文类，这些更一般和更基本的方面主要是指时间、自然规律和范围方面。违背或打破这些方面的限制，会很好地解释一些诸如科幻小说、魔法小说、神幻小说和童话等虚构类型，例如科幻小说就不仅打破了D/编年的时间规则，而且也打破了F/分类的狭隘范围。它们通常包含了与现实世界相同的物种，但范围却不同。如果科幻小说中的太空旅行能带来新的行星和新的生活方式的发现，那么整个F/分类都违反了。同样，如果我们违反或解除E/自然规律和F/分类，那么我们将得到童话世界，包括女巫和独角兽以及会说话的动物和魔法转换这类虚构世界。

最后三种通达关系类型（G、H、I）是说明虚构世界在建构过程中在哪些更为本质的方面与现实世界偏离导致出现的文类。这些本质方面包括世界建构的逻辑定律、分析真理和建构世界所使用的语言方面。违背这些规则，将导致最大程度偏离现实世界的虚构类型的出现，例如，违反或解除G/逻辑和H/分析的关系，显然将导致我们前面讨论中被描述为逻辑上不可能的世界类型。特别是，如果提升G/逻辑，将导致出现矛盾状态的世界，如一个人物同时死去或活着。而提升H/分析则会导致出现包括已婚的单身汉和无色的绿色理念世界，这些无疑是无意义的诗歌韵文特征。而违背I/语言，则会出现一些无意义的话的押韵世界，或者更戏剧性地说，有声诗歌的世界出现，解除和违反语言规则，意味缺乏与现实世界的语言重叠，这将导致文本世界本身的消失。

总的看来，瑞恩这个精细的分类框架，是完全在可能世界的框架和方法中提出的，是属于可能世界理论固有的问题。可以说瑞恩做到了完全从可能世界框架出发来尝试给虚构类型和文类作一个分类。正如塞敏纳（E. Semino）所评价的，"瑞恩分类框架的优点，是把可能性视为一个分级概念，把可能性解释了不同小说类型的可能世界之间

---

① Marie-Laure Ryan, *Possible Worlds, Artificial Intelligence and Narrative Theory*, p. 36.

的差异","她的虚构世界的类型是详细的和适合在文本中的应用的,她提出的问题是可能世界方法中所固有的"。[①] 但是她的类型观点的缺陷也是很明显的,即瑞恩依据通达概念及关系的列表,这本身并不能导致一个全面的文类理论的出现,这个列表仍然具有空白,无法容纳一些重要的指标,例如心理的通达性或社会的通达性指标,而列表的指标考虑也过于机械、简单,例如我们可以通过物理通达性将浪漫故事与童话区分开,但又依据什么标准将浪漫故事与现实主义作品区分开呢。瑞恩也意识到这些问题,后来又添加了一些额外的因素,如心理可信度、历史连贯度、社会经济兼容度等来补充这个列表,但在根本上仍然没有改变它的总体特征。

## 八 文学虚构的可能世界与现实世界的关系

文学的虚构世界是一种可能世界,而可能世界是人类通过想象和理性超越现实世界而构建的。我们已经指出,可能世界尽管是人类通过语言和想象构建的,但是它可以被看作是一个与现实世界完全不同的,具有独立性的存在,那么,这个独立存在的可能世界究竟与我们生活的现实世界有什么关系?人类为什么要通过想象,超越现实去构建这样一个与现实世界不同的世界?这些问题仍然让我们好奇,并促使我们去探讨。首先,既然这个可能世界被我们看作是一个独立于现实世界的存在,它如何又与我们的现实世界相关联?在模态逻辑领域,关于可能世界的理论研究中,有一个重要的问题是探讨关于可能世界的个体跨界问题,这是在承认可能世界的存在,了解和认识可能世界之后,必然会涉及的关于可能世界的问题。关于这部分的讨论主要是针对命题的意义展开的,即如何保持跨界个体的命题表述符合逻辑,保持跨界个体的同一性及其意义的识别与获得问题。这些烦琐的讨论对文学的虚构世界似乎没有更多的借鉴作用,但是至少说明一点,可

---

[①] Elena Semino, *Language and World Creation in Poems and Otheer Text*, London and New York: Longman, 1997, p.83.

能世界在构建后，跨界是很正常的事情。事实上，在我们的现实生活的经验中，人们也大量谈论和引用文学虚构世界里的人物，并把他们融入人们的现实生活里，例如人们会把现实生活中某些文弱的少女称为"林黛玉"，马来西亚政坛上一些政客被政敌称为"左冷禅"，金庸小说中阴险而又野心勃勃的虚构人物，他们实际上已经融入人们的现实世界中。这同样可以说是一种从可能世界到现实世界的跨界。

  探讨虚构世界与现实世界的关系在文学研究领域里也被称为文学与现实的关系，这一直是古往今来文学研究的重要问题。关于这种关系的认识目前主要有两种观点：一种是传统文论的观点，即模仿论的观点，也就是认为文学是对现实世界的模仿，因而虚构世界也就是现实世界的模仿、再现、复制和反映。模仿论的源头可以追溯到柏拉图和亚里士多德，是西方最古老也是影响最大的一种诗学理论。但是这个理论的缺陷也很明显，它使文学创造的虚构世界依附于现实世界，其意义和价值也要依据现实世界进行阐释，现实世界是本源，拥有举足轻重的地位，虚构世界成为现实世界的附庸。这实际上否定了文学虚构世界独立的可能性，也就贬低了虚构世界的价值和地位，这是许多文学学者很难接受和认同的。因此，在现代文学研究中，反对模仿论成为一种潮流。许多文学学者认识到，文学创造的虚构世界是有独立价值的，它不是对外部现实世界的复制，而应看作是一个与现实世界完全不同的崭新世界。希利斯·米勒就指出："文学作品并非如很多人以为的那样，是以词语来模仿某个预先存在的现实。相反，它是创造或发现一个新的、附属的世界，一个元世界，一个超现实。"[①]不少作家也从自己的亲身创作体验中证实了这一点，如纳博科夫指出，"没有一件艺术品不是独创一个新天地的……我们要把它当作一件同我们所了解的世界没有任何明显联系的崭新的东西来对待"[②]。王安忆则称之为"心灵世界"，并指出："这个世界我们对其的基本

---

[①] [美] 希利斯·米勒：《文学死了吗》，秦立彦译，广西师范大学出版社2007年版，第29页。

[②] [俄] 纳博科夫：《文学讲稿》，申慧辉等译，生活·读书·新知三联书店1991年版，第19页。

了解是，和我们真实的世界没有明显的关系，它不是我们这个世界的对应，或者说翻版，不是这样，它是一个另外的存在的，一个独立的，完全是由它自己来决定的，由它自己的规定、原则去推动、发展、构造的。"①

由此出发，在当代文学研究中，关于文学的虚构世界与现实世界之间的关系出现了另一种观点，即不再把虚构世界看作现实世界的再现和反映，让文学依附于现实世界，而是强调两个世界之间是相互补充、相互影响、相互作用的关系：一方面，文学的创作要从现实生活中获取素材和语言，文学虚构世界的建构离不开现实世界的影响和制约，从这个角度看，文学确实有反映现实生活的一面；但是另一方面，文学的创作是虚拟或模拟，而不是模仿，两者的区别，我们前面已经论述过。由虚拟建构的虚构世界不是现实世界的复制，它有自身独立的价值和意义，它不是现实世界的附庸。正如米勒指出的："这个新世界对已经存在的这个世界来说，是不可替代的补充。"②用王安忆的话则是"它扩展了我们的存在，延伸了真实世界的背景和前景"③。不仅如此，它还对现实世界产生影响和反作用，人们可以用不同方式，比如阅读小说、看根据小说改编的戏剧、影音、图文材料等了解虚构世界里的人物的特性和行为，在日常生活中谈论他们。他们实际上已经融入人们的现实生活中，对现实发生反作用。事实上，传统文论中谈论的文学作用，不论是"人生教科书""战斗的号角"，还是怡情冶志，陶冶情操，改造社会，为人生等等看法都表明人们很早就认识到文学对现实具有重要的影响作用。从这个角度看，虚构世界对现实而言，也并不是完全的虚无和空无，它们确实存在于小说等文学文本之中以及人们的观念之中，并对现实世界产生作用。

这种相互补充、相互影响、相互作用的观点显得非常辩证，因而在当代文学研究中已成为一种流行的观点，被许多人所接受。从可能

---

① 王安忆：《心灵世界——王安忆小说讲稿》，复旦大学出版社1997年版，第13页。
② [美]希利斯·米勒：《文学死了吗》，秦立彦译，广西师范大学出版社2007年版，第51页。
③ 王安忆：《心灵世界——王安忆小说讲稿》，复旦大学出版社1997年版，第18页。

世界的角度看,我们想重申一点,在"可能世界"理论中,从莱布尼茨开始到现代,有一种重要的观点没有改变,即现实世界也是可能世界的一种。由这一观点出发,我们认为,可能世界对理解现实世界具有重要的意义,换言之,我们只有从可能世界的角度才能了解和认识现实世界,从可能性认识现实性。

对这个观点的阐释可以从对现实世界的理解与语言符号两个方面进行。首先,我们所说的现实世界,从自身存在的角度看,它是客观存在的,并且是独立于人类存在之外的世界,人、动物和物体以物质的形式不同程度地存在着。但是从认识和理解现实世界的角度看,这个现实世界并不仅仅就是自然、物质的存在,人们对现实世界的认识离不开语言等各种符号的构建。从这个意义上可以说,现实世界也是被构建的。对这个问题,美国著名分析哲学家纳尔逊·古德曼(Nelson Goodman)有非常精到的描述,在《构造世界的多种方式》等书中,古德曼认为,世界是被构造而不是被发现的,世界的构造是通过我们使用各种不同的文字和非文字的符号系统构造出的各种世界样式而实现的,哲学、艺术、科学都是我们构造世界的方式,所以世界是多元而不是唯一本质的。[①] 古德曼承认,独立于人类的语言和心灵的世界的确是存在的,但是这个世界不应当成是中立于一切理论和语言的基础性的世界样式,不应该抛开语言、理论和文化等人类施加于现实世界的心智产物,因为那样的世界是一个"没有分类、秩序、运动、静止或模式的世界",这样一个世界在人类的科学和文化实践中几乎没有发挥重要作用,是一个"不值得为之斗争的"。换言之,不存在一个先于并独立于人的认知活动的现实世界,它只有通过语言等其他符号才能显示自己,获得某种确定的意义,并呈现在我们的面前。

其次,从语言符号的角度看,我们已经论述过,语言从本质上说是一种可能性的符号系统。它不是与现实中现成的事物一一对应的,换言之,人们面对的不是一个已经划分清楚的世界,只要用语言给这些事物

---

① [美]纳尔逊·古德曼:《构造世界的多种方式》,姬志闯译,上海译文出版社2008年版,第2—4页。

贴上标签即可，而是正是依靠这种可能性的符号，现实世界才得以明确地划分，并在我们的面前显现出来，混沌的世界经过语言的塑造成为一个由各种因素构成的、有组织有结构的世界。这样的世界不仅能够清晰地呈现在人们面前，而且能够进行分析，这个世界里的每一个事件和人的行动都可以分解为不同的某些元素之间的联系，从而对其中的事件和行为进行合乎因果联系的阐释，这些元素的组合和分解都是用语词的组合和分解来表现的。值得注意的是，这些元素（语词）也可以和其他元素（语词）进行结合，构成新的各种各样的可能联系。从这个角度看，现实世界也只是这种种可能联系中的一种，因而，现实世界是属于可能世界的一员，正如陈嘉映所说的："我们能够谈论只是可能而非现实的事物，这一点属于语言的本质。在语言的成象层面上，并非现实的事物不是对现实的单纯否定，而是一种可能的构造。现实世界本身就是作为这样一种可能构造现象的。"① 因此，要理解现实世界，理解现实性，我们只能从语言这种可能性符号系统出发。

而文学虚构世界正是可能世界的一种，它与现实世界一样也是用语言符号构建的。我们说建构文学虚构世界的诸多材料来自现实世界，在此基础上建构一个新的可能世界。所谓"来源生活，高于生活"，其实质就是把构建现实世界中的事物和事件的某些因素分解出来，并与其他因素重新进行组合，创造新的可能性。这就有可能通过虚构世界里的人物的行为、事件和表演揭示其行为和命运背后隐藏的各种社会的规约、组织和结构原则，而这些规约、组织和结构原则又明显受到各种文化观念、意识形态和权力因素的制约。文学不仅创造了一个虚构世界，而且还揭示了这个世界运行的规则，并且还揭露隐蔽在社会规约之中甚至背后的各种权力、观念和意识形态究竟是如何运作的。所以文学创造的虚构世界，不仅告诉我们什么是美丑、善恶、真假、各种人物的命运变迁，而且还告诉我们左右这个世界背后的因素。从这个意义上来看，文学的虚构世界是与现实世界相通的，通过对文学的虚构世界的认知和理解，人们也更能理解和把握我们所

---

① 陈嘉映：《语言哲学》，北京大学出版社2003年版，第399页。

居住的现实世界。我们是通过可能世界来理解现实世界的。美国艺术学者埃伦·迪萨纳亚克（Ellen Dissanayake）在《审美的人》一书中谈到一个问题，即人们为什么要在现实世界之上再营造一个"超常之境"呢？也即我们所谈的可能世界呢？她的研究回答是为了以此影响或控制人类感到不确定或忧虑的重大事件的结果，使之变得更容易理解或更容易承受。① 这也正说明，人们是依靠可能世界来理解现实世界的，是通过可能性来理解和把握现实性的。

由于现实世界也是由语言符号构建的，而语言符号从本质上而言又是属于可能性范畴的，因此，在当代文学和文化研究中出现了"虚构的泛化"现象，也就是说，人们已经改变了传统的观念，即虚构不再与现实对立，相反，"现实即虚构"的观点成为一种新的趋势。20世纪60年代以来，不少学者认为虚构已不仅仅是文学的专利，同时也是语言的一般法则，这个法则实际上就是从语言的可能性本质推演出来的。在解构主义的推波助澜下，所有用语言符号建构的事物和领域都出现了虚构泛化的现象，例如历史研究领域，新历史主义认为历史文本、历史叙事离不开语言的建构，所谓历史事实也包含了虚构的因素。再如哲学文本，一向以客观、真实著称，将虚构拒之门外，但是随着德里达的解构主义和后现代哲学家罗蒂等理论的冲击，哲学文本也包含了"虚构"和"文学"的因素，虚构也成为真理的呈现方式。此外，伦理学文本、人类学写作和民族志写作，甚至广告等实用性很强的文本也无不和虚构发生联系。虚构因素已经渗透到今天的政治、社会、经济、历史、伦理等全部现实和领域，虚构的泛化现象称为当代学术发展的一个重要现象，追溯根源，这都与语言和可能世界问题有密切的关系。

除了从认知上，我们要通过可能性才能理解现实世界，事实上，在情感体验上，我们可能同样也需要通过可能性来体验和把握现实性。众所周知，许多文学虚构世界深深感动着我们，让我们体验到大喜大悲，以及微妙丰富的各种人生情感。但是在当代美学和文论研究中，有一个

---

① ［美］埃伦迪·迪萨纳亚克：《审美的人》，户晓辉译，商务印书馆2004年版，第85—86页。

## 第四章　文学虚构与可能世界

广泛争议的问题——文艺"虚构情感反应悖论",即文艺作品中的人物和场景属于虚构世界,按道理我们不应该对它们产生真实的情感反应,但在实际的欣赏经验中,我们却总是对它们产生真实的情感反应,这究竟是怎么回事?这个问题最早是在 1975 年由科林·拉德福德(Colin Radlford)和迈克尔·韦斯顿(Michael Weston)在题为"我们怎么会被安娜·卡列尼娜的命运所感动?"的研讨会上提出的,① 此后,探讨我们如何能够对一个虚构世界里的人物做出真实的情感反应的研究络绎不绝。在后来的争执中,有关这个悖论问题被精炼地表述为 3 个引起矛盾的命题。

1. 读者对于某些他们明知是纯属虚构的对象,如虚构的人物和境遇产生诸如恐惧、怜悯、欲望和羡慕之类的情感反应。

2. 经验这些情感的人们要相信他们的情感对象是真实存在和发生的,才能产生这些情感反应。

3. 读者在涉足虚构作品时,是并不相信这些虚构对象是真实存在的。②

以上这 3 个命题至少有一个是错的,否则在逻辑上任一命题与另外两个都是不兼容的。争论者对这个悖论的解决,通常是否定并修正三个命题中的一个,由此产生了三个基本立场:

第一种是以沃尔顿的"扮假作真的模仿"理论为代表的否定命题 1 的看法。沃尔顿认为,任何真实的情感反应都必须建立在相信对象真实存在的基础之上,并会随之产生相应的行动,如因恐惧而逃跑。他认为虚构作品只能让人们产生一种"准情感"(quasi-emotion),即类似、假装的情感反应。沃尔顿这个观点显然是违反我们的直觉的,

---

① See Colin Radford, "How Can We Be Moved by the Fate of Anna Karenina", in *Aesthetics and the Philosophy of Art: The Analytic Tradition*, Peter Lamarque and Stein H. Olson, eds, Oxford: Blackwell, 2004.

② Peter Lamarque, "Fiction", in *The Oxford Handbook of Aesthetics*, Jerrold Levinson, eds, Oxford: Oxford University Press, 2003, p. 386.

我们在读文学作品时所感受到的恐惧、紧张、喜悦等无疑都是真实的情感反应。

第二种立场是以拉马克（P. Lamarque）和韦斯顿为代表的"思想理论"观点。它们否定命题2，即认为我们的情感反应并不需要建立在相信对象是真实存在的基础上的，虚构作品同样能产生真实的情感反应，只不过这些情感反应针对的不是虚构世界里的对象，即虚构人物及其虚构的境遇，而是针对虚构作品所表征的个人遭遇、生活事件的特定思想，而这些思想来自我们理解人物或事件的某种生活观念，它们是现实存在的，虚构的情感反应主要针对这些思想和观念做出的。由于这些思想和观念是现实世界中真实存在的，所以，绕了一圈，情感反应仍然是要针对真实存在的对象才能产生，这又肯定了被否定的命题2，产生了自相矛盾。此外彭锋还提出一个问题，如果由思想引起的恐惧与真实事物引起的恐惧没有差别，那么就会碰到一个更加棘手的问题：人们为什么愿意看悲剧？为什么人们能承受虚构世界里的苦难而无法承受生活中苦难？为什么悲剧能把所有的这些痛苦、凌辱、残忍和暴行都能转化为一种自我解放的手段，并让观众体验到一种用任何别的方式都不可能得到的内在自由。

第三种立场是以帕斯科（A. Paskow）和波路亚（B. H. Boruah）为代表的"现实理论"观点。他们否定命题3，也就是说，读者在对文艺作品的虚构对象做出相应的情感反应时，并不知道这些对象是虚构的，而是相信他们是真实存在的。这种情况又分两种，一种是欣赏文艺作品时，过于投入，达到忘我的境界，因此就忘记了虚构和现实的界限，把虚构世界当成了现实世界。经典的例子就是广为流传的在解放战争时，在演出《白毛女》时，有愤怒的战士要朝扮演黄世仁的演员开枪。另一种是接近传统流行的典型说，即认为虚构的人物和事件隐含的意义是真的，读者欣赏的实际上是虚构对象背后意指的真实的典型人物和事件。这两种情况都有问题。前者跟文艺制造的幻觉有关系，但是文艺不等于幻觉，否则文艺跟魔术之类幻术就没什么区别。后者让我们在欣赏文艺虚构世界时，总要时时把我们拉回到现实世界中寻找典型，更麻烦的是，一些虚构世界里的事物，例如鬼怪等，根本在现实世界里找不到相应的真实存在。①

三种立场各有其优势和缺陷，它们一直争执不下。在国内学界，彭锋、张新军也对这个悖论做了有趣的阐释。彭锋赞同第一种即沃尔顿的观点，但是认为他对情感反应的产生机制缺乏清楚的说明，"进而无法从情感本身的角度将真实的情感反应与类似的情感反应区别开来"。彭锋试图运用波兰尼（M. Polanyi）的身心关系理论来补充沃尔顿的缺陷，进而提出艺术的目的在于维持身心之间的动态平衡。如果没有身心之间的自由切换维持平衡，就会出现某种病态现象。由此他对审美经验的功能作了一种新的解释："审美可能并不是为了让我们感到愉快，也不是为了给予我们特殊的洞见，而是为了训练我们身心之间的和谐合作，从而避免出现某种程度的固执"，也就是说，审美具有某种程度的治疗作用。②

张新军是不同意沃尔顿的"准情感"观点的。他是从认知叙事学角度，从虚构的认知模式与情感体验入手来讨论这个问题的，他认为虚构化是人类作为一个物种所进化而得的生物学本能。他首先深入到认知的生物学的基础，利用认知科学和神经心理学的成果探讨人的认知和信息处理的生物学模型。他指出在对现实世界的认知过程中，感知并不反映独立现实的属性，而是一个建构过程，被建构的世界模型不可能也不需要是绝对真实的，因为它还要起到能够抚慰认知个体，保持其行动能力并不让他处于危险境地的需求。因此，现实在意识面前呈现时已具有了虚构化性质。当读者欣赏作品时，以心理方式进入虚构世界，重新组织模态系统，把文本投射的世界当作替代现实世界的参照中心，这称为"重新中心化"。在这种心理转移过程中，读者可以把文本世界想象为现实，虚构人物也就成为存在论意义上完整的人。这时虚构人物的经验与读者的现实经验达到一种奇异的互动，沉浸在虚构世界中的读者，自我也经历了虚构化，甚至忘却了现实世界

---

① 参见彭锋《从身心关系看"虚构的悖论"》，《云南大学学报》（社会科学版）2011年第4期。

② 彭锋：《从身心关系看"虚构的悖论"》，《云南大学学报》（社会科学版）2011年第4期。

的某些侧面，虚构世界暂时获得了现实世界一样真实的地位。而现实世界的物理事实则成为一个可能世界，甚至暂时被屏蔽了。因此，当虚构世界里的事件发生时，人们也就产生了跟现实情感反应一致的反应。这说明，其实虚构与现实遵循同样的认知方式。[①]

彭锋和张新军的研究倒透露出一些重要的信息，由于他们都是采用西方当代最新的理论来思考和阐释问题，这也表明了当下西方文学理论和美学研究发展的新特点。那就是，在探讨文学艺术和美学问题时，西方文论界跨界借用的理论已经不再局限于传统的相近学科，如文学、哲学、历史领域的理论资源，而是更借重于生物学、人类学、神经科学、认知心理学，甚至人工智能、计算机技术以及物理学、宇宙科学等自然科学领域，而不是人文学科领域里的理论资源来阐释文学基础理论问题。这说明文学研究在今天越来越重视实证化研究，越来越具有科学的性质，而不再是以往沉湎于形而上的、审美的玄思。文学理论的许多基础问题也需要借助多种学科的理论资源加以综合，给予解决，而不像以往那样只局限于哲学、心理学等少数几个领域。

回到虚构情感反应悖论问题上，通观三种立场，可以发现，这个所谓的虚构情感反应悖论后面有两个基本预设：一是认为只有相信真实事物的存在才能引发和产生真实的情感反应；二是这些真实的事物主要指现实世界里的存在，正如张新军所说的，"生活现实世界的绝对真实地位"。这两个预设都是成问题的。首先，是否只有相信真实事物的存在才能引起真实的情感反应？这实际上并没有完全得到实证的检验，是无法完全证实的。文学的虚构世界就同样能够引发人们产生真实的情感反应，这不仅是来自人们现实的经验，而且也得到一些认知科学和神经心理学成果的证实；其次，这里所指的真实事物，是指存在于现实世界里的事物。而我们在前面已经反复论述了，现实世界同样是由语言符号等构建起来的，是属于可能世界里的一员。如此看来，现实世界里的真实不是绝对的，它们包含了可能性和虚构性的因素。张新军引用的认知科学成果也证明了这一点，现实是被建构

---

① 张新军：《可能世界叙事学》，苏州大学出版社2011年版，第167页。

## 第四章 文学虚构与可能世界

的，现实世界在我们的意识面前呈现时已具有了虚构化性质。那么对现实世界里真实事物才能产生真实的情感反应，那也就应该包含对现实世界里的虚构和可能性因素产生真实的情感反应。

事实上，我们认为，并非只有现实世界里所谓真实的对象才能产生真正的情感反应，虚构世界、可能世界同样也能让人们产生同样的反应。这不仅是因为情感反应的对象本身，无论是现实世界，还是虚构世界，都是由作为可能性符号的语言所构建的，其间都包含了虚构和可能的因素，而且还在于产生这些情感反应的主体是同一个生命体。神经心理学表明，人们在接受外部信息时，对现实世界和虚构世界的反应是一样的，在这里，我想借用英美心理学家保罗·哈里斯（Paul Harris）的实证成果来说明这点。保罗·哈里斯曾是牛津大学心理学系教授，以致力于儿童的认知、情感和语言发展领域的研究闻名于世。在《想象的世界》一书中，哈里斯通过大量实验，运用实证方法从认知的角度探讨了儿童的想象与情绪问题，其中也涉及对虚构的情感反映问题。哈里斯通过实验证明，虚构世界也可以驱动人的情绪系统，包括他的生理成分在内。即我们承认虚构的并非真实存在，但是仍然在一生的任何时刻能够激活我们的情绪系统，让心率加快，皮肤电阻变化。这点儿童与成人是一样的。哈里斯的实验证明，这并非是因为儿童被其想象力所误导，以至于难以区分现实与想象，把虚构看作现实导致的，而是认知的评价系统的原因。他指出，现代情绪理论认为评价过程具有重要作用，评价系统并不包含对想象与现实输入的鉴别，无论输入来自想象世界还是现实世界，针对两者的评价过程在关键环节上大体相同。两种输入都可以直接进入评价系统。但想象输入的本体状态仍然会被分析，人们可能把它判断为"只是一个故事"。所以，虚构世界能引起我们正常的情感反应，这并不在于我们假装虚构世界是真实的，而是因为关于它本体状态的评估并没有进入评价系统。[①] 因此，并非只有现实世界里真实事物才激发我们的情感

---

① 参见［美］保罗·哈里斯《想象的世界——理解儿童的想象、深入儿童的内心》，王宇琛、刘晓玲译，华东师范大学出版社2014年版，第50—68页。

反应，虚构世界同样能够激发我们的情感反应，而且这样的情感并非如沃尔顿所言的是虚假的，假装的。

我们认为，无论现实世界，还是虚构世界，都能激发人的情绪系统，造成人的情感反应。由于在现实世界里，人们的情绪系统、情感反应往往是本能的、直接的，因而对它的体验往往也是短暂的、冲动的和宣泄性的。而文学虚构世界里的情感反应对象往往蕴含的是一种深刻的情感，这种情感的呈现要受到理性的塑造，因而它变得持久、深刻，令人回味。此外，人们在现实生活中，由于自身的有限存在，很少能经历到许多不同性质的情感体验。而文学构建的虚构世界里，包括了人类丰富的各种各样的情感经验，可以说，读者在欣赏文学的虚构世界时，不仅能够体验到丰富的情感反应，而且也正是通过这样的体验，也使人们学会在面对现实生活中有可能出现的各种不确定情境时做出适当的情感反应和应对，如同美国艺术学者埃伦·迪萨纳亚克从人种生物学的意义上认为的，人类正在可能世界中学习到如何处理情感反应，影响或控制人类感到不确定的各种结果，目的是保证在这样不确定的情况下能更容易理解或更容易承受，以此来保证我们的生存发展。[①] 保罗·哈里斯也阐述了可能世界学习所具有的同样的生物学意义。他指出为什么无论儿童还是成人，都会倾向于对想象情境做出完整的情绪反应？已有的研究结果说明情绪在人类的计划系统中占有重要的地位，通过想象我们可能采取的行动，会唤起相应的预期情绪。若我们将情绪从计划过程中剥离，如采用"冷血"模式，那么即使我们可以对损失和收益加以理性计算，仍然可能作出不恰当的决策。[②] 当我们想象自己和虚构主人公面对同样的情境时，我们并不只是简单地权衡角色的得失，我们也在学习如何体验以及对这种情形下该如何做出正确的情感反应。由此可知，我们对现实世界的许多情感反应同样是通过可能世界获知、体验和学习的。这也就是说，我们

---

① [美] 埃伦迪·迪萨纳亚克：《审美的人》，户晓辉译，商务印书馆2004年版，第85—86页。
② [美] 保罗·哈里斯：《想象的世界——理解儿童的想象、深入儿童的内心》，王宇琛、刘晓玲译，华东师范大学出版社2014年版，第70—71页。

也是通过体验可能性来体验现实性的。

综上所述,在可能世界与现实世界复杂的互动关系中,可能世界的存在对于现实世界具有重要的意义。我们是通过可能性来认识和理解现实性的,我们也是通过可能性来体验和感觉现实性的。可能世界正是如此对现实世界产生影响作用的。

# 第五章　文学的指称

指称是 20 世纪哲学讨论的重要问题。关于指称的讨论由现象学、分析哲学蔓延到文学理论研究中，推进了对文学语言自指性与伪指性的认知，但是其中隐含的力图在语言、意义和实在之间达到统一的认识论诉求又阻碍了对文学超语言属性和文学指称多样性的探讨。文学指称与文学活动的整体相联系，体现了语言与超语言、认识论与本体论的张力关系，意义与指称之间的摩擦是文学文化的基本存在形态，内涵丰富、意蕴复杂的作品多有指称多义和指称扩张现象。就此而言，文学的根本性质和功能并不是真善美，而是对人类自身的拓展和延伸。

## 一　对文学语言指称讨论的考察

对文学语言指称问题的研究主要源于现象学与分析哲学对意义与指称关系的讨论。由于分析哲学家认为不存在不可证实的真理，而所有证实归根结底都是经验的。基于这种观点，他们认为文学语言没有指称。现象学与分析哲学的先驱、德国哲学家弗雷格在其经典论文《意义与指称》（1892）中率先区分了语言的意义和指称。按照弗雷格的说法，意义（Sinn）指一个句子的思想，指称（Bedeutung）指该句子的真值（真或假）。其中指称在英语中通常被译为 reference，中文译为指涉、指称。从语义学上理解，弗雷格所谓意义大约相当于内涵，指称大约相当于外延。弗雷格认为，文学语言的指称具有特殊性。他在谈到古希腊史诗《奥德赛》及其主人公奥德赛时说，"聆听一首史诗，除了语言本身的优美声调外，句子的意义和由此唤起的想象和感情也深深吸引打动了我们。若是询问真值这一问题，我们就会离开这艺术享受，而转向科学的思考。这里只要我们把这首诗当作艺术品而加以接受，'奥德赛'这个名字是否有一个指称，对我们来说就是不重要的"①。即想象或虚构的语言没有指称，只有意义，探讨文学语言的真值问题将导致我们为了科学的态度而放弃审美的兴趣。无独有偶，现象学创始人胡塞尔也有类似看法。他说："名称在任何情况下都在指称它的对象……但在单纯的意指中，如果对象不是直观地存在于此，因而也就不是作为被指称的对象（也就是被意指的对象）存在于此，那么情况就会变化。"② 这里所说的"不是直观地存在于此"的对象显然指的是想象或虚构的对象，胡塞尔认为这类对象没有指称。分析哲学家奥斯汀也认为，还存在语言"退化的、寄生的使用，存在各种'不严肃的'，以及'不完全正常的'的使用。人们可以将指称的正常条件悬置起来"。③ 这里指的就是文学语言。由于否定文学语言的指称性，在一些分析哲学家眼中，文学的意义只剩下字面意义。艾耶尔说："在绝大多数情况下，诗人所写出来的句子是有字面意义的。……说许多文学作品大部分是由假话所构成，并不等于说它们是由妄命题所构成。事实上，语言艺术家写出没有字面意义的句子是非常少的。而在这种情况出现的地方，那些句子是为了它们的韵律和平衡而精心选择出来的。"④ 后来一些分析哲学家的观点有所变化，比如塞尔有保留地承认虚构话语也有指称，即以"伪装的"（pretended）指称来创造虚构的人物和事件，读者可以在话语中指称

---

① ［德］弗雷格：《意义和指称》，见《弗雷格哲学论著选辑》，王路译，商务印书馆1994年版，第97页。译文略有改动。
② ［德］胡塞尔：《逻辑研究》第2卷第一部分，倪梁康译，上海译文出版社1999年版，第40页。
③ ［英］奥斯汀：《如何以言行事》，杨玉成、赵京超译，商务印书馆2012年版，第89页。译文略有改动。
④ ［英］艾耶尔：《语言、真理和逻辑》，尹大贻译，上海译文出版社1981年版，第45页。

这些人物和事件。① 就次要背景看，该讨论与索绪尔语言学的影响也有一定的关系。索绪尔的语言学视语言系统为所指（概念）与能指（音响形象）的结合，能指和所指之间的联系是任意的，事物或所指物本身也被忽视了，从而突出了语言的纯形式性、纯关系性。

我们看到，20世纪文学理论界对文学语言指称的讨论在很大程度上是以可证实性为标准，文学语言因其虚拟性、形式性而被断言具有不可证实性、伪指性。瑞恰兹将文学语言视为情感语言的一种形态。情感语言与科学语言的区别在于，"为了一个表述所引起的或真或假的指称而运用表述，这就是语言的科学用法，但是也可以为了表述触发的指称所产生的情感的态度方面的影响而运用表述，这就是语言的情感用法"。对于科学语言来说，"指称方面的一个差异本身就是失败：没有达到目的。但是就感情语言而言，指称方面再大差异也毫不重要，只要态度和感情方面进一步的影响属于要求的一类"。也就是说，情感语言的表达未必趋向于这个表述所指称的任何东西；其次，"在语言的科学用法中，不仅指称必须正确才能获得成功，而且指称相互之间的联系和关系也必须属于我们称之为合乎逻辑的那一类。……但是就感情目的而论，逻辑的安排就不是必要的了"②。瑞恰兹进而提出诗歌是一种"伪陈述"，创造的是一种"佯信底世界，想象底世界，诗人与读者共同承认的虚拟的世界"③。布拉格学派的穆卡洛夫斯基认为，"诗歌的指称主要不是取决于它与所表示的现实的关系，而是取决于它被置入语词语境中的方式"。在诗的语言中，我们的注意力始终集中在符号自身，"由于对现实的信息传递功能的丧失，诗歌中的情感表达变成了一种艺术手法"④。出身于俄国形式

---

① J. R. Searle, "The logical status of fictional discourse", *New Literary history*, Vol. 6, 1975, p. 328.
② ［英］瑞恰兹：《文学批评原理》，杨自伍译，百花洲文艺出版社1992年版，第243—244页。译文略有改动。
③ ［英］瑞恰兹：《科学与诗》，见徐葆耕编《瑞恰兹：科学与诗》，清华大学出版社2003年版，第34—35页。
④ J. Mukarovsky, "Poetic Reference", in *Semiotics of Art：Prague School Contributions*, L. Matejka and I. R. Titunik (ed.), London：The Mit Press, 1977, p. 156, p. 160.

## 第五章 文学的指称

主义的雅克布森也是将语言的诗学功能与指称功能对立起来,认为任何言语行为都包含了6个因素:说话者(addresser)向受话者(addressee)发送信息(message),而信息需要在一个语境(context)之中,说话者和听话者还应有一个共同的代码(code)以及接触(contact)。这6个因素决定了言语活动的六种功能:指称功能、表情功能、意动功能、元语言功能(解释功能)、交际功能、诗学功能。多数言语的中心任务是指称对象,即说明语境,这就是所谓指称功能(或所指、认知功能)。纯以话语为目的,这是语言的诗学功能。诗学功能是语言艺术中起决定作用的、核心的功能。诗学功能鼓励与培植了日常语言中未被注意的潜在结构,凸显了文学语言的自由性与结构性特征:部分与整体的相互依赖,声音与意义、韵律结构与语法结构、横组合与纵聚合的相互作用,因而"这种功能突出了符号的可感知方面,加深了符号与对象之间的根本分野"[1]。德国接受美学家施蒂尔勒(K. Stierle)在《虚构文本的阅读》中认为,文学语言主要是一种伪指语言。他区分了语言两种不同的用途:用于描述、叙述实在对象的他指(referential)功能和用于文学虚构的伪指(pseudoreferential)功能,"在语言的伪指功能中,指涉的条件不在文本之外,而是由文本本身产生的。在伪指性使用的文本,亦即虚构文本中,我们无法把作者想要说的与他实际上说出来的东西区别开来。……从根本上说,语言的伪指作用只是以伪指形式出现的自指性"[2]。伪指的语言不直接与外界事物打交道,它主要是一种自指(autoreferential)的语言,具有自我指称的功能。与施蒂尔勒的说法近似,加拿大文学理论家诺斯罗普·弗莱在《批评的剖析》中将语言分为向外的(就离开符号而言)与向内的(就指向符号本身或对其他符号而言)两种,文学语言是一种向内的语言,"语词结构可根据意义的'最终'方向是向外的还是向内的来分类。在描述的或论断性的文字中,其最终方

---

[1] Roman Jakobson, "linguistics and Poetics", in *Language in Literature*, Krystyna Pomorska and Stephen Rudy (ed.), London: The Belknap Press, 1987, pp. 69–70.

[2] [德]施蒂尔勒:《虚构文本的阅读》,程介未译,见张廷琛编《接受理论》,四川文艺出版社1989年版,第173页。

向是向外的。这里，语词结构意在表征对它来说是外在的东西，它的价值是由它表征外在事物的精确性来确定的。……而在所有的文学的语词结构中，意义的最终方向是向内的。在文学中，向外的意义标准是第二位的，因为文学作品并不佯装去描述或论断，所以无所谓真，也无所谓假"[①]。解构批评也悬置了文学语言指称问题。德里达不把指称对象作为研究话题，认为意义只能在文本之内通过延迟、延异来获得，文本无法通达真实世界。米勒也说："文学把语言正常的指称性转移或悬搁起来，或重新转向。文学语言是改变了轨道的，它只指向一个想象的世界。"[②]

那么文学究竟有没有指称？我们究竟应该怎么看待文学的指称？

从上述基本倾向于否定文学语言指称功能的讨论中我们得到了两点启示：第一，文学语言因其虚拟性创造出一系列人物和事件而具有伪指性；第二，文学语言特有的建构功能决定了文学文本的陈述形式，使文学语言具有某种自指性。尽管这两点启示是以科学语言为尺度，以实证主义为依据歪打正着地做出来的，但对我们理解文学语言和文学指称还是具有重要参考价值。不难看出，俄国形式主义和布拉格学派学者的见解主要受惠于索绪尔，其他各派的观点基本得益于分析哲学。但是，分析哲学与索绪尔语言学的共同特点都是否认文学语言与指称物或现实的关系。分析哲学的指称理论以可证实性为标准，认为语言中最基本的名称所指的就是构成世界之实体的简单事物。而索绪尔看重语言自身的建构力量。在这种情况下，20世纪对文学语言指称的讨论存在致命的缺陷：一是局限于语言论视野，或者如分析哲学那样把文学理解为无指称的字面意义，或者如深受索绪尔语言学影响的形式主义把文学理解为语言符号的作用机制；二是文本中心主义，没有看到读者接受及社会文化在文学指称和意义生成中的作用；三是在思维方式上陷入了语言与世界、

---

① [加] 弗莱：《批评的剖析》，陈慧等译，百花文艺出版社1998年版，第64页。
② [美] 米勒：《文学死了吗》，秦立彦译，广西师范大学出版社2007年版，第31页。

虚构与真实的二元对立，文学是一种虚构，因而被认为不具有真实性或真理性；四是认识论诉求，如语言哲学对指称的讨论便隐含着通过语句逻辑条件的分析追求真理的渴望。而文学语言指称既是语言的，又是超语言的；既是认识论的，又是本体论的，它指向人的生存状态与可能世界。这就需要我们超越分析哲学和索绪尔语言学，从一个更宏大的视野去考察文学的指称问题，探究包括语言在内的文学表意的各个关联域。

## 二 文学指称链分析

文学语言的显著特征在于它诉诸可能世界，不追求对现实世界的描述，而注重对可能世界的想象。这注定了文学要超越语句，构筑意象系统，因而文学语言的指称具有整体性，利科称之为"第二级指称"。我们看到，分析哲学的通行做法是用语句的真值条件来确定个别词项的内涵和外延，两个逻辑上等价的词项在现实中有相同的外延，因而具有相同的内涵，指称是一个表达式的意义与它的指称对象相等同，例如水是 $H_2O$。可见在分析哲学那里，指称是以实证主义的真理概念——日常现实性概念的相关物为依据的。毫无疑问，这一级指称对文学是不存在的，文学作品整体所构筑的世界才是作品的指称，"文学作品只有在悬置描述性活动的指称的条件下才能通过它特有的结构展示一个世界。换句话说，在文学作品中，通过把第一级指称悬置起来话语将其指称表现为第二级指称"[1]。在这里我们很容易想起后期维特根斯坦的名言——"想象一种语言意味着想象一种生活形式"[2]。文学语言的指称恰恰标志着语言的自我超越，在更高层面上还意味着人类对现实的一种自我超越。文学语言的语义内涵不仅包括它所创造的可能世界自身，还包括它所描写的语境，而其外延不仅

---

[1] [法]利科：《活的隐喻》，汪堂家译，上海译文出版社 2004 年版，第 303—304 页。
[2] [奥]维特根斯坦：《哲学研究》，汤潮、范光棣译，生活·读书·新知三联书店 1992 年版，第 15 页。

是作品创造的可能世界,还包括社会文化背景、文学传统和读者与之接触的方式。文学语言语义内涵与外延关系的复杂性决定了文学指称的复杂性。

如上所述,文学语言的指称具有自指性与伪指性,但文学却同时具有现实性和真理性。这是文学指称中的悖论所在,也是分析哲学视野下文学指称讨论的盲点和误区所在。纳尔逊·古德曼视文学为构造世界的方式之一,但他承认"构造世界总是从已在的世界开始;这个构造其实是一个重构"[①]。利科也认为:"被诗歌话语带入语言的东西就是前客观的世界,我们生来就是置身于这个世界并在这个世界中构想着最本己的可能性。因此,我们必须动摇对象的支配地位,以便使我们对世界的原始归属关系存在下去并把这种归属关系表达出来,而这个世界是我们居住的世界,也就是说是始终先于我们而存在并且打上了我们劳动印记的世界。"[②] 文学语言对可能世界的营造在一定程度上离不开对现实世界的参照,我们可以借用韦勒克的一个术语,称为"间接指称"。他说,文学语言对现实的"指称是间接的,它是通过类比而产生的对与普通现实有关的想象的世界的沉思。文学的个别组成部分并不指示现实,只有艺术作品的整体蕴含了现实意义"[③]。韦勒克说得很清楚,文学语言不存在分析哲学所关注的语句(词项)层面上的指称,但是作品的整体又多少包含了对现实的指称。那么文学语言乃至文学本身的真理性何在呢?由于分析哲学把弗雷格在语义学意义上的指称概念纳入英美经验主义认识论传统之中,往往以"对现实的符合"的真理观要求文学,文学语言不追求表征现实的伪指性,一不留神变成了文学语言乃至整个文学不能表达真理的伪指性。对此,罗蒂有一个中肯的反省,"当代分析哲学引发了大量关于'文学客体真理性'的讨论,但是这场讨论的动

---

① [美]纳尔逊·古德曼:《构造世界的多种方式》,姬志闯译,上海译文出版社2008年版,第7页。
② [法]利科:《活的隐喻》,汪堂家译,上海译文出版社2004年版,第425页。
③ René Wellek, *The Attack on Literature and Other Essays*, Chapel Hill: The University of North Carolina Press, 1982, p. 26.

机与文学理论相距甚远"①。从认识论的意义上说，即使我们把指称从文学的语句扩大到文学的整体，文学所表达的真理依然是有限的，但是从本体论意义上说，文学语言和文学本身仍然具有真理性。这个真理性或许可以用相对论的真理观——"具有正当性的断言"来衡量。一方面，文学是一种特别的语言游戏，文学语言致力于再造虚拟现实，把指称和符号结合起来，其"指称不是先于语言而存在，而是某个言语行为的效果，通过生产其指称物，该言语行为以自己的方式改变了现实，即通过语言做成了某事"。② 文学的虚拟世界具有某种自足性和自洽性，可以指称虚构世界的人物；另一方面，虽然文学文本不以指称外部世界为最终目的，但却最大限度地发挥了人的想象力和创造力，并赋予文学语言以拆解自身理性规范、呈现可能的形象世界、承载人间希望以正当性，成为一种具有实践性效力的言语行为。文学文本虽然不能给出任何关于现实的东西，但每个文本都提供了令人惊异的新奇的事物，从而构造了我们的生活态度和想象生活的方式。所以保罗·利科认为，诗歌的语言也是一种真理性的语言，因为每首诗"都突出了一种新的生活态度"：诗歌把世界当成我们生活于其中的世界来谈论。科学语言把我们引向与物的单纯联系，而"诗歌通过阻碍产生这种对可控制东西的盲信，维护了科学，维护了一种真理的理想，根据这种理想，所表明的不是由我们支配的，也不是可控制的，而仍然是令人惊异的事物，仍然是天赋的东西"③。然而，我们还应当看到，文学同样也不以表达真实与真理为目的，制造认识论与本体论之间的张力与冲突正是文学追求的效果之一。这使得文学的指称时常超出文学的意象世界之外，关联到文学活动的各个方面。埃柯说，文学作品"建立起一个'文化'的世界，这个世界从本体论

---

① Richard Rorty, *Consequences of Pragmatism*, Minneapolis: The University of Minnesoda Press, 1982, p. 110.
② Warwick Slinn, "Poetry and Culture: Performativity and Cultural Critique", *New Literary History* 30 (1999), p. 63.
③ ［法］保罗·利科：《言语的力量：科学与诗歌》，见胡经之、张首映主编《二十世纪西方文论选》第3卷，中国社会科学出版社1989年版，第304页。

的意义上说,是既不真实也不可能的;它的存在与一个社会用什么方式思维或说话的文化秩序联系在一起"①。文学语言违反了通常代码的语义编码模式,极易形成歧义与含混,作为一种语言建制与具体的语义模型的关系难以确定,形成文学的指称多义现象,由此造成的语言意义与文本指称之间的摩擦是文学文化的基本存在形态,其意指规则既超越了现实也超越了语义真值条件,成为人类超越自我的一种方式。就此而言,文学不仅是一种语言现象,也是一种文化现象;既是语言创造物,又和经验世界、文学传统、作家创造、读者阅读等相联系,溢出了单纯的语言框架,形成了文学文本的多重指称和不同于科学文本的多种表意路径。加拿大学者琳达·哈琴认为,文学文本指称涉及自我指称、文本内指称、文本间指称、文本外指称以及所谓"诠释性指称"等多个方面。② 她的这个说法虽不够全面,但有其合理性。我们可以适当借鉴并加以改造,研究文学指称所呈现的放射性分布,揭示文学的动态指称模式。

　　文学是一种语言艺术,而文学语言有一种自我增殖、自我衍生的倾向,这就是文本的自我指称,或称自指性。文学文本的自指性最早是由被称为形式主义的俄国形式主义、布拉格学派、新批评和结构主义提出来的,解构批评沿袭了这一说法。在俄国形式主义关于文学性和陌生化的论述中,就包含了突出文学语言自我指称的考量。到了新批评那里,艾略特说:"诗的意义存在于,而且只存在于语言中。"③结构主义更是把文学视为一个封闭的存在。巴尔特说:"叙事作品不表现,它不模仿……叙事作品中'发生的事情',从指物的(现实的)角度看,是地地道道的无中生有。'所发生的'仅仅是语言,是语言的历险。"④ 解构批评家德曼指出,文学的"代码是非常引人注

---

① Umberto Eco, *A Theory of Semiotics*, Bloomington: Indiana University Press, 1976, pp. 61-62.
② 参见[加拿大]琳达·哈琴《后现代主义诗学:历史·理论·小说》,李杨、李锋译,南京大学出版社 2009 年版,第 191—213 页。
③ T. S. Eliot, *On Poetry and Poets*, New York: The Noonday Press, 1961, p. 8.
④ [法]巴尔特:《叙事作品结构分析导论》,见张寅德编选《叙述学研究》,中国社会科学出版社 1989 年版,第 40—41 页。

目的、复杂的和莫测高深的；它吸引了对它自身的过分的注意力，于是这个注意力不得不去获得方法的严密性。为了代码本身的缘故而专注于代码的结构要素是在所难免的，因而文学必然产生它自己的形式主义"。"修辞从根本上将逻辑悬置起来，并展示指称反常的变化莫测的可能性。我毫不迟疑地将语言修辞的、比喻的潜在性视为文学本身。"① 虽然上述说法夸大了文学的自我指称功能，但是文学语言的确存在自我增生现象。比如元曲与杂剧中有些作品尽显遣词造句方面的技巧，却谈不上有什么社会文化内涵。如贯云石【清江引】（立春）："金钗影摇春燕斜，木杪生春叶，水塘春始波，火候春初热，土牛儿载将春到也。"此曲暗含金、木、水、火、土5个嵌字。郑光祖《倩女离魂》第三折【十二月】"元来是一枕南柯梦里，和二三子文翰相知，他访四科习五常典礼，通六艺有七步才识，凭八韵赋纵横大笔，九天上得遂风雷"。此曲把一、二、三、四、五、六、七、八、九写到作品中以示机趣。莫言的小说《丰乳肥臀》中有这样的句子："我是一个兵，来自老百姓。我是一张饼，中间卷大葱。我是一个兵，拉屎不擦腚。"严肃的政治话语与粗鄙的民间话语形成语言狂欢。这些都是文学的自我指称。文学建立了内部连贯一致的、形式上统一的虚构的叙述框架，这就是文本内指称。形式主义反对再现式现实主义把文学与现实或外在世界相等同的做法，把文学归结为符号与符号之间的相互作用，致力于研究文学的语言、叙事、反讽、象征等，其实就是在自我指称与内指称框架里看待文学。文本外指称是把文学创作视为展现事实、通过文本追溯事件的行为。亚里士多德曾经说人类有模仿的天性，文学是对自然和人的行动的模仿。这为文学外指称提供了依据。文学史上不乏依托历史或现实经验进行创作的作家，巴尔扎克自称是法国社会的书记，杜甫被后人称为诗史，就是如此。从理论上说，文本外指称实际上是韦勒克所说的文学对现实的间接指称，即文学文本或多或少要参照经验世界。但是，文学对经验世界的指称已

---

① Paul de Man, *Allegories of Reading*, New Haven: Yale University Press, 1979, p. 4, p. 10.

经打上了语言活动的印记而不同于经验世界本身。对结构主义影响很大的法国语言学家本维尼斯特说，语言"对世界的认识是由这一认识本身所能接纳的表达方式所决定的。语言重新生成世界，但却使世界受制于语言自身的组织结构"①。而文本间指称就是克里斯蒂娃所说的互文性。里法特尔认为，文学指称常常是文本与文本之间的指称。他说，"诗歌的话语建立在语词与文本或文本与另一文本的平衡上"②。文本间指称是文本之间的互文与借用现象，是文学的相互关联与影响。所谓"诠释性指称"指文本虚构性世界和读者真实性世界之间的互动，因为文学的指称只是在整个阅读过程里才逐渐地浮现出来。

总的说来，没有严格意义上的内指称、自我指称、文本间指称、外指称或诠释性指称，每一种指称都与其他指称相交叉或重合，文学是多种指称活动构成的网络。文学批评与文学理论需要探究文学的多种指称潜能和表意路径。

## 三 作为可能世界的文学指称问题

如果我们把文学看作是一种可能世界，意味着它首先被看作是一个超越于现实世界，具有独立存在意义的可能世界。理解了这一观点，就会对可能世界里的虚构个体的指称、存在、生成、命名、识别等问题有新的认识。

如前所述，文学虚构世界的指称问题是20世纪以来，随着分析哲学以及形式主义文论的兴起而出现的。人们一直争论文学虚构的人物是否有指称，并且如果承认虚构人名的指称是否就等同于承认了虚构对象的实体存在这类问题。相关学者大多是否定文学虚构世界具有指称性的。由于在语言与实在关系的框架里讨论指称，弗雷格、罗

---

① [法]本维尼斯特：《普通语言学原理》，王东亮等译，生活·读书·新知三联书店2008年版，第12页。
② M. Riffaterre, *Semiotics of Poetry*, Bloomington and London: Indiana University Press, 1978, p. 19.

素、奥斯汀、穆卡洛夫斯基、施蒂尔勒等人都否定文学虚构世界的人物和事件具有指称性，他们在理论上陷入了多利泽尔所谓的"单一世界模型框架"，即以现实（真实）世界为唯一的依据的思维框架。

可能世界理论的引入克服了这一难题，虚构世界可以指称和处理具体可感的虚构实体和事件。可能世界是介于现实世界与实在世界之间的，一方面，可能世界是超越现实世界的，是不依附于现实世界的；另一方面，它也不需要强调自己就是真实世界，它是可能世界，自身就有合法性和独立存在的意义。因此，对于文学虚构世界里的个体和事件，我们不能以现实世界来作为依据，而应以可能世界自身为依据。由此可以认为，虚构的个体人物和事件虽然不存在于现实中，但存在于小说、传说、神话故事等文学作品之中，虚构的人名不指称现实世界的任何人物，但可以指称小说世界里的人物。譬如"林黛玉"就指称林黛玉这一人物，她虽然不存在于现实世界中，但却真实地生活在《红楼梦》的小说世界之中，《红楼梦》的小说世界就是可能世界的一种。在我们的日常生活中，当人们提到"福尔摩斯""孙悟空""曹操"这些人物名称时，人们是完全可以理解他们的意思，人们会把他们分别与小说《福尔摩斯探案集》《西游记》和《三国演义》中的某一人物联系起来，而不会误把他们认作是现实世界里的人物。人们对他们的指称都与现实生活中我们对真实人名的使用情况完全一样。这就表明，虚构世界中的个体和现实世界里的人物一样，可以是有指称的，只是这些虚构的人物可以被看成生活在这种可能世界中的人物。可见，可能世界的介入，使虚构个体的指称依据从现实世界转到可能世界里，从而使我们可以指称现实世界里并不存在的个体，其真值标准是相对于可能世界，而不是现实世界而言的。这就为虚构世界的存在建立了合法性，也为我们研究文学的指称提供了新思路。

承认虚构世界里的个体和事件有指称，是否就预设或等同于承认了虚构对象的实体存在，这是哲学界实在论和非实在论者争议的焦点。他们往往从语言论的角度看，这里的关键问题是涉及对语言的理解，尤其是对语言和外部世界的关系问题的把握。如果按传统语言观，把语言看作是对外部世界的描述和反映，语词的指称就是所指对象的定义，那么由于现实世界不存在虚构个体，可以说虚构世界里的人名就没有所指。如果按现代语言观，把语言看作是一个自足的系统，不强调语言与外部现实的关系，而是从约定的角度来理解，那么虚构世界里的人名的指称可以看作是语言内部问题，只要合乎语法，逻辑正确，可以在语言框架内用虚构人物构成有意义的语句并谈论虚构人物，而不必承担语词或语句的"本体论承诺"，这就是说承认虚构个体有指称，并不意味着承认虚构对象的实体存在。如果从可能世界的角度看，问题更好解决，因为我们指出过，可能世界有自己独立存在的意义，它是超越现实世界的，既不依附于现实世界为依据，也不声称自己就是实在世界，自身就是独立存在的世界。因此，文学虚构世界作为可能世界的一种，有自己的存在论，虚构个体存在是针对虚构世界而言的，而不是现实世界，所以可能世界里的虚构个体人物和事件是不存在于现实世界的，但是他们存在于自己所在的虚构世界里。承认虚构人名指称虚构人物并不意味着虚构人物在我们的现实世界里实体存在，而只是针对他所存在的可能世界而言的。在那个世界中，他像我们现实世界里的指称一样，是真实存在的。

既然虚构个体不是指在现实世界里的实体存在，而是存在于虚构的可能世界里，那么，他们在虚构世界的生成不是像现实世界里的我们那样是自然生长的，而是主要靠作者的自行创造并命名而产生的。从表面上看，作者对虚构个体的命名似乎与我们在现实世界里的真实命名方式一样，但是却存在根本的不同。真实命名只是把一个代表名称的符号或记号与某个具体的人、物或事件联系起来，这个符号或记号本身是没有任何意义的，即使其中包含了某些意义，那也只是人们的一种愿望和寄托。例如把某个女孩命名为"美丽"，并不一定保证她长大就一定长得漂亮、美丽，用克里普克的话说，这两者之间没有任何联系，即使碰巧这个女孩长得很漂亮，那也只是一种偶然的联系。但是，对于虚构个体而言，虚构个体的命名与含义之间就可能存在必然的联系，这关键就取决于作者的命名意向了。克里普克在命名问题上提出过一个因果历史理论，他认为专名与描述专名的某些特性

## 第五章 文学的指称

的内涵之间是没有必然联系的,即使有,那也是偶然联系。这个理论适用于现实世界,但是却不一定适用于可能世界,特别是文学的虚构世界。这是因为文学虚构世界里的个体是由作者创造和生成的,作者在创作前或创作过程中就已经构想好虚构个体例如某个虚构人物的全部经历,也就把握了该人物的基本内涵,因此作者可以把人物的性格特征和经历都蕴含到名字里,以此来暗示和反映人物的性格特征和命运发展。例如在鲁迅的小说中,许多人名的命名都包含了某种隐喻、暗示的意思,如阿Q,鲁迅之所以这样命名,是因为大写的Q像一个人后脑勺上拖着个辫子,这很容易让人联想起清朝男人留辫子的形象,以此暗示这个人物深受封建思想毒害,具有封闭、落后、愚昧、无知的性格特点;再如孔乙己,"乙己"二字是讽刺他说话古板拗口,半懂不懂,深受科举文化的毒害;小说《药》中,华家和夏家的命名同样暗示了代表全华夏民族的悲剧,其中人物,华老栓、华小栓和夏瑜的名字,"栓"和"瑜"暗示谐音"痊"和"愈",以此隐喻作者对小说主题,即唤醒普通民众的觉醒的暗示。《红楼梦》中也有不少这样人物命名,例如命名甄士隐、贾雨村,暗示"真事隐去、假语村言",命名贾政,暗示是个表面上的正人君子,实为"假正经",命名贾宝玉,意味假的宝玉,实为具有反抗精神的"真顽石",丫鬟英莲的命名,暗示应怜,暗示她从小就被拐卖,一生命运的坎坷,可怜;"元春""迎春""探春""惜春",表示"原应叹息",是对女子悲剧命运的感慨。当然在许多时候,文学虚构世界里的人物命名也只是一个单纯的符号,但是不可否认,在文学作品中虚构个体的命名和含义可以形成必然的联系,这是虚构世界里个体命名和生成的一个特点。虚构个体的命名暗示甚至影响该个体在虚构世界里的命运与发展。这个特点也说明,虚构个体只存在于虚构世界里。

除了作者自行创造并命名的个体外,文学虚构世界里还有一些命名是直接借用于现实世界里的,例如《战争与和平》中,安德烈、彼埃尔是作者命名的,但是其中的拿破仑、库图佐夫、莫斯科、圣彼得堡都是现实世界中真实的名称,甚至博罗季诺战役、莫斯科大火和1812年俄国反对法国入侵的卫国战争都是来自现实世界的历史,是有真实指称的。许多历史小说或者描写现实世界的小说都具有这个特点，如何理解和识别这种情况呢？我们知道，塞尔也注意到并非虚构作品里的所有指称都是伪装的指称，其中也有对非虚构因素的真实的指称。塞尔认为，"如果虚构故事中也谈到真实世界的事物，那也可以指称这些事物"①，这些看法仍然隐含了把现实世界置于虚构世界之上的地位，是从现实世界的角度来理解这些个体的。

如果从可能世界的框架来考虑，就要牵涉到个体跨界同一性和识别问题的讨论，这是可能世界最基本的理论问题之一。所谓跨界个体的同一性和识别问题，就是指个体可以跨越不同的可能世界而存在，即存在于两个不同的可能世界里，那么他们是否拥有同一性，是否是同一个个体呢？我们又根据什么标准来识别在不同的可能世界中存在的个体是同一个个体？由于现实世界也可以被看作是可能世界中的一种，所以现实世界与小说世界之间是适用于跨界问题的，例如《战争与和平》中的拿破仑与现实世界中拿破仑是不是可识别为同一人，《三国演义》中对曹操的描述可以看作是对现实世界里真实的曹操的认识吗？也就是说，问题的关键是，在这样的跨界过程中，虚构世界里的现实名称，可以被当真实指称吗？可能世界理论对此的解答主要是依从个体的本质属性而定的，例如在某一可能世界里，对某一个个体，拥有诸多属性，有本质属性，也有偶然属性，而在另一个可能世界里，另一个个体具有同样的本质属性，只是偶然属性有差别，那么它们仍然可以识别为同一个跨界的个体。陈嘉映批评这样辨别方式，他认为许多学者依本质属性来判断同一性问题，会最终"一路追问到受精卵的分期问题上"，"普特南和克里普克把传统的本质属性/偶然属性的本体论嫁接到科学新知上是一个完全失败的尝试"，"我以为，求援于物质起源或物质结构来解说语词所指的同一性完全不得要领"。②陈嘉映提供了另外一条思路，即是从语言角度来理解跨界

---

① J. Searle, *Speech Act: An Essay in the Philosophy of Language*, 外语教学与研究出版社2001年版，第79页。
② 陈嘉映：《语言哲学》，北京大学出版社2003年版，第355页。

问题。正如我们前面所论述的，语言本身就是一个可能系统的符号，任何外部事物只有进入语言才能进入世界，现实也同样是语言的建构，现实世界里的事物进入语言，也会被可能化、虚构化，也就是说，现实世界必须经过语言的可能性塑造，才能呈现在我们面前。这也就是为什么说现实世界也是可能世界，是众多可能世界里的一种。在特定的虚构世界里，现实世界里的莫斯科、拿破仑都重新被虚构化了，作家对他们的描述，就真实的指称而言，也就是现实世界里的真实事物而言，他们在经验和属性上的描述都是虚假的，但是就故事的虚构世界而言，也就是在可能世界里，他们则被读者接受为真实的人物和地名。当然，我们这里讨论的是文学，在诸如绘画、雕塑之类艺术中，不排除有肖像画、人物漫画或者人物雕塑这一类以真实人物为原型的创作，其指称对象相对确定。即便如此，这类创作也有一个对原型的艺术再创造问题，也不适合进行逻辑的真值判断，"在一幅漫画中，根据漫画家想要传达的表现洞见，一个人外形的样子被极度夸张。虽然在'真'的层面上出现了可确指的歪曲，但漫画或变形的肖像在被画对象人格方面有时却给我们以比照相或其他什么我们会说是逼真的东西更富神韵的形象，或更深的洞察"[①]。

总之，把文学理解为可能世界，将让人们认识到，文学虚构世界里的个体是有指称的，他们不存在于现实世界之中，但是存在于小说和文学的虚构世界之中，他们不是现实世界实存的个体，是需要作者创造、命名生成的，其名称与内涵可以建立必然的联系，虚构个体针对文学世界而言是真实存在的。

## 四 文学指称与文本意义解读

文学文本运用语言符号向人们传递特殊的审美信息，文学阅读则首先要破译语言符号的编码方式，文学理论也需要对文学的意指过程

---

① ［荷兰］安克斯密特：《历史表现中的意义、真理和指称》，周建漳译，译林出版社2015年版，第106页。

进行结构分析。就单个文本来说,从文字编码,到语义编码,再到文化编码,每个文本传递了多重信息,构建了表意层级。就文本类型来说,各类文本指称会有所侧重,文学解读借此发掘文本的不同表意路径。侧重内指称的文本追求自足语义世界的创造;侧重自我指称的文本推崇歧义,加深符号与对象的根本分离;侧重文本间指称的文本通过语言、结构或事件(意象)等暗指或挪用其他文本;侧重外指称的文本虽然包含对表现对象的特殊选择,但这类文本突出政治、历史背景,常常按照时间、因果序列把事件各个部分联系起来,造成一种拟真实或仿历史的叙述外观,如巴尔扎克、狄更斯等人的现实主义文本,它们提供了过去事件的痕迹。侧重内指称和自我指称的作品属于雅克布森所说的发挥语言诗学功能的写作,侧重外指称和文本间指称的作品建立了文学和世界、文学与传统的关联。从文学指称的构成看,固然外指称对文学十分重要,不仅一些作家作品追求文学外指称效果,文学阅读也离不开现实经验的参与,但是内指称、自我指称、文本间指称通常是文学指称的实质和核心,因为它们集中体现了一个作家在如何处置文学时所产生的焦虑和所采取的步骤,也是一个作家驰骋想象力、发挥创造力的广阔天地所在。正如卡勒所指出的,当我们把文学当作文学时,"我们总是可以提出这样的问题:它就如何阐明意义所作的明确表述与它自己在阐明意义时的具体做法之间是怎样联系的。文学是一种作者力图提高或更新文学的实践,因此它永远含有对文学自身的反思"[①]。

　　文学文本的指称模式与文学的意义建构、文本的意义解读关系极为密切。内涵丰富的作品多有指称多义现象。利科认为,"我们并不一定要把两种符号定义对立起来,一个是作为能意指与所意指之内的差异,另一个是作为符号之对事物进行的外部指称"。这就有必要从符号学过渡到语义学,"由于我们所有的词都有某种程度的多义性,因此我们的话语的单义性或多义性,并不是由词造成的,而是由上下

---

[①] [美]卡勒:《文学理论》,李平译,辽宁教育出版社1998年版,第36页。译文有改动。

文造成的……加入上下文同时容许甚至保存若干同位素的话，我们就将与确实的象征性语言打交道，这种语言在言说一件事时，也是在言说其他事"①。如柳宗元《江雪》，明里指称的是一无所获的垂钓老人，实际指称政治改革失败宁折不屈的柳宗元自己。其实这种现象在隐喻、象征、反讽类作品中比比皆是。现代主义作品的晦涩难解，很大程度上是由于指称多义造成的，即表面描写一物，实际却暗示另一物。德里达称之为指称悬置。他说，"没有对于意义与指称的悬置关系就没有文学。悬置表示悬而未决，但也表示依赖、条件、条件性。在其悬置的条件下，文学只能超越其自身"②。而意蕴复杂的作品多半存在着各类指称的元素。例如《红楼梦》的开头石头自述、空空道人抄录、曹雪芹整理可谓自我指称。大观园的盛衰和四大家族的故事是内指称，所折射的明清之际人情世故是外指称，和《金瓶梅》等先前同样以性爱和大家庭为描写对象的小说的关系是文本间指称等，所有这些为《红楼梦》提供了多样解读可能性。

但是文学又不仅是语言现象和文化现象，也是一种实践行为。文学言语行为的指称研究，例如塞尔、瑞恩、费尔曼和德曼的指称研究为理解和探讨指称多义现象提供了新的角度。

塞尔在1969年出版的成名作《言语行为：语言哲学论》一书涉及指称问题时，就认为指称也是一种言语行为。他总结了指称的两条原则，其中之一是存在原则，即，"凡是被指称的对象一定存在"，与罗素等否定虚构事物存在的看法不同，塞尔认为话语的指称对象可以分为两种"存在"：一种是存在于现实生活中的，另一种则是存在于文学世界里的。塞尔认为作家在创造虚构作品时，创造了一些并不存在于现实生活的人物和事件，他只是在通过伪装指称来假装存在一个可以指涉的客体，通过伪装指称来创造虚构的人物和事件。但是一旦虚构的人物和事件创造出来了，虚构世界之外的读者就能够真正地

---

① ［法］利科：《解释的冲突》，莫伟民译，商务印书馆2008年版，第106、114页。
② ［法］德里达：《文学行动》，赵兴国等译，中国社会科学出版社1998年版，第14页。译文略有改动。

在话语中指称这些虚构的小说人物和事件了。例如我们根据柯南·道尔的小说可以说"永远不存在福尔摩斯夫人,因为福尔摩斯从没有结婚;但是有华生夫人,因为华生结过婚,尽管华生夫人婚后不久就去世了"①。塞尔的意思是说虚构作品的人和事虽然不在现实世界里存在,但也是一种存在,读者可以根据需要指涉它们。塞尔显然在言语行为视野中为虚构指称留有余地。

在《虚构话语的逻辑地位》中,塞尔指出,虚构作品里的所有指称不都是假装模仿的指称,其中包括一些真实的指称,就是说许多虚构作品包含了非虚构因素。例如,塞尔指出柯南·道尔创造的福尔摩斯是虚构的人物,但是故事发生的地点伦敦却是真实的指称。又如托尔斯泰的《战争与和平》,彼埃尔等主人公是虚构人物,但是故事中的俄罗斯是真实的俄罗斯,反抗拿破仑战争也是真实的所指。托尔斯泰的《安娜·卡列里娜》开头的一句话,"幸福的家庭全都是相似的,不幸的家庭各有各的不幸",塞尔认为这不是一句虚构话语,而是严肃的话语,是一句天才的断语。反过来,纳博科夫在其小说《艾达》开头故意反讽地错误地引用了托尔斯泰的这句名言:"幸福的家庭或多或少有些不同,不幸的家庭也或多或少都有些相似。"塞尔认为这同样是一句严肃的天才的断语。这些严肃话语同样是一部虚构作品的组成部分。由此,塞尔认为虚构作品是相当复杂的,因而他主张把虚构文本划分真实指称和伪装指称、认真的言语行为与假装的言语行为两种。但是这种划分是机械的,正如皮特里(S. Petrey)所指出的:"当读一部特别的作品时,我们知道假装的规则在起作用,但什么时候它们语力是自身的悬置呢?因为无数虚构作品在假装的同时,也指称真实的人、地点和人物。我们怎么才能分辨这个词遵守正常的指称规则,何时才违反它?"②瑞恩进一步提出,读者在文学阅读中通常根据自己的生活经验和知识,即采取"最小偏离度原则"(the

---

① J. R. Searle, "The logical status of fictional discourse", *New Literary history*, Vol. 6, 1975, p. 329.

② Sandy Petrey, *Speech Acts and Literary Theory*, New York: Routledge, 1990, p. 65.

principle of minimal departure）来重建虚构世界："这个定律——我将称之为最小偏离度原则——是指我们重建文本宇宙中心世界的方式是与我们重建非事实性陈述的可能世界方式一致的：都尽可能地遵循我们对现实世界的表征。我们将所知道的一切投射到文本世界中，并只有在文本发出命令时才做些调整。"①

费尔曼的《文学言语行为——唐璜和奥斯汀，或两种语言中的诱惑》把言语行为理论与解构主义及拉康的精神分析结合起来，对指称研究做了重要推进。费尔曼指出，与结构主义和转换语法不同，这两者都拒绝语言的指称问题，而言语行为理论重新引入了指称问题，"在语言学中，奥斯汀坚持重复这样的事实，即他的研究目标不单是语言，而且瞄准了指称的现实"。② 费尔曼认为，精神分析学说和言语行为理论一样，也观察词和行为之间的关系、语言和指称之间的关系，它们与传统的指称观念不同，都不认为语言是对真实的描述、知识的认知，或者说，是对指称物的反映或模仿。正相反，在文学中，指称物是语言本身的产物，是其自身生产的效果。费尔曼在对唐璜的研究中，发现唐璜的许诺是空的指称，永远不可能兑现，脱离了所有指称物的束缚，他的话语只是他欲望的体现。这意味着，在施行语中，语言和指称之间不再是一个简单的对立面，同样也不是同一或一致的，语言不再表征某个外在于陈述的现实或事物，某个施行语的所指物就是其言说或陈述行为自身，就如，"我许诺"的所指就是说这句话的行为本身，这是由语言以及语言的施行所生产出来的意义。在这种言说中，符号及其指称物不再分离，当然这也不是说它们就一定是完全同一的。在施行话语中，语言成为其所指物的一部分，指称性与生产它的那个行为便由此变得密不可分。指称不再是先于语言而存在的，而是一种行为，是某个言语行为的效果。③ 费尔曼的这个观点

---

① Marie-Laure Ryan, *Possible Worlds, Artificial Intelligence and Narrative Theory*, Bloomington: Indiana University Press, 1991, p.51.

② Shoshana Felman, *The Literary Speech Act—Don Juan with J. L Austin, or Seduction in Two Language*, trans by Catherine Porter, New York: Cornell University Press, 1983, p.74.

③ Ibid., pp.74-77.

来自本维尼斯特，本维尼斯特就认为施行话语具有指涉其陈述行为自身的自我指涉性。不过费尔曼还指出，施行话语在生产自我指涉的同时，还能生产出一部分超出该陈述纯粹语言意义之外的剩余意义，这部分意义被奥斯汀命名为"语力"。由此，施行性话语导致了一种不对称的现象存在，即指涉陈述自身与超越陈述自身之间的不对称现象。所以指称性事实上包括了自我指涉与修辞效果的剩余指涉两个既相互区别又紧密联系的部分。费尔曼指出，由于在现实世界中，无论是精神分析学说还是言语行为理论，指称都是在对话环境中提出的，是"对话的指称"，因此现实话语的施行性通过展现其自身的（语言）意义，同时又超越其语言内容进入到新的意义的生产过程或语境中，施行话语就是进入现实世界，并参与了现实世界的意义建构。所以在现实世界中，实际话语的指称性事实上包括了陈述自身的物质性行为和达到社会性效果的物质性现实两个部分，通过生产其指称物，这个言语行为以自己的行动动态地修正了现实，改变了现实，即用语言来做成了某事。这样，费尔曼从施行话语的指称性角度不仅阐释了言语行为如何影响打破语言内外的隔阂，影响现实，参与了现实文化意义建构的过程。前文交代过，德曼也曾指出，文学言语行为的特点是"指称异变"，在生产了自己指称对象同时也解构了它，既制造了文本内外之间的指涉断裂，因为文学作品内的许多指称是无法指向现实的，又生产出一部分超出该陈述纯粹的语言意义之外的剩余的指涉意义，并以此进入社会语境，参与了文化生产与意识形态建构。上述说法比较好地揭示了虚构世界的指称扩张与指称多义现象。

# 第六章 隐喻

隐喻是用某个语词暗示某种意义并实现交流的语言或符号现象。美国语言学家莱考夫认为,"隐喻的本质就是通过另一种事物来理解和体验当前的事物"[①]。从文学的角度看,隐喻是偏离本义的语言表达方式。隐喻在诗歌里应用最为普遍,以至于德里达说:"诗,文学的最早样式,本质上具有隐喻性。"[②] 但是实际上,隐喻在小说、散文、戏剧、故事、寓言、神话等中也很常见,甚至也存在于演说、政论和科学著作中。可以说,隐喻不仅是重要的修辞手段和文学手法,也是重要的美学、文化和人类思维现象。

## 一 语言转向与隐喻研究的复兴

"隐喻"(metaphor)这个词源自希腊文"*metapherein*",意思是"转移"或"传送","它指一套特殊的语言过程。通过这一过程,一物的若干方面被'带到'或转移到另一物之上,以致第二物被说得仿佛就是第一物"[③]。也就是说,在隐喻中,字面上表示某个事物的一个词或表达,可以不需要进行比较而应用于另外一个完全不同的事物。如《诗经·周南·桃夭》中的诗句"桃之夭夭,灼灼其华,之子于归,宜其室家",盛开的桃花与新嫁娘之间有某种相似性,以桃

---

① [美] 莱考夫、约翰逊:《我们赖以生存的隐喻》,何文忠译,浙江大学出版社 2015 年版,第 3 页。
② [法] 德里达:《论文字学》,汪堂家译,上海译文出版社 1999 年版,第 394 页。
③ [英] 特伦斯·霍克斯:《论隐喻》,高丙中译,昆仑出版社 1992 年版,第 1 页。

花表示新嫁娘,就是隐喻。在《修辞学》(一译《修辞术》)中,亚里士多德把隐喻视为语言转义的一种方式,隐喻是通过引入两个不同的事物,脱离了字面意义而充当了一个相似物的替代品。亚里士多德提出了关于隐喻的两个原则,其一是"隐喻关系不应太远,在使用隐喻来称谓那些没有名称的事物时,应当从切近的、属于同一种类的词汇中选字",这就是隐喻理论史上著名的相似性原则;其二,"隐喻还取材于美好的事物",即隐喻作为转义应当产生令人愉快、耳目一新的效果。[①] 正因为亚里士多德视隐喻为一种语言转义现象,他把明喻也当作隐喻的一个类别。陈望道也认为,隐喻和明喻"原本没有什么区别,都是由于思想对象同取譬事物之间有类似点构成"。感情激越时用明喻较多,而当"譬喻这一面的观念高强时,譬喻总是采用譬喻越占主位的隐喻或借喻"[②]。

但是无论从语义表达,还是从接受效果上看,隐喻和明喻还是有区别的。分析哲学家戴维森就从语义表达的真假方面谈到这个问题,"明喻与隐喻之间的最明显的差别是,一切明喻都是真的,而大多数隐喻是假的"[③]。因为明喻将具有某种共同特征的两种事物连接起来,本体、喻体和比喻词同时出现。而隐喻的形成则经历了一个先把具体事物类型化或抽象化,再与另一与此事物相似的事物进行类比或关联的过程。例如,当我们说,"他像一头猪",说的是这个人懒惰、愚蠢、邋遢等,具有猪的特征。而当我们说"他是一头猪"时,我们知道他明明不是一头猪,而是暗示他具有另外一种事物的特征,这个语句中看起来的不合理和矛盾促使我们用隐喻的方式来理解。比起明喻来,隐喻省略或淡化了比喻词,经历了语义转换,所以,从修辞学上说,隐喻是比明喻更深一层的比喻。中国先秦墨子从论辩的角度谈到了"取类"。《墨子·小取》中说:"以名举实,以辞抒意,以说出

---

① [古希腊]亚里士多德:《修辞术》,颜一译,中国人民大学出版社2003年版,第167页。
② 陈望道:《修辞学发凡》,复旦大学出版社2010年版,第64—65页。
③ [美]戴维森:《隐喻的含意》,见马蒂尼奇编《语言哲学》,牟博等译,商务印书馆1998年版,第859页。

故。以类取，以类予。"这里，"故"为原因，"类"指的是推理、比喻，"故""类"是墨子论辩术的两大支柱。《荀子·非相》也说，"谈说之术……分别以喻之，譬称以明之"。也是强调比喻、隐喻的解说功能，说明中西方最早关于比喻、隐喻的研究有相似的修辞学背景。

无论是亚里士多德，还是墨子、荀子、陈望道，主要还是在语词的修辞格甚至论辩术的范围内讨论隐喻（比喻），突出的是喻体对本体日常用法的偏离特征。实际上，隐喻也是一种重要的话语现象、认知现象和美学现象。到了20世纪，在语言转向的背景下，分析哲学、现象学—存在主义—解释学、语言学、形式主义文论都涉足隐喻研究。在分析哲学家如塞尔、戴维森那里，隐喻语句仍然具有严格的字面意义。塞尔实际上把隐喻视为间接言语行为的一种，即通过格赖斯所说的关于对话的合作原则产生语用效果，"为了简便地区别说者通过说出语词、语句以及表达式所意味的东西和词语、语句以及表达式所意味的东西，我将把前者称为说者的表述意义，把后者称为语词或语句意义。隐喻的意义总是说者的表述意义"[1]。戴维森则说，"隐喻不同于通常的话语，前者为后者增色，但前者并未使用超乎后者所依赖的手段之外的语义手段……隐喻的含意无非就是其所涉及的那些语词的含意（按照对这些语词的最严格的字面上的解释）"[2]。形式主义一脉的新批评如瑞恰兹等人比较重视语境互动，而属于现象学—存在论—解释学阵营的利科认为，隐喻是对语义的不断更新活动，涉及"所有层次的语言策略：单词、句子、话语、文本、风格"。[3] 而语言学家莱考夫认为，隐喻不仅在语词，更在句子和话语及认知的层面上带来新质。可见，在语言转向的背景下，隐喻研究获得了复兴。

---

[1] ［美］塞尔：《隐喻》，见马蒂尼奇编《语言哲学》，牟博等译，商务印书馆2006年版，第805页。

[2] ［美］戴维森：《隐喻的含意》，见马蒂尼奇编《语言哲学》，牟博等译，商务印书馆2006年版，第843—844页。

[3] ［法］利科：《活的隐喻》，汪堂家译，上海人民出版社2004年版，第14页。

## 二 相似性、语境互动与认知

隐喻形成的基本原理有不同的说法。就西方来看，最早，也最为流行的隐喻理论是本体与喻体的相似论，到了20世纪，在语言转向的背景下，又出现了喻体和喻旨的互动论，以及重视隐喻对世界的认识关系的认知论。

西方传统的隐喻理论是由亚里士多德所奠定的。亚里士多德在《诗学》里说，"隐喻是把属于别的事物的名字，借来作隐喻"，"要想出一个好的隐喻，须能看出事物的相似之点"。① 这种研究方式可称为相似性思路，该思路假定了用于比较事物的特征先在于隐喻，隐喻的使用既可以借此物来指代与认识彼物，还可以加强语言的修辞力量与风格的生动性。这样，隐喻便与类比、转移、借用、替代联系在一起。在古典修辞学中，隐喻尤其借助于相似性。"相似性首先出现在观念之间，词语是观念的名称。……其次，它与偏离构成同一过程的正反两个方面。再次，它是指代领域的内在联系。最后，它是解述的指南，而解述在恢复本义时取消了比喻。"② 隐喻作为比喻的一种，包含了把两个事物进行关联、比较和替代的精神过程，形成了不同的表现形态，这一点在诗歌艺术中尤为明显。如《诗经·关雎》中的"关关雎鸠，在河之洲；窈窕淑女，君子好逑"，用雎鸠求鱼来暗示男子追求女子。青青河畔雎鸠在静静守候小鱼的到来和男子向心仪的女子表白，具有相似性。而对于这首诗的解读，就要破解这相似性。中国古典诗词中对比兴手法的应用就利用了相似性原理，以彼物言此物，先言他物以引起所咏之词，所以常常包含了隐喻。但是，虽然类比是中西方隐喻共同的作用原理，但具体的导向却不尽相同。加拿大学者高辛勇认为，"西方偏好隐喻是因为它的思维作用和它的导向超越的作用。中国的比

---

① ［古希腊］亚里士多德：《诗学》，罗念生译，人民文学出版社2002年版，第62、68—69页。译文略有改动。

② ［法］保罗·利科：《活的隐喻》，汪堂家译，上海人民出版社2004年版，第239页。

则侧重于它的解说功用"①。西方的隐喻强调本体和喻体之间的距离，重视在不同事物之间建立联系；中国受到天人合一等宇宙有机论的影响，隐喻的建构致力于拉近本体和喻体之间的距离，走向了"比"的"类同"。无论是道家的"物化"，还是儒家的"比德"，都有这个倾向。正如汉代的王符《潜夫论·释难》所说，"夫譬喻也者，生于直告之不明，故假物之然否以彰之"。而西方学者却主张隐喻自身的独立价值，"隐喻忽略了带有它意味着的实体的虚构的、文本的成分。隐喻假设了这样一个世界，在这个世界中，内在于和外在于文本的事件、语言的字面形式和比喻形式可以区别开来，字面形式和比喻形式是可以分离的特性，因而可以互相转换和替代"②。

到了20世纪，隐喻研究出现了另一种路径，即英国学者、新批评的先驱瑞恰兹提出和倡导的互动论。互动论是瑞恰兹在1936年出版的《修辞哲学》中提出来的。他认为隐喻是通过喻体或媒介（vehicle）与喻旨（tenor）的相互作用形成的，其中喻体就是"形象"，喻旨则是"喻体或形象所表示的根本的观念或基本的主题"。隐喻的形成并不取决于本体和喻体两个要素的相似，而是保持了在语词或简单表达式中同时起作用的不同事物的两种观念。在瑞恰兹那里，喻旨是隐含的观念，喻体是通过其符号理解第一种观念的观念，隐喻是给我们提供了表示一个东西的两个观念的语词，"当我们运用隐喻的时候，我们已经用一个词或短语将两个不同事物的思想有效地结合并支撑起来的，其意义是它们相互作用的产物"③。在此基础上，瑞恰兹给隐喻下了个定义，"隐喻看起来是一种语言的存在，一种语词的转换与错位，从根本上说，隐喻是一种不同思想交流中间发生的挪用，一种语境之间的交易"④。瑞恰兹认为，喻体和喻旨之所以能够互动，

---

① ［加拿大］高辛勇：《修辞学与文学阅读》，北京大学出版社1997年版，第71页。
② Paul de Man, *Allegories of Reading*, New Haven：Yale University Press, 1979, pp. 151 - 152.
③ I. A. Richards, *The Philosophy of Rhetoric*, New York：Oxford University Press, 1965, p. 93, p. 97.
④ Ibid., p. 94.

在于二者有"共同点"(ground)。他举的例子是莎士比亚的戏剧《哈姆雷特》中哈姆雷特说的一句话:"这些家伙会像我做的那样在天地之间爬行吗?"(Hamlet:"What would such fellows as I do crawling between earth and heaven?")在这里,爬行是喻体,喻旨是哈姆雷特挽乾坤于既倒的艰难使命,爬行和哈姆雷特的当下处境有共同点。又比如近些年,中国有人称呼某些好发不着边际的议论的学者为"砖家"来表示专家,就是因为在当下部分高级知识分子存在着道德滑坡、学术研究偏离中立性的现象。正是在这样一种语境中,原本不相干的砖家—专家发生了语言挪用与语境交易,形成互动式隐喻。当然,在专家—砖家的例子中,也存在着同音词的相似性这个共同点。再比如美国诗人狄金森的诗《一只小鸟沿小径走来》把小鸟在空中飞翔比作小船在大海中航行:

他的双桨划开了大海
形成了一条银白色的缝隙

"他"指小鸟,双桨指小鸟的翅膀,大海中划桨是喻体,喻旨是在天空中飞翔。船夫在大海中划动双桨和小鸟在天空中鼓动双翅飞翔有共同点,形成互动式隐喻。对于喻体、喻旨的关系或共同点,新批评派的维姆萨特说,"在理解想象的隐喻的时候,常要求我们考虑的不是 B(喻体),如何说明 A(喻旨),而是当两者被放在一起并相互对照、相互说明时能产生什么意义。强调之点,可能在相似之处,也可能在相反之处,在于某种对比或矛盾"[1]。托多罗夫称之为初级意义与次级意义,"初级意义与次级意义(按照瑞恰兹的说法,有时称之为喻体与喻旨)的相互作用,既不是一种简单的替代关系,也不是一种断言,而是一种特殊的关系"[2]。卡勒则进行了另一番解读:"隐

---

[1] W. K. Wimsatt, *The Verbal Icon*, Lexington: University of Kentucky Press, 1967, p. 127.
[2] T. Todorov, *Introduction to Poetics*, Minneapolis: University of Minnesota Press, 1981, p. 16.

喻是两个举隅比喻的结合：它从一个整体移向其中的一个部分，再移向包括这个部分的另一个整体，或者，它从一个具体物移向一个一般类属，然后再移向这个类属中的另一具体物。"①

我们知道，古典隐喻理论把主语或第一成分视为本义（本体），喻义是用来做比喻的第二个成分（喻体）。瑞恰兹的互动论其实是把喻体当作本义，发生意义变化的是喻旨。可见，互动论的最大特点是建立了本体、喻体及喻旨的三角关系。在这个三角关系中淡化了本体，强调语境对语词本义的优先性，内容（喻旨）与表达手段（喻体）同时出现以及它们的相互作用，凸显了语境在隐喻中的地位，是对古典隐喻理论的突破。比如马克思《资本论》中的名言"资本来到世间，从头到脚，每个毛孔都滴着血和肮脏的东西"②，是揭露资本罪恶的带有很强文学性的隐喻，但是这个隐喻只有把它放在资本主义历史进程的语境中，如资本的原始积累，羊吃人运动，海外殖民扩张，资本家对工人的剥削等等，才可以理解。所以利科认为，瑞恰兹隐喻理论的贡献就"在于排除（隐喻）对本义有所暗示，排除所有求助于观念的非语境理论的做法"③。

互动论的主张者不乏其人，比如英国学者马克斯·布莱克（Max Black）在《模态与隐喻》（*Models and Metephors*，1962）中提出的隐喻理论总体上来看也是一种互动论，但是他认为相似点不一定是预先存在的，而更强调相似点的创造性。当然，也有一些人反对互动论，比如塞尔。他认为，"对语义相互作用观的最严厉的反驳并不在于它虚假地预设了所有语词的隐喻出现必须被其他语词的字面出现所环绕，而是在于，即使隐喻的出现是在字面出现的语境之中，一般来说，情况也并非是隐喻的说者意义是语句要素之间的相互作用"。④

---

① [美]卡勒：《结构主义诗学》，盛宁译，中国社会科学出版社1998年版，第270页。
② [德]马克思：《资本论》第1卷，《马克思恩格斯全集》第23卷，人民出版社1965年版，第829页。
③ [法]保罗·利科：《活的隐喻》，汪堂家译，上海译文出版社2004年版，第110页。括弧中的文字为引者加。
④ [美]塞尔：《隐喻》，见马蒂尼奇编《语言哲学》，牟博等译，商务印书馆2006年版，第818页。

但是塞尔在这里好像没有注意到互动论已经淡化了本体,不再是通常意义上的隐喻。

总的来看,互动论没有对本体、喻体及喻旨的三角关系进行进一步的论证,比如在喻体和喻旨已经有共同点的情况下,本体和喻体之间还需要不需要相似性?如果仍然需要相似性,怎样建立相似性?还有,喻体和喻旨的共同点,与本体和喻体的相似性又是什么关系?这些问题没有解决。

先前的隐喻理论无论是相似论还是互动论,都有一个致命的缺陷,就是把隐喻局限于语词,至多是语境,只是把隐喻视为日常语言的变形,隐喻仅仅被理解为本体与喻体的相似性,或者喻体和喻旨的共同点,没有从根本上摆脱修辞学的藩篱,忽视了隐喻与世界的认识关系,未能上升到思维和认知层面。

20世纪下半叶以来,从认知的角度研究隐喻的越来越多,即把隐喻视为一种与心脑科学、神经系统、思维过程等等有关的认知现象,重视隐喻本体与喻体相关经验的匹配与重组。如美国的莱可夫、卡勒等人对隐喻的机理进行了深入的研究,把隐喻上升为概念构筑方式、人类的思维方式甚至生存方式的一部分。莱可夫认为,隐喻是一种思维方式,植根于人类的概念结构,在语言中普遍存在,是以一种经验来部分建构另一种经验的方式,"隐喻不仅仅是语言的事情,也就是说,不单是语词的事。相反,我们认为人类的思维过程在很大程度上是隐喻性的。我们所说的人类的概念系统是通过隐喻来构成和界定的,就是这个意思"。"不论是在语言上还是在思想和行动中,日常生活中隐喻无所不在,我们思想和行为所依据的概念系统本身是以隐喻为基础。"[1] 大脑的神经结构网络决定了人类的概念和推理的类型,感觉器官、行为能力、文化以及与环境的关系共同决定了对世界的理解,概念和理性思维依赖于隐喻、意象、原型等,推理具有体验性和想象性,因而概念常常由隐喻来引导或界定。按照莱可夫的说

---

[1] [美]莱考夫、约翰逊:《我们赖以生存的隐喻》,何文忠译,浙江大学出版社2015年版,第3—4页。

法，隐喻的原理来自康德的图式理论，即如何将概念表达与作为感知及经验基础的框架相联系。其中隐喻的本体为目标域（或称靶域），喻体为源域，目标域较为抽象，源域较为具体，我们对世界的体验构筑了思想的认知图式，形成了隐喻的基础或前提。隐喻的本体或者目标域通过源域在隐含着某种经验的图式中呈现出来。

卡勒则从认知和风格两个层面看待隐喻，"字面意义与比喻意义不稳定性的区分，根本性的与偶然性的相似之间无法掌握的至关重要的区别，存在于思想与语言的系统及使用的作用过程之间的张力，这些被无法掌握的区分所揭示出来的多种多样的概念的压力和作用力创造出的空间，我们称为隐喻"①。从认知的角度看，人类思维活动具有隐喻性，隐喻从一个侧面体现了人类认识和思考事物的方式。隐喻的使用实际上是一个认识性的精神过程，是一种投射或者说对概念领域的图绘，概念的来源领域的结构部分投射到概念的目标领域的结构部分，通过这样一种转换改变和重组了我们感知或思考事物的方式。

以莱可夫为代表的认知论的隐喻理论突破了以戴维森为代表的分析哲学家从实证主义逻辑如真和假来界定隐喻本义和喻义的偏向，也打破了先前的隐喻理论把隐喻视为对语词日常用法的偏离的说法，主张隐喻是一种思维方式和概念构筑方式，是理性和想象的结合，或者说想象的理性化。这凸显了隐喻的普遍性、能动性和创造性。

## 三　从常规隐喻到文学隐喻

隐喻可以根据不同的标准来划分类型。最常见的情况是按照隐喻是否与其他概念系统产生联系来划分，有活隐喻（alive metaphor），死隐喻（dead metaphor）。活隐喻用以构建新奇的表达，是具有生命力的隐喻。死隐喻指的是原先属于隐喻，如今已经融入通用词汇或日常用语，人们已经不把它们视为隐喻的语言现象，如山腰、桌腿，等等；莱可夫在《我们赖以生存的隐喻》中把隐喻分为本体隐喻、方

---

① Jonathan Culler, *The Pursuit of Signs*, London: Routledge and Kegan, 1981, p.207.

位隐喻、结构隐喻,其中本体隐喻是以自然物体及身体的经验为基础,把事件、活动、情感、想法看成实体和物质的隐喻方式(如"他是一头猪"),方位隐喻以空间方位为基础延伸至身体状况、社会地位、经济发展、情绪高低等的阐释(如"小明情绪低落""欧洲经济下行"),结构隐喻是以另一个概念来建构隐喻(如"一生是一天")[①]。

我们在这里结合隐喻在日常生活、科学著作和文学作品中存在的一般情况,参考莱可夫的相关论述,把隐喻划分为文学作品之外的常规隐喻和文学隐喻两种类型。

常规隐喻是根据日常经验形成的隐喻,这些日常经验涉及时间、爱、快乐、劳动、地位、命运、道德,等等。由于这些经验不够具体,就需要进行形象化、隐喻化的界定。这就涉及身体的感知,我们与周围物质世界的互动,我们与其他人在文化中的互动等。隐喻可以对上述这些经验的结构特征进行描述,如"时间就是金钱,效率就是生命","爱是一次旅行","这场争论火药味很浓"。隐喻本体常常体现了对喻体多维元素的结构完形,例如,"这场争论火药味很浓"便包含了对"争论"和"战争"之间某些共同经验(对立双方的攻防,造成了痛苦与伤害等)的体认和表达。

但是仔细观察就会发现,常规隐喻本身也是丰富多彩的,有的常规隐喻不追求形象性,而是集具象与抽象于一身,类似于莱可夫所说的结构隐喻或概念隐喻。这些隐喻固然以相似性为基础,但又创造了新的相似性,通过引发某种结构相似性把原先隐藏或潜在的相似性揭示出来、凸显出来、延伸开来,比如莱可夫提到的"思想是食粮""大脑是容器",就是以消化吸收、容纳接受为相似性的基点,又开掘出营养化育、兼容并包等新的意义维度。这类隐喻在一定程度上超越了日常经验,通常以空间、时间、运动等人类体验的意象图式为基础,表现了隐喻表达下的认知结构。

---

① 参见〔美〕莱考夫、约翰逊《我们赖以生存的隐喻》,何文忠译,浙江大学出版社2015年版,第23—67页。

总的来说，常规隐喻还是比较简单化的隐喻：第一，它一般局限于语词或语句的修辞范围，建立在本体与喻体的某种对应关系上，以本体为主，通过类比、替代和转换来暗示或说明本体，不一定涉及喻旨这一维度；第二，它是孤立或局部使用的，混杂在日常用语或科学语言之中，起补充说明或论证的作用；第三，它一般情况下通俗明了，可以通过日常经验或论说语境进行解读；第四，它是实用化的，其审美属性和文学修辞服从于交际或论证的需要。

文学隐喻超越了常规隐喻，致力于打破常规，建立了以本体为外壳、以喻体为中心、以喻旨为指归的新型三角关系，因而是隐喻的高级形态。因为不遵循通常语义编码和解码的畅通规则，文学隐喻在本体、喻体关系的建立方面具有个体性、多样性和独创性，并在这个过程中发掘和重构喻体和喻旨的共同点，进而在本体和喻体之间构筑并造就了新的相似性。因而在新批评、结构主义和解构批评那里，隐喻成为文学、特别是诗歌最重要的美学原则。瑞恰兹眼中的隐喻是"最高超的媒介，通过它，彼此相异而以前毫无关联的东西在诗歌中得以贯穿起来，以便它们对态度和冲动产生影响，因为影响产生于这些东西的搭配以及心灵此时在它们中间确定的组合关系。如果仔细推究，便能发现大多数比的效果无法追溯到其中包含的逻辑关系。隐喻是一种明暗参半的方法，可以借此把更大的多样性充分编织于经验的结构之中"[1]。维姆萨特干脆称隐喻为"广义上是所有诗学的原则"[2]。

文学隐喻是文学性赖以形成的基本途径。它超越了修辞的语词选择甚至语境范畴，在文本中和其他多种文学手段、修辞方式并用，成为一种带有全局性和整体性的美学现象，并且作家对喻体的选择更富有个性化和独创性，常常包含了大胆的想象、意象的跳跃。即使是隐喻意象的使用在整个作品中是局部的，但由于它构筑了新的意义层次，提升了作品的境界，所带来的审美效果仍然是整体性的。德里达

---

[1] [英]瑞恰兹：《文学批评原理》，杨自伍译，百花洲文艺出版社1992年版，第219页。

[2] W. K. Wimsatt, *The Verbal Icon*, Lexington: University of Kentucky Press, 1967, p. 49.

说,"文学的文学性乃是描写隐喻、凝练诗歌的替补性的辅助手段……隐喻是使我对写作(schreiben)感到绝望的许多东西之一"①。例如苏轼的诗《临江仙·夜饮东坡醒复醉》结尾两句:"小舟从此逝,江海寄余生",把自己想象成小舟遨游江海,表达苏轼谪居黄州时向往自由的心情,这种旷达的襟怀是以隐喻的形式表达的。这也就解释了为何隐喻常常和拟人、借代、对偶、排比等各种修辞手段结合在一起。例如苏轼的诗《和子由渑池怀旧》中的句子:"泥上偶然留指爪,鸿飞那复计东西。"用雪泥、鸿爪作譬,比喻人生的飘忽不定,命运无常。其中有隐喻,有拟人、借代,还有对偶。如同莱考夫所说,"新的隐喻可以创造新的理解,从而创造新的现实。这在诗化隐喻中应当十分显著,此时,语言是媒介,通过它新的概念隐喻得以创造出来"②。

在隐喻的形成过程中,联想关系比组合关系更重要。索绪尔认为语言要素是按照句段关系(横组合)和联想关系(纵聚合)运行的。句段关系是语言的线性关系,它是由一个个语言要素连续排列构成的链条,每个语言要素的价值取决于它跟前后要素的关系。联想关系则是话语之外各个有某种共同点的词在人们的记忆里联合起来,在说话者头脑里构成各种关系的集合,"句段关系是在现场的:它以两个或几个在现实的系列中出现的要素为基础。相反,联想关系却把不在现场的要素联合成潜在的记忆系列"③。这实际上是把语言区分为处于显性层面的句段组合状态和与之形成联想性比较的隐性选择层面。受到索绪尔说法的启发,雅克布森通过对失语症的研究,探讨语言横组合段与纵聚合段的性质及其与隐喻构造的关系。1956年,雅克布逊发表《语言的两个方面与失语症的两个方面》,指出横组合段的各个部分的关系是"邻近性",雅氏称为"组合轴"(axis of combination),

---

① [法]德里达:《论文字学》,汪堂家译,上海译文出版社1999年版,第394页。
② [美]莱考夫、约翰逊:《我们赖以生存的隐喻》,何文忠译,浙江大学出版社2015年版,第205页。
③ [瑞士]索绪尔:《普通语言学教程》,高名凯译,商务印书馆1980年版,第171页。着重号系原文所有。

而纵组合段的各个部分的关系是"相似性",雅氏称为"选择轴"(axis of selection)。因为邻近只有一种,而相似可以表现在不同方面,因此可以有一系列的纵聚合段。他发现两种主要的语言错乱("相似性错乱"与"邻近性错乱")和两种基本修辞即隐喻与换喻有关,"在前者当中相似性占主宰地位,而在后者当中邻近性居压倒优势"。即在相似性错乱的病人身上,语言的句段或组合关系依然保持着,他们不会处理隐喻性素材如下定义、命名等,但却会大量使用换喻,如以叉代刀,以烟代火等。而在邻近性错乱的病人身上,情况则相反,患者主要是以隐喻性的词语进行言语活动,如以绿代蓝等。雅克布森由此得出一个普遍性的结论,"隐喻似乎和相似性错乱不相容,而换喻则和邻近性错乱不相容"[1]。该理论揭示了语言共时存在方式(聚合、共存、叠加)与历时存在方式(组合、接续)之间的普遍对立。我们以史铁生的散文《我与地坛》中关于地坛公园一年四季的隐喻来说明这一点,"如果以一天中的时间来对应四季,当然春天是早晨,夏天是中午,秋天是黄昏,冬天是夜晚。如果以乐器来对应四季,我想春天应该是小号,夏天是定音鼓,秋天是大提琴,冬天是圆号和长笛。要是以这园子里的声响来对应四季呢?那么,春天是祭坛上空飘着的鸽子的哨音,夏天是冗长的蝉歌和杨树叶子哗啦啦地对蝉歌的取笑,秋天是古殿檐头的风铃响,冬天是啄木鸟随意而空旷的啄木声。以园中的景物对应四季,春天是一径时而苍白时而黑润的小路,时而明朗时而阴晦的天上摇荡着串串杨花;夏天是一条条耀眼而灼人的石凳,或阴凉而爬满了青苔的石阶,阶下有果皮,阶上有半张被坐皱的报纸;秋天是一座青铜的大钟,在园子的西北角上曾丢弃着一座很大的铜钟,铜钟与这园子一般年纪,浑身挂满绿锈,文字已不清晰;冬天,是林中空地上几只羽毛蓬松的老麻雀。以心绪对应四季呢?春天是卧病的季节,否则人们不易发掘春天的残忍与渴望;夏天,情人们

---

[1] Roman Jakobson, "Two Aspect of Language and Two Type of Aphasic Disturbances", in *Language in Literature*, Krystyna Pomorska and Stephen Rudy (ed.), London: The Belknap Press, 1987, p. 109.

应该在这个季节里失恋,不然就似乎对不起爱情;秋天是外面买一颗盆花回家的时候,把花搁在阔别了的家中,并且打开窗户把阳光也放进屋里,慢慢回忆慢慢整理一些发过霉的东西;冬天伴着火炉和书,一遍遍坚定不死的决心,写一些并不发出的信。还可以用艺术形式对应四季,这样春天就是一幅画,夏天是一部长篇小说,秋天是一首短歌或诗,冬天是一群雕塑。以梦呢?以梦对应四季呢?春天是树尖上的呼喊,夏天是呼喊中的细雨,秋天是细雨中的土地,冬天是干净的土地上的一只孤零的烟斗"。在这里,关于四季的隐喻非常个性化,融入了作者的个人观察和体悟,而且多种多样,说明隐喻的相似可以表现在不同方面。显然,史铁生把地坛公园的万事万物和自己的人生遭遇以及对生命和大地的沉思联系在一起。

文学中的隐喻有时候并不像常规隐喻那样鲜明突出、直截了当,而是和写实性意象、典故等结合在一起,具有隐蔽性,判断是否隐喻主要看它是否表达了深一层的意涵。有时候写实和隐喻没有明显的界线,表面上看起来写实的场景也可能是隐喻。如秦观被贬郴州后创作的词《踏莎行·郴州旅舍》后两句:"郴江幸自绕郴山,为谁流下潇湘去?"明写江景,实是由实而虚的隐喻,慨叹命运的作弄:你秦观一介书生,为何要卷入政治争斗的漩涡中去呢?

由于多种表现手段并用,文学隐喻有时候具有多层次的累积性和累创性,形成语义表达的叠加效应。比如就诗歌来说,不仅含蓄性的意象可以形成隐喻,典故、象征、寓言等,都可以形成隐喻,文学的言外之意和语义张力常常和这类隐喻有关。柳宗元的诗《江雪》表面是写实的,实际是象征的,因为不在春秋的阴雨天而在冬天的大雪天钓鱼不符合常理,它表达了柳宗元参加王叔文改革失败后不与世俗同流合污的不屈服的心态。高尔基的散文《海燕》则明显是象征的,通过对海燕的书写表达了对革命者的赞颂与敬意。因此,象征包括寓言可以说是整体的隐喻,隐喻的本体不出现,以喻体来表达喻旨。

## 四 对隐喻文化与美学功能的重新审视

隐喻与语言的起源，与人类思维的发展有着密切的关系。维柯用"诗性智慧"来描述语言和诗歌的起源，而诗性智慧就与想象力、隐喻有关，"这些原始人没有推理的能力，却浑身是强旺的感觉力和生动的想象力……因为能凭想象来创造，他们就叫作'诗人'"。① 在卢梭看来，早期的语言就是隐喻性的，"古老的语言不是系统性的或理性的，而是生动的、象征性的"。他认为人类语言的早期形态是诗性的，然后才是理性的。"正如激情是使人开口说话的始因，比喻则是人的最初的表述方式。……最初人们说的只是诗；只是在相当长时间之后，人们才学会推理。"② 但是这些说法又受到其他一些人的质疑，因为这等于说概念的引申义先于本义，而这在逻辑上是说不通的。概念的本义和引申义也许是共同发生的，语言乃至思维离不开修辞的作用，"思考只要涉及'概念'便涉及'比喻'的运作——'概念'其实都是'比喻'——所以语言的思考难以分别'直言'表义与'比喻'表义"③。但是，无论如何看待隐喻的起源及发展，隐喻显然与人类以类比说明道理的修辞方式和思维方式有关。中国古人就非常重视援引相类似的例证来说明事理。《庄子·天下》篇所说的"以卮言为曼衍，以重言为真，以寓言为广"，其中"寓言"表面是假托别人的话去推广，其实在看似荒诞不经的故事里寄托了对人生的种种思考，体现了人类思维的隐喻性，庖丁解牛、佝偻者承蜩等就是著名的例证。汉代刘向《列女传·辩通传题序》云："惟若辩通，文辞可从，连类引譬，以投祸凶。""引譬连类"表明比喻和隐喻的使用不仅会产生美学效果，还与人类思维进行类比、转换和引申的能力有关。保罗·德曼甚至说："人类凭借隐喻将自己对世界的解释强加于

---

① [意]维柯：《新科学》，朱光潜译，人民文学出版社1986年版，第161—162页。
② [法]卢梭：《论语言的起源》，洪涛译，上海人民出版社2003年版，第14、18页。
③ [加拿大]高辛勇：《修辞学与文学阅读》，北京大学出版社1997年版，第17页。

整个宇宙，用一种令他的空虚得以释明的以人类为中心的意义替代一种将他归结为宇宙秩序中的纯粹昙花一现的偶然存在的意义，从而免得自己成为一个微不足道的生灵。"①

另一方面，隐喻与交流、隐喻与文化传统也有密切的关系。符号学把隐喻视为不按通常代码来交流的符号现象。符号学家莫里斯认为："如果一个符号，在它出现的特殊场合，是用来指示这样一个对象，这个对象不是符号真正地凭它的意味来指示的，而却具有符号的所指示所具有的某些性质，那么，这个符号就是隐喻的（metaphorical）。把汽车叫作甲虫，或者把一个人的照片叫作一个人，这就是隐喻地应用了'甲虫'和'人'这两个词。"② 柯亨认为，"隐喻是一种不依照字面意义进行交流的语言使用的变体，因此可以说，它是一种言在彼而意在此的表达方式"③。隐喻的这一特点特别适合文学。文学隐喻追求含蓄蕴藉，形成了意义增生，对于增强文学的表达效果具有重要的意义，在诗歌、寓言、童话故事及象征类写作中居于核心地位。在文学隐喻本体、喻体和喻旨的三角关系中，喻体是中心，也是作家才情和文思的集中展现。

就广泛意义上来说，隐喻不仅仅是个语言问题，它还体现了不同文化传统的特点。美国学者古德曼说："在隐喻中，一个术语其外延是根据习惯而定的，因此也就随时在习惯的影响之下来运用的：在这里，既有对先前东西相脱离的成分，也有对先前东西的维护。"④ 例如中国人用梅、兰、竹、菊四君子比喻傲、幽、坚、淡就带有鲜明的民族特色，也体现了中国人的认知方式，由此形成了一些具有民族特色的隐喻模式。比如在中国儒家农耕文化传统中，常常以夫妻关系表示君臣关系，折柳表示送别，等；同样，在西方基督教文化传统中，

---

① Paul de Man, *Allegories of Reading*, New Haven: Yale University Press, 1979, p. 111.
② [美]莫里斯:《指号、语言和行为》，罗兰、周易译，上海译文出版社1989年版，第266—267页。译文略有改动。
③ Ted Cohen, "Metaphor", in *The Oxford Handbook of Aesthetics*, edited by Jerrold Levinson, New York: Oxford University Press, 2003, p. 366.
④ [美]古德曼:《艺术语言》，褚朔维译，光明日报出版社1990年版，第80页。

常常用蛇表示堕落，羔羊表示信徒，等。这些特定的隐喻模式，体现了某一文化传统的继承性和不同文化的差异性。

隐喻不仅对文学创作至关重要，在文学阅读中也意义重大。由于文学隐喻建构在语义编码、解码方面不遵循通常语义编码和解码的畅通性原则，容易导致文学意义的增生。卡勒说，"在诗歌阅读中，偏离真实性可视为隐喻"。[1] 文学阅读包括诗歌阅读包含了阅读者的个人想象和人生体验，因而即使面对带有写实性的隐喻，也有可能出现隐喻解读中的"诗无达诂"现象，即读者未能确切理解喻体表达的喻旨而代之以另外一种理解，而这种理解在文学隐喻的解读中也可能具有一定的合理性，仍然允许存在。

伴随着人文科学中的语言转向和文学转向，隐喻研究有向各门人文科学蔓延的趋势，出现了"泛隐喻"现象，隐喻的文化功能也被重新审视。德里达认为，哲学离不开隐喻，西方传统的形而上学充斥着隐喻。德里达用了"磨损"（usure）一词，认为隐喻类似于黑格尔所说的"扬弃"（Aufhebung），既是一种继承，也是抛弃，是磨损，也是连续，是"有规则的语义消失，原始意义的不断损耗"。[2] 在这里我们明显可以看到尼采的影响，因为尼采也曾经把真理视为一种语言的修辞，一种磨损的钱币，一种隐喻，"真理是我们已经忘掉其为幻想的幻想，是用旧了的耗尽了感觉力量的隐喻，是磨光了压花现在不再被当作硬币而只被当作金属的硬币"[3]。在德里达的眼中，隐喻的使用不仅是对诗与哲学对立的消解，也瓦解了逻各斯中心主义，"隐喻体现了能指与所指在观念秩序与事物秩序中的相互关系。……不存在先于隐喻的原义"[4]。保罗·德曼也说："哲学家的术语中充满了隐喻。""一切的哲学，以其依赖于比喻作用的程度上说，都被宣

---

[1] ［美］卡勒：《结构主义诗学》，盛宁译，中国社会科学出版社1998年版，第285页。

[2] Jacques Derrida, *Margins of Philosophy*, Chicago：The University of Chicago Press, 1982, p. 228.

[3] ［德］尼采：《哲学与真理》，田立年译，上海社会科学院出版社1993年版，第106页。

[4] ［法］德里达：《论文字学》，汪堂家译，上海译文出版社1999年版，第401页。

告为是文学的,而且,就这一问题的内涵来说,一切的文学,在某种程度上说,又都是哲学的。"① 怀特的历史诗学把隐喻视作为历史话语的生成机制,"隐喻支持用对象与对象的关系来预构经验世界",因而隐喻在浪漫主义的表现性历史模式中占重要地位。② 在荷兰历史哲学家安克斯密特看来,历史书写也是一种隐喻,"历史叙述和隐喻二者都仅仅由两种操作方式组成:1)描述;2)(隐喻的)观点的个性化。历史叙述是持久的隐喻。隐喻是根据某种他物表明隐喻表达的东西(例如,'约翰是猪');类似地,历史叙述时根据不是过去的东西表明过去(即叙述的解释)"③。安克斯密特认为,像文艺复兴、启蒙运动之类的历史书写显然是一种隐喻。但是,在"文艺复兴""启蒙运动"这类历史书写中,"重生""照亮"的意象已经被投射到过去中去,也就是说,历史隐喻不同于瑞恰兹、布莱克所说的那种没有离开语言和意义场域的隐喻,而是指向实在或世界。

可见,人们对隐喻的认识已经大大逾出了文学的范围,隐喻成为人文科学跨学科的语义构成机制,即广义上的文学性的一部分。

---

① [美]保罗·德曼:《隐喻认识论》,见《解构之图》,李自修译,中国社会科学出版社1998年版,第88、92页。
② [美]海登·怀特:《元史学》,陈新译,译林出版社2004年版,第47页。
③ [荷兰]安克斯密特:《历史与转义:隐喻的兴衰》,韩震译,文津出版社2005年版,第47页。

# 第七章 反讽

反讽（irony）是西方修辞学、哲学和文学理论的重要概念之一。在语言转向背景下，反讽在新批评那里成为一个诗学原则，其形态与机理得到了深入研究。解构主义与后现代主义思潮兴起之后，其多元主义取向与反讽在气质上极为契合，反讽更成为使用频率较高的范畴。《贝特福特文学与批评术语词典》中将之解释为："反讽是外表或期望与现实之间的矛盾或不一致。这种不一致可以通过多种方式表现出来，如一个人所说的与他或她实际上所想表达的之间不一致，或者一个人希望发生的事情与实际发生的事情之间不一致。反讽概念还进一步被运用于事件、情境以及一部作品的结构元素，而不局限于话语陈述。"[1] 我们准备对此做一番考察。

## 一 反讽：从修辞手法到诗学原则

西方的反讽概念经历了复杂的演变过程。大体来说，古典反讽偏于修辞的言意悖反，自浪漫主义到当代，反讽逐渐被赋予精神含义，并且多样化。

古典时期的反讽多应用于修辞学与论辩术。反讽（irony）一词源自希腊语"eironeia"，原本有佯装、欺骗、不真诚等含义。柏拉图在

---

[1] S. M. Ray, *Bedford Glossary of Critical and Literary Terms*, Boston: Bedford/St. Martin's, 2003, p. 220.

《智者篇》中，称智者为不诚实的人（eironikon species）。① 在《尼各马可伦理学》中，亚里士多德对比了佯装无知的人（eiron）与自夸的人（alazon），"明确地将苏格拉底与自贬式佯装（eironeia）联系在一起"②。自苏格拉底之后，反讽大抵被看作"言意悖反"，作为一种修辞格，主要服务于演说和修饰。例如，古罗马时期的西塞罗将反讽视为一种辞格或说话方式，不仅"准确地指出矛盾之处……而是你讲话的整个要旨告诉你要严肃地进行讽刺，此时你的真实想法与你说出来的话的意思是不一样的"③。这是一种混合了幽默与严肃的演说效果。此后，昆体良将反讽从修辞格扩展到了整个论辩环节，"它既是修辞手段也是转义手段。用作转义时，一些词用来替换另一些词；用作修辞时，话语或语篇的整体意义乃至于整体结构或布局都随着格调发生变化，所有转义连成一体形成一种修辞风格——反讽"④。即便如此，这种风格往往是有迹可循的，它可以通过将话语传递方式、说话人的性格等与实际说出来的话语加以对照，来判断说话者意图与话语效果之间的张力。所以保罗·德曼这样总结说："从亚里士多德到18世纪以来，这一传统（描写性修辞传统）都将反讽界定为'顾左右而言他'，或者，在更加受到局限的语境内，界定为'以赞寓责，以责寓赞'。"⑤

浪漫主义兴起之后，反讽从修辞领域引入哲学思考后被推及美学领域，以图解决有限与无限、主体与客体的矛盾。弗·施莱格尔写道："哲学是反讽的真正故乡……当然还有一种修辞的反讽，若运用得有节制，也能产生精妙的效果，特别是在论战当中。不过这种反讽

---

① ［古希腊］柏拉图：《智者篇》，见《柏拉图对话集》，王太庆译，商务印书馆2004年版，第584—585页。

② P. W. Gooch, "Socratic Irony and Aristotle's Eiron: Some Puzzles", *Phoenix*, Vol. 41, No. 2 (Summer, 1987), p. 95.

③ ［古罗马］西塞罗：《西塞罗全集·修辞学卷》，王晓朝译，人民文学出版社2007年版，第470—471页。

④ 参见曾衍桃《反讽论》，中国社会科学出版社2006年版，第2页。

⑤ ［美］保罗·德曼：《时间性修辞学》，见德曼《解构之图》，李自修译，中国社会科学出版社1998年版，第27页。

## 第七章 反讽

却同苏格拉底的缪斯那种崇高的机敏针锋相对,正如最华丽的艺术语言与风格崇高的古典悲剧相对一样。诗从这个方面就可以把自己提高到哲学的高度,并且不用像修辞学那样立于反讽的基础之上。"① 所以,"人们常常把弗里德里希·施莱格尔关于反讽的一些思考当作浪漫主义哲学和美学的核心思想"②。但是浪漫主义反讽所追求的主体的无限性又受到黑格尔的批评。在黑格尔看来,浪漫主义反讽使得"一切事物都会显得虚幻无价值,有价值的只有'自我'本身的主体性,而这主体性其实也就因此变成空虚无聊的"③。但浪漫主义反讽对无限可能性及其否定精神的追求对此后的反讽产生了深刻的影响。维塞尔在《马克思与浪漫派的反讽:论马克思主义神话诗学的本源》一书中认为,马克思关于无产阶级具有革命力量的观点,就是对浪漫主义反讽积极行动式的改造,将"作为哲学形式的反讽",改造成为"现实的批判的反讽",成为"人的物质形式",成为"实践的力量"。④ 其后,克尔凯郭尔的《论反讽概念》以苏格拉底式反讽为主线,在黑格尔和浪漫主义反讽二者间采取了折中的态度,提出了带有存在主义哲学意味的反讽概念。克尔凯郭尔认为,反讽的辩证法是对包含自身在内的无限绝对的否定,他突出了反讽的消极维度,在此基础上考察人的自由,并希望以这种消极自由走出黑格尔哲学的影响。"一个贯穿所有反讽的规定,即现象不是本质,而是和本质相反。……另一个贯穿所有反讽的规定,即主体是消极自由的。……倘若我的言词不是我的意思,或者我和我的意思正好相反,那么对于他人和我自己我就是不负责任的。"⑤

---

① [德]弗·施莱格尔:《批评断片集》,见《浪漫派风格——施勒格尔批评文集》,李伯杰译,华夏出版社2005年版,第49页。
② [德]曼弗雷德·弗兰克:《德国早期浪漫主义美学导论》,聂军等译,吉林人民出版社2006年版,第279页。
③ [德]黑格尔:《美学》第1卷,朱光潜译,商务印书馆1979年版,第83页。
④ [美]维塞尔:《马克思与浪漫派的反讽:论马克思主义神话诗学的本源》,陈开华译,华东师范大学出版社2008年版,第230—232页。
⑤ [丹麦]克尔凯郭尔:《论反讽概念》,汤晨溪译,中国社会科学出版社2005年版,第198页。

20世纪上半叶，反讽成为一个诗学原则。新批评将反讽中性化，反讽被视为诗歌基本的结构元素之一。瑞恰兹认为："反讽由相反相成的冲动组成；受反讽影响的诗歌不见得是最上乘的诗歌，但反讽本身又是最上乘诗歌的一个特性，原因就在于此。"① 自此，相反相成或语义悖论成为新批评反讽研究的基调。布鲁克斯说："诗歌中的反讽除了矛盾与调节之外别无他物……作为一个整体，诗中的反讽是一种混合了遗憾与嘲笑的丰富性与复杂性。"② 在《反讽——一种结构原则》一文中，布鲁克斯借鉴瑞恰兹的语境理论，将反讽定义为"语境对于一个陈述语的明显的歪曲"。③ 反讽使得诗歌内部的压力、矛盾、冲突的各因素处于平衡、共存、稳定的状态。语境理论的引入让反讽研究有了很大的拓展，它不再局限于单个的语词安排和语义矛盾，而是综合考察诗歌整体所具有的复杂语境。新批评对于反讽研究的最大贡献，是在文学作品分析中复兴了反讽的修辞学功能，并赋予其诗学内涵。新批评虽然主要以诗歌为主要研究对象，但是以语义分析为标志的细读式批评也波及其他文体形态中，使得反讽作为一个诗学原则也推广到小说等其他文体形态的分析中。其后，在精神上和新批评相通的芝加哥学派的代表人物韦恩·布斯自觉地把反讽和诗学结合起来，出版了反讽修辞研究的重要著作《反讽修辞学》，将反讽划分为稳定反讽（stable irony）和非稳定反讽（unstable irony）。布斯显然受到哲学界反讽讨论的影响，认为反讽具有社会文化内涵：反讽包含了解释者的"瞬间推理"，具有社会认同功能。④ D.C 米克在《论反讽》中细致地梳理了反讽的历史，根据使用范围将反讽划分为言语反讽（行为反讽）、情境反讽、戏剧反讽乃至总体反讽、宇宙反讽等，认为"表象与事实的对照""自信而又佯装无知"及由此产生的

---

① ［英］瑞恰兹：《文学批评原理》，杨自伍译，百花洲文艺出版社1992年版，第227—228页。译文有改动。
② Cleanth Brooks, *Modern Poetry and the Tradition*, New York: Oxford University Press, 1965, pp. 35-36.
③ ［美］布鲁克斯：《反讽——一种结构原则》，见赵毅衡编《"新批评"文集》，中国社会科学出版社1988年版，第335页。
④ ［美］布斯：《修辞的复兴》，穆雷等译，译林出版社2009年版，第102页。

"喜剧效果"是反讽的基本特点。①

## 二 作为解构与文化批评的反讽

20世纪下半叶以来,在后结构主义与解构主义和后现代思潮的背景下,反讽蔓延到文化批评各个领域。虽然作为诗学原则的反讽在文学批评界被广泛运用,但是反讽越来越具有价值判断的意味。罗兰·巴尔特认为,文本显示出的是语言自身,而非语言对象,其中的距离带来的多重编码与解码造成了意义的层级性,反讽即是多重符码的重叠,文本的符码层级不断向外推移,造成文本的开放性和意义的多重性。乔纳森·卡勒在《结构主义诗学》中同样建议通过反讽的无限否定性来拓展文本的开放式阅读。在后结构主义背景下,不仅反讽的机理得到揭示,其价值立场也显露出来。海登·怀特认为,"反讽规定了一种思想模式的语言学范式,不仅就某个特定经验世界的概念化而言,而且就以语言尽可能记录事情真相的热切努力而言,它根本上是自我批判的。简而言之,它是一种语言规则模型,思想上的怀疑论和道德上的相对论在其中照样表达出来了。"②

在解构批评家那里,反讽具有浓厚的解构和相对主义色彩。在保罗·德曼看来,反讽是一种共时性结构,表达了一种否定的经验。反讽暴露了主体与客体、语言与意识之间的裂痕,"努力超越自身,并且游离于自身之外",③ 表达了自我创造和自我毁灭的辩证关系,但是这种辩证关系不同于黑格尔的正反合,而是永无止境的辩证过程,因为一旦反讽的辩证过程结束了,便意味着得出一个终极的意义,而这恰恰是反讽所否定的。所以在德曼的理论中,他非常推崇反讽,他认为反讽是一个典型的言语行为,是文学述行性的最高体现,反讽体现了不确定性的特征,"其含义可以这样假定,反讽是'清醒的疯

---

① [英]米克:《论反讽》,周发祥译,昆仑出版社1992年版,第51页。
② [美]海登·怀特:《元历史》,陈新译,译林出版社2004年版,第49页。
③ [美]保罗·德曼:《时间性修辞学》,见德曼《解构之图》,李自修等译,中国社会科学出版社1999年版,第43页。

狂'（folie lucide），即使在自我异化的极端阶段，也允许语言占据优势；因而也可能是一种疗法，是凭借口头或书面词语，来治疗疯狂的一剂良方"。"一切真正反讽所必然同时产生的反讽的平方，或者'反讽的反讽'，远远不是回归世界，而是通过说明虚构世界和真实世界仍然不可能妥协，来断定并维护它的虚构性质。"①

在后现代主义理论家手中，反讽强化了批判的力量，突出了无限可能性的作用。伊哈布·哈桑将"激进的反讽"作为表现文学之沉默的几种形式之一，"沉默还可以通过激进的反讽获得。这种反讽指所有带反讽意味的自我否定"②。琳达·哈琴在《反讽之锋芒：反讽的理论与政见》一书中，强调了反讽作为批判武器的作用，指出反讽作为一种"间离的装置"，其"双重性可以作为一种反作用方式运作"，因而具有"巩固""滑稽""对抗""进攻"和"凝聚"等多种功能，并论证了反讽所具有的相关性、包容性和区别性的语义特征，其中相关性是"互动的施为行为将不同意义制造者和不同意义糅合在一起的结果，其目的首先是要创造某种新的意义……包容性使得人们可能重新思考认为反讽是简单的反语，可以直接地用替换意义加以理解这种常规的语义理念，而区别性则解释了反讽和诸如暗喻和讽喻之类的其他修辞比喻之间问题重重的亲属关系"③。理查德·罗蒂在《偶然、反讽与团结》一书中，彰显了反讽分裂、批判方面的含义及可能带来多样化可能性方面的功效。伊格尔顿认为，反讽是后现代一种与激进的社会批判不同的替代性立场与写作风格，"更激进形式的后现代主义开始将他们对真理的怀疑转向他们的统治者对真理的持续不断的需要，这些统治者把真理当作社会控制的一种形式。反讽在于在这样做的时候，在坚持认为真理是权力和欲望的一种作用的时候，他们令人心惊胆寒地接近了他们的统治者在实

---

① ［美］保罗·德曼：《时间性修辞学》，见德曼《解构之图》，李自修等译，中国社会科学出版社1999年版，第35、38页。
② ［美］哈桑：《后现代转向》，刘象愚译，上海人民出版社2015年版，第50页。
③ ［加拿大］琳达·哈琴：《反讽之锋芒：反讽的理论与政见》，徐晓雯译，河南大学出版社2010年版，第54—59、67页。

践中所主张的东西"①。总之，反讽日益与解构、后现代反逻各斯中心主义的思潮相关联，被赋予民主、多元主义的价值取向。

## 三　中国文学与美学中的"反讽"：戏谑、俳谐、谐隐、滑稽

在现代汉语中，"反讽"是个新词，《现代汉语词典》直到2002年的增补版中才收入。《辞海》也是直到2009年第六版中收入反讽一词，将之定义为："译自希腊语 eironia，原为希腊古典戏剧中的一种角色类型，即'佯作无知者'。后演变为一种艺术手法。"②当然仔细推究起来，虽然没有明确使用反讽这一术语，国内对反讽修辞格的引进其实早在20世纪二三十年代就开始了。在现代修辞学的奠基之作——《修辞学发凡》中，陈望道将修辞总结为三十八格，并分为四类，其中乙类，即意境上的辞格中的"倒反辞"就对应着反讽，陈望道给出的定义为："说者口头的意思和心里的意思完全相反的，名叫倒反辞"，③进而将倒反辞分为不包含讽刺的"倒辞"和包含讽刺的"反语"。

反讽虽然是一个外来词，但这并不代表中国美学和文论中没有与反讽相类似的概念，或者说风格、精神形态。事实上，中国古典文献中的"戏谑"就是一个与反讽有相近之处的概念。除此以外，俳谐、谐隐、滑稽这几个概念在内涵上与反讽也部分重叠。因此，我们把这几个与反讽相关的术语视为一个具有家族相似性的概念群来进行探讨。

戏谑最早出现于《诗经·国风·卫风》："善戏谑兮，不为虐兮。"意为善于开玩笑，待人不刻薄。《说文解字》解释说："谑，戏

---

① ［英］伊格尔顿：《后现代主义的幻象》，华明译，商务印书馆2000年版，第51页。
② 夏征农、陈至立主编：《辞海》（第六版）（第1卷），上海辞书出版社2009年版，第566页。
③ 陈望道：《修辞学发凡》，上海教育出版社1976年版，第132页。

也。从言虐声。《诗》曰:'善戏谑兮。'"① 解释"戏"为:"三军之偏也。一曰兵也。"② 段玉裁注:"一曰兵也。一说谓兵械之名也。引申之为戏豫,为戏谑。以兵杖可玩弄也。可相斗也。故相狎亦曰戏谑。"③ 可见,戏谑原本表示一种委婉幽默的说话技巧,只为游戏,不包含敌意。在中国古典文学中,戏谑之作源远流长,如《诗经·国风·郑风》里的诗《山有扶苏》:"山有扶苏,隰有荷华。不见子都,乃见狂且。山有乔松,隰有游龙,不见子充,乃见狡童。"以俏骂的口吻抒写男女之情。后来更有打油诗等文学类型,常常体现文字表达的技巧,具有幽默机智的效果。但也有不少戏谑之作以诙谐方式讽刺社会弊端。例如,唐代诗人寒山子的诗《贫驴欠一尺》写道:"贫驴欠一尺,富狗剩三寸。若分贫不平,中半富与困。始取驴饱足,却令狗饥顿。为汝熟思量,令我也愁闷。"这首诗引人注目之处是将数量词运用到对贫驴、富狗的描写中,以轻松、幽默的形式表达对社会不平的抗议。上述风格的文本虽然被称为"戏谑",却也可以与"俳谐""谐隐""滑稽"等词互换使用,盖因这一类文本虽然彼此间有细微的区别,大体都诙谐幽默,暗含讽刺。

"俳"字的最初含义是指一种滑稽戏、杂戏,同时也指表演这类戏的人,《说文解字》解释:"俳,戏也。从人,非声。"④ 段玉裁注曰:"以其戏言之谓之俳,以其音乐言之谓之倡,亦谓之优,其实一物也。"⑤ "谐"在《说文解字》中被解释为:"谐,詥也。从言,皆声。"⑥ 刘勰《文心雕龙》"谐隐"篇中这样定义"谐":"谐之言皆也。辞浅会俗,皆悦笑也。"⑦ 从字义上看,"俳谐"即是一种戏谑的表达风格,同时也暗含讽刺。"谐隐"篇中在解释"谐"时列举宋玉赋《好色》、淳于说甘酒、优旃讽漆城、优孟讽葬马,都是"意在微

---

① (东汉)许慎:《说文解字》,徐铉校定,中华书局1963年版,第55页。
② 同上书,第226页。
③ (清)段玉裁:《说文解字注》,上海古籍出版社1988年版,第630页。
④ (东汉)许慎:《说文解字》,中华书局1963年版,第166页。
⑤ (清)段玉裁:《说文解字注》,上海古籍出版社1988年版,第380页。
⑥ (东汉)许慎:《说文解字》,中华书局1963年版,第53页。
⑦ (南朝)刘勰:《文心雕龙》,中华书局2014年版,第80页。

讽",以起到"谲辞饰说,抑止昏暴"的作用。"谐"是诙谐之辞,好的谐辞是用来讽谏君王的,因而司马迁将淳于髡、优孟、优旃载入《史记·滑稽列传》。刘勰称"以其辞虽倾回,意归义正也"。但是如果超出了这个作用,很有可能因其"本体不雅,其流易弊"①。简单地取笑别人作乐,这种玩笑话只能在宴席间活跃气氛,对时事并没有任何好处。相比淳于说甘酒、宋玉赋《好色》、优旃讽漆城、优孟讽葬马的例子,刘勰批评东方朔、枚皋的诋毁侮辱之辞,不免导致游戏滑稽。"谐"被臣子用来委婉地讽谏君主。《诗大序》曰:"上以风化下,下以风刺上,主文而谲谏,言之者无罪,闻之者足以戒,故曰风。"② 这里优旃故作认真地支持漆城墙以及优孟装作一本正经地提议以国君之礼葬马的例子,字面是认真地附和,实际的态度却是不赞同,并不把对方以及自己说的话当真。淳于说甘酒、宋玉赋《好色》,表面看似轻松地拿生活中的事实举例,即不同场合喝酒分量不同以及不同的人好色方式不同的事实,实际上是认真地表达自己的观点,即酒能乱性以及君子好色而能守德的道理。克尔凯郭尔在《论反讽概念》一书中说:"反讽最流行的形式是,说严肃的话,但并不把它当真。另一种形式,即说开玩笑的话、开玩笑地说话,但把它当真,是不太常见的。"③ 很显然,刘勰所举的谐辞相当于克尔凯郭尔所说的"另一种形式"的反讽。

  谐隐也具有类似的功效。在《文心雕龙》"谐隐"篇中,隐与谐是分开来说的。"讔者,隐也;遁辞以隐意,谲譬以指事也。"④ 隐就是避免正面直接的言辞,而采取比喻的方式来委婉地表达某种意思。比如萧国大夫还无社以"麦麹"向楚国大夫申叔展求救,吴国大夫申叔仪以"佩玉"向鲁国大夫公孙有山借粮,类似谜语。但"谐隐"

---

① (南朝)刘勰:《文心雕龙》,中华书局2014年版,第80页。
② (战国)毛亨撰:《十三经注疏整理本:毛诗正义》,(东汉)郑玄笺,(唐)孔颖达疏,十三经注疏整理委员会编,北京大学出版社2000年版,第6页。
③ [丹麦]克尔凯郭尔:《论反讽概念》,汤晨溪译,中国社会科学出版社2005年版,第199页。
④ (南朝)刘勰:《文心雕龙》,中华书局2014年版,第82页。

篇中所说的"隐"有时还另有所指，如伍举以"大鸟"来讽刺楚庄王，楚庄姬以"龙无尾"提醒楚襄王后嗣的问题，都是用隐言来达到向上级委婉劝说的修辞作用，与前述的"谐"异曲同工。布斯曾经总结使用反讽的原因之一是："我们这样做是为了保护自己。每当我们使用反讽手法时，我们都在掩盖真相——往往是一个对自己不利或令自己难堪的真相，一个我们不敢大胆公开的真相。"① 受儒家文化传统影响，中国古代下对上的劝谏曲折婉转，谐辞缓和了直言式批评可能引发的紧张或危险，既让国君心理上便于接受，也对臣下起到了一定的保护作用。从这个意义上来说，俳谐、谐隐也是一种修辞手段和语义策略，与反讽具有相通的地方。

至于"滑稽"，其本意为酒器。扬雄《酒箴》中有："鸱夷滑稽，腹如大壶，尽日盛酒，人复借酤。"②《史记·滑稽列传》司马贞《索隐》引崔浩云："滑音骨。滑稽，流酒器也。转注吐酒，终日不已。言出口成章，词不穷竭，若滑稽之吐酒。"③ 滑稽最初意为酒从酒器一边流出来，又向另一边注进去，可以如此一直反复。后来引申为出口成章的俳优之言。《史记·樗里子甘茂列传》司马贞《索隐》说："邹诞解云'滑，乱也；稽，同也。谓辩捷之人，言非若是，言是若非，谓能乱异同也'。一云滑稽，酒器，可转注吐酒不已。以言俳优之人出口成章，词不穷竭，如滑稽之吐酒不已也。"④ 滑稽之言如鸱夷，词不穷竭，能言善辩，而所说之话又似是而非，即所谓"乱异同"，滑稽之人滔滔不绝，所表达之意却又多有分歧、背反。朱光潜在《诗与谐隐》这篇文章中曾对滑稽加以分析。他说谐自古亦被称为"滑稽"，"酒在'滑稽'里进出也是模棱两可的，所以'滑稽'喻'谐'，非常恰当"⑤。滑稽中含有讽刺，但又不同于咒骂，可悲可

---

① ［美］布斯：《反讽的帝国》，见布斯《修辞的复兴》，穆雷等译，译林出版社 2009 年版，第 100 页。
② （东汉）班固：《汉书》卷 92，中华书局 2007 年版，第 910 页。
③ （西汉）司马迁：《史记》3，中华书局 2000 年版，第 2427 页。
④ 同上书，第 1815 页。
⑤ 朱光潜：《诗论》，生活·读书·新知三联书店 2012 年版，第 33 页。

喜，可讽可哀，如同盛酒器"滑稽"中的酒一般，进出无常，模棱两可。朱光潜在翻译黑格尔《美学》时，将原文中的"反讽"翻译成"滑稽"，就点出反讽和滑稽同样显示出模棱两可、似是而非的多重语义特质。

## 四　反讽与戏谑的美学与文化机理

反讽与戏谑（以及俳谐、谐隐、滑稽等）虽然有相似之处，却具有不同的文化与美学机理。西方古典式反讽在历史上更多地被视为一种修辞或论辩术。众所周知，反讽起源于"苏格拉底的反讽"，以至于"苏格拉底式的反讽"（Socratic irony）已经成为一个专门术语。《新英汉词典》对其解释为，"苏格拉底式的装作无知法（辩论中佯装无知，接受对方的结论，然后用发问方法逐步引到相反的结论而驳倒对方）"。[1] 有学者将其追溯到苏格拉底通过辩驳进行论证的知识论，[2] 无疑也有一定的道理。亚里士多德曾经这样概括苏格拉底方法的特点，"诱导论证和普遍定义，两者均有关一切学术的基础"[3]。诱导论证指的就是苏格拉底所使用的反诘法：或者从智者派提出的答案中推导出荒谬的结论，或者用事实反驳智者派的理由，而这些常常是通过苏格拉底的佯装无知来进行的。虽然苏格拉底本人也自知其无知，自称是真理的"接生婆"，但正如巴赫金所说："苏格拉底从未说自己是单独掌握现成真理的人。"[4] 所以他是以无知的态度提出问题，通过对话反诘别人的回答。黑格尔说："苏格拉底反讽的伟大之处，就在于它能使抽象的观念具体化，使抽象观念得到发展。如果我说我知道理性是什么，信仰是什么，这不过只是抽象的观念；要使它

---

[1] 《新英汉词典》（增补本），《新英汉词典》编写组编，上海译文出版社1985年版，第672页。
[2] 任继琼：《苏格拉底的反讽：否认知识》，《贵州社会科学》2016年第1期。
[3] [古希腊]亚里士多德：《形而上学》，吴寿彭译，商务印书馆1982年版，第267页。译文有改动。
[4] [俄]巴赫金，《陀思妥耶夫斯基诗学问题》，见钱中文主编《巴赫金全集》第5卷，白春仁等译，河北教育出版社1998年版，第145页。

们具体化，就得经过解释，就得假定它们的本质还未被认识。苏格拉底要人解释这些观念，这就是苏格拉底反讽的本质。"① 我们发现，西方反讽概念的使用后来不仅溢出了修辞学或论辩术的框架，也偏离了知识论的轨道，走向怀疑和否定的方面。但也或许正因为反讽最初所具有的某种知识论背景，罗蒂才把反讽主义与自由主义相联系，而与形而上学相对立。

  中国传统儒家文化注重温柔敦厚。虽然戏谑之辞与雅文化相对，不占主导地位，但是迂回表达作为讽谏的路径一直备受重视。这固然与封建专制文化高压态势下文人的明哲保身有关，但在长期的演变中又变成了一个较为自觉的表意策略。在《左传》中被大加推崇的春秋笔法，原本是对《春秋》的治史策略的诠释，"《春秋》之称微而显，婉而辨"，② 却被历代文学家视为对诗文创作具有普遍价值的叙事原则："诗依违讽谏，不指切事情"，"属辞比事，《春秋》教也"。③ 戏谑、俳谐、谐隐、滑稽作为"美刺"的讽谏方式，既要用微妙的言辞显示事物的真相和作者忠诚的意志，又要始终处于引而不发的阶段，既不失讽谲的效果，又需要细细地体味才能觉察出来，从而保持了批评的分寸感。

  反讽与戏谑的社会文化功能也不完全一样。刘勰在《文心雕龙》"谐隐"篇中区分了两类滑稽诙谐言辞，一种是"辞虽倾回，意归义正也"，另一种是"本体不雅，其流易弊"。前者受到推崇，说明戏谑之辞仍然须符合"雅"的要求，通常被用来以委婉曲折的方式向君王进谏，让人心理上能够接受。用刘勰的话说："古之嘲隐，振危释惫。虽有丝麻，无弃菅蒯。会义适时，颇益讽诫。空戏滑稽，德音大坏。"④ 也就是说，戏谑其实是有约束或底线的，不能走极端，具

---

① ［德］黑格尔：《哲学史讲演录》第 2 卷，贺麟、王太庆译，商务印书馆 2009 年版，第 58 页。译文有改动。
② 《左传·昭公三十一年》，见杨伯峻《春秋左传注》，中华书局 1981 年版，第 1513 页。
③ （清）朱彬撰：《礼记训纂》，卷 26《经解》，饶钦农校点，中华书局 1996 年版，第 736 页。
④ （南朝）刘勰：《文心雕龙》，中华书局 2014 年版，第 84 页。

有儒家所倡导的平和中正导向在里面。但是就作为诗学原则的反讽而言，它更多地被视为一种语言表达的间离效果，"第一层意义表明它确实和另一个事物'相像'，第二层意义——也即隐喻的、引申的意义，取决于将它引入时它们之间存在的相似之处……运用反讽时，第二个意义毁灭了第一个意义。"① 可见，无论作为修辞或论辩术的反讽或者作为诗学原则的反讽，从大的方面看基本属于价值中立的方法论的范畴。就此来看，反讽的文化功能不同于戏谑。

然而，如前所述，自浪漫主义运动以来，西方的反讽概念在使用中常常又被赋予哲学含义，和主体精神相联系。到了后现代，又与对主体及形而上学的反思相联系。保罗·德曼说："反讽理论并不是喜剧理论。它是瓦解，是幻灭。"② 海登·怀特也说，反讽在本质上具有否定性，"反讽式陈述的目的在于暗中肯定字面上断然肯定或断然否定的东西的反面"③。在波德里亚那里，主体在其统治中被实体化而发生异化，"所有有关知识、概念、场景、镜像的旧有结构，都试图创造幻觉，于是它们强调有关世界的真实设计"。导致真实的颠倒、事实和再现的奇观性扭曲，这种客体的极速增加和不受控制的状况，使得反讽成为一种"有趣的观看事物的方式"④。可见反讽在这里无疑包含了价值判断的因素。但是这里的价值判断更多地指向怀疑与否定，而不是平和中正。这或许是在进行价值判断时反讽与戏谑最大的区别所在。

---

① [美] 米勒：《小说与重复》，王宏图译，天津人民出版社 2008 年版，第 119 页。
② Paul de Man, *Aesthtic Ideology*, Minneapolis: University of Minnesota Press, 1997, p. 182.
③ [美] 海登·怀特：《元历史》，陈新译，译林出版社 2004 年版，第 48 页。
④ [法] 波德里亚：《致命的策略》，刘翔、戴阿宝译，南京大学出版社 2015 年版，第 122、129 页。

# 第八章　作为语言与叙事的历史

　　文学与历史是人类两种源远流长的文化形态，两者有紧密的联系。自亚里士多德以来，文学与历史的关系一直是文学理论中的一个重要问题。在语言转向的背景下，这种讨论采取了新的形式，其显著特点是从语言和叙事入手，探讨二者的关联性。

　　语言转向不仅影响到文学理论，也影响了史学理论和历史编纂，尤其是语言转向下的文学理论，如形式主义、结构主义、解构主义等等，都成为海登·怀特等人为代表的史学理论建构的一个重要的灵感源泉。连反对文学理论过多介入史学研究的安克斯密特也承认，"就语言转向与文学理论对史学理论来说肯定意味着什么而论，这里肯定存在着共同的基础"[①]。这里所说的"共同的基础"，主要是指文学与历史都涉及语言、叙事等问题。另一方面，文学理论研究借鉴历史及历史理论也成为风气，"近来在批评理论领域中最为常见的一些主题之一就是呼吁批评以及文学理论与历史关联起来，因为它们显然已经携带着自身所有的历史，介入到了社会以及政治领域当中"[②]。因而，"后现代理论和艺术目前所质疑的正是文学和历史的分离，而且近来对历史和小说的评判性阅读更多地集中在这两种写作方式的共同点，而非不同点。人们认为它们的力量更多地来源于其逼真性，而不是客

---

　　[①]　[荷兰]安克斯密特：《历史表现》，周建漳译，北京大学出版社2011年版，第69页。
　　[②]　[美]阿特兹等编：《历史哲学：后结构主义路径》，夏莹等译，北京师范大学出版社2009年版，第90页。

观真实性；它们都被认定为语言建构之物"。① 所以重估历史的叙事性与文学性，重新看待文学与历史的关系，就成为一个重大的学术问题。

## 一 普遍性及其跌落：从诗高于史到诗等于史

根据历史学家李宗侗的考证，历史（希腊文 historia）最初的含义是"真理的追求"。② 这就是说，历史书写暗含着语言与实在相一致的认识论诉求。正因为如此，传统上西方关于文学（诗）与历史（史）关系的讨论，通常是在文学、历史、哲学的三维架构中进行的，文学被认为高于历史，因为文学距离哲学更近，文学比历史更能表达普遍性或真理。持这种主张的代表人物有古希腊的亚里士多德、文艺复兴时期英国的锡德尼等。在亚里士多德看来，历史与诗的差别"在于一叙述已发生的事，一叙述可能发生的事。因此，写诗这种活动比写历史更富于哲学意味，更被严肃的对待；因为诗描述的事带有普遍性，历史则叙述个别的事"③。他还说："史诗的情节也应像悲剧的情节那样，按照戏剧的原则安排，环绕着一个整一的行动，有头、有身、有尾，这样它才能像一个完整的活东西，给我们一种它特别能给的快感；显然，史诗不应像历史那样结构，历史不能只记载一个行动，而必须记载一个时期，即这个时期内所发生的涉及一个人或一些人的一切事件，它们之间只有偶然的联系。"④ 亚里士多德认为，历史处理的是已经发生的事件，为对象所规定，具有偶然性，而诗则按可然律和必然律叙述可能发生的事情，带有普遍性，故诗高于史。锡德尼也说，诗人集中了哲学家和历史学家的优长。哲学家的知识"建

---

① ［加拿大］琳达·哈琴：《后现代主义诗学：历史·理论·小说》，李杨、李锋译，南京大学出版社 2009 年版，第 141—142 页。
② 李宗侗：《中国史学史》，中华书局 2010 年版，第 1 页。
③ ［古希腊］亚里士多德：《诗学》，罗念生译，人民文学出版社 2002 年版，第 24 页。
④ 同上书，第 69—70 页。

立在这样抽象和一般化的东西上,以致能够了解他的人已经是真正有幸的了,能够运用其了解的人更是有幸了。在另一方面,历史家缺乏箴规,他是如此局限于存在了的事物而不知道应当存在的事物,如此局限于事物的特殊真实,而不知事物的一般真理,以致他的实例不能引生必然的结论,因此他只能提供比哲学更少效用的学说。那无与伦比的诗人却二者兼能做到;因为无论什么哲学家说应该做的事情,他就在他所虚构的做到了它的人物中给予了完美的图画;如此他就结合了一般的概念和特殊的实例"①。即文学形象的范例性,具有历史所不及的沟通特殊与一般的"引譬连类"的功能。就像海登·怀特所说的,在这样一种言说框架中,历史"被置于'文学'的对立面,因为它关注的是'真实的'事情而非'可能的'事情,后者被认为是'文学'作品的再现对象"②。

但是自文艺复兴以来,人们在思考历史与文学差异性的同时,也注意到历史与文学的联系。意大利的卡斯特尔维屈罗说:"历史分为题材和语言,诗也是分成这两个主要的部分。但是在这两个部分,历史和诗都各不相同。就题材而言,历史学家并不凭他的才能去创造他的题材,他的题材是由世间发生的事件或是由上帝的意志(显现的或隐藏的)供给他的。至于语言或表现,那倒是历史学家所提供的,但是历史学家的语言是推理用的那种语言。诗却不然,诗的题材是由诗人凭他的才能去找到或想象出来的,诗的语言……是由诗人运用他的才能,按照诗的格律,去创造出来的……他会处理的故事是由他自己想象出来的,是关于从来不曾发生过的事物的,但是同时在愉快和真实两方面,却并不比历史逊色。"③ 在卡斯特尔维屈罗眼中,题材与语言是历史和文学共同的要素,但是历史的题材是已有的,诗人的题材则是想象的;历史的语言是推理的,诗人的

---

① 参见[英]锡德尼《为诗辩护》,钱学熙译,人民文学出版社1998年版,第18—19页。
② [美]海登·怀特:《话语的转义》,董立河译,大象出版社2011年版,第96页。
③ [意]卡斯特尔维屈罗:《亚里士多德〈诗学〉的诠释》,朱光潜译,伍蠡甫、胡经之主编《西方文艺理论名著选编》上卷,北京大学出版社1985年版,第167页。

语言则是文学的,而在产生愉快和表达真实方面,诗和历史二者并无不同。

英国的培根则根据他所认定的记忆、想象和理智三种理解力来辨析历史、文学与哲学三者的关系。他认为"历史对应于记忆,诗歌对应于想象,哲学对应于理智"①。这些为人们进一步认识文学与历史的关系开辟了道路。相比而言,霍布斯虽然也重视诗歌的想象,但认为想象在历史编纂中的作用有限,"判断"才是文学与历史、哲学的共同点,"在诗歌佳作中,不论是史诗还是剧诗,想象与判断必须具备,但前者必须更为突出,十四行诗、讽刺诗等也是这样。因为这类文字是以富丽堂皇悦人的,但却不应当以轻率而使人见恶。历史良籍则必须以判断见长。因为这种著作的好处就在于方法、在于真实、在于所选事件最宜于为人所知。想象在这方面除开修饰文辞以外是不能用的。……论证、商酌以及所有探求真理的严肃文字中,一切都要由判断完成"。② 从中可以发现,虽然亚里士多德、锡德尼、培根和霍布斯等人都认为文学长于虚构或想象,历史追求真实,但他们这些人都认为文学叙事与历史叙事拥有共同的认识论、因果论与目的论的设定,米勒将之概括为"始源和结局('考古学'与'目的论');统一性和整体性或是'整体化';潜在的'理性'或是'基础';自我、意识或是'人类的本性';时间的同质性、直线性和连续性;必要的进展;'天数''命运'或是'天命';因果关系;逐渐显现的'意义';再现和真实"。③ 总之,历史与文学二者都是探求真理的形式,都可以表达某种理性认识的判断。

20世纪以来,历史客观主义信条受到动摇,"历史学家们在讨论历史是否可能客观的问题时,一般都抱悲观主义态度"④。"过去不再

---

① [英] 培根:《学术的进展》,刘运同译,上海人民出版社2007年版,第64页。
② [英] 霍布斯:《利维坦》,黎思复、黎廷弼译,商务印书馆1996年版,第51—52页。
③ [美] 米勒:《重申解构主义》,郭英剑等译,中国社会科学出版社1998年版,第40页。
④ [美] 威廉·德雷:《历史哲学》,王炜、尚新建译,生活·读书·新知三联书店1988年版,第43页。

被认为是可以区分为本质的与偶然的，相反，在当代史学著述中，过去的每一部分都可以同时是本质和偶然的。结果，历史学家不再能有意义地向自己提出其研究成果与历史整体的画面相吻合的问题"。① 随之而来的是哲学或者真理作为文学、历史衡量坐标的地位发生了动摇。当克罗齐说，"一切历史都是当代史"时，他意在说明历史是一种精神活动，构成了我们的精神生活的一部分，是语文学与哲学的结合。20世纪40年代，英国学者柯林伍德在培根说法的基础上重申了"历史的想象力"问题，认为历史学家和小说家具有相似性："他们各自都把构造出一幅图画当作是自己的事业，这幅图画部分地是叙述事件，部分地是描写情境、展示动机、分析人物。他们各自的目的都是要使自己的画面成为一个一贯的整体，在那里面每个人物和每种情境都和其余的是那么紧密地结合在一起……作为想象的作品，历史学家的作品和小说家的作品并没有什么不同。它们的不同之处是，历史学家的画面要力求真实。"②

结构主义语言学和叙事学的发展给人们重新思考文学与历史的关系提供了可能性。索绪尔把语言视为能指与所指的相互作用，在这个过程中，指涉物被排除了。法国语言学家本维尼斯特认为，历史和话语是两种基本的陈述形式。历史陈述"限于书面语，是过去事件的叙事特性所在。'叙事''事件''过去'这三个词都需要强调。这一陈述是对某一时刻发生的事实的介绍，说话人在叙述中不进行任何干预"③。他认为这一点适用于一般性的叙事文字，包括历史著作和以历史意图为主导的文学作品。在福柯那里，历史叙述成为一种话语形态，"历史试图通过它重建前人的所作所言，重建过去所发生而如今仅留下印迹的事情；历史力图在文献自身的构成中确定某些单位、某

---

① [荷兰]安克斯密特：《历史表现》，周建漳译，北京大学出版社2011年版，第156页。
② [英]柯林伍德：《历史的观念》，何兆武等译，北京大学出版社2010年版，第242—243页。
③ [法]本维尼斯特：《普通语言学问题》，王东亮译，生活·读书·新知三联书店2008年版，第261页。

些整体、某些体系和某些关联。"① 索绪尔、本维尼斯特和福柯的理论对历史哲学、历史编纂学进而对历史与文学关系的讨论产生了深远的影响。巴尔特否认历史事实的存在,把历史视为一种话语,认为"历史'事实'这一概念在各个时代中似乎都是可疑的了"。因而"历史学家与其说是在搜集事实,不如说是在搜集'能指'……历史话语大概是针对着实际上永远不可能达到的自身'之外'的所指物的唯一的一种话语"②。历史尚且如此,包括现实主义作品在巴尔特眼中更是一种虚构,是一种指涉谬误。海登·怀特把历史视为语言和叙事活动的一部分,"鉴于语言提供了多种多样建构对象并将对象定型成某种想象或概念的方式,史学家便可以在诸种比喻形态中进行选择,用它们将一系列事件情节化以显示不同的意义。……近来的'回归叙事'表明,史学家们承认需要一种更多的是'文学性'而非'科学性'的写作来对历史现象进行具体的历史处理"③。美国学者克里斯沃尔茨(Martin Kreiswirth)指出,"这种对解释和理解叙事形式的沉迷既是一种对当前反基础主义、后结构主义和后现代主义氛围的回应,又是对真理符合论的瓦解,之前处于支配地位的逻辑—演绎及理性和知识霸权模式的颠覆和攻击的回应"④。也就是说,这种蔓延于人文社会科学包括历史理论和历史编纂学中的语言和叙事转向明显具有后现代的特征。

我们如果把中国古代关于历史与文学关系的讨论与西方做一个比较,会发现,从一般意义上来说,历史追求真实,文学追求叙事与文采,中国与西方并没有什么不同。但是细察在各自文化系统中的位置,文学、历史在其中所承担的功能却有明显的差别。

---

① [法]福柯:《知识考古学》,谢强、马月译,生活·读书·新知三联书店1998年版,第6页。
② [法]巴尔特:《历史的话语》,见《现代西方历史哲学译文集》,张文杰编译,上海译文出版社1984年版,第93页。
③ [美]海登·怀特:《元史学》,陈新译,江苏人民出版社2004年版,《中译本前言》第4—5页。
④ Martin Kreiswirth, "Trusting the Tale: The Narrativist Turn in the Human Sciences", *New Literary History*, 23. 3 (1992), p. 634.

在中国，历史自然也是追求真实的。唐代的刘知几说："史之为务，申以劝诫，树之风声。其有贼臣逆子，淫君乱主，苟直书其事，不掩其瑕，则秽迹彰于一朝，恶名被于千载。言之若是，吁可畏乎！"① 但是中国古代"史"最初含义是史官，"其初盖与巫祝相近也"，掌管政权教权，后来权力慢慢缩小至著国史为事，自司马迁开始以史称呼史书。② 也就是说，在中国"史"主要与政治统治与教化有关。中国古代有一套以史学为核心的文化价值系统，"诗教"隶属于这套文化价值系统。王世贞《艺苑卮言》云："天地间无非史而已。三皇之世，若泯若没；五帝之世，若存若亡。噫！史其可以已耶？《六经》，史之言理者也。曰编年，曰本纪，曰志，曰表，曰书，曰世家，曰列传，曰之正文也。曰叙，曰记，曰原先，曰碣，曰铭，曰述，史之变文也。曰训，曰诰，曰命，曰册，曰令，曰教，曰劄，曰上书，曰封事，曰书，曰表，曰启，曰牋，曰弹事，曰奏记，曰檄，曰驳，曰喻，曰尺牍，史之用也。曰论，曰辨，曰说，曰解，曰难，曰议，史之实也。曰赞，曰颂，曰箴，曰哀，曰诔，曰悲，史之华也。"③ 六经包括了《诗经》，文学当然也是这个教化的一部分。我们也可以在这个意义上来理解章学诚的"六经皆史"的说法，"六经皆史也。古人不著书，古人未尝离事而言理，六经皆先王之政典也。或曰：《诗》《书》《礼》《乐》《春秋》，则既闻命矣；《易》以道阴阳，愿闻所以为政典而与史同科之义焉"④。这种政教合一的实用理性，共存于史学和文学叙事中。

## 二 叙事学和大文学视野下的历史

自 20 世纪 60 年代结构主义叙事研究兴起，并于 1969 年被托多

---

① （唐）刘知几：《史通》，浦起龙释，上海古籍出版社 2015 年版，第 179 页。
② 李宗侗：《中国史学史》，中华书局 2010 年版，第 2 页。
③ （明）王世贞：《艺苑卮言》卷一，见丁福保编《历代诗话续编》中，中华书局 1983 年版，第 963 页。
④ （清）章学诚：《文史通义》，上海古籍出版社 2015 年版，第 1 页。

罗夫命名为"叙事学"(narratologie)以来,叙事研究发展迅速,并慢慢由文学内部的陈述机制演变为存在于多学科和多文化的共同机制,成为大"叙事"。20世纪70年代以来,各门人文社会科学如历史、哲学、人类学、法学等借鉴叙事、隐喻、修辞等来革新本学科的认识论,俄国形式主义以区分日常语言与诗歌语言形成的以文学性为标志的纯文学观,演变为以诗性、想象、修辞等为标志的大"文学"观,被称为人文社会科学的叙事转向、文学转向,用大卫·辛普森的话说,即人文社会科学"讲故事的转向与'文学'的扩容"①。克里斯沃尔茨将其分为三个阶段:一是80年代开始叙事研究逐渐超出围绕文学文本的叙事学主导模式;二是逐渐涉入教育学、社会学、认知、治疗、法学、政治、语言习得和人工智能领域,特别是更广泛应用于社会语言学、语用学、发展心理学和社会科学中经验及定量研究分支;三是深化、扩展和加速阶段,包括更大学科范围内的叙事化信息实践—公共政策分析、医学诊治和教育以及社会工作等。② 叙事学向历史的渗透与蔓延正是在这一背景下发生的,以至于美国著名历史学家伊格尔斯说:"近几十年来越来越多的历史学家就达到了这样一种信念,即历史学是更紧密地与文学而不是科学相联系着的。"③德·塞尔托将这种与文学相结合的历史称之为历史编纂学,"历史编纂学在'制作历史'和讲述历史之间徘徊,二者均没有消长。人们可以从中辨出这是另一种形式的双重性,一种既是批判性的也是建设性的历史操作……通过将各个方面以文学形式加以展现,书写也将构建与他者的关系的愿望符号化了"④。因为借鉴了文学手法,历史被视为一种叙事的再现方式,"再现历史现实作为一种手段掩盖了历史

---

① David Sumpson, *The Academic Postmodern and the Rule of Literature*, Chicago: Chicago University Press, 1995, p. 22.
② Martin Kreiswirth, "Merely Telling Stories? Narrative and Knowledge in the Human Sciences", *Poetics Today*, 21.2 (2000), pp. 293–318.
③ [美] 伊格尔斯:《二十世纪的历史学》,何兆武译,山东大学出版社2006年版,第7页。
④ [法] 米歇尔·德·塞尔托:《历史书写》,倪复生译,中国人民大学出版社2012年版,第83页。

自身的产生条件"。"以现实为名的陈述是带有指令性的。……历史陈述极为有效。它一边扬言在陈述事实，一边在制造事实。"①

这一潮流在历史学领域的代表人物毫无疑问是被归为新历史主义的海登·怀特。他认为历史、文学和哲学都与语言或形式有关，"在诸如历史编纂学、文学批评和哲学（它们是现时代人文学科的主干）这些领域中，重要的理论问题始终与形式问题或再现问题有关，而与材料（题材）或方法论（研究步骤）问题没有多少关系。"② 因而海登·怀特特别看重历史叙事的形式，"一种特定的历史情形应该如何进行塑造，这取决于历史学家在把一种特殊的情节结构和一组他希望赋予某种特殊意义的历史事件加以匹配时的微妙把握。"③ 在海登·怀特看来，历史学家总得突出一些事件而贬低另外一些事件，描述特征，重复主体，改变格调和视角，转换描述策略等，这些都是文学作品如小说和戏剧情节编排中常用的技巧。所以海登·怀特认为历史是诗性的行为，一种文学想象性的活动，"本质上尤其是语言学的"④，即转义模式与情节编排模式。

具体到历史编纂学来说，海登·怀特区分了历史"事件"（一个在时空中发生过的事情）和历史"事实"（以论断的形式对该事件的陈述），"事件发生着并可通过文献记载和遗迹得到或多或少的证明；事实只是在思想上的概念化构建和（或）在想象中的比喻化构建，并且只存在于思想、语言或话语之中"⑤。海登·怀特吸收了俄国形式主义"故事"与"情节"的二分法，把历史书写视为一个叙事行为，涉及事件编序、故事设定和情节编排。这一建构过程具有情节化解释、形式论证解释和意识形态蕴涵式三种解释模式。情节化模式取

---

① ［法］米歇尔·德·塞尔托：《历史与心理分析》，邵炜译，中国人民大学出版社2010年版，第8页。
② ［美］海登·怀特：《形式的内容：叙事话语与历史再现》，董立河译，北京出版社2005年版，第125页。
③ ［美］海登·怀特：《话语的转义》，大象出版社2011年版，第93页。
④ ［美］海登·怀特：《元史学》，陈新译，译林出版社2009年版，第35页。
⑤ ［美］海登·怀特：《旧事重提：历史编撰是艺术还是科学？》，见《书写历史》第1辑，上海三联书店2007年版，第24页。

自弗莱《批评的剖析》中情节结构分类，指以所讲述故事的类别确定的"意义"，包括浪漫剧、悲剧、喜剧和讽刺剧模式；形式论证解释借鉴佩珀《世界的构想》中的观念原型，指形式的、外在的或推理的论证解释类型，包括形式论、有机论、机械论和情境论模式；意识形态蕴涵式解释吸收了曼海姆对意识形态基本类型的划分，指史学家预设的无政府主义、保守主义、激进主义和自由主义四种基本政治立场。上述三种解释模式的组合形成史学家历史编纂的风格：

| 情节化模式 | 论证模式 | 意识形态蕴涵模式 |
| --- | --- | --- |
| 浪漫式的 | 形式论的 | 无政府主义的 |
| 悲剧式的 | 机械论的 | 激进主义的 |
| 喜剧式的 | 有机论的 | 保守主义的 |
| 讽刺式的 | 情境论的 | 自由主义的① |

在这一点上，荷兰历史哲学家安克斯密特的观点与海登·怀特比较接近。他也是从美学的观点看历史编纂，把历史与"表现"（representation）或表征联系在一起，认为历史是由语言组成的，"历史表现结合了事物与语言二者的特征。或者，换一种说法，历史表现是用语言做成的事物"。"历史洞见……是对看上去已然获得的确定性与精确性的不断质疑，而不是像在科学中那样对真理更大程度的趋近。"② 这一思潮在哲学界的代表之一是朗西埃。朗西埃认为历史的再现是不可能的。他以年鉴学派历史学家布罗代尔及其先驱米什莱的《法国大革命史》为例，指出其具有科学、叙事、政治三重属性，并未按照本维尼斯特所说的以过去时加中立的第三人称保证叙述的客观性，而是在论述的系统下建立叙述。"历史若要成为科学且保持其为历史，只能够透过给予言说以真理体制的诗学迂回。……它并非在一个显著的哲

---

① ［美］海登·怀特：《元史学》，陈新译，译林出版社2009年版，第33页。
② ［荷兰］安克斯密特：《历史表现》，周建漳译，北京大学出版社2011年版，第13、17页。

学命题形式中给予自身以真理,而是在叙述的脉络中:在解释的模式底下,但也是在句与句的切分间、在动词的时态与人称、在本义的与比喻的游戏里。"[1] 这些说法的共同特点是凸显历史的语言性、叙事性以及历史与文学的相通性。因而我们需要对此进行一番考察和分析。

## 三 历史的文学性和文学的历史表征

众所周知,历史学家常常受到文学的启迪。例如,吉本从菲尔丁的小说《汤姆·琼斯》和奥维德的《变形记》中获得灵感,通过《罗马帝国衰亡史》述说人类历史中的罪恶和愚昧。而麦考莱(Thomas Macaulay)的《英国史》也受到司各特小说的影响。鲁迅也称赞司马迁的《史记》为"史家之绝唱,无韵之《离骚》"[2],既具有历史的"实录"精神,又倾注了情感,塑造了人物,即达到历史与文学的高度统一。

我们先从文学与历史的关联处来考察文学与历史的关系。的确,历史与文学一个显而易见的相通之处是叙事性。中国古代就非常重视历史的叙事功能。唐代的刘知几说,"夫史之称美者,以叙事为先。至若书功过,记善恶,文而不丽,质而非野,使人味其滋旨,怀其德音"。[3] 实际上,大多数历史著作的确有自己的叙事特征与文体风格,从而具有文学性,比如,色诺芬的《长征记》把进攻波斯的一万希腊雇佣军撤退时的调度、行军、征战写得跌宕起伏、张弛有度,最后这些人居然大半人马回到了希腊,情节生动,语言典雅,既是历史,也是传记文学。再比如被海登·怀特归为悲剧式情节叙事的名著——托克维尔的《旧制度与大革命》,该书利用了大量档案材料,包括地方与中央的奏章、大臣间的通信等,对法国革命的起因与后果进行解释,"并不总是情况每况愈下才引起革命。最经常发生的情况是,一个长久以来好像若无其事毫无怨言地承受最严苛法律的民族,一旦压

---

[1] [法]朗西埃:《历史之名——论知识的诗学》,魏骥德、杨淳娴译,华东师范大学出版社2016年版,第186页。
[2] 鲁迅:《汉文学史纲要》,《鲁迅全集》第9卷,人民出版社2005年版,第435页。
[3] (唐)刘知几:《史通》,浦起龙释,上海古籍出版社2015年版,第153页。

第八章 作为语言与叙事的历史

在人们身上的重量变轻,他们就会激烈地将它抛出。一个革命摧毁的政体差不多要比革命之前那个政体更好,经验告诉我们,一个坏政府最危险的时刻通常是它要开始改革的时刻。""在1780年没有人再断言法国在没落;相反地,人们说,那时候再没有什么能限制法国进步了。而正是这个时候,人类无限持续完善的理论诞生了。20年前,人们对未来毫无期待;现在人们对未来毫无畏惧。人们的想象力已经提前沉溺于这即将到来的极乐中,让大家对已经得到的利益漠不关心,一心朝新生事物奔去。"[1] 历史叙述中表达了一种反讽的省思,史实与评价、哲理与文思融为一体。而同一时期的米什莱则把法国大革命描绘成人民胜利的浪漫剧,其中的差异不仅在于他们选择不同的事实,还在于他们运用了不同的叙述角度和叙述语调。

我们再来看雨果描写法国大革命的小说《九三年》。小说描写朗特纳克侯爵领导旺岱地区贵族暴乱,资产阶级革命家郭文带领军队在攻克叛军最后堡垒,因目睹朗特纳克侯爵冒死从大火中救出小孩故而放走了他,后以叛国罪被革命政府判处死刑,而审判郭文的法官西穆尔登也因同情郭文而自杀。作品以此表现"在最正确的革命之上,还有一个最正确的人道主义。"

历史与文学相通处其二是想象性与情感性,但是想象性与情感性对于文学可能是整体的、必备的,对于历史来说则相对来说是局部的、附属的。培根较早意识到想象对于历史是必不可少的,"编年史的作者编撰较长历史阶段的著作时,必然面临许多空白之处,他只能利用自己的才智和猜测来填充这些空白。"[2] 这里所说的"猜测"其实就是想象。我国古人也认为历史需要合理的想象。例如《左传》中"晋灵公不君"中鉏麑自尽前的自白,清人纪昀通过申苍岭之口说:"鉏麑槐下之辞,浑良夫梦中之噪,谁闻之欤?"[3] 说起历史的情

---

[1] [法]托克维尔:《旧制度与大革命》,裴玲译,中国文史出版社2013年版,第193页。
[2] [英]培根:《学术的进展》,刘运同译,上海人民出版社2007年版,第68页。
[3] (清)纪昀:《阅微草堂笔记》卷十一《槐西杂志》一,上海古籍出版社2010年版,第186页。

感性，我们自然会想起陈寅恪晚年呕心沥血之作《柳如是别传》所勾画的集悲苦、刚烈与才情于一体的传奇女子柳如是，"刺刺不休，沾沾自喜。忽庄忽谐，亦文亦史。述事言情，悯生悲死。……痛哭古人，留赠来者"①。还有司马迁《史记》中倾注了无限同情所描写的屈原和李广父子。

　　但是海登·怀特无疑夸大了历史的文学性。历史终究以记述事件为主，叙事技巧与想象在历史编纂学中还是处于比较低的位置。而情感性在历史写作中的作用更是带有比较大的争议。比如，有人认为司马迁本人遭受过宫刑，所以他对历史上同样受过冤屈的人如屈原或李广父子等投射了过多的同情，对他们进行了拔高和美化，钱锺书更认为陈寅恪把晚年岁月耗费在为柳如是作传上不值得。这里不去辨析上述争议的是非曲直，但至少说明叙事性、想象性与情感性对于文学来说是整体的、必备的，而对于历史来说则相对是次要的、附属的，也就是说，历史通常只具有低度文学性。问题的关键还在于历史的对象是实在的，文学的对象是虚拟的。荷兰学者安克斯密特认为，海登·怀特的论述忽视了历史文本和过去实在的关系问题。历史并未在时间中消失，恰恰是叙述赋予混沌的历史以我们熟悉的形貌。安克斯密特把历史的认识论与本体论二者合一，认为在历史书写中表现与被表现者同时到场，"历史编纂学表现的只是它自身……目标不再是指向表现背后的'实在'，而是把'实在'吸纳到表现自身之中。"② 比如文艺复兴、启蒙运动、美苏冷战等，通过历史叙述得以呈现，因而历史具有建构性。也正因为如此，历史与文学仍然有一个很大不同，历史毕竟还"有一个独立于历史学家的历史实在，它作为客观给定物（objective given），过去和现在的所有历史学家，尽管观点不同，都可以讨论它"。③ 这个具有主体

---

①　陈寅恪：《柳如是别传》（下），上海古籍出版社1980年版，第1224页。
②　［荷兰］安克斯密特：《历史与转义：隐喻的兴衰》，韩震译，文津出版社2005年版，第152页。
③　［荷兰］安克斯密特：《历史表现》，周建漳译，北京大学出版社2011年版，第155页。

间性的实在是可公度的，所有历史阐释可以进行有意义的比较、批评和判断。文学则是虚拟的世界，没有一个实在可以比较、批评和判断。可以说，历史是以实在为依据的建构，文学则是以虚拟为基础的创造。

培根认为，文学超越历史甚至哲学的地方在于，它不像历史那样依赖记忆或哲学那样依赖理智，而是凭借想象，文学可以不根据事物的逻辑，既可以把自然状态中不相干的事情联系在一起，又可能把联系在一起的事物分割开来，造成事物不合法的匹配和分离，形成一种"伪装的历史"："这种伪装的历史的功效在于，当自然不能给予人们满足时，它能让人产生一种虚幻的满足……如果真的历史中的行为和事件其庄重的程度无法让人的心灵得到满足，诗歌便虚构出更加伟大和宏伟的事件作为补偿；真的历史叙述的故事平淡无奇，所以诗歌赋予它们更加罕见，更加难以预料、变化多端的特质。因此，诗歌似乎适合并有助于彰显崇高的行为，有助于宣扬道德规范，有助于人们的娱乐。"[1] 培根的说法很重要，它表明虚构的文学创作可以形成类似历史的认知效应和远胜历史的叙述效果。文学可以对历史进行多种表征，形成"伪装的历史"。

首先，文学可以借鉴历史著作中的题材塑造历史人物，描述历史事件。且不说被人们视为"七分写实，三分虚构"的《三国演义》推动了人们对诸葛亮、刘备、曹操、孙权、周瑜等三国历史人物和火烧赤壁、空城计等历史事件的基本认知，二月河钻研清史之后创作的"帝王系列"小说——《康熙大帝》《雍正皇帝》《乾隆皇帝》也使得人们对以康乾盛世为标志的清代历史有了直观的了解；其次，小说常常以过去发生的事件为对象，采用过去时，特别是历史小说以历史上真实存在的人物和事件为原型，其叙事的逼真性可以起到类似历史读本的作用。周而复1953年出版的小说《白求恩大夫》栩栩如生地塑造了充满革命激情和国际主义精神的加拿大医生白求恩形象：急性子，脾气暴躁而又医术精湛，医德高尚，不顾疲劳地抢救伤员，筹备

---

[1] ［英］培根：《学术的进展》，刘运同译，上海人民出版社2007年版，第75页。

战地医疗队,培养后备医生,最后牺牲在工作岗位上。虽然小说不少细节有虚构的成分,包括白求恩的遗嘱等,但是小说很长时间里甚至被当作记述白求恩生平事迹的传记,切合了当时寻找精神偶像的时代氛围;再次,从一般意义上来看,作家创造的文学世界与现实世界具有融通性,文学或多或少要参照现实世界,特别是再现型文学的纪实性可以形成准历史风貌及认知属性。巴尔扎克说:"法国社会将写它的历史,我只能当它的书记。编制恶习和德行的清册、搜集情欲的主要事实、刻画性格、选择社会的主要事件、结合几个本质相同的人的特点揉成典型人物,这样我也许能写出许多历史家没有想起写的那种历史,即风俗史。"① 他的长篇小说系列《人间喜剧》由"私人生活场景""巴黎生活场景""外省生活场景""政治生活场景""军旅生活场景""乡村生活场景"等组成,被称为资本主义社会的百科全书,所以恩格斯在《致哈克奈斯》的信中,也说巴尔扎克的小说"汇集了法国社会的全部历史,我从这里,甚至在经济细节方面(如革命后动产和不动产的重新分配)所学到的东西,也要比从当时所有职业的历史学家、经济学家和统计学家那里学到的全部东西还要多"②。绥拉菲摩维奇称赞肖洛霍夫的小说《静静的顿河》所描写的人物"是一群活生生的、光华夺目的人物,蜂拥而出,每个人都有自己的鼻子,自己的皱纹,自己的眼睛和眼角上的鱼纹,都有自己说话的语调。每个人走路和回头的姿态都各自不同。每个人有自己的笑声;每个人按照自己特有的方式去恨。爱情的明朗、爱情的光辉和爱情的不幸也因人而异,各具特色"③。人们也由此认为《静静的顿河》提供了一种顿河哥萨克人的生活史、风尚史。同样,中国古代也非常推崇文学的纪实功能。宋代的蔡居厚说:"子美诗善叙事,

---

① [法]巴尔扎克:《〈人间喜剧〉前言》,陈占元译,见王秋荣编《巴尔扎克论文学》,人民文学出版社1986年版,第62页。
② [德]恩格斯:《致玛·哈克奈斯》(1988年4月),《马克思恩格斯选集》第4卷,人民出版社1972年版,第463页。
③ [俄]绥拉摩菲维奇:《〈静静的顿河〉》,见孙美玲编选《肖洛霍夫研究》,外语教学与研究出版社1982年版,第15页。

## 第八章 作为语言与叙事的历史

故号诗史。"① 可见杜诗被称为诗史与纪实有关,"三吏""三别"被视为对唐代由盛转衰时期民众生活疾苦的忠实纪录。宇文所安认为,中国诗歌具有"非虚构"的特征,"书写并非由历史进化或神圣权威创造出的任意符号构成,而是通过对世界的观察而出现。"他举杜甫安史之乱后漂泊时所作的诗《旅夜抒怀》为例,指出:"杜甫的诗句可能是一种特殊的日记,不同于一般日记的地方在于它的情感强度与即时性,在于对发生在特定时刻的经验的表达。"② 这种纪实性就是在追求类似历史的叙述效果。但是文学的纪实性应当服从文学虚构世界自身的规定性,过于追求纪实性有损文学性。

此外,在特定的情况下,文学还可以作为历史的见证,补充微观史实,保留集体记忆。安克斯密特以大屠杀写作为例说,见证"是对这个人最深沉和最重要的体验的再现……就大屠杀的体验可以在语言中被再现而言,语言须采取见证的形式"③。在西方的法律传统中,见证相当于亲眼目击。美国学者费修姗(一译苏珊娜·费尔曼)说,"艺术,不但有传达见证的功能,更有以自身为见证人的任务。"④ 英国学者威德森以描写纳粹对犹太人大屠杀的文学为例,指出:"在许多情况下,被征服者的历史没有,或几乎没有支持当代复原行动的写就的文献。因此,找回和恢复人们的过去的唯一办法是对生存与对抗的复杂过程予以想象性的解构,这个过程统治力量是不会写入自身胜利与控制的历史的。一个尤为突出的例子是'大屠杀'写作,与其他形式相比,小说在这里成为纳粹意图的一次挫败。因为他们原本打算凭借完全灭绝犹太人而导致出一种'沉默'。'最后解决'的受害者被告知,他们中没有人能留下做目击证人,而且发生了什么事是不

---

① (宋)蔡居厚:《蔡宽夫诗话》,郭绍虞:《宋诗话辑佚》,中华书局1980年版,第393页。
② [美]宇文所安:《中国传统诗歌与诗学》,陈小亮译,中国社会科学出版社2013年版,第2、7页。
③ [荷兰]安克斯密特:《历史表现》,周建漳译,北京大学出版社2011年版,第168页。
④ [美]费修姗、劳德瑞:《见证的危机——文学、历史与心理分析》,刘裘蒂译,台湾麦田出版股份有限公司1997年版,第298页。

确切的，因为证据会与受害者一同消灭。"① 比如德国犹太少女安妮·弗兰克所写的《安妮日记》记录了八人在躲在狭小的密室两年的生活，表达了自己对战争和纳粹种族灭绝政策的愤怒。德国诗人保罗·策兰作为父母死于集中营的犹太幸存者，以其《死亡赋格》表达对大屠杀的体验，成为第二次世界大战后"见证文学"的代表。意大利作家、奥斯维辛集中营的犹太幸存者普里奥·莱维的作品《被淹没与被拯救的》深刻揭示了幸存者的罪恶感、自责感和羞耻感，一方面，他觉得自己作为幸存者，"也许因为我必须写作，并通过写作来做证"。另一方面，他又认为那些最优秀的人——觉醒者、反抗者都已经死了，自己仅仅是麻木者、苟活者的一员，所以"我们，幸存者们，不是真正的证人"②。这说明文学所体现的诗性正义能弥补历史、伦理甚至法律的不足，大屠杀写作其意义就在这里。"当纯粹的历史不足以应对相关事件中道德冲突带来的难题时，历史也会求助于虚构的资源库。大屠杀就是这方面的例子，它激发了文学创作，其主要目的就在于保存受难者的集体记忆。"③ 从上述几个方面来看，文学的历史表征从不同的角度重述了历史，凸显了事物的多种存在样态，宣扬了美德，增加了美感。连否认"真实"这个概念对文学的适用性的英伽登也说，"'真实'这个概念照它的确切的意思，只能用于'历史的'文学的艺术作品，在这种作品中，确实有再造功能的表现，而且是特意的再造"。但是英伽登又认为："'历史的'文学的艺术作品中的再造的不太忠实丝毫也不会改变它所有的纯艺术价值。"④ 这说明，历史通常只有低度文学性，而文学的历史表征终究还是服从于文学性。

---

① [英]彼德·威德森：《西方文学观念史》，钱竞、张欣译，北京大学出版社2006年版，第171—172页。
② [意]普里奥·莱维：《被淹没与被拯救的》，杨晨光译，中信出版社2017年版，第83、85页。
③ [英]西蒙·冈恩：《历史学与文化理论》，韩炯译，北京大学出版社2012年版，第46页。
④ [波]英伽登：《论文学作品》，张振辉译，河南大学出版社2011年版，第292页。

## 四 文学批评中的诗史互证和文学与
历史关系的再思考

众所周知，恩格斯曾经不止一次谈到文学批评的"美学观点和历史观点"，并认为这是文学批评"非常高的、即最高的标准"①，这就意味着历史内涵也是文学自身和文学批评的一个重要维度。他眼中两者统一的典范是巴尔扎克。恩格斯主要是从写实性、信息性等方面推崇巴尔扎克："在我看来，巴尔扎克是塞万提斯之后的一切时代的最伟大的小说家，同时也是从1815年到1848年的法国社会的最直言不讳的史料研究家。我喜欢巴尔扎克的一切作品。"② 在《致劳拉·拉法格》的信中，恩格斯又说，"我从这个卓越的老头子（按：指巴尔扎克）那里得到了极大的满足。这里有1815年到1848年的法国历史，比所有沃拉贝耳、卡普菲格、路易·勃朗之流的作品中所包含的多得多。"③ 在这里，恩格斯明确地指出巴尔扎克的作品对研究19世纪上半叶的法国社会具有"史料"意义，这是在以文学佐证历史。这说明文史互证也是一种重要的文学批评模式。

中国古代就有以诗论史的传统。《左传》襄公二十九年记载吴国的公子季札来鲁国观周乐时，能够从歌诗中判断或推测诗人所生活时代的潮流、政治和风俗。钱谦益编撰《列朝诗集》、吴伟业的叙事诗《圆圆曲》试图用诗歌来补充正史的记载。学者张方指出，中国古代文化是以"历史"为主体的文化，"中国古代诗歌就一直与社会、历史以及人生保持着密切的联系，从而也一直让实际的生活或所谓的'实践理性'牵扯着，不可能在超越历史的路上走得太远。在这样的

---

① ［德］恩格斯：《致斐·拉萨尔》(1859)，《马克思恩格斯全集》第29卷，人民出版社1972年版，第586页。
② ［德］恩格斯：《致加布里埃尔·杰维尔》(1888年4月27日)，见《马克思恩格斯全集》第50卷，人民出版社1985年版，第484页。
③ ［德］恩格斯：《致劳拉·拉法格》(1883年12月13日)，见《马克思恩格斯全集》第36卷，人民出版社1974年版，第77页。

背景之下，诗人和批评家的思想深藏着一种以'历史'为坐标的价值观，并因此让诗歌起到'历史'的作用……而中国古典诗歌也的确在相当程度上起到了这样的作用。"① 即或成为历史的书写，或承担教化功能，或弥补史书不足。中国古典文学学者朱东润的《杜甫叙论》是杜甫的学术传记，其中一个基本路径是通过杜甫的诗歌考证杜甫的行踪，又在安史之乱后杜甫的漂泊游历中印证了杜甫的诗歌。刘师培、卞孝萱等人擅长以诗证史。例如岑参的诗《骊姬墓下作》："骊姬北原上，闭骨已千秋。浍水日东注，恶名终不流。献公恣耽惑，视子如仇雠。此事成蔓草，我来逢古丘。峨眉山月落，蝉鬓野云愁。欲吊二公子，横汾无轻舟。"刘师培云："言武惠妃之事也。"卞孝萱赞同此说："今将骊姬与武惠妃进行比较，相同者三：（一）骊姬受晋献公宠爱；武惠妃受唐玄宗宠爱。（二）骊姬欲立其子奚齐为太子；武惠妃欲立其子李瑁为太子。（三）骊姬向晋献公进谗言，陷害太子申生；武惠妃向唐玄宗进谗言，陷害太子李瑛。相似者一：申生被逼自缢，公子重耳、夷吾等出亡；李瑛、李瑶、李琚赐死。"② 古典文学研究者常常通过作品所载事件、景物、游历考证作者生平、编撰作品纪年、作者传记，或对作品含义进行辨析评论。一些文史兼修的历史学家也会做这样的工作。陈寅恪自叙其以钱谦益、柳如是为主角的《柳如是别传》"披寻钱柳之篇什于残阙毁禁之余，往往窥见其孤怀遗恨，有可以令人感泣不能自已者焉"③。

　　对于这种把文学当作历史的做法，当然也有争议。文学毕竟是文学，过于追求写实性有损文学性。杨慎、王夫之等人就认为诗与史各有各的特殊性，反对将写历史的方法带入文学中。杨慎认为诗应当含蓄蕴藉。他批评杜甫有些诗歌"太露"，"直陈时事，类于讪讦，乃其下乘末脚，而宋人拾以为自己宝，又撰出'诗史'二字，以误后

---

① 张方：《文论通说》，学苑出版社2003年版，第129页。
② 卞孝萱：《刘师培以唐诗证史》，《卞孝萱文集》第5卷，凤凰出版社2010年版，第68页。
③ 陈寅恪：《柳如是别传》（上），上海古籍出版社1980年版，第4页。

人。如诗可兼史,则《尚书》《春秋》可以併省。"① 王夫之在谈到杜诗时说:"'赐名大国虢与情'与'美孟姜矣'、'美孟弋矣'、'美孟庸矣'一辙,古有不讳之言也,乃《国风》之怨而诽、直而绞者也。夫子存而弗删,以见卫之政散民离,人诬其上;而子美以得'诗史'之誉。夫诗之不可史为,若口与目不相为代也,久矣。""一诗止于一时一事……要义从旁追叙,非言情之章耶。"② 即杜甫《丽人行》和《国风》中的《桑中》一样,都是用讽刺之法表达怨愤。诗歌表达情感,历史记载事件。而杜甫却用诗歌记载历史事件,打破了文学与历史之间的界限。清代学者金圣叹以司马迁的《史记》和施耐庵的《水浒》为例表达了类似的观点。他认为即便文学性很强的历史著作如《史记》叙述的事件也是以历史事实为基础,而小说中的事件则是作家创作出来的,"《史记》是以文运事,《水浒》是因文生事。以文运事是先有事生成如此如此,却要算计出一篇文字出来,虽是史公高才,也毕竟是吃苦事。因文生事即不然,只是顺着笔性去,削高补底都由我"③。

另一方面,历史学家也在追求以史证诗。以史证诗可以为文学作品的创作背景、意象、人物、事件等提供历史信息或佐证,有助于我们拓宽对作品的理解。例如,吕思勉在论述陶渊明的《桃花源记》时认为:"此篇所叙,盖本诸当时事实。永嘉丧乱以来,北方人民,多亡匿山谷,以其与胡人杂处,亦称山胡,亦山越之类。近代尚有此类之事,观《经世文编》中《招垦里记》可知。"④ 这分明是在为《桃花源记》寻找历史依据。陈寅恪的《元白诗笺证稿》则以中国古代(主要是唐代)史料来分析元白诗篇,其特色是把元稹、白居易

---

① (明)杨慎:《升庵诗话》,见丁福保编《历代诗话续编》中,中华书局1983年版,第868页。
② (清)王夫之:《姜斋诗话》,见戴鸿森《姜斋诗话笺注》,人民文学出版社1981年版,第24、57页。
③ (清)金圣叹:《读第五才子书法》,见黄霖、韩同文选注《中国历代小说论著选》(上),贵州人民出版社1982年版,第284页。
④ 吕思勉:《吕思勉文史四讲》,吕思勉述,黄永年记,中华书局2008年版,第24页。

的诗歌还原为元氏与白氏的人生轨迹和生命体验。例如对白居易《琵琶行》一诗的解读,"白诗云:'我闻琵琶已叹息,又闻此语重唧唧。同是天涯沦落人,相逢何必曾相识。'则既专为此长安故倡女感今伤昔而作,又连绾己身迁谪失路之怀。直将混合作此诗之人与此诗所咏之人,二者为一体。真所谓能所双亡,主宾俱化,专一而更专一,感慨复加感慨。"① 但是这种以史证诗有时候不免走向琐碎偏颇,比如针对《琵琶行》诗句"江州司马青衫湿",陈寅恪指出司马为五品官。而根据唐代官服,五品服为浅绯色,"乐天此时适任江州上州司马之职,何以不著绯而著青衫耶?"② 这就把艺术描写与历史事实混为一谈了。同样的情况,钱穆批评宋代杨延龄《杨公笔录》中所记载的关于范仲淹和孙复的故事"不可信"③,其实也是错怪了作者,因为这里的"范仲淹"不是历史上的范仲淹,而是笔记小说中的人物。

  上面所论及的都是正面的诗史互证——证实,这里还需要补充一下,也有反面的诗史互证,即证伪。日本著名汉学家冈村繁从汉初贾谊的《吊屈原赋》、东方朔的《七谏》等作品中仅仅把屈原视为一个忠臣而绝口不提其创作楚辞一事,推论很多传世的楚辞并非屈原所作。他认为屈原仅仅是楚国衰亡时期的一个爱国者,之所以诸多楚辞被归于其名下主要是由于司马迁《史记·屈原列传》的叙述和后来王逸的注疏。④

  诗史互证的确对文学研究不可或缺。其价值主要表现在两个方面,一是有助于探究作品人物及事件的原型,增进对作品的认识。比如周作人写的回忆录《鲁迅小说里的人物》,根据作者对其兄长鲁迅的了解和记忆,考辨《呐喊》《彷徨》中主要人物的来由。我们从中得知,原来狂人的原型是鲁迅的表兄弟,闰土的原型是绍兴城东北乡

---

① 陈寅恪:《元白诗笺证稿》,上海古籍出版社1978年版,第47页。
② 同上书,第59页。
③ 钱穆:《读史随札》,九州出版社2011年版,第130页。
④ 参见[日]冈村繁《周汉文学史考》,华东师范大学东方文化研究中心编译,上海古籍出版社2002年版,第50—55页。

## 第八章　作为语言与叙事的历史

民章运水，章运水中年后的穷困落魄不是因为小说中提到的"多子，饥荒，苛税，兵，匪，官，绅"，而是因为和村中一个寡妇相好导致了婚变，等等。① 其次，有助于读者对作品所写的景观风物、人情世故、民风民俗等的认识和理解。反过来，诗史互证对历史研究也有重要的参照价值。

但是我们又不得不承认，文学批评中的文（诗）史互证仅仅是对文学历史表征的表层认知，基本停留于文学"真实"与历史"实在"的对比阶段，又在事实上把文学仅仅视为对历史或现实的反映，把文学的可能世界纳入现实世界的框架内进行对照比勘，忽视了文学的虚构性与独立性，具有很大的局限性。其实，从文学的语言建制来说，文学历史表征所形成的纪实性只是一种原形化的语言叙述效果。

我们需要从更高的层面审视文学与历史的关系。我们知道，狄尔泰在其关于人文科学的构想中曾经提出过"历史意识"这一概念，表达人类对自身存在的有限性的超越和生活表现形式的反思。② 鉴于这一概念的重要性及其与文学活动的兼容性，在此我们可以借用这一概念说明文学：文学包含了作家对民族共同体和人类共同体命运的沉思，渗透了作家的历史意识，表达了作家的历史判断。按照海德格尔的说法，此在作为世界性的存在者是历史性的，并且始终在发生之中，"基于这种世界的超越，在生存着的在世的存在之演历中，向来已有世界历史事物'客观地'在此，而并不曾从历史学上加以把握。"③ 此在作为世界中的存在，本质上是与他人共在，其历事就是共同历事，海氏称之为天命，因此天命指的是共同体的历事、民族的历事，"当我们追问仍然还在发生的事情时，就是在历史性地追问，尽管表面上看它已经过去了"④。虽然海德格尔认为这样一种"历史"

---

① 参见周作人《鲁迅小说里的人物》，河北教育出版社2002年版，第15、65—74页。
② 参见［德］狄尔泰《人文科学导论》，赵稀方译，华夏出版社2002年版，第150—151页。
③ ［德］海德格尔：《存在与时间》，陈嘉映、王庆节译，生活·读书·新知三联书店2006年版，第440页。
④ ［德］海德格尔：《物的追问》，赵卫国译，上海译文出版社2010年版，第39页。

不是历史学的对象,但我们认为它恰恰是文学的对象。伟大的作家作品常常包含对民族共同体的历史反思,具有深层的历史意识:艾略特的《荒原》寄寓了对西方文明走向衰败的思考,马尔克斯的《百年孤独》包含了对近代拉丁美洲历史命运的反思,等等。我们都记得鲁迅《狂人日记》中描写狂人阅读"历史"场景的震撼效果:"我翻开历史一查,这历史没有年代,歪歪斜斜的每页上都写着'仁义道德'几个字。我横竖睡不着,仔细看了半夜,才从字缝里看出字来,满本都写着两个字是'吃人'。"这一段包含着鲁迅对中国历史和中国人命运的深刻洞察。有评论者在分析鲁迅《阿Q正传》中阿Q梦中造反那一段后指出,"无论以中国文学的眼光来看,还是以中国历史的眼光来看,这一段文字都具有经典的意义。从文学上说,它体现了鲁迅惊人的心理刻画能力;从史学上说,它体现了鲁迅惊人的历史概括能力,它涉及了中国农民关于造反的基本认知,也涉及了中国农民有关自我价值的终极憧憬。"[①] 鲁迅形象地揭示出农民造反仅仅是压迫者、被压迫者的主奴互换,换汤不换药,并没有改变人压迫人的社会制度,表达了他对中国历史的概括和农民革命的判断。

柯林伍德说,历史学和文学一样,都以人为中心,"历史学是'为了'人类的自我认识……历史学的价值就在于,它告诉我们人已经做过什么,因此就告诉我们人是什么"[②]。从这个意义上我们可以说,历史和文学都是人类自我认识的一种方式,这是文学与历史深层的契合点,也是文学的历史表征、历史判断所以发生的缘由和动力所在。

如果我们同意安克斯密特的说法,文学与历史都存在表征世界的问题,"史学文本和艺术作品一样属于表现的典型例子,它寻求令不在场的过去(重新)到场"。[③] 但是历史对"实在"的表征可以达到本体论与认识论的一致,即表现与被表现者同时到场。在他眼中,文

---

[①] 毕飞宇:《沿着圆圆的内侧,从胜利走向胜利》,《文学评论》2017年第4期。
[②] [英]柯林伍德:《历史的观念》,何兆武等译,北京大学出版社2010年版,第11页。
[③] [荷兰]安克斯密特:《历史表现中的意义、真理和指称》,周建漳译,译林出版社2015年版,第65页。

## 第八章 作为语言与叙事的历史

学似乎只有语言表达的问题，没有表征世界的认识论问题，"我们将史学文本看作过去的表现，就像艺术作品是对其所描绘对象的表现那样"，"如果我们想要更多地知道被表现者与表现的关系，认识论对我们毫无助益。认识论将语词与事物联结起来，而表现所联结的则是事物与事物。"[①] 他的理由是，在文学中被表现者与其具有同样的本体论地位，而且表现对认知诉求几乎没有损害。但是实际上，对文学语言与被表征的事物相互关系的探讨是难以避免的。我们认为，在文学的历史表征中，文学的本体论与认识论更有可能不一致乃至发生冲突。文学常常对历史进行变形与解构，特别是历史元小说有意模糊历史和文学的边界，在荒唐的外表下流露出对历史复杂性的认知，通过对历史的戏谑尝试文学的多种可能限度，两者所形成的冲突或不一致恰恰是文学的永恒诉求与魅力所在。按照琳达·哈琴的说法，历史元小说不同于历史小说之处有三，第一，"利用了历史记载的真相与谎言"，第二，"叙述者想方设法制造他们所搜集到的历史事实的意义。"第三，自我指涉性，不试图利用历史人物证明虚构世界的真实性，而是"把两者实质上的关联作为问题提出来：我们如何了解过去？"[②] 历史元小说思考指涉与再现的关系，有效地利用过去正史野史的斑驳记载以及传说逸闻的互文性，揭示出历史被话语所建构的真相，使人对历史乃至现实产生怀疑。比如同样书写白求恩在中国的这一段历程，加拿大华裔作家薛忆沩利用加拿大白求恩档案馆的材料创作的小说《通往天堂的最后一段路程》，描写了另一个与毫不利己完全不一样的"自私"的白求恩，一个躁动不安、不断奔向异乡，又挂念故土、前妻，不断反思生命的意义，临终念叨着夏多勃里昂的具有艺术家气质的革命者，以此颠覆先前关于白求恩的红色记忆，并思考历史与话语、真实与虚构的关系。美国作家罗伯特·库弗的小说《公众的怒火》改写了历史上遭受麦卡锡主义迫害的卢森堡夫妇案

---

[①] ［荷兰］安克斯密特：《历史表现》，周建漳译，北京大学出版社2011年版，第84—85页。

[②] ［加拿大］琳达·哈琴：《后现代主义诗学：历史·理论·小说》，李杨、李锋译，南京大学出版社2009年版，第153—154页。

件，不仅虚构了一个作为美国化身的人物山姆大叔，刻画了虽有某种自省意识却又处处听命于山姆大叔的副总统尼克松形象，还通过交替使用全知全能的第三人称叙述者和第一人称叙述者尼克松，把过去时态和现在时态混合使用，挑战历史的线性序列和因果关系以及人们对其的单向认知，表明历史是人为的建构，文学的虚构性瓦解了历史的真实性。其实不但历史元小说如此，从广泛的意义上来说，更多的作家作品诸如莎士比亚戏剧《哈姆雷特》描写的丹麦王子哈姆雷特、莫言小说《檀香刑》中所写的酷刑场面和义和团起义等等，这种伪托的历史感就是在利用培根所说的"伪装的历史"构筑叙事张力，强化叙述效果。到了诸如《公众的怒火》之类的后现代主义文学那里，"历史"仅仅是一种符码，一种话语行为，"历史、讲故事以及人类的个体生命这些形而上的概念被不同的观念取而代之。始源、结局、连续这些概念，都被下列范畴所取代：重复性、差异性、非连续性、开放性以及个人能量的自由、对立的争斗，等等"。①

综上所述，虽然历史的编纂需要通过构思、叙述、书写来生成，但是历史终究以实在为依据，追求实是状态；而文学的虚构性提供了实是人生、应是人生、虚拟人生的多重图景，寄托了对文学是什么和人是什么的双重思考。历史书写具有建构性，就此而言，历史除了具有亚里士多德所说的个别性，其实也具有可能性。进一步说，正因为历史和文学都与可能性和个别性有关，使得二者能够沟通，使历史具有文学性而文学能进行历史表征，但历史必须以经验事实的实然性为旨归，文学则可以超出经验事实，使得二者的关系具有不对称性。文学对历史有一种悖论性关系：一方面，既有的历史即便可以进行多种建构，却只有一种实在，而虚拟的文学可以创造出写实的、浪漫的、变形的、科幻的、玄幻的等等无数的可能世界。文学对历史的吸收与表征是有限的、相对的，文学对历史的突破与超越则是全面的、无限的，但是另一方面，文学又难以完全摆脱历史上形成的典籍、故事和

---

① ［美］米勒：《重申解构主义》，郭英剑等译，中国社会科学出版社1998年版，第49页。

第八章　作为语言与叙事的历史

文化的影响，因为文学自身就是这种文化的一部分，文学世界和现实世界具有某种同构性。

最后，或许我们可以从更宽泛的视野来理解恩格斯所说的历史观点或历史标准：它应该既包括对作品所描写的历史内容的分析，也涵盖对作品表达的历史判断的提取，甚至还包括对作品生成的历史条件的分析，等等。用詹明信的话说，就是"历史化"，即关注"我们同过去的关系，它提供了我们理解关于过去的记录、人工制品和痕迹的可能性"①。作为一个具有张力结构的审美对象，文学体现了对历史复杂性的表征、认知与判断，因此我们不能把文本仅仅理解成语言的编织物，还可以视之为历史的表征物和历史的生成物，在对过去进行有效阐释的同时把握现在，并保持关于未来的憧憬。

---

① ［美］詹明信：《晚期资本主义的文化逻辑》，张旭东编，生活·读书·新知三联书店1997年版，第148页。

# 结语　语言转向与对文学的再认知

20世纪人文科学中的语言转向，革新了文学观念，改变了我们对文学的认知。古老的模仿论或再现论受到动摇，语言的自足性、建构性、施行性受到重视，文学的虚构世界被视为可能世界的一种。由于重视语言的自我表现性，文学游戏论以一种复杂的形态再度复兴。各门人文社会科学则从语言转向背景下的文学研究中获得灵感，重构自己的知识形态。我们从模仿或再现论的衰微、文学游戏论的复兴以及大"文学"和大"叙事"观念的形成三个方面，对此加以简要分析。

## 一　模仿、再现论的衰微

在语言转向的背景下，古老的模仿论、再现论以及以之为基础的现实主义美学范式走向了衰微。可以说，结构语言学、现象学—存在主义—解释学和分析哲学共同促成了这一进程，正如荷兰学者安克斯密特所说："语言转向和文学理论都强调语言不仅仅是'自然之镜'，我们的所有认识及关于实在的语言表现都带有它们由之形成的语言中介的印迹。"[1]

在索绪尔那里，语言被视为各个组成要素以及这些组成要素之间的关系，实际上是把语言归结为纯形式性和关系性，冲击了先前再现

---

[1]　[荷兰]安克斯密特：《历史表现》，周建漳译，北京大学出版社2011年版，第66页。

论的语言观。在受之影响的俄国形式主义、结构主义和解构批评家眼里，文学创作被视为语言行为。什克洛夫斯基把艺术归结为技巧和程式。巴尔特进一步认为，"动词'写作'变成完全不及物的行为，作家不再是写某物的人，而只是写作而已。"① 文学的真实不再被认为是关于现实的陈述，而更多地被理解为旨在产生某种现实或逼真效果（verisimilitude）的幻觉结构或表现手法，"对于真实，话语不负任何责任：最现实主义的小说，其中的所指物毫无'现实性'可言……（现实主义文论中）所谓的'真实'，只不过是（意指作用的）再现符码而已"，② 现实主义不再被认为是关于现实的陈述，而更多地被理解为旨在产生某种现实或逼真效果的幻觉结构或表现手法。"叙事作品不表现，它不摹仿。……叙事作品中'发生的事情'，从指物的（现实的）角度来看，是地地道道的无虚生有。'所发生的'，仅仅是语言，是语言的历险。"③ 德里达干脆主张文本之外一无所有，"决不存在对事物本身的描绘，这首先是因为根本不存在事物本身"④。福柯、德里达更进一步提出了再现终结的问题。福柯指出，马拉美以来的现代主义文学，摆脱了古典时代使它能传播的价值（自然、真实、趣味、快乐），"文学所要做的，只是在一个永恒的自我中折返，似乎文学的话语所能具有的内容就是去说出其特有的形式：或者它求教于作为写作主体性的自我，或者设法在使它得以诞生的运动中重新把握全部文学的本质；这样，它的所有线索都汇向了那个最精细的尖点——虽然特殊、瞬间，但又完全普遍——汇向那个简单的写作活动"⑤。德里达说得更干脆，"决不存在对事物本身的描绘，这首先是

---

① Roland Barthes, "To Write: Intransitive Verb?", in *The Structuralist Controversy*, Richard Macksey and Eugenio Donato (ed.), Baltimore: The Johns Hopkins University Press, 1972, p. 141.
② [法]巴特：《S/Z》，屠友祥译，上海人民出版社2000年版，第164页。
③ [法]巴特：《叙事作品结构分析导论》，见张寅德编选《叙述学研究》，中国社会科学出版社1989年版，第40—41页。着重号系原文所有。
④ [法]德里达：《论文字学》，汪堂家译，上海译文出版社1999年版，第424页。
⑤ [法]福柯：《词与物》，莫伟民译，上海三联书店2001年版，第392—393页。

因为根本不存在事物本身"①。德里达曾经论及残酷戏剧的"再现关闭",认为:"残酷戏剧并非是一种再现。从生命具有的不可再现之本质方面来讲,它就是生命本身。""摆脱了文本和上帝——作者,搬演就会重新获得其创造和首创的自由。……古典再现的关闭,但却同时也是对原初再现的某种关闭空间的重建,是对力量或生命的元显现(l'archimanifestation)的重建。"②德曼的解构批评认为柏拉图以来的模仿论对语言与现实紧密关系的认定是一种需要破除的美学意识形态,其特点是"语言与自然现实、符指与现象主义的混淆"。③

现象学—存在主义—解释学在反对模仿论或再现论方面与形式主义各派及解构批评方面颇为一致。海德格尔直言他的艺术存在论反对的是"认为艺术是现实的模仿和反映的观点"④。他在分析特拉克尔的诗《冬夜》时指出,这首诗"没有表现出某时某地的某个真实冬夜。它既没有单纯地描绘某个已经在场的冬夜,也不想为某个不在场的冬夜创造一个在场的假象和印象。……众所周知,一首诗歌就是创造。"⑤ 他认为诗是一种纯粹的被言说。英伽登说:"如果把'真实'理解为一个行使判断功能的真实的语句的纯意向性的对应物,那么它的比喻性和意思的变化就大得多。如果把'真实'理解为这类语句反映的一种客观存在的事物的状况,那就根本不能用'真实'这个常用的语词。不论在什么情况下,都不能很适当地说出如何把真实用在文学的艺术作品中,或者用在每个作为这个作品的组成部分的语句中。"⑥ 列维纳斯提出了"异域感"(l'exotisme)的问题,即艺术与世界既关联又疏离的关系,"即便是最现实主义的艺术,都传达着被

---

① [法]德里达:《论文字学》,汪堂家译,上海译文出版社1999年版,第424页。
② [法]德里达:《书写与差异》下,张宁译,生活·读书·新知三联书店2001年版,第420、426—427页。
③ Paul de Man, *Aesthetic Ideology*, Minneapolis: University of Minnesota Press, 1996, pp. 12 – 13.
④ [德]海德格尔:《林中路》,孙周兴译,上海译文出版社1997年版,第20页。
⑤ [德]海德格尔:《在通向语言的途中》,孙周兴译,商务印书馆2004年版,第10页。
⑥ [波]英伽登:《论文学作品》,张振辉译,河南大学出版社2011年版,第292页。

## 结语 语言转向与对文学的再认知

表现的客体的这种异质性,虽然它们其实都是我们世界的一部分。艺术将它们赤裸裸地呈现给我们。……绘画的形式和色彩并没有掩饰什么,而是揭示了事物的本来面目。这正是由于形式和色彩保住了事物的外在性。现实,依然与作为被给予之物的世界格格不入。这样一来,艺术作品在模仿自然的同时也尽可能地远离自然。这也是为什么任何属于过去世界的、陈旧的、古老的事物都能产生审美效果的原因"[1]。伽达默尔也反对艺术模仿的说法,提出"转化"概念取代模仿,认为艺术作品使世界经验向构成物转化,"我们称之为向构成物的转化的东西就获得了它的完满意义。这种转化是向真实事物的转化"[2]。

分析哲学家、美学家古德曼也认为,世界是被构造的而不是被发现的,而哲学、科学、艺术是构造世界的不同方式。"我们已经看到,世界不仅仅是用其字面上所言说的东西构造出来的,而且也包括其言说的隐喻意义。并且,也不仅仅是用其字面上或隐喻地说出来的东西构造的,也包括其所例证或表达的东西——与所言说的东西一样,也是由其显示的东西构造的。"[3]

这里涉及在语言转向背景下对文学语言的自足性以及文学语言自反性或元文学维度的自我认知。众所周知,分析哲学的代表人物之一波普尔曾经把世界分为三个:物理状态的世界为第一世界,精神状态的世界为第二世界,科学、艺术的世界为第三世界,第三世界或世界三作为人类精神活动的成果,可以脱离物质世界和精神世界。这个说法实际上彰显了语言所构筑的世界的独立性。更为重要的是,语言转向特别是形式主义批评促进了人们对语言的建构潜能的认识,也推动了文学的自我反思。托多罗夫就说:"语言的觉醒对于文学行为具有

---

[1] [法]列维纳斯:《从存在到存在者》,吴蕙仪译,江苏教育出版社2006年版,第56页。
[2] [德]伽达默尔:《真理与方法》上卷,洪汉鼎译,上海译文出版社1999年版,第145页。
[3] [美]古德曼:《构造世界的多种方式》,姬志闯译,上海译文出版社2008年版,第19页。

根本性的意义，即使作家没有受到抽象反思的诱惑，文学自身总是拥有一个元文学的维度（metaliterary dimension）。"① 语言转向与20世纪以来的文学实验存在明显的互动关系。例如，美国70年代以来兴起了语言诗派，代表诗人及理论家查尔斯·伯恩斯坦说："我特别感兴趣的是诗歌的极端表达形式、稀奇古怪的形式、建构过程及过程的建构。我从来不认为我使用的言语再现了某一特定的世界；我用言语更新世界。"②

## 二　文学游戏论的复兴

在语言转向的背景下，文学语言的自我表现性受到重视，20世纪文学理论出现了康德以来文学游戏论的再度复兴。这里面涉及的情况非常复杂。大体来说，受结构语言学影响的俄国形式主义、布拉格学派、新批评在首肯文学的人文性的前提下，有限度地承认文学的游戏性。同样受结构语言学影响的结构主义和解构主义的文学游戏论则更为推崇文学语言的自指性。而分析哲学和现象学—存在主义—解释学的游戏论虽然涉及文学艺术，但却是在各自的哲学思维框架中提出来的，与生命形式及人的生存相关联。

俄国形式主义、布拉格学派和新批评，从语言表现力方面探讨了文学游戏现象，如语音游戏（如谐音双关、叠字等）和语义游戏（如意象重组等），但是程度不同地顾及文学与经验世界及社会价值系统的关系，尚未把文学归结为纯粹的语言游戏。俄国形式主义者埃亨鲍姆注意到文学与过剩精力的关系，"艺术的最初本性，只要求利用人的机体中被排除在日常生活之外或只在其中得到部分的和单方面的利用的能量。这就是艺术的生物学的基础，它使艺术具有寻求满足的生活需要的力量。这个基础实际上是游戏性的，并不与固定的'意

---

① T. Todorov, *Introduction to Poetics*, Minneapolis: University of Minnesota Press, 1981, p. xxi.
② ［美］查尔斯·伯恩斯坦：《语言派诗学》，罗良功等译，上海外语教育出版社2013年版，第168页。

义'相联系，它体现在'无意义'、'作为目的本身的'倾向之中……这就组成了作为社会现象和作为特殊类型的'语言'的艺术"①。俄国形式主义认为诗歌语言是对日常语言有意识的背反，这种背反中就包含了语词与意象的游戏成分。布拉格学派的穆卡洛夫斯基也认为文学包含了游戏的因素，但认为："将诗歌降低成一种游戏，它的唯一目的就是产生审美快感，这种结论至少是不全面的。"② 新批评的代表人物也承认诗歌的机智与反讽中包含有游戏的成分，又认为"机智的诗人看待事物的态度不能仅仅只是'游戏'"③，"诗歌更讲究逻辑上的完整性，它远不止是一个设想可比附性的游戏"。④

而结构主义与解构主义的代表人物则把索绪尔关于能指和所指任意性的思想推向极端，认为文学与外在世界与人类经验无关，而成为语言的自主游戏，一种能指的狂欢。他们从语言建构潜能方面凸显文学的游戏本性，实际更为看重的是文学语言的自指性。罗兰·巴尔特认为，在文学写作中，文学一个能指的领域，一个自足的符号系统，专注于语言本身，所指无限后退，不仅作者从属于写作的符号功能，因而成为文本游戏的一部分，"如果他是一位小说家……他不再有特权的、父亲式的、真理—神学性的地位，而是无足轻重的游戏"。而且文本、阅读也是游戏，"在这里，'游戏'应该尽可能广义地加以理解：文本自身在游戏（就像一道门，就像一个机器，在这里有游戏）。读者是二度游戏：他'玩'文本（在游戏的意义上），他寻求一种再生产文本的实践"。⑤ 这样一来，巴尔特眼中文学活动的整体

---

① [俄] 埃亨鲍姆：《文学与电影》，转引自巴赫金《文艺学中的形式主义方法》，李辉凡、张捷译，漓江出版社1989年版，第142—143页。

② J. Mukarovsky, "Poetic Reference", in *Semiotics of Art: Prague School Contributions*, L. Matejka and I. R. Titunik (ed.), London: The Mit Press, 1977, p.160.

③ Cleanth Brooks, *Modern Poetry and the Tradition*, New York: Oxford University Press, 1965, p.38.

④ [美] 兰色姆：《新批评》，王腊宝、张哲译，江苏教育出版社2006年版，第86页。

⑤ [法] 罗兰·巴特：《从作品到文本》，钱翰译，见《外国文论与比较诗学》第2辑，知识产权出版社2015年版，第158—159页。

便成为游戏。在巴特所看重的追求写作快乐的"可写性文本"中,"整体语言结构碎了……让自身迷上次等终极性的游戏:魅力,展示,对立,话语,炫耀,等等"①。福柯也说:"写作的展开就像一种游戏,它不可避免地遵循自己的规则,最后又把这些规则抛开。因此,这类写作从根本上说不是揭示与创作活动有关的情感或者让主体进入语言。毋宁说,它主要关注的是创造一种让写作主体源源不断地消失的开启。"②德里达则提出了文字的"延异"(différence)概念,"将每一赋意过程看作为一种差异的形式游戏,那也是一种踪迹的形式游戏。"能指对所指的表达关系总是被超越,在相互参照的文本网络中,文本变化中的每一术语都由另一术语的踪迹来标识,所假定的意义内在性也已经受到它的外在性的影响。因此,德里达"肯定游戏并试图超越人与人文主义、超越那个叫作人的存在,而这个存在在整个形而上学或存有神学的历史中梦想着圆满在场,梦想着令人安心的基础,梦想着游戏的源头和终结"③。在德里达那里,写作成为单纯的语言活动,一种符号之间的相互作用,更多地由能指本身的性质所支配。文学语言的陈述过程成为一种空的过程,是多种写作相互对话、相互戏仿、相互争执而成。这事实上将文学当作一种单纯的文字游戏,解除了文学的价值负载。

分析哲学的创始人维特根斯坦把"由语言和动作交织成的语言组成的整体"称为"语言游戏",即应用一定规则的陈述,并认为"想象一种语言意味着想象一种生活形式",④ 将语言游戏和人的活动及生活形式联系起来。这个说法显然适用于文学,维特根斯坦举的例子就包含了与艺术创作活动有关的"编故事""演戏""唱歌""编笑

---

① [法]罗兰·巴特:《文之悦》,屠友祥译,上海人民出版社2002年版,第63—64页。译文略有改动。
② Michel Foucault, *Language, Counter-Memory, Practice*, Ithaca: Cornell University Press, 1977, p.116.
③ [法]德里达:《书写与差异》下册,张宁译,生活·读书·新知三联书店2001年版,第524页。
④ [奥]维特根斯坦:《哲学研究》,汤潮、范光棣译,生活·读书·新知三联书店1992年版,第11、15页。

话",等等。而海德格尔则较早从语言的编码和解码的角度涉及游戏,"消息与传信的隐蔽关系无处不在游戏"①。他还多次谈到运用语言所进行的天、地、神、人四重整体世界化的映射游戏。物是四重整体的聚集,在这自由的四方域中,每一方与其他方互相依偎,得其自在。②在海德格尔看来,唯有语言才使存在者作为存在者进入敞开领域之中。可见,海德格尔是把语言乃至艺术作为人的最根本的栖居方式之一。列维纳斯进一步把艺术的游戏与闲暇相联系:"那些心灵僵化,把赴音乐会看成一项任务的成年人之所以会感到无聊至死,主要原因可能在于他们不懂得享受纯粹的游戏。……从某种意义上来讲,游戏在高于努力的层面上进行。在此层面上,我们的努力和努力的目标被截然分开,我们可以享受这种努力中不受利益驱动的、不求回报的特点。"③德国解释学家伽达默尔认为,有生命的生物能够在自身中具有运动的动力,自行运动是一般有生命之物的基本特性。游戏便是一种自行运动,它并不谋求明确的目的和目标,而是生命存在的自我表现。他认为把艺术游戏同语言游戏相联系,能使人更容易地按照游戏模式去考虑我们世界经验的普遍语言性,"如果我们就与艺术经验的关系而谈论游戏,那么游戏……是指艺术作品本身的存在方式。……但游戏活动与严肃东西有一种特有的本质关联"④。接受美学的代表人物伊瑟尔借鉴现象学和言语行为理论,认为文学阅读可以说是一种读者依托于文本展开的施行或表演游戏。现实生活中,我们每个人所充当的角色是有限的并且是相对固定的,无法呈现自己多样的可能性。在这个意义上,文学作品中多样的角色演示为读者提供了一个模拟与表演的舞台,文学阅读恰好是对读者自身匮乏性的一种补充,

---

① [德]海德格尔:《在通向语言的途中》,孙周兴译,商务印书馆2004年版,第144页。
② 参见[德]海德格尔《演讲与论文集》,孙周兴译,生活·读书·新知三联书店2005年版,第188—190页。
③ [法]列维纳斯:《从存在到存在者》,吴蕙仪译,江苏教育出版社2006年版,第25页。
④ [德]伽达默尔:《真理与方法》上卷,洪汉鼎译,上海译文出版社1999年版,第130页。

"文本游戏从来不仅仅是一种现实行为,读者之所以参加这种实践是因为对这种'镜像世界'的不可接触性的吸引;它正是读者必须以个人的方式进行的游戏。在文本表演被带进到游戏中的东西的可变性的同时,读者能够且只在将要产生的结果的范围内加入到游戏的转换中。"① 因此,伊瑟尔把文本以及阅读中的表演游戏看作一种世界经验的动态的呈现方式,是人类通过语言所做的自我扩张。从上述的观点看,文学作为语言游戏,便具有了哲学、社会学、人类学和文化学的多重意义,与人类的自我延伸和自我扩张联系在一起。

## 三 走向大"文学"与大"叙事"

语言转向重构了文学的性质与含义,从而重新界定了文学的疆界。一方面,语言转向对文学自身的属性如语言的建构功能和文本的陈述形式进行了深入细致的讨论,使我们对文学具有了全新的认识。尤其是20世纪60年代之后,话语分析又被引入文学研究之中,进一步揭示了语言、陈述与理解的共生特征,"显示出语言转向所带来的主体地位的改变,这具体表现为主体与身体、他者及对象之间的关系的转变,同时还显示出标准化的语言仅仅是阐明意指过程的方式之一"②。例如,拉康在其精神分析理论中引入语言维度并把儿童的"镜像阶段"视为主体形成的重要时期,"在这个模式中,我突进成一种首要的形式。之后,在与他人的认同过程的辩证关系中,我才客观化;以后,语言才给我重建起在普遍性中的主体功能"③。进入象征界的主体接受符号律令和父法阉割,并在与他者的关系中完成象征性认同,与他者形成主体间性。另一方面,人文社会科学则从语言学

---

① Wolfgang Iser, *Fiction and Imagine-Charting Literary Anthropology*, The Johns Hopkins University Press, 1993, p. 274.
② [法] 克里斯蒂娃:《诗性语言的革命》,张颖、王小姣译,复旦大学出版社2016年版,第3页。
③ 拉康:《助成"我"的功能形成的镜子阶段》,见《拉康选集》,褚孝泉译,上海三联书店2001年版,第90页。

结语　语言转向与对文学的再认知

转向视野下关于游戏、叙事、隐喻、虚构、反讽等的讨论中获得了启示，试图从文学研究中寻找革新本学科基础、构筑新的知识形态的契机。正如卡勒所说，"当文学不知从何处开始到何处结束陷入从所未有的困惑时，失去自信的人文科学，却对文学生产的潜在前景感兴趣……试图从文学中汲取'复杂性的范例'和'独特性的范例'"。①

在反本质主义思潮高涨的语境下，文学作为书写被认为天然是反本质主义的。德里达认为，"文学性不是一种自然本质，不是文本的内在物。它是对于文本的一种意向关系的相关物"。② 这样看来，文学性不是独立自在的，而是特定时代人们特定方式的感知物。不仅狭义的美文学，而且其他的语言书写形态也可能具有文学性。在这种情况下，文学为整合与重建人文社会科学提供了灵感与路径，重视文本内部研究和内部规律的纯文学观演变为主张文学性共存于多个人文社会学科的大"文学"观，叙事也由文学的陈述机制演变为存在于多学科和多文化的共同机制，成为大"叙事"。例如，美国历史学家海登·怀特说："在诸如历史编纂学、文学批评和哲学（它们是现时代人文学科的主干）这些领域中，重要的理论问题始终与形式问题或再现问题有关，而与材料（题材）或方法论（研究步骤）问题没有多少关系。"③ 美国哲学家理查德·罗蒂说："在今天，'细读'的观念已经替代了先前的'科学方法'观念。文学崇拜替代了科学崇拜。"④ 至此，一种融合了诗性、想象力和同情等质素的大文学观念在人文社会科学中蔓延开来。按照卡勒的说法："文学……成为众多话语的一种特性，既包含文学性——叙事、修辞、述行性可以用流传至今的文学分析方法来研究；又包括文学价值，即那些经常在非文学材料的文学

---

① ［美］卡勒：《文学性》，见马克·昂热诺等主编《问题与观点》，史忠义、田庆生译，百花文艺出版社2000年版，第51页。
② ［法］德里达：《文学行动》，赵兴国等译，中国社会科学出版社1998年版，第11页。
③ ［美］海登·怀特：《形式的内容：叙事话语与历史再现》，董立河译，北京出版社2005年版，第125页。
④ ［美］理查德·罗蒂：《后哲学文化》，黄勇编译，上海译文出版社1992年版，第148页。译文略有改动。

阅读中被视为理所当然的价值,如具体性、生动性、直观性和似是而非的复杂性。"①

同样,叙事的观念也波及哲学、历史学、教育学、心理学、人类学等领域成为大叙事。从哲学上说,利奥塔提出"宏大叙事"的概念,指社会政治历史中具有主题性、目的性和完满性的设想,并指出,只要科学研究"希望自己的陈述是真理,只要它无法依靠自身使这种真理合法化,那么借助叙事就是不可避免的"②。海登·怀特认为历史叙事也是一种叙事,具有意义建构作用,历史学家按照某种叙事秩序对过去的事件进行了编排,使之呈现为当下的样子,"历史叙事不仅是有关历史事件和进程的模型,而且也是一些隐喻陈述,因而昭示了历史进程与故事类型之间的相似关系,我们习惯上就是用这些故事类型来赋予我们的生活事件以文化意义的"③。荷兰历史学家安克斯密特说:"文学理论对史学文本的分析可以是很有用的工具——依此,它目前被正确地理解为历史编纂者主要的辅助性学科。"④ 以色列心理学家利布里奇(Amia Lieblich)等的《叙事研究:阅读、分析和诠释》(1999)把叙事视为人类体验世界的方式,重在对叙事材料及其意义的研究,"做群体间的比较分析。了解一种社会现象或者一段历史,探究个性等"⑤。美国教育学者克兰迪宁(D. Jean Clandinin)主编的《叙事探究——原理、技术与实例》(2000)探讨了叙事作为社会素材的加工如何影响人们的心理构造,引导个体的生活方向,在塑造或绘制人一生的自我认同过程中起着重要作用。⑥ 叙述甚

---

① Jonathan Culler, *The Literary in Theory*, Stanford: Stanford University Press, 2007, p.18.
② [法]利奥塔:《后现代状态》,车槿山译,生活·读书·新知三联书店1997年版,第60页。
③ [美]海登·怀特:《话语的转义》,大象出版社2011年版,第95—96页。
④ [荷兰]安克斯密特:《历史表现》,周建漳译,北京大学出版社2011年版,第77页。
⑤ [以]利布里奇:《叙事研究:阅读、分析和诠释》,王红艳等译,重庆大学出版社2008年版,第2页。
⑥ 参见[美]克兰迪宁主编《叙事探究——原理、技术与实例》,鞠玉翠等译,北京师范大学出版社2012年版,第130—160页。

至被赋予人类学意义,成为保存记忆、倾听与理解他人进而认识自我并拓展自我的一种方式。因而我们可以说,语言转向不仅更新了文学观念,推进了对文学的认识,同时也启迪各门人文社会科学重新思考本学科的知识构建方式或生成路径,借助语言与叙事在更高层面实现了文学研究对人文社会科学的嫁接与渗透,即一种包容了语言、想象、诗性、叙事、修辞与行为的大"文学"观念对文学、历史、哲学等的全覆盖。这反过来增进了对文学的认知。

# 参考文献

[古希腊]亚里士多德:《诗学》,罗念生译,人民文学出版社 2002 年版。

[英] 培根:《学术的进展》,刘运同译,上海人民出版社 2007 年版。

[德] 莱布尼茨:《神义论》,朱雁冰译,生活·读书·新知三联书店 2007 年版。

[德] 鲍姆加登:《诗的哲学默想录》,见鲍姆加登《美学》,简明、王旭晓译,文化艺术出版社 1987 年版。

[德] 康德:《判断力批判》,邓晓芒译,人民出版社 2002 年版。

[法] 卢梭:《论语言的起源》,洪涛译,上海人民出版社 2003 年版。

[德] 弗雷格:《弗雷格哲学论著选辑》,王路译,商务印书馆 1994 年版。

[德] 胡塞尔:《逻辑研究》第 2 卷,倪梁康译,上海译文出版社 1998 年版。

[英] 罗素:《逻辑与知识》,苑莉均译,商务印书馆 1996 年版。

[英] 罗素:《对莱布尼茨哲学的批评性解释》,段德智等译,商务印书馆 2000 年版。

[奥] 维特根斯坦:《哲学研究》,汤潮、范光棣译,生活·读书·新知三联书店 1992 年版。

[美] 马蒂尼奇编:《语言哲学》,牟博等译,商务印书馆 1998 年版。

[瑞士] 索绪尔:《普通语言学教程》,高名凯译,商务印书馆 1980 年版。

[瑞士] 索绪尔:《普通语言学教程:1910—1911 年第三度讲授》,张

绍杰译，湖南教育出版社 2001 年版。

［法］本维尼斯特：《普通语言学问题》，王东亮译，生活·读书·新知三联书店 2008 年版。

［俄］什克洛夫斯基：《散文理论》，刘宗次译，百花洲文艺出版社 1994 年版。

［俄］什克洛夫斯基等：《俄国形式主义文论选》，方珊等译，生活·读书·新知三联书店 1989 年版。

［英］瑞恰兹：《文学批评原理》，杨自伍译，百花洲文艺出版社 1992 年版。

［美］韦勒克、沃伦：《文学理论》，刘象愚等译，生活·读书·新知三联书店 1984 年版。

［美］兰色姆：《新批评》，王腊宝、张哲译，江苏教育出版社 2006 年版。

［德］海德格尔：《存在与时间》，陈嘉映、王庆节译，生活·读书·新知三联书店 1999 年版。

［德］海德格尔：《物的追问》，赵卫国译，上海译文出版社 2010 年版。

［德］海德格尔：《演讲与论文集》，孙周兴译，生活·读书·新知三联书店 2005 年版。

［德］海德格尔：《路标》，孙周兴译，商务印书馆 2000 年版。

［德］海德格尔：《在通向语言的途中》，孙周兴译，商务印书馆 2004 年版。

［德］伽达默尔：《真理与方法》（上、下卷），洪汉鼎译，上海译文出版社 1999 年版。

［波兰］英伽登：《论文学作品》，张振辉译，河南大学出版社 2008 年版。

［德］伊瑟尔：《阅读行为》，金惠敏等译，湖南文艺出版社 1991 年版。

［英］艾耶尔：《语言、真理和逻辑》，尹大贻译，上海译文出版社 1981 年版。

［英］奥斯汀：《如何以言行事》，杨玉成、赵京超译，商务印书馆2012年版。

［美］塞尔：《心灵、语言与社会》，李步楼译，上海译文出版社2006年版。

［美］塞尔：《意向性》，刘叶涛译，上海人民出版社2007年版。

［美］克里普克：《命名与必然性》，梅文译，上海译文出版社2001年版。

［美］古德曼：《构造世界的多种方式》，姬志闯译，上海译文出版社2008年版。

［法］德里达：《书写与差异》（上、下册），张宁译，生活·读书·新知三联书店2001年版。

［法］德里达：《论文字学》，汪堂家译，上海译文出版社1999年版。

［法］德里达：《文学行动》，赵兴国等译，中国社会科学出版社1998年版。

［法］德里达：《多重立场》，佘碧平译，生活·读书·新知三联书店2004年版。

［法］福柯：《知识考古学》，谢强、马月译，生活·读书·新知三联书店1998年版。

［法］罗兰·巴特：《文之悦》，屠友祥译，上海人民出版社2002年版。

［法］利科：《活的隐喻》，汪堂家译，上海人民出版社2004年版。

［法］利科：《解释的冲突》，莫伟民译，商务印书馆2008年版。

［法］布尔迪厄：《艺术的法则》，刘晖译，中央编译出版社2001年版。

［法］托多罗夫：《批评的批评》，王东亮、王晨阳译，生活·读书·新知三联书店1988年版。

［法］热奈特：《热奈特论文集》，史忠义译，百花文艺出版社2001年版。

［法］米歇尔·德·塞尔托：《历史书写》，倪复生译，中国人民大学出版社2012年版。

［法］朗西埃：《沉默的言语》，臧小佳译，华东师范大学出版社2016年版。

［法］克里斯蒂娃：《诗性语言的革命》，张颖、王小姣译，四川大学出版社2016年版。

［德］哈贝马斯：《现代性的哲学话语》，曹卫东等译，译林出版社2011年版。

［加拿大］弗莱：《批评的剖析》，陈慧、袁宪军、吴伟仁译，百花文艺出版社1998年版。

［美］M. H. 艾布拉姆斯：《以文行事：艾布拉姆斯精选集》，赵毅衡等译，译林出版社2010年版。

［美］海登·怀特：《元史学——十九世纪欧洲的历史想象》，陈新译，译林出版社2009年版。

［美］海登·怀特：《形式的内容：叙事话语与历史再现》，董立河译，文津出版社2005年版。

［美］海登·怀特：《话语的转义——文化批评文集》，董立河译，大象出版社2011年版。

［德］安克斯密特：《历史与转义——隐喻的兴衰》，韩震译，文津出版社2005年版。

［德］安克斯密特：《历史表现》，周建漳译，北京大学出版社2011年版。

［德］安克斯密特：《历史表现中的意义、真理与指称》，周建漳译，译林出版社2015年版。

［美］詹姆斯·费兰等主编：《当代叙事理论指南》，申丹等译，北京大学出版社2007年版。

［美］米勒：《重申解构主义》，郭英剑等译，中国社会科学出版社1998年版。

［美］米勒：《文学死了吗》，秦立彦译，广西师范大学出版社2007年版。

［美］保罗·德曼：《阅读的寓言》，沈勇译，天津人民出版社2008年版。

［美］保罗·德曼：《解构之图》，李自修等译，中国社会科学出版社1998年版。

［美］巴特勒：《性别麻烦》，宋素凤译，上海三联书店2009年版。

［美］赛恩斯伯里：《虚构与虚构主义》，万美文译，华夏出版社2015年版。

［美］卡勒：《文学理论》，李平译，辽宁教育出版社1998年版。

［美］卡勒：《结构主义诗学》，盛宁译，中国社会科学出版社1998年版。

［美］卡勒：《论解构》，陆扬译，中国社会科学出版社1998年版。

［美］霍克斯：《论隐喻》，高丙中译，昆仑出版社1992年版。

［美］莱考夫、约翰逊：《我们赖以生存的隐喻》，何文忠译，浙江大学出版社2015年版。

［加拿大］琳达·哈琴：《后现代主义诗学：历史·理论·小说》，李杨、李锋译，南京大学出版社2009年版。

［美］埃伦迪·萨纳亚克：《审美的人》，户晓辉译，商务印书馆2004年版。

［加拿大］高辛勇：《修辞学与文学阅读》，北京大学出版社1997年版。

［加拿大］大卫·戴维斯：《作为施行的艺术》，方军译，江苏美术出版社2008年版。

［瑞士］布洛克曼：《结构主义》，李幼蒸译，商务印书馆1986年版。

［美］努斯鲍姆：《诗性正义》，丁晓东译，北京大学出版社2010年版。

［美］玛丽-苏尔·瑞恩：《故事的变身》，张新军译，译林出版社2014年版。

［美］迈克尔·格洛登等主编：《霍普金斯文学理论与批评指南》第2版，王逢振等译，外语教学与研究出版社2011年版。

钱军：《结构功能语言学——布拉格学派》，吉林教育出版社1998年版。

方珊编：《俄国形式主义文论选》，生活·读书·新知三联书店1997年版。

张世英：《新哲学讲演录》，广西师范大学出版社2008年版。

陈嘉映：《语言哲学》，北京大学出版社2006年版。

陈波：《逻辑哲学》，北京大学出版社2005年版。

江怡主编：《现代英美分析哲学》下，江苏人民出版社2005年版。

杨玉成：《奥斯汀：语言现象学与哲学》，商务印书馆2002年版。

张新军：《可能世界叙事学》，苏州大学出版社2011年版。

张瑜：《文学言语行为论研究》，学林出版社2009年版。

王艳香：《当代西方文论中的文学述行理论》，中国广播电视出版社2008年版。

王安忆：《心灵世界——王安忆小说讲稿》，复旦大学出版社1997年版。

胡壮麟：《认知隐喻学》，北京大学出版社2004年版。

Victor Erlich, *Russian Formalism*, The Hague: Mouton Publishers, 1980.

J. Mukarovsky, *Structure, Sign, and Function*, trans & ed J. Burbank & P. Steiner. New Haven and London: Yale University, 1978.

R. Jakobson, *On Language*, ed by L. R. Waugh & M. Monville-Burston, Cambridge, Mass, London: Havard University Press, 1990.

J. Mukarovsky, *The Word and Verbal Art*, trans & ed J. Burbank & P. Steiner. New Haven and London: Yale University, 1977.

J. Burbank and P. Steiner (ed.), *The Word and Verbal Art: selected Essays by Jan Mukalovsky*, New Haven: Yale University Press, 1977.

P. Sterner, ed. *The Prague School Selected Writings*, 1929 – 1946. Austin: University of Texas Press, 1982.

Paul L. Garvin, ed. & trans. *A Prague School Reader on Esthetics, Literary Structure, and Style*, Washington, D. C.: Georgetown University Press, 1964.

Philip Luelsdorff, ed., *The Prague School of Structural and Functional Linguistics*. Amsterdam/ Philadelphia: John Benjamins Publishing Company, 1994.

I. A. Richards, *The Philosophy of Rhetoric*, New York: Oxford University Press, 1965.

John R. Searle, *Expression and Meaning: Studying in the Theory of Speech Acts*, London: Cambridge University Press, 1976.

——, *Intentionality, An Essay in the Philosophy of Mind*, Cambridge: Cambridge University Press, 1983.

——, *Speech Acts: An Essay in the Philosophy of Language*, 外语教学与研究出版社2001年版。

Jacques Derrida, *Margins of Philosophy*, Chicago: The University of Chicago Press, 1982.

——, *Limited. Inc*, Evanston: Northwestern University Press, 1988.

D. Lewis, *On the plurality of Worlds*. Basil Blackwell, 1987.

Nicholas Wolterstorff, *Works and Worlds of Art*. Oxford: Clarendon Press, 1980.

Stanley Fish, *Is There a Text in This in This Class: The Authority of Interpretive Communities*, Cambridge: Harvard University Press, 1980.

M. L. Pratt, *Towards a Speech Act Theory of Literary Discourse*, Bloomington: Indiana University Press, 1977.

D. Maitre, *Literature and Possible Worlds*, London: Middlesex Polytechnic Press, 1983.

Sandy Petrey, *Speech Acts and Literary Theory*, New York: Routledge, 1990.

Paul de Man, *Allegories of Reading*, New Haven: Yale University Press, 1979.

——, *Aesthetic Ideology*, Minneapolis/London: University of Minnesota Press, 1996.

——, *Blind and Insight*, London: Routledge, 1993.

J. Hillis Miller, *Literature as Conduct: Speech Acts in Henry James*, New York: Fordham University Press, 2005.

——, *Speech Act in Literature*, Stanford: Stanford University Press, 2001.

Shoshana Felman, *The Literary Speech Act—Don Juan with J. L Austin, or Seduction in Two Language*, trans by Catherine Porter. New York: Cornell University Press, 1983.

David Sumpson, *The Academic Postmodern and the Rule of Literature*, Chicago: Chicago University Press, 1995.

Elena Semino, *Language and World Creation in Poems and Otheer Text*. London and New York: Longman, 1997.

Peter Lamarque and Stein H. Olson (eds), *Aesthetics and the Philosophy of Art: The Analytic Tradition*, Oxford: Blackwell, 2004.

Jonathan Culler, *The Pursuit of Signs*, London: Routledge and Kegan, 1981.

——, *The Literary in Theory*, Stanford: Stanford University Press, 2007.

A. Plantinga, *The Nature of Necessity*, London: Oxford Univeraity Press, 1974.

Marie-Laure Ryan, *Possible Worlds, Artificial Intelligence and Narrative Theory*, Bloomington: Indiana University Press, 1991.

Lubomir Doležel, *Heterocosmica: Fiction Possible Worlds*, Baltimore and London: The Johns Hopkins University Press, 1998.

Thomas Martin, *Poiesis and Possible Worlds: A Study in Modality and Literary Theory*, Toronto Buffalo London: University of Toronto Press, 2004.

Bohumil Fort, *An Introduction to Fictional Worlds Theory*. Frankfurt am Main: The Deutsche Nationalbibliothek, 2016.

# 人名索引

## A

埃亨鲍姆 Eikhenbaum, B. 21,22, 258,259

艾布拉姆斯 Abrams, M. H. 72,124, 125

艾柯 Eco, Umberto. 14,154

安克斯密特 Ankersmit, F. 1,2,17, 191,214,228,232,237,240,243, 250,251,254,264

安妮 Frank, Anne 244

奥曼 Ohmann, R. 69 – 73,75,79,80

奥斯汀 Austun, J. L. 3 – 6,52 – 67, 70,72,73,75,79,80,82 – 84,86, 89 – 94,97 – 99,101,102,104,108 – 110,112 – 115,177,187,195,196

奥维德 Ovid 238

## B

巴尔特（巴特）Barthes, Roland 14, 61,105,112,184,219,233,255, 259,260

巴尔扎克 Balzac, H. de 185,192, 242,245

巴赫金 Bakhtin, M. 34,35,73,116, 225,259

巴特勒 Butler, J. 5,14,28

白居易 247,248

白求恩 Bethune, N. 241,242,251

班固 224

鲍姆加登（鲍姆嘉通）Baumgarten, A. 120,122 – 125,145

本维尼斯特 Benveniste, E. 11,13, 58 – 61,73,110,114,186,196,232, 233,237

毕飞宇 250

卞孝萱 246

波德莱尔 Baudelaire, C. P. 29

波德里亚 Baudrillard, J. 227

波兰尼 Polanyi, K. 171

波路亚 Boruah, B. H. 170

波斯纳,理查德 Posner, Richard 30

波特,乔纳森 Potter, J. 14

伯恩斯坦 Bernstein, C. 258

勃朗,路易 Blanc, L. 245

·274·

布莱克 Black, Max   203,214

布赖丁格 Breitinger, J. J.   124

布鲁克斯 Brooks, C.   218

布罗代尔 Braudel, F.   237

布斯 Booth, W.   218,224

## C

曹操   187,190,241

曹雪芹   193

策兰,保罗 Celan, P.   244

陈波   128,129

陈嘉明   33

陈嘉映   8,9,11,126,150,167,190,249

陈望道   198,199,221

陈寅恪   240,246-248

淳于髡   223

## D

达米特 Dummett, M.   16

戴维森 Davidson, D.   198,199,205

戴维斯 Davis, D.   48

丹托 Danto, A.   48,49

道尔,柯南 Doyle, A. C.   156,161,194

德勒兹 Deleuze, Gilles   45-47

德雷 Dray, W. H.   231

德里达 Derrida, Jacques   5,13-15, 27,61,90-98,102,109,113,168, 180,193,197,207,208,213,255, 256,260,263

德曼 de Man, Paul   90,98-103,105, 184,193,196,211,213,214,216, 219,220,227,256

狄尔泰 Dilthey, W.   26,249

狄更斯 Dickens, C. J. H.   28,30,72, 152,192

狄金森 Dickinson, E.   202

迪萨纳亚克 Dissanayake, Ellen   168, 174

笛福 Defoe, D.   30

丁托列托 Tintoretto   44

东方朔   223,248

杜夫海纳 Dufrenne, M.   7

杜甫   185,243,246,247

杜威 Dewey, J.   48

段玉裁   222

多利泽尔 Dolezel, Lubomir   119,130, 131,136,144,152,153,155,156,187

## E

恩格斯 Engles, F.   203,242,244,245, 253

二月河   241

## F

范仲淹   248

梵·高 Van Gogh   37-39,42,47

菲尔丁 Fielding, H.   72,238

费尔克拉夫,诺曼 Fairclough, N.   15, 34

费尔曼,苏珊娜(费修珊) Felman, Shoshana   109-115,193,195,196,243

费兰,詹姆斯 Phelan, J. 12
费什 Fish, S. 80-83,85
弗莱 Frye, N. 179,180,237
弗雷格 Frege, G. 16,61,65,176, 177,182,186
福柯 Foucault, M. 15,34,35,49, 232,233,255,260
福克纳 Faulkner, William 152
福楼拜 Flaubert, Gustave 152
福特 Fort, Bohumil. 132,215

## G

伽达默尔 Gadamer, H. G. 2,6,7,9, 17,257,261
冈村繁 248
高尔基 Gorky, M. 210
高更 Gauguin, P. 39,47
高辛勇 Karl S. Y. Kao 200,201,211
戈曼 Gorman, David. 62
格尔兹 Geertz, Clifford. 16,28,29, 33,36
格赖斯 Grice, H. P. 59,74,78,199
格雷林 Grayling, A. C. 135
格洛登 Groden, M. 52,62,64,100, 103,110,117
古德曼 Goodman, N. 166,182,212, 257

## H

哈贝马斯 Habermas, J. 6,61,64
哈代 Hardy, T. 46

哈里斯,保罗 Harris, Paul 173,174
哈琴,琳达 Hutcheon, L. 184,220, 229,251
哈桑 Hassan, I. 220
海德格尔 Heidegger, M. 2,7-9,17, 37-43,45-47,49,50,249,256,261
寒山子 222
赫尔曼 Herman, D. 12
赫施 Hirsch, E. D. 7
黑格尔 Hegel, G. W. F. 213,217,219, 225,226
胡塞尔 Husserl, E. 2,6-8,16,17, 177
怀特 White, H. 2,14-16,31-33, 36,214,219,227,228,230,233, 236-238,240,263,264
怀特海 Whitehead, A. N. 126
怀特,詹姆斯 White, James Boyd. 29
惠特曼 Whitman, W. 65
霍布斯 Hobbos, T. 231
霍克斯 Hawkes, T. 197

## J

吉本 Gibbon, E. 238
纪昀 239
江怡 1
杰弗森,安纳 Jefferson, A. 21
金圣叹 247

## K

卡尔纳普 Carnap, P. R. 126,137,138

# 人名索引

卡夫卡 Kafka, F. 133,147,161

卡勒 Culler, Jonathan 6,19,21,69,89,92,95,98,101,102,192,202-205,213,219,263

卡普菲格 Capefigue, J. 245

卡斯特尔维屈罗 Castelvetro, L. 230

凯瑟,乔治 Kayser, George 160

康德 Kant, I. 1,48,74,122,125,126,205,258

柯尔律治 Coleridge, S. 48

柯亨 Cohen, T. 212

柯林伍德 Collingwood, R. G. 232,250

科里 Currie, Gregory 67,68

克尔凯郭尔 Kierkegaard, S. A. 217,223

克莱恩 Klein, J. T. 36

克兰迪宁 Clandinin, D. Jean 264

克里普克 Kripke, S. 122,126,127,130,133,137-142,153,155,159,188,190

克里斯蒂娃 Kristeva, J. 186,262

克里斯沃尔茨 Kreiswirth, M. 233,235

库弗,罗伯特 Coover, R. 251

昆体良 Quintilianus, M. F. 216

## L

拉博伍 Labov, W. B. 76

拉德福德,科林 Radford, Calin 169

拉法格,劳拉 Lafargue, L. 245

拉康 Lacan, J. 5,109,110,113,114,195,262

拉马克 Lamarque, Peter. 170

莱布尼茨 Leibniz, G. W 120-127,153,155,166

莱考夫 Lakoff, J. 197,199,204,206,208

莱维,普里奥 Levi, P. 244

兰波 Rimbaud, J. N. A. 29

兰色姆 Ransom, J. C. 259

朗西埃 Rancière, J. 28,237,238

李广 240

李宗侗 229,234

里法特尔 Riffaterre, M. 186

利奥塔 Lyotard, J-F. 264

利布里奇 Lieblich, Amia 264

利科 Ricoeur, P. 2,7,9,10,61,181-183,192,193,199,200,203

列维纳斯 Levinas, E. 45,47,256,257,261

刘师培 246

刘向 211

刘勰 222,223,226

刘易斯 Lewis, C. I. 127

刘易斯 Lewis, D. K. 134,136-142

刘知几 234,238

柳如是 240,246

柳宗元 193,210

卢梭 Rousseau, J-J. 211

鲁迅 189,238,248-250

吕思勉 247

罗伯—格里耶 Robbe-Grillet, A. 153

罗蒂 Rorty, R. 1,27,28,33,36,168,
182,220,226,263

罗侬 Ronen, Ruth 131-133,136

罗素 Russell, B. 1-3,61,65,115,
121,126,186,193

## M

马克思 Marx, K. 39,115,203,217,
242,245

马拉美 Mallarmè, S. 29,255

迈特尔 Maitre, D. 131,157-159

麦尔维尔 Melville, H. 46

麦考莱 Macaulay, T. 238

曼海姆 Mannheim, K. 237

枚皋 223

梅勒,诺曼 Mailer, N. 158

米克 Muecke, D. C. 218,219

米勒 Miller, J. Hillis 69,89,90,98,
100,103-108,119,164,165,180,
227,231,252

米什莱 Michele, J. 237,239

莫多克,艾里斯 Murdoch, E. 65,66

莫里哀 Molière 109-111

莫里斯 Morris, C. W. 212

莫奈 Monet, C. 39,47

莫言 185,252

墨子 198,199

穆卡洛夫斯基 Mukarovsky, J. 11,13,
23-25,178,187,259

## N

拿破仑 Napoléon, Bonaparte 152,160,
189-191,194

纳博科夫 Nabokov, V. 28,73,139,
158,164,194

尼采 Nietzsche, F. 49,99,102,110,
114,213

尼克松 Nixon, R. M. 252

努斯鲍姆 Nussbaum, M. 16,30,31,
36

诺尔特 Nolt, J. E. 135

## O

欧几里得 Euclid 30

## P

帕斯科 Paskow. A. 170

帕维尔 Pavel. T. G. 119,130,131

培尔,皮埃尔 Bayle, Pierre. 121

培根 Bacon, F. 46,231,232,239,
241,252

佩珀,斯蒂芬 237

彭锋 170-172

皮特里 Petrey, Sandy. 94,111,194

普拉特 Pratt, M. L. 3,5,35,73-80

普兰丁格 Plantinga, A. 135

普鲁斯特 Proust, M. 28,29

普特汉姆,乔治 Puttenham, George 124

普特南 Putnam, H. W. 190

## Q

齐硕姆 Chisholm, R. M. 59
钱穆 248
钱谦益 245,246
钱锺书 240
屈原 240,248

## R

热奈特 Genette, Gérard 69,86-89
日尔蒙斯基 Zhirmunsky, Viktor 20-22
瑞恩 Ryan, Marie-Laure 64,68,119,131,136,154-157,159-163,193,194
瑞恰兹 Richards, I. A. 178,199,201-203,207,214,218

## S

萨特 Sartre, J-P. 35,44,45,47
塞尔 Searle, J. 3-5,12,16,59,62-68,72-75,79,80,82,85-91,94,95,108,109,114,177,190,193,194,199,203,204
塞尔托 de Certeau, Michel 235,236
塞敏纳 Semino, Elena 162
塞尚 Cézanne, P. 39,47
塞万提斯 Cervantes, Miguel de 28,245
赛恩斯伯里 Sainsbury, R. M. 129
赛义德 Said, E. 31
莎士比亚 Shakespeare, W. 28,82,202,252

施蒂尔勒 Stierle, K. 179,187
施莱格尔,弗里德里希 Schlegel, K. W. F. 216,217
施耐庵 247
施太格缪勒 Stegmuller, W. 4,54
什克洛夫斯基 Shklovsky, Viktor 19,20,75,255
史密斯,芭芭拉 Smith, B. H. 72
史铁生 209,210
司马迁 223,224,234,238,240,247,248
斯卡利格,恺撒 Scaliger, J. C. 124
斯林,瓦维克 Slinn, E. Warwick 97
斯皮瓦克 Spivak, G. C. 31,45
斯坦曼 Steinman, M. 72,73
斯特劳森 Strawson, P. F. 59
宋玉 222,223
苏格拉底 Socrates 62,216,217,225,226
苏轼 208
索绪尔 Saussure, F. DE 2,10-13,16,26,34,52,59,63,76,149,178,180,181,208,232,233,254,259

## T

塔索 Tasso, Torquato 124
汤姆金斯 Tomkins, C. 47
陶渊明 247
特拉克尔 Trakl, G. 256
特勒曼 Teleman, U. 156
托多罗夫 Todorov, T. 21,22,25,158,

202,235,257

托尔斯泰 Tolstoy, L. 152,158,161,194

托马舍夫斯基 Tomashevsky, B. 20-22

## W

万德勒 Vendler, Z. 59

王安忆 138,139,164,165

王夫之 246,247

王世贞 234

王叔文 210

王逸 248

威德森 Widdowson, P. 243,244

韦勒克 Wellek, René 7,11,12,25,26,182,185

韦斯顿 Weston, Michael 169,170

韦斯雷尔,玛格丽特 Wetherell, M. 14

维姆萨特 Wimsatt, W. K. 202,207

维诺库尔 Vinokur, G. 11

维塞尔 Wessell, L. P. 217

维特根斯坦 Wittgenstein, L. 1-3,6,61,66,126,181,260

沃尔顿 Walton, K. 68,169,171,174

沃尔夫 Wolff, C. 122

沃尔特斯塔夫 Wolterstorff, Nicholas 153

沃拉贝耳 Vaulabelle, A. 245

吴伟业 245

吴兴明 47

## X

西塞罗 Cicero, M. T. 216

锡德尼 Sidney, Sir Philip 124,229-231

肖洛霍夫 Sholokhov, M. 242

辛普森 Sumpson, David 235

薛忆沩 251

荀子 199

## Y

雅克布森 Jakobson, Roman. 12,20,23,25,179,192,208,209

雅库宾斯基 Jakubinsky, l. 22

亚里士多德 Aristotle 42,73,88,110,114,124,127,140,141,143,144,164,185,198-200,216,225,228-231,252

扬雄 224

杨慎 246,247

叶尔姆斯列夫 Hjelmslev, L. 11

伊格尔顿 Eagleton, Terry 13,31,220,221

伊格尔斯 Iggers, G. 235

伊瑟尔 Iser, W. 7,80,82-85,119,261,262

英伽登 Ingarden, R. 2,7,244,256

优孟 222,223

优旃 222,223

宇文所安 Owen, Stephen 243

雨果 Hugo, V. 239

元稹 247

约翰逊 Johnson, M. 197,204,206,208

## Z

泽尔,马丁 Seel, Martin 49

詹姆斯,亨利 James, H. 103,105,159

詹姆斯,威廉 James,W. 53

詹姆逊(詹明信) Jameson, F. 38,39,42,253

张方 245,246

张世英 146,151

张新军 64,68,171,172

张瑜 4,118

章学诚 234

章运水 249

周而复 241

周作人 248,249

朱东润 246

庄子 211

# 术语索引

## B

本体论 ontology　1,9,32,33,118,120,122,129,136,137,140,152,156,176,181,183,184,188,190,240,250,251

逼真性,逼真效果 verisimilitude　158,228,241,255

表征 representation　26,50,170,180,182,195,237,238,241,244,249-253

布拉格学派 Prague School　2,11-13,17,19,23,25,75,178,180,184,258,259

## C

残酷戏剧 Theatre of cruelty　256

阐释共同体 interpretive community　82,83

超现实主义 surreasm　160

存在主义 Exsitentialism　2,6,8,17,18,37,50,199,217,254,256,258

## D

地方性知识 local knowledge　29

第三人称 third-person　56,87,237,252

第一人称 first-person　56,87,252

## E

俄国形式主义 Russian Forminism　2,11,12,17,19-25,36,51,75,106,138,179,180,184,235,236,255,258,259

## F

法学 law　10,16,27,29-31,33,235

反讽 irony　13,18,26,28,31,78,105,108,185,193,194,215-221,223-227,239,259,263

反模仿论 anti-mimesis　37

反形而上学 anti-metaphysics　16,33,37

分析哲学 analytic philosophy　1,2,5,16-18,58,64-66,90,166,176,177,180-182,186,198,199,205,254,257,258,260

符号学 semiotics　13,29,192,212

## G

共时性 synchronicity　2,10,11,13,219

## H

横向规约 horizontal conventions　4,5,85

宏大叙事 grand narratives　33,264

后结构主义 post-structuralism　14,28,33,103,106,109,219,228,233

后现代主义 postmodernism　32,33,35,160,184,215,220,221,229,233,251,252

荒诞派戏剧 absurd theatre　160

活现法 prosopopoeia　105

## J

基督教 Christianity　62,98,113,120,125,212

记叙话语 constative utterance　3,53,56,58,60,99-102,111,114

结构主义 structuralism　2,6,12,13,16,17,19,25,32,51,74,75,80,81,103,125,130,138,184,186,195,203,207,213,219,228,232,234,255,258,259

解构 deconstruction　13-15,17,91,92,94,95,97-103,109,114,180,184,196,207,214,216,219-221,243,251,255,256

解构主义 deconstructionism　6,13,17,61,90,91,96-98,102,103,108,109,138,168,195,215,219,228,231,252,258,259

解释学 hermeneutics　2,6,8,9,17,18,50,199,254,256,258,261

介入 engagement　32,33,44,69,90,103,131,133,187,228

经济学 economics　30,31,242

经验主义 empiricism　2,4,17,182

精神科学 Geisteswissenschaften　26

## K

科学 science　1,6,8,15,20-24,26-28,31-33,35,62,98,123,129,134,135,137,139,141,145-148,150,166,171,172,177,178,180,183,184,190,197,204,206,207,211,213,214,233,235-237,249,254,257,263,264

科学主义 scientism　26,33,36

可能世界 possible worlds　1,3,18,67,79,119-148,150-157,159,160,162-164,166-168,172-175,181,182,186-191,195,249,252,254

跨学科 crossdisciplanry　10,27,31-34,36,133,214

## L

历时性 diachrony　2,10,11

历史 history　1,2,9,10,12,14-18,26,27,31-33,35,39,69,90,111,114-116,123,124,127,134,141,

143,146,152,156-158,160-163, 168,172,184,185,188-192,203, 214,218,219,225,227-254,260, 263-265

逻各斯中心主义 logocentrism 91,103, 113,213,221

逻辑实证主义 Logical positivism 61

## M

马克思主义 Marxism 39,217

美学 aesthetis 1-3,7,14,17,20, 22-25,32,37,42,43,45,49,50,75, 83,85,88,103,122-125,129,168, 172,179,197,199,207,210,211, 216,217,221,225,237,244,254, 256,257,261

民族志 ethnography 28,29,168

模态 modal 126-133,137,140,152, 155,157,171,203

模态逻辑 modal logic 122,125-136, 155,163

陌生化 defamiliarization 23,24,106, 184

## N

能指 signifier 2,10,11,13,45,149, 178,213,232,233,259,260

女性主义 Feminism 5,109

## P

普遍性 universality 93,141,143,144, 146,205,209,229,262

## Q

前景化,突出 foregrounding 24,25

## R

人工智能 artificial intelligence 129, 131,172,235

人类学 anthropology 10,16,27-29, 33,52,85,119,168,172,235,262, 264,265

## S

社会科学 social sciences 10,15,16, 19,21,22,26,27,31-36,50,92,95, 171,183,184,193,203,213,214, 216-220,223,225,231,233,235, 243,252,254,255,262,263,265

社会文本 social texts 14,15

社会学 sociology 11,14,34,116,117, 235,262,263

深描 thick description 16,29

神话 myth 147,148,187,197,217

神学 theology 120-122,125,140, 155,259,260

神义论 Theodicy 120,121

失语症 aphasia 208

诗歌 poetry 8-10,12,20-25,44, 62,64,67,70,81,82,94,122-125, 141,144,160,162,178,182,183, 186,197,200,207,208,210-213,

218,231,235,241,243,245-248,256,258,259

诗性 poeticity　70,77,151,211,235,236,262,263,265

诗性正义 poetic justice　16,30,31,244

施行话语 performative utterance　3,27,53,54,56,58,60,61,93,94,99-102,111,114,195,196

十四行诗 sonnet　231

史诗 epic poem　147,176,177,229,231

所指 signified　2,10-13,44,45,61,89,98,111,115,117,132,136,149,150,155,172,178-180,188,190,192,194,195,212,213,224,232,233,255,259,260

## T

他者 Other　17,31,49,235,262

童话 fairy tale　159,160,162,163,212

统一 Unity　7,25,28,36,37,40,42,46,51,79,96,116,133,141,176,185,231,238,245

## W

伪陈述 pseudo-statement　178

文本 text　2,4-6,9,12,14,15,17,21,27-32,35,66,67,75,77,80-85,93,99-103,105-108,110,112,116,130-132,138,143,152,154-156,158,160-163,165,168,171,179,180,183-186,191-196,199,201,207,219,222,235,240,250,251,253,255,256,259-264

文学法学 literary jurisprudence　30

文学科学 literary science　19,21,25-27,33,34

文学理论 literary theory　1,2,6,7,11-13,16-21,27,30,35,36,51,52,62,64,69,73,74,81,82,89,90,98,100,102,103,110,116,117,119,131-133,136,172,176,178,179,183,186,191,192,215,228,254,258,264

文学批评 literary criticism　4,19,31,33,45,78,82,90,98,99,116,157,178,186,207,218,219,236,244,245,249,263

文学四要素 four-elements of literature　125

文学性 literariness　12,13,18-22,25-28,31,34-36,75,77,79,97,99,138,151,184,203,207,208,214,229,233,235,238,240,243,244,246,247,252,263

文学研究 literary studies　12,19,20,26,27,29,32,34,36,51,64,69,72-74,80,83,85,109,116-120,122,124,125,131,132,135,151,164,165,172,246,248,254,262,263,265

文学转向 literary turn　26,27,31-34,36,213,235

物性 objecthood　2,18,37,39-45,47-50,67

## X

现代主义 modernism　32,34,35,37,39,47,50,147,193,255

现实主义 realism　130,138,158,161,163,185,192,233,254-256

现象学 phenomenology　2,6-8,16,17,37,42,50,85,109,116,176,177,199,254,256,258,261

相对主义 relativism　82,219

象征 symbole　114,185,193,210-212,262

象征主义 symbolism　29

小说 novel　14,21,28,30,31,35,44,46,65,67,72,76,87,94,104,130,131,133,138,144,147,148,152,153,158-162,164,165,184,185,187,189-191,193,194,197,210,218,227-229,232,236,238,239,241-243,245,247-249,251,252,255,259

新历史主义 New Historicism　17,168,236

新批评 New Criticism　2,7,11-13,17,19,25,26,51,184,199,201,202,207,215,218,258,259

形而上学 metaphysics　7,16,17,47,91,93,100,114,122,213,225-227,260

形式 form　2,4,6,10-12,14,18,20,22,23,26,27,30,32,34-37,42-45,47,56,58,60,61,63,64,69,72,74-76,85,88,91,93,95,97,103,109,117,127,129,131,147,148,166,178-181,185,201,208,210,217,220,222,223,228,231-233,235-238,243,249,254,255,257,258,260,262,263

形式主义 forminism　2,5,6,10-16,19-22,25-27,32,34-36,51,65,74-76,79-81,103,106,117,125,138,180,184-186,199,228,256,257,259

修辞性阅读 rhetorical reading　98,108

修辞学 rhetoric　62,98,99,198-201,204,211,215-221,226

虚构 fiction　1,3-5,15,18,26,29,31-33,35,51,63-69,79,84-89,95-97,100,101,104,106,110-112,119,120,123,124,129-133,135-148,150-165,167-174,177,179,181,183,185-191,193-196,201,220,230,231,233,241-244,249,251,252,254,263

叙事学 narratology　2,10,12,61,86,117,119,120,130,131,155,171,172,232,234,235

叙述 narrative　10,35,76,79,87,116,158,179,184,185,192,214,229,232,237-241,243,247-249,251,252,255,264

## Y

延异 différence　13,96,180,260

言语行为理论 speech act theory 3－6,
15,17,18,51－53,58－70,72－75,
77,79－86,89－94,97－100,103－
105,108－119,195,196,261

以言表意行为 locutionary act 57,70

以言取效行为 perlocutionary act 57,
70,72,74,84

以言行事行为 illocutionary act 4,57－
59,66－68,70,86,88,89

艺术 art 2,7,12,16－18,20－22,24,
37－50,81,88,96,103,122－125,
129,130,134,135,144－147,158,
164,166,168,171,172,174,177－
179,184,191,200,210,212,217,221,
228,236,243,244,248,251,255－261

艺术存在论 art ontology 37,49,256

艺术作品 artwork 37－39,42－46,
48,49,182,244,250,251,256,
257,261

异域感 l'exotisme 45,256

意图,意向 intention 66,98,109

意象 imagery 13,21,181,183,192,
204,206,207,210,214,247,258,259

因果性 causality 121,143

隐喻 metaphor 1,4,5,10,13,18,23,
24,26,28,31,32,45,75,97,103,
105,123,124,151,155,159,181,
182,189,193,197－214,227,235,
240,257,263,264

语言 language 1－6,8－14,16－28,
31－36,41,43,44,48－67,69－81,
83－117,119,120,126,127,129,
131,134－138,144,148－151,155,
161－163,165－168,172,173,176－
188,190－193,195－205,207－214,
217,219,220,227－233,235－238,
243,249,251,253－263,265

语言学 linguistics 2,3,6,10－13,16,
18,20,25,26,32,34,52,54,55,57－
61,63,66,73,75,76,81,102,129,
149,178,180,181,186,195,197,
199,208,219,232,235,236,254,
258,262

语言转向 The Linguistic Turn 1,2,6,
14,16－19,37,50,197,199,200,
213,215,228,254,257,258,262,265

喻体 vehicle 198－207,210,212,213

喻旨 tenor 200－204,207,210,
212,213

寓言 fable 99,103,105,197,210－
212

# Z

真理 truth 9,16,17,32,33,38,39,
41,100,111,112,121,140,141,144,
153,161,162,168,176,177,181－
183,191,213,220,225,229－233,
237,238,250,257,259,261,264

政治 politics 10,14,16,19,27,28,
30,31,33,36,103,110,168,185,
192,193,210,228,234,235,237,
242,245,264

指称 reference 1,3,18,45,58,61,
63－65,67,70,89,101,106,111,

112,131,132,149,151,152,176 - 188,190 - 196,250

指称异变 referential aberration 101,196

质料 matter 7,37,39,42 - 50

主体 subjects 15,17,36,45,46,50,55,61,66,82,83,97,98,101,105,108,109,113,117,150,173,216,217,219,227,236,240,245,255,260,262

转喻,换喻 metonymy 31,105,209

准情感 quasi-emotion 169,171

准言语行为 quasi-speech act 70 - 72,79,80

纵聚合轴 paradigmatic axis 179,208,209

纵向规约 vertical rules 4,5,85

# 后　　记

　　本书是作者主持的国家社科基金项目"语言转向视野下的文学理论问题重估研究"（编号11BZW002）的最终成果。本书所说的"语言转向"，指的是同时涵盖了结构语言学、现象学—存在主义—解释学以及分析哲学的大语言转向。从语言转向这一角度审视20世纪这三个西方主要学术思潮对文学理论的作用，并对其理论遗产进行评估，是本课题当初所设定的目标。由于关系到20世纪哲学、语言学、历史学等学科与文学理论、美学的广泛互动，不仅带有跨学科性，理论难度也超出了原先的估计，本书断断续续写作了七年。目前这个样子只能说大体上完成了最初所设定的目标，原计划还有一章专门讨论现象学—存在主义—解释学的语言观及其与文学理论的关系，因为过于复杂而没有完成，只好留待来日再做后续性的研究。鉴于本书属于对语言转向视野下的文学理论问题的重估研究，带有专题探讨的性质，有别于通常的评述式研究，因而我们适当地融入了中国本土学术视野，做了一些带有比较诗学意味的尝试，特别是关于隐喻、反讽、作为语言与叙事的历史等章节的写作。本书涉及面广，为了保证全书的质量，我邀请本项目原来的课题组成员、浙江工商大学人文学院张瑜同志负责他学有专攻的文学言语行为理论和可能世界理论，即本书的第三章言语行为与文学理论、第四章文学虚构与可能世界、第五章文学的指称第三节作为可能世界的文学指称问题，我们合作完成此书，由我做最后的统稿。张瑜是我的博士同门学弟。我们俩长期关注语言哲学和文学语言问题，有着共同的学术旨趣。本书的合作就是我们友谊的见证。

感谢张瑜、杨磊、冯庆、李珺、王妍对本课题的支持。其中李珺和王妍曾经分别参与过第一章《重估文学性：现代学科建制中的文学想象》和第七章《反讽》这两章部分初稿的写作，特此说明，并表示感谢。

业师赵宪章教授始终关注本书的写作，并在百忙中为本书赐序，多有鼓励与鞭策。我们也表示深深的感谢！

感谢《文学评论》《文艺理论研究》《江汉论坛》《学术研究》《首都师范大学学报》《甘肃社会科学》《云南大学学报》等多家期刊的编辑先生（女士）们，他们先期刊发了作者的研究成果。

汪正龙<br>2018年10月8日